# 目次



JN092296

# 大いなる長安

## 一

　最初、それが何であるか、だれにもわからなかった。

　とにかく二頭ずつ並んで、四頭の馬が、長持のようなものを曳《ひ》いて来た。長持は四個の車輪をつけていた。長持といったが、正立方体ではない。垂直の四面は梯形《ていけい》をなして、その上にやや小さい、一見やはり同形の櫃《ひつ》が重ねられている。馬も車体も車輪も真っ黒であった。

　それがかなたに現われると、土けむりをあげて疾駆して来た。みるみる大きくなると、その車体が木ではなく、上部の箱は鎖網《くさりあみ》で覆《おお》われた漆黒の分厚い布の六面体をなし、下部の箱はこれも漆黒ながら革のような鈍《にぶ》い光沢をはなっていることがわかった。眼前を通過するとき、その車輪が前輪は小さく、後輪は大きく、しかもその車輪から外へ一メートルばかりの真っ黒にひかる三日月ようのものが突出して、それが車輪の急回転とともに、キラキラと旋回しているのがはっきり見えた。

三十メートルばかりゆきすぎて、この奇怪な馬車は反転した。何者かその箱の内部からのびた八本の手綱をあやつっているらしい。馬が真っ黒なのは、これも細かい鎖の網《あみ》をかけられているせいとわかったが、現実の馬ではなく、魔天から翔《か》け下りて来た馬であるかのような凄《すさま》じい印象を与えた。

「あれは何じゃ」

不透明な声がきこえた。

「大御所さまには、日本最初の戦車を御覧あそばされておりまする」

と、微笑をふくんだ明晰《めいせき》な答えがあった。

——そのとき、遠くで絶叫がきこえた。

「かかれ。——打ち砕いて仔細《しさい》はない——打ち砕けるものならば、砕いて見よとのことじゃ——かかれっ」

同時にこの馬場の四周の樹立《こだ》ちや草むらから、あちらに五人、こちらに七人と、槍を持った影がむらむらと湧き出した。いずれも黒衣に黒い頭巾《ずきん》をつけていた。

それが「戦車」めがけて殺到して来た。

凄じい銃声が起って、襲撃者の数人がもんどり打ってころがった。

銃声は「戦車」の上部の六面体から起っていた。それは六面のすべてに銃口をのぞかせた「砲塔」であった。しかも、その砲塔はゆっくりとではあるが旋回しているのだ。そのために、銃声の数からしてそんなことはあり得ないのに、六面のすべてが銃撃の火を噴《ふ》いているように見えた。

　四方から殺到しようとしていた黒衣のむれは棒立ちになった。その間も銃弾が容赦《ようしゃ》なく仲間を斃《たお》しているのを見て、十数人、浮足立って、ばらばらに退却を開始した。

「逃げるな、やれ」

　ひっ裂けるような声がその背を鞭《むち》打った。

「伊賀者の名折れだ」

　立ちどまり、押し返そうとする最も大きな集団へ、「戦車」は砂塵《さじん》をまいて疾駆した。

飛び散ったむれから、流星のように槍が三、四本投げつけられたが、二本、下部に突き刺さったと見えて、軽くふり落された。あとの槍ははじめからはね返された。車輪の通ったあと、また数人の黒衣の影がのたうち回っていた。

　戦車はふたたび反転した。そのあいだに、別の四、五人が追いすがった。槍が無効と見て、車体にとびつくために槍を捨てて、戦車の左右にはせ寄った。たちまち恐ろしい声とともに、彼らは胴や両足を両断されて、ことごとく地上にころがった。四個の車輪の外側に装置された黒い三日月が回転しつつ、接近した彼らをきれいに切断したのである。血と臓腑《ぞうふ》が地上に散乱した。

「あれは偃月刀《えんげつとう》に漆を塗ったものでござります」

　偃月とは弦月、偃月刀とは大きく彎曲《わんきょく》した刀のことだ。

「やめい。——やめいと半蔵に申せ、長安！」

と、家康はさけんだ。

あずまやの中で将几《しょうぎ》に腰打ちかけた家康のそばに、杖を持ってうやうやしく侍立していた男は片手をあげた。

ちょうどまたこちらへ駈《か》けて来ようとしていた戦車の前面に細い鉄格子が見え、その中のひげだらけの顔がはじめて見えた。歯を見せてうなずくと、手綱が引かれ、四頭の馬はとまった。

やや離れた椎の大木の下に立っていた黒衣の男が——それが先刻から指揮の声を発していた男であったが——ふりむいて、こちらの合図を見ると、これも手をあげた。黒衣のむれは静止した。というより、ヘタヘタと地上に崩折《くずお》れてしまった者もあった。

先刻まで、爽《さわ》やかに人々の鼻腔《びこう》を染めていた土の匂い、新緑の匂いが、なまぐさい血の香に変っている。

——「戦車」対人間のたたかいは終った。

いや、いままで見たこともない新兵器による人間の殺戮《さつりく》は終ったというべきであろう。さしもの家康も、片掌《かたて》で鼻と口を覆ったまま、茫乎《ぼうこ》としてこの瞬刻のたたかいにしてはあまりにも酸鼻な惨状に瞳孔を散大させていた。

「……珍しい武器を御見《ぎょけん》に入れると申した」

大御所のうしろに坐っていた老人が、やっとしゃがれた声を発した。家康のふところ刀といわれる本多佐渡守正信であった。

「しかし、血まで見るとは思わなんだぞ。あたら、徳川名代《なだい》の伊賀組を。──」

「かかる新兵器の威力をためすためにいのちを捧げることこそ、伊賀者の本望でござろう。──」

と、長安はいった。ふとい、快活な声音であった。

「伊賀者はすべて承知の上か」

「いや、この戦車の性能については知らせてはおらぬ。ただ、いのちにかかわる新しい武器じゃが、伊賀組の名にかけて、大御所さまの御前でみごと破ってみるか、とだけきいた。半蔵は快然と応諾した。──」

「長安」

と、向うに静止したままの戦車に眼をむけたままの家康がきいた。

「槍も立たなんだが、あれは何で作ってある？」

「本来なら鉄張りにいたすべきでありましょうが、それでは重きにすぎて曳馬《えいば》の運動に支障をきたします。下部車体は樫板《かしいた》に獣皮を貼《は》りつけたもの、これは西洋の盾より学んだもので、上部車体は鉄枠《てつわく》を骨にした厚い布に鋼板の小片を縫いこみ、鎖網をかけたもの──イギリスでは兵士が防弾用に着用するジャックという軍装より学んだものでござります。また車輪に装置した回転刀も、これまた西洋の古戦図にちゃんとござりまする」

「……按針《あんじん》より教えられたか」

按針とは三浦按針、家康の外交顧問のイギリス人、ウィリアム・アダムスのことだ。

「いささかは、暗示を」

と、長安はゆったりとうなずいたが、すぐに血色のいい頰に微笑をよどませて、

「しかし、かかる戦車はいまだイギリスにもヨーロッパにもないはず。とくに弓形のばねの両端を車軸に固定して、その中央に車台の荷重をかけ、安定させるようにしたこと。鉄砲を施条式《しじよう》、燧石《ひうちいし》発火装置、かつ元込式《もとごめしき》のものにしたこと、などはアダムスがきいても驚倒するに相違ござらぬ。すべてこの大久保長安一党の独創として誇り得るのみならず、また日本の誇りと申してようござろう。――」

家康はチョーアンと呼ぶが、正しくは大久保石見守長安《いわみのかみながやす》。

徳川家の蔵相と通産相と運輸相と建設相と軍需相をかねる。

二

ちかく佐渡へ出張するにあたり、その前に最近ようやく完成した新兵器を是非大御所さまのお目にかけたい、ということで、この日、慶長十七年四月半ばの一日、駿府にある大久保石見守長安の屋敷をとくに訪問した家康であった。

驚くべきものだ。すべてにわたって。

その屋敷そのもの、内部の調度のぜいたくさは、駿府城、いやいや江戸城にも部分的に

は匹敵しよう。むしろ、傍若無人の豪華と評していい。
濃厚といっていいか、執拗《しつよう》といっていいか、むき出しの金ピカをいわゆるわびで燻《いぶ》して
しまう日本人趣味とはとことんまで異質な絢爛《けんらん》美がみちみちている。庭園も見せられたが、
これがまた松に石燈籠、岩に苔《こけ》といった庭ではない。青い芝にどういうしかけか大噴水が
水たまをちらし、幾何《きか》学的図形の大花壇に名も知らぬ華麗な花々がギッシリと咲きみちて
いるといった景観である。
しぶい本多佐渡が、思わず長安をながめたのは、自分以上にしぶい大御所さまの心情を
思いやったからであったが、気がつかないのか、そらとぼけているのか、長安はとくとく
として、この日本離れのした調度や庭園について、例の快楽的な声で解説する。
解説のあいだに、
「私はどうも、ワビとかサビとか、貧乏たらしいことがきらいでござりましてな」
という意味の言葉がリフレインのごとくくり返される。
フム、フム、とうなずいてきいている大御所の心は判断のかぎりではないが、そういえ
ばこの長安という男は、昔から大御所さまの処世観はおろか、徳川一統の家中の評判など、
まったく意に介しない人物であった。
――長安なくして徳川家なし。
といったうぬぼれ、ないし気概がその満面に溢《あふ》れている。
事実、そうなのだ。いまや大坂を大海中の孤城にひとしい存在とし、天下の潮流をこと

ごとく徳川にひきよせた現状には、むろん大御所の力量もあるが、それに劣らず、数十年にわたる大久保長安の経済的怪腕がたしかにものをいっている。

当代切っての政治家、兵略家と自他ともにゆるす本多佐渡守が、この道ばかりは手も足も出せぬ別世界の大才物、いや妖気すらはなつ天才と認めている大久保長安だが——しかし、彼がこのような恐るべき新兵器を考案していようとは、少なからず意外であった。

その驚きもさることながら、この新兵器の威力を大御所の実見に供するために、十数人の人間のいのちを犠牲にして、しかも平然としている長安には、数十年つき合ってなおこの人物を不可解と承知している佐渡も背に水のながれる思いがする。

しかも、やや肥りぎみながら、白くつやつやした肌《はだ》をして、キラキラとよくかがやく切れながの眼と肉欲的な赤い唇さえ持ち、音楽的な声を出し、どこやら異国の貴族めいた感触がある——少なくとも野暮ったくじじむさいこの佐渡はもとより、大御所などよりはるかに悠揚《ゆうよう》として優雅な大久保長安であった。

たしか六十半ばは越えているはずだ。にもかかわらず一見したところではまだ五十代、いや四十代といっても、知らぬ者は信じるだろう。この異様な若さこそ、実のところ最大の驚きではある。——

「あの戦車」

と、いま長安がいう。

「一台ではまずあの程度でござりまするが、あれを何百何千という戦車軍団に編成したらいかがなものでござりましょうな？　大御所さま」

「大坂に使えと申すか」

　家康の声が低くかすれた。――孤城にひとしいとはいえ、ことし七十歳の家康には夜の目も合わぬ夢魔の幻影のような大坂城であった。

「いや。――大坂のいくさには使えまい。せっかくじゃが、長安」

　と、家康は思案ののち、かぶりをふった。

「まさか、京大坂であれを大量組み立てるわけにはゆくまい。江戸で作るとなれば大坂まで百三十八里。あの道を、あの車輪ではのう」

「大殿、江戸のお城の周囲は何里とおぼしめす」

　長安は持っていた杖をのばして、地上に妙なものをかいた。

「六里あるのでござりまするぞ」

　そして、彼はまた地にかいた。

```
     23
   ----
6) 138
   12
   ----
    18
    18
   ----
     0
```

「その石垣を二十三――江戸城総郭《そうぐるわ》の石垣を二十三ならべれば、江戸より大坂へ石だたみの道が出来るのでござる」

　家康も佐渡守にも、長安が地にかいたものを、ただ奇怪な図形と見たばかりである。

「いかにも江戸城築城は大工事でござりました。それはだれよりもこの長安が存じておりまする。さりながら、あの石垣を二十三つらねれば、江戸大坂の間、石だたみの道が出来ると思えば、たやすい仕事ではありませぬか。しかも江戸城の石垣は、高いところでは十間《けん》、二十間の場所も少なからず、それにくらべれば、道は二間の幅があればまずよろしゅうござる。江戸城総郭二十三個分と申しましたが、その半ばの石にて用は足りるかも知れませぬ」

「そちの戦車を走らせるためにか？」

「大殿、イタリアのローマという町の郊外にアッピア街道と申す街道があるそうにござる。道幅三間三尺三寸、道程五十余里におよぶ石だたみの道でござりまするが、これが出来たのが紀元前三一二年、つまりいまから二千年ばかりも昔のことと申します。その道を、そのころより向うは馬車を走らせていたのでござりまするぞ」

「長安」

と、家康は閉口して、苦笑した。

「きょうより江戸から大坂へ、石だたみの道を作っておったのでは間に合わぬわ」

「いや――拙者、大坂のいくさのために道を作れとも戦車を使えとも申しておりませぬ」

長安も苦笑した。

「左様なことは、小事、小事」

「はて、長安、しからば何のために？」

「さ、そう申されると、長安も何のためにとは申せませぬが、もっと大いなるもののために——大御所さま、懼《おそ》れながら御念頭ただ大坂のことのみ満ちておわすは、長安惜しいと存じあげまする。日本の家康さまは、それほどの小器。——」

「長安、無礼であろう、いいかげんにせぬか」

本多佐渡はあわてて叱咤《しった》した。

経理に於ては驚嘆すべき緻密《ちみつ》な頭脳を持ってはいるが、それ以外の点では傍若無人、天衣無縫の大久保長安とは知っているが、いまやまさに念頭大坂抹殺のことのみに懊悩《おうのう》している大御所に、水をかけるような言葉を吐くとは、その大胆、無謀にちかい。

「同じ、小さな穴の——」

と、長安は佐渡守の顔を見て、さすがに声を切ったが、にやっと笑った。狸《たぬき》、といいかけて、大御所のあだ名を思い出したようだ。

「三人」

と、向うを見て、指さした。

「同じ戦車の穴ぐらに入っていた三人」

## 三

いつのまにか、戦車の前に三人の男が坐っていた。顔貌体格はむろん異なるが、とくにその中の二人は剽悍《ひょうかん》無比のつらだましいの持主であった。

「馬の手綱をさばいた男、――味方《みかた》但馬《たじま》と申しまする」

関羽ひげをはやした大兵《たいひょう》肥満の男が平伏した。

「戦車より銃撃した男。――京蔵人《きょうくらんど》」

蒼白《あおじろ》い、氷の彫像に似た男が平伏した。

「六梃の銃に弾込めした男。――毛利算法」

これは水母《くらげ》みたいに頭ばかり大きくて、ブヨブヨした感じの、妙に影の薄い男で、水母が水に沈んだように平伏した。

「味方但馬と京蔵人は、拙者年来信任いたす山師でござりまするが、毛利算法は、これは生まれてより槍も鶴嘴《つるはし》も持ったことがない――数学者、つまり本人の名の通り算法家で、この戦車を作るに最も脳味噌をしぼった男でござりまする」

長安は、また眼を移した。

「ゆるせや、半蔵」

伊賀組頭領服部半蔵が黒衣黒頭巾のまま、遠くに粛然《しゅくぜん》と坐り、そのうしろに生き残りの伊賀組のめんめんが、同じ姿で、これは黒い蜘蛛《くも》のようにひれ伏していた。

そう呼びかけたきり、大久保長安は何を思いついたか、しずかに半蔵のほうへ歩み出した。あと見送って――。

「恐るべき人物でござりますな」

佐渡守が長嘆した。声にややふるえがある。

「いや、あれこそは徳川家の頭脳じゃ」

と、家康はいって、もういちど戦車に眼をやってつぶやいた。

「大坂のことには使えぬが、万が一、大坂に使われると一大事じゃな」

「大坂に使われると？……まさか、長安が……ただいまあの男、大坂のことなど小事云々と妙なることを申しましたが。――」

「佐渡らしゅうもないことを申すな。長安は、あれを大坂に売るほど愚人ではないわ。それどころか――あの男こそ、大坂にとっては百万の兵にもまさる恐ろしい男であろう。――」

長安は、しゃがみこんで、半蔵と何か話していた。

半蔵がすぐに立って、うしろに平伏している配下たちの背後に向って歩いていった。そして左から三人目のところに立ちどまると、ものもいわず、これを袈裟《けさ》がけに斬《き》った。首領がうしろに向ったとも気づかなかったらしいその黒衣の男は、血しぶきをあげて草の上につっ伏してしまった。

長安がひき返して来た。

「あれは伊賀者ではございませぬ」

音楽的な声で彼はいった。

「音にきこえた伊賀組に、よくぞまぎれこんだり。――あれは大坂方の忍びの者に相違ござりませぬ」

愕然《がくぜん》として、本多佐渡はさけんだ。

「石見、なぜ？」

「伊賀者はすべてわが子のようなものでござれば」

長安は微笑していった。

「そもそも服部半蔵がわしの婿ではござらぬか？」

## 魔の眷属《けんぞく》

一

服部半蔵は、おのれの斬《き》り伏せた男のそばにひざまずき、その頭巾をひきむいた。

「……アア」

この重厚な伊賀組首領が、いまそのことを耳打ちされながら、われを忘れて嘆声をあげたのは、そこに自分の部下ではない、まったく見知らぬ男の死顔を見たからであったろう。

この日の大久保長安の「新兵器」披露《ひろう》がいかに大秘事であるか、それは大御所ですら数人の近習以外は帷幄《いあく》の本多佐渡守だけを現場に立ち合わせたほどなのだ。それを、どうしてかぎつけたか、怪《あや》しむ余裕すら半蔵にはなかった。何よりもこの見知らぬ男が伊賀組に潜入し、自分の眼前でぬけぬけと動いていたという事実が、彼をまるで瞳《ひとみ》でもぬかれたような思いにさせずにはおかなかった。

「半蔵ともあろう者が……不覚」

そのまま、地に両手をついてしまった服部半蔵の背に、汗がにじみ出した。

「半蔵ともあろう者を、かくもみごとにめくらます。大坂よりの忍びの者でなくて、何者であろうぞ。しかも……わしの見るところでは、ただ上方《かみがた》から来たやつではないな」

長安は、まだ微笑していた。

「おそらく、もとは紀州九度山《くどやま》」

「なに、真田《さなだ》と申すか。——」

佐渡守は思わずひざをのり出した。

大地にまいたおのれの血に片頬《かたほほ》をひたしてこときれているその男は、まだ二十四、五の若さで、しかも凄味《すごみ》のある彫刻的な死顔であった。

「いや、むろん推量でござる。しかし何やつであれ、この長安ほどの者を探《さぐ》りに入るとは、世にこわい者のあることを知らぬ無謀なやつ。半蔵、そやつの死骸をな、この屋敷の門の横に縄で吊《つる》して、骨になるまで晒《さら》しておけ」

「……は？」

「今後、同様、身のほど知らずの望みを出すかも知れぬ奴らへのみせしめじゃ」

大久保長安はもちまえの快活な声でいった。

「あ、これ」

と、また呼んで、

「そのまえに、その戦車、油をかけて燃やせ」

「長安」

と、家康がびっくりして眼をむいた。佐渡守もその意中を察して、

「石見《いわみ》、それは大坂のことには使えぬとの大御所さまの仰せへあてこすりか」

「大坂に使うつもりで考案したのではないとは、いまいったではないか」

と、長安はかぶりをふった。

「佐渡へゆく日程がつまっておるので、きょう急ぎ御見《ぎょけん》に入れたが、実はあの戦車、その考案そのものにまだ色々と不備がある。視界の問題、通風の問題、また先刻話に出たように馬の通れぬ場所でどう扱うかという問題。――これらを佐渡でなお研究してみたい。それがあの試作品を焼く最大の理由じゃが、またあれを駿府に残しておけば、いまおわかりのごとく、いつ敵に探られ、いかなる風に逆用されるかも知れぬ。それで、消しておく」

長安は笑った。

「もし、大御所さま、お気が変って、一つ使ってみようと思い立ち遊ばすなら、その時点に於ける最高最良の戦車を、長安、いつでも続々と作り出し、並べて御覧に入れる」

「あれを佐渡へ持ってゆかずともよいのか？」

「物は要らぬ。知識の顧問さえつれて参れば。――長安には、あの味方但馬、京蔵人、毛利算法以外にも、それぞれの技術に於て十指にては足らぬ達人が養うてある。それに。――

――」

快笑が、苦笑に変った。

「だいいち、例の日本の悪路、ましてこの駿府より佐渡への山道が、あの戦車を歩かせるものかは」

「なるほど。――」

と、家康はうなずいたが、庭にあがりはじめた炎の音にふりむいて、眉《まゆ》をしかめた。

伊賀者たちが馬を切りはなし戦車に油をかけ、火をはなったのである。あれほどの猛威をふるい、心胆を奪った新兵器は、いま一塊の巨大な坩堝《るつぼ》となって消滅してゆく。

「さるにても、もったいない――ということを知らぬ男よの」

家康の嘆声には、その心底からもれたひびきがあった。

「もったいない――おそれながら大御所さま、いや大御所さまとは申さず、日本人がそのじじむさいケチな心を放下《ほうげ》せぬかぎり、日本は永遠に日本にちぢこまるのみか、やがては南蛮人どもにとりかえしのつかぬおくれをとり、さらには手痛い一撃をくらうことでござりましょう」

「長安、先刻よりおぬし、しきりにチクチクと気にさわることを申すが」

と、佐渡守が口をさしはさんだ。

「おぬしの眼は、どうやら日本より外へ向っておるらしいが、しかしその是非を云々する前に、まず日本をかためておかねばならぬ。そのためにも、まず大坂は始末しておかねばならぬことは自明の理ではないか」

「ほんとうに、大坂を始末するのはそのためという自信があるか」

長安はやや暗然とした眼色でくびをふった。

「そうであったらよろしい。ところが貴公たちの考えておることはそうではない。例の道の問題にしても、たとえば大坂が始末できたあとでも、なお東海道の河々に橋をかけることはすまい。関所は設けたままであろう。それはただ小江戸を、小徳川を謀《はか》るという、じじむさい、ケチな一念からのみ。――」

煙でいぶされた二匹の狸《たぬき》みたいな顔をした二人の老人を見ると、大久保長安はまたからからと哄笑《こうしょう》した。

「いや、長安はかようなことを考えておる男じゃということだけをお心にとめられ、かような大風呂敷をひろげる男じゃと御一笑下さればよろしい。何はともあれ、拙者佐渡へ参り、今後とも徳川家のために、無限の金銀を掘り出してお送りいたす。長安あるかぎり、徳川家のお蔵は磐石と思し召して下されませ」

やがて、黒焦げの残骸と化した戦車を、なお惜しげに横目で見つつ、文字通り煙にまかれた顔つきで、大御所と本多佐渡守は大久保長安の屋敷を去った。

馬場の端まで見送っただけで、長安はあずまやに戻り、石の卓に頬杖をついた。うしろに彼が知識の顧問、技術のスタッフと紹介した三人の男が、黙々とひかえているのも気がつかぬ風で、眼を半眼《はんがん》にして、じっと思索にふけっているようだ。

快楽的な貴族めいた客観が、ふと冷厳な大学者の印象に変ったが、たちまち何を思い出したか、にっといたずらめいた笑顔になる。――

「石見どの」

足もとでだれか声をかけた。

二

大久保石見守長安。

彼はもともと徳川家譜代の臣ではない。武田信玄に仕える甲州猿楽師の生まれであった。前名大蔵十兵衛という。

若年にして彼は、相伝の猿楽よりも、税務財政に於ける抜群の才を以て信玄に登用された。とくに信玄が瞠目《どうもく》したのは、彼の鉱山開発の能力であった。武田支配下にある、黒川、富士、梅ケ島などの金山は、この男の工夫と指揮によって黄金の息吹きをあげてよみがえった。音にきこえた甲軍の馳駆《ちく》の背後には、信玄の軍法のほかに、大蔵十兵衛の産み出すいわゆる「甲金《こうきん》」の力があったのだ。

武田家が滅ぶや、それに代って甲州に入った家康は、たちまちこの十兵衛の才を知ってこれをかかえこみ、本多佐渡守とならぶ譜代の重臣大久保忠隣《ただちか》に身柄をあずけた。このとき十兵衛は三十八歳。

爾来、三十年になんなんとして。——

甲州支配の官吏から、関東一円の奉行となって、いわゆる「地方《じかた》巧者」(名地方行政官)の評を以てうたわれ、江戸城および江戸市街の建設にあたってはその担当の長官ともいうべき采配をふるい、関ケ原のいくさではその軍需相をつとめた。東海道、中仙道に伝馬制をつくり、その他主要街道に一里塚を刻み、並木を植えたのも彼である。六十間を一町、三十六町を一里という路程表を制定したのも彼である。大井川、富士川を開鑿《かいさく》し、その舟運をひらいたのも彼である。いまに残る木曾《きそ》の大美林をかたちづくったのも彼である。

なかんずく、彼は鉱山開発に天才ぶりを発揮した。石見銀山、佐渡金山、伊豆金山、奥州南部の金山などは、以前の数倍、甚だしきは十数倍の産出量に及んだ。常人には、まるで魔法の杖をふるって黄金を生む男のように思われた。

かくて、いまは、武州八王子三万石の大名、大久保石見守長安。

三万石というのは、帷幄《いあく》の臣には大禄を与えないという家康の公式によるものであって、家康の分身といわれた本多佐渡守さえ三万三千石である。しかし、事実上、長安の威権と豪奢《ごうしゃ》は、当時「山将軍」とも「日本総代官」とも呼ばれたものにふさわしいものであった。

その長安が、いま。——

「石見どの」

と呼びかけられて、半眼の眼をひらいて、すぐそばに服部半蔵と、その向うに伊賀者たちがひかえているのを見た。

「お申しつけのこと、すべて終ってござるが」

なるほど馬場には、もはや戦車の残骸も潜入者の屍体《したい》もない。

半蔵は、怖《おそ》れにみちた眼をあげていう。

「それはそれとして、先刻よりの石見どのの大御所さまへのお言葉、遠くよりちらちらと承わったが、ちと過ぎはいたしませぬか？　半蔵など、身の毛もよだちました」

「ふふ、あのことか。——あれくらいで、ちょうどよいのじゃ」

長安は破顔した。

「いや、あれでも足りぬ。足りぬどころか、いってもしょせんは馬の耳に念仏であろう」

「左様、御承知のことをなぜ申されるか」

「あれこそ、この長安の信念だからじゃ。せめて、あれくらいのこと、大御所さまに申しあげておかねば、長安、生きている甲斐《かい》がない」

なお笑った眼で、半蔵を見て、

「長安が何を申したとて、腹をお立てなさるような大御所さまではない。長安は徳川家にとっての頭脳じゃ。大坂でいくさを起すにも、洪水ほどの金が要るぞ。そのことを御存じないほど大御所さまは愚人ではあらせられぬ」

——半蔵は知らないが、期せずして長安は、家康評とともに、家康の長安評と同じ意味のことをいった。

「そもそも大御所さまは、申すまでもないが、この長安などより言語に絶して大きなお方じゃ」

「わははは」

ふいに、うしろで大笑する声が聞えた。味方但馬《みかたたじま》という男が、関羽ひげの中で大口あけて笑っていた。

「おれには、きょうの大御所さまが何ともはや、尻の穴も見えぬほどな小狸に見え申したが」

「徳というものがおわす」

と、長安はいった。だれにともないつぶやきで、

「孔孟の徳というより、面前する者、なんびともこの人に臣従すれば必ず得《とく》になると信ぜしめる力が。——長安には、それがない」

歎《なげ》きの調子というより、皮肉のひびきをおびている。

「しかし、孔孟は知らず、徳の力の及ぶは同時代の人間までのこと。知識技術の力は末代に至る。——若し、徳あれど、知識というもの、技術というものに熱情を持たぬ者が天下を支配したならば、後代のわざわいはいかばかりであろうぞ。——や、これはまた半蔵に叱られる！」

笑った。そして、ふりむいて、

「蔵人《くらんど》、はからずも身内の者どものみが集まった。佐渡へ旅立つ別離の意味もあり、伊賀者どもへのねぎらいの意味もある。青嵐《あおあらし》の中で、酒宴を張ろう。その用意をさせい。また女ども、呼んで来い」

と、命じた。京蔵人がおじぎして、馳《は》せ去った。

才あって徳なし。――おのれを知るものといいたいが、しかしこの長安にも一種名状しがたい迫力のあることは事実であった。大御所さまはともかく、世に恐ろしい人間というものを知らぬ服部半蔵が、この石見守にはまるで異次元の怪物を見るような恐怖をおぼえることがある。

いま、馬の耳に念仏云々と長安がいったが、半蔵はこのことについてなお長安に意見することをあきらめた。

「石見どの、それよりも」

半蔵は、きらりとひかる眼をあげた。

「いや、このことのほうがさしせまった重大事でござるが――将来とも御身辺をうかがう大坂方の忍びの者をどうなさる？」

「大御所さまにも申しあげた。長安の婿は服部半蔵ではござらぬかと。――大久保長安の眷属《けんぞく》は、音にきこえた伊賀者じゃ。あはははははは」

三

大久保長安の婿が服部半蔵だというのは、作者の作り話ではない。

寛政年間に幕府が撰した「寛政重修《ちょうしゅう》諸家譜」巻第千百六十八「服部氏」の半蔵正重《まさしげ》の項に、「妻は大久保石見守長安が女《むすめ》」と明記してある。

当代の科学的魔術師ともいうべき長安が、変幻怪奇の忍び装束をまとった徳川名代《なだい》の伊賀組の首領に娘を嫁せしめたのは、まことに一奇といわなければなるまい。

「表は徳川総代官とまでうたわれ、裏は伊賀組を一族に持つこの長安に、ぬけぬけと手を出す者が、そうざらにあろうかは」

長安自身の口から誇らかにいわれて、服部半蔵の顔があからんだ。ほんの先刻、長安に指摘されるまで、大坂の密偵が——少なくとも伊賀者でない人間が伊賀組に潜入していることを知らなかった事実を思い出したのである。

「あいや、ただいまのごときこともあり。——」

苦痛をおさえて、半蔵はいった。

「これより佐渡へ長らく御出張に相成る石見どの、仰せのごとく徳川家の頭脳とも総代官とも目されるお方の御身辺、婿として拙者、危惧《きぐ》にたえませぬ」

「それで?」

といって、長安はちらと遠い屋敷のほうを見た。女が五人、歩いて来る。

「と、申して拙者、任務上、佐渡へお供することもかないませぬ。されば、拙者の最も信任する五人の伊賀者をおつれ下されて、御守護にお使い下されとう存ずる」

半蔵はふりかえって呼んだ。

「安馬谷《あんばや》刀印《とういん》、牛牧《うしまき》僧五郎、狐坂銀阿弥、象潟《きさがた》杖兵衛《じょうべえ》、魚《うお》ノ目《め》一針。……まかり出い」

五人の黒装束がスルスルと膝で出て来て、ぬうと頭巾のあたまをあげた。

「御存じのことでござりましょうが、いずれも伊賀組きっての手練《てだれ》者でござる」

長安は返事をしなかった。彼はそのとき、うしろにやって来て、しずかにならんだ五人の女を眼をほそめて眺めわたしていた。

いずれも二十代の年ばえで、日かげのあずまやに五輪の大花が咲きひろがったような印象であったが、そのすべてがこの長安の愛妾であることを半蔵は知っている。

「半蔵」

と、長安はふりむいた。

「おまえを婿にしたのは、わしの安全をはかるためのみでは決してないが、長安、御譜代でもないに現在の地位までくるに、まずいのちに別条なかったのは、わしのうしろにある伊賀組の影のおかげがたしかにあった。それは礼をいう。しかし――その点については、もはや心配は要らぬ」

「あいや。――」

「むしろ、いまの長安の心境としては、古怪なる忍びの一族に——ゆるせや、半蔵——わが一身を護ってもらうことは信念に反する。せっかくじゃが、無用の沙汰じゃ」

「伊賀者は役立たずと仰せられまするか」

と、服部半蔵は憤然としてさけんだ。

「そうはいわぬ。あれらが伊賀の精鋭であることは承知しておるが」

長安は五つの寂然《じゃくねん》たる影を見まわし、また背後に咲きゆらぐ五輪の花をふりかえって、例の笑顔でいった。

「しかし、それでも——例えばあの五人の女のほうがまし、少なくとも左様な用ならば、五人の女で足りるのではないかと、かように長安は思う」

## 妖花親衛隊

### 一

「なんと申される」

服部半蔵はきっとなった。

「あの五人のおんな衆が——例えばこちらの五人の伊賀者に立ち合うて勝つ、とでも仰せか」

長安に見まわされ、このとき女たちのなかで、にっと笑んだものがある。いたずらっぽく肩をすくめたものもある。

「そ、そのおんな衆が、い、いかなるわざを心得ておられると申されるのか」

半蔵は笑おうとしたが、笑いがひきつった。

長安がいった。

「一つ、やってみるか喃《のう》」

自分がいま立ち合い云々と口走ったくせに、唖然《あぜん》たる表情の半蔵を、存外まじめな顔で大久保長安はかえりみた。

「そのわざのことじゃがな、半蔵。それについてわしには持論がある。先刻、忍《しの》びの一族の助けを求めることはわしの信念に反すると申したことにつながる意見じゃが、いかにも伊賀者のわざは名人芸であろう。伊賀組のみならず、古来日本人は名人芸を得意とし、むしろそれに溺《おぼ》れすぎる。が、当人の素質と刻苦の修練によるその名人芸というやつは、あまりに不毛で不連続的すぎる。その当人が死ねば、その芸もまた滅ぶ、というのは、あまりに効率が悪うて、愚かしくさえある」

長広舌はこの人物のくせの一つである。

「かつ、なんのための名人芸か、という目的を忘れる傾きもないではない。駕籠《かご》かきの名人なるものが出て、馬車というものをとりあげようとせぬ愚かしさだ。目的は、安楽に早く道中する、ということにあるのだ。げんに見よ、先刻伊賀者の精鋭は、山師や学者のあやつる戦車に木の葉のごとくはね散らされたではないか」

「あいや、あの戦車なるものは、あまりにも意表外かつ大がかりにて。——」

「なに、それほどのものではない。あれはまだまだ試作品に過ぎぬ。ただ、智慧《ちえ》は名人芸にまさるということだ。智慧というより、系統的組織的な知識じゃな。アダムスはこれをサイエンスといったが、日本語では何と訳したらよかろうかと、わしはさきごろから思索しておる」

「……？」

「そう申しても、おまえの不審顔、不服づらは解消すまい。よし、伊賀組の蒙をひらくために、一つ、この女たち、そこの伊賀者たちと立ち合せて見ようか」

「——お頭《かしら》」

背後で、牛のうなるような声がした。

だれの出した声か、半蔵はふりむいて、頭巾のあいだから血色にひかる九つの眼を見ると、

「立ち合うと申されて、石見《いわみ》どの」

と、やや狼狽《ろうばい》した顔色になった。

「伊賀者と立ち合えば——生命の危険がありますが」

「それはちと困るな」

と、長安は微笑した。

「可愛い女どもじゃ。殺されてはかなわぬ」

婿の半蔵はその名も知っている。

お船、お汐、真砂、お凪、お珊、というのが長安の愛妾たちの名であった。この問答をききながら、彼女たちはみな笑顔でいる。なかには、けらけらと声すらたてたものもあった。

「敵ではない。そこは何とか斟酌《しんしゃく》して、ただおたがいのわざだけを見せ合うてくれ」

　女たちがみなこっくりうなずいたのも、この場合小づらにくかった。妾ども、伊賀組がいかなるものであるか、ほんとうに知っているのか？

「ただ、申しておく、半蔵、これらの女ども、長安のもとへ来て、長きも五、六年、短きは二年足らず、たとえ一応の武芸を学ばせたとて知れたものだが、しかもあくまでも長安の閨《ねや》に侍るのを無上の勤めとする女どもであることを汲んでくれ」

　実に、妙なことになった、という意識もない。いったい、何のためにわが伊賀組と舅《しゅうと》の妾たちとが立ち合うことになったのか、その目的さえ忘却してしまった。

「うぬら、十数年、肉を破り、骨を削《けず》ったわざを御覧に入れい」

　と、うしろへ言った半蔵の声は、平生の沈着を失って、相当逆上している。

「しかと、承知！」

　だれの答えかわからないほど、これも頭に来た殺気横溢《おういつ》の声が打ち返した。

## 二

そのとき母屋《おもや》のほうから、先刻長安が命じた通り、下男や女中たちが酒や料理をささげて現われたが、もはや酒宴どころではない。——

「象潟杖兵衛《きさがたじょうべえ》でござる」

まず立った黒衣の男は、背はひくいが、肩幅はがっちりとひろがって、まるで黒い碁盤みたいに四角な体軀を持っていた。

「おんな衆と立ち合うと申して、いかなることに相成るか見当もつかぬが、ただ老婆心までにおれのわざだけをあらかじめ御覧に入れる」

四角なからだがながれるように馬場のほうへ十歩ばかり遠ざかると、腰にさしていた一メートルあまりの黒いふとい棒をぬきとった。同時に、やはり腰にぶら下げていた革袋から何やらとり出して、それを棒の先にとりつけた。

「はて、半蔵」

と、長安がくびをかしげた。

「あれはホーリイ・ウォーター・スプリンクラーではないか？」

「何と申したやら、いかにも十年ばかり前、石見どのより承わった南蛮の武器でござる。伊賀組とて、必ずしも古来相伝のわざのみを以て能とはいたさぬ。伊賀組では、あれを連《れん》枷《か》と称しております」

それは樫《かし》の棒に三十センチばかりの鎖をつけ、その鎖のさきに鉄丸をつけたものであった。鉄丸は栗のイガみたいな鋭い突起をドキドキとつき出していた。

いかにもこれは長安がその昔、西洋の武器図から婿の半蔵に紹介したものである。百年か二百年前、ヨーロッパで盛んに使われたというこの武器を、日本語に訳せば「聖水撒布器」というのは人をくっていると思い、かつ面白いと思って半蔵に教えはしたが、実際上、使用可能であろうかと疑っていたものを、その後伊賀組で採用していようとは――いま、象潟杖兵衛が具体物としてとり出すまで、さすがの長安も知らなかった。

「もっとも、あれを使いこなせるのはあの杖兵衛だけでござるが」

棒の先に鎖で鉄丸をとりつけてあるのだから遠心力が強大にすぎ、長安の案じたようにたしかに操作が難しい。その重みにふりまわされて、棒は不自在をきわめるだろうからだ。しかし、もし自在に使いこなせるなら、これは実に恐るべき武器にちがいなかった。

「や、や、や――っ」

杖兵衛は連枷をかまえて、これを右に左にひねった。

そのたびに鉄丸をつけた鎖は棒の先に、旋風のごとく右から巻きつき、とけ返り、左から巻きついた。鎖と鉄丸は凄《すさま》じい金属音をたてた。

「や、や、や――っ」

絶叫して棒をつき出すと、鎖はその長さだけ、前方へ鉄丸を振り出した。と見るや、生き物のごとく躍り返って、また棒に巻きついている。

「いかが！」

と、杖兵衛はふりむいた。

「この連枷をどう防ぐ？ 使えば、仮令《たとえ》棒を防いだとて、この鉄丸が頭を打つ。鉄の棘《とげ》が骨を破る。——いのちに別条ないようにとの石見守さまの仰せだが、その保証はできぬこの武器じゃが」

「ふむ、真砂、やって見い」

長安にうながされて、一人の女がうなずいてあずまやから歩み出た。

真砂さまという。日本人離れしたスラリとした肢体の上にのっている顔は、ややあごが細くとがり、しゃくれかげんだが、これも異国人めいた感じの美貌で、両側にまくれぎみの唇のかたちに特徴があった。

それが、象潟杖兵衛の前五メートルばかりに近づきながら、帯のあいだから横笛のようなものをとり出した。まさに横笛ほどの長さと細さを持った黒い管状のものである。

それをぎらと見ながら、

「それ以上、寄ると危のうござるぞ——おやりになる気か、何を。——」

杖兵衛は、相手の無謀さにかえってあわてたようだ。

四メートル。

杖兵衛の攻撃圏は、腕、棒、鎖を合わせて二メートルから二メートル半の範囲にあった。

三メートル。

この刹那、真砂さまは黒い管を軽く振った。三十センチばかりのその管が、ビュ－ッと

その十倍の長さにのびた。

「わっ」

仰天しつつ、象潟杖兵衛は、しかし電光のごとく連枷の棒でそれを受けとめた。が、蛇のようにのびた真砂の管は、蛇のように彎曲《わんきょく》して、ぴしいっと杖兵衛のこめかみを打った。

それがどれほどの打撃を与えたか、杖兵衛は棒立ちになった。

鉄丸のついた鎖は、真砂が振ってのび切ったものに巻きついている。間髪を入れず、真砂は手を離した。三メートルものびた管は、三十センチに縮まりつつ、あきらかに金属のひびきをたてて杖兵衛の顔面をもろに打っていた。それはまるで長い針が彼の頭部に刺し込まれたように見えた。

「ぎゃあ！」

象潟杖兵衛は連枷を放り出してのけぞり返った。鮮血が空を回った。

真砂さまは歩み寄って、いまの伸縮自在の奇怪な武器を鎖から離し、帯に横笛のごとくはさみながらシトシトと帰って来た。

「血は、鼻血です。死なぬように手ごころを加えましたが」

と、エキゾチックな笑顔でいった。

三

服部半蔵は二度三度大息をついていった。

「半蔵、西洋でもいまはあのような武器、ホーリイ・ウォーター・スプリンクラーは時代おくれじゃ。真砂の持っておるのは、鋼《はがね》の線を螺旋《らせん》に巻いて細い筒としたものじゃが、あれほど強靭《きょうじん》な弾力を持つ鋼はまだ西洋にもないはず。——わしははがね麻羅《まら》と名づけたがの」

長安は笑った。

「わざわざそのために作ったものではない。そういう鋼を作ったときの副産物のおもちゃじゃが、女にとっては恰好の武器であろうが。——べつに大した修業も要《い》らぬ。武器そのものの威力じゃ」

このとき、もう一人の黒装束ががばと立った。

半蔵もぎょっとしたが、しかしその男は十数メートルも向うへ——横なりに駈《か》け出した。

そこにつらねられた柵《さく》のそばに立って、

「お頭《かしら》、頼み申す」

と、さけんだ。あきらかに朋輩の敗北に対する怒りの声であった。

「あれは——あれは——？」

「牛牧《うしまき》僧五郎でござる」

半蔵は気をとり直したようすで紹介した。

「これも、まともに立ち合えばいのちにかかわりますれば」

といって、半蔵は歩き出し、遠い伊賀者の二人から刀を受けとり、抜き払うと大地に並べてぐさと深くつき立てた。

牛牧僧五郎の影が青嵐の中に鴉《からす》みたいに躍った。正確にいえば左右の腕を二度ずつ振った。

地につき立てられた二本の刀身に鋭いような鈍《にぶ》いような奇妙な音が鳴った。連続して四つ。

人々は、その二本の刀に二つずつ、同じ高さに忽然《こつぜん》として四個の瘤《こぶ》が生じているのを見た。

「僧五郎の投げた鉛の玉でござる。手投弾と申す」

半蔵は二本の刀を抜きとって、あずまやに戻って来て、さし出した。刀身には小さな李《すもも》ほどの鉛の玉が、いずれも半ばまで切りこまれて吸いついていた。

——して見ると牛牧僧五郎は、二本の刀身がほとんど垂直の一線と見える角度から投げて命中させたのだ。しかも同じ位置に。

「まともにからだに中《あ》てられれば即死でござろう。たとえ達人あって受けとめたとしても、御覧のごとく瘤つきの刀と相成っては」

「やって見るか、お船」

と、大久保長安はかえりみた。

色白で、ひたいがひろく、卵のようになめらかで、眼鼻も雛《ひな》のように端麗な愛妾お船さまは、赤くぬれひかっている唇を長安の耳につけて何やらささやいた。

「僧五郎、まだ鉛の玉は残っておるか」

と、長安は呼びかけた。殺気にみちた声が返って来た。

「はっ、まだ六個。——だれぞ、相手をなさるおつもりか」

「フフ、かようなものを十個も懐中いたすとは、起居《たちい》もさぞ厄介であろうに。——僧五郎、その六つの鉛の玉をな、そこの柵の杭の上に、一本一個ずつ並べい」

牛牧僧五郎はけげんそうにこちらを眺めていたが、ともかくも長安の命令に従うことにしたらしく、六本の杭の上に六個の鉛の玉をのせた。

それは、そうと知っていなければ、この遠目ではよく見えないほどの小ささであった。

「いざ、お船」

お船さまが立って、数歩歩いて、のばした腕の先に握っているものを見て、服部半蔵は眼を見張った。

鉄砲らしい。

鉄砲らしい、というのは、半蔵はそんな小さな鉄砲をいままでに見たことがなかったからだ。

イスパニアの短銃《たんづつ》というものは見たことがある。かたちはそれに似ているが、はるかに小さい——二十センチあまりの鉄砲であった。

「イギリスのスナップハウンスという拳銃にわしが手を加えたものじゃ。七連発できる。発射のたびにいちいち手で輪胴を回さなくてもすむように、引鉄《ひきがね》をひくだけで輪胴が回るように工夫したが、どうも命中率が感服せんので、まだ大御所さまにもお見せしておらぬ」

火縄も不要らしいその小さな鉄砲をはじめて見た半蔵は、長安の解説の意味すら理解できなかった。

「しかし、このお船はどういうわけか、この拳銃だけはひどく達者でな。これだけはふしぎな女じゃ」

轟然と拳銃が火を噴《ふ》いた。連続して六発。

半蔵の忍者としての眼は、遠望ながら六本の杭の上の六個の鉛の玉が、そのたびにふっ飛んで消えるのを見て、義眼のごとくむき出されたままであった。

「鉛玉も捨てがたいの。消音のところがよろしい」

と、長安がいったが、なぐさめたのか、嘲弄《ちょうろう》したのかわからない。

「しかし、女があの鉛玉を十もふところに入れて歩けるものではない。この拳銃、女でも扱えるところが味噌じゃ。——ところで次にだれが出場するな？」

笑った眼が、これはあきらかにからかいのひかりを浮かべているのを見て、

「拙者が」

と、三人目の伊賀者が立ちあがった。

これが、片目だ。左眼はとじられている。——さっき、五人の伊賀者の殺気にひかる九つの眼といったのはこのためである。

「鉄砲は七連発といわれたな。敵が八人来たらどうなさる」

狐坂銀阿弥じゃな。おまえなら、どうする」

狐坂銀阿弥は、頭巾《ずきん》のあいだから、ぎらと一眼を愛妾たちに投げて、

「——いや、お美しいお方を、あのような目に合わせてはあまりに無惨。われら仲間を以て御見《ぎょけん》に入れよう」

と、背を見せて、馬場に立ち、

「八人、来う」

と、選抜組以外の伊賀者たちをあごでさしまねいた。

狐坂銀阿弥は八人の伊賀者をおのれのまわりに遠く八方の地点に立たせた。

「よし！　おれを襲《おそ》え。おれを斬《き》ってもさしつかえない！」

と、彼はさけんだ。

八人の伊賀者は同時に抜刀し、いっせいに殺到した。まんなかに立った銀阿弥のからだがつむじ風のように回ると、そのこぶしから空中に無数の輪が流れ出した。

それがそれまで彼の腰に束《たば》にして吊り下げられていたものだとわかったのはあとになってからのことだ。飴《あめ》色の細い輪は幾十とも知らず宙を走って——たちまち、八人の伊賀者

のうち四人がばたばたと倒れ伏した。

倒れないあとの四人も棒立ちになっている。いや、それぞれの地点できちがいの舞踏のような動作をしている。人々は、その伊賀者たちの首にも、黒衣の胴にも、刀をふりあげた腕にも、宙をかきむしる腕にも、大小幾つかの輪がはまって、しだいにそれが自動的に絞《しぼ》まってゆくかのような光景を見た。――

## 四

「動くな、もがけばもがくほどそれは絞まる。――他縄自縛というやつじゃ。そのまま、もがかず、手をふれず、じっとしておれ。あとでおれがとってやる」

狐坂銀阿弥はそういいすてて、長安の前へやって来た。

あとに伊賀者たちは、まるで電流の通じた鋼線に縛られたように、地にころがった奴はころがったまま、踊るような恰好で地に立っている奴はその恰好のまま、動かなくなった。

長安はくびをひねった。

「銀阿弥、あの輪は何じゃ」

狐坂銀阿弥は腰になお束《たば》として残っている輪の一つをはずしてさし出した。

「琴糸でござりまするが」

長安は受けとって、つらつら眺めた。たしかに琴糸を大きな輪にしたものだが、その端がまた小さな輪になって、それにもう一方の端が通されて、その尖端に豆つぶほどの分銅がついている。

「その分銅は、投げて飛ばすに好都合なためもござりまするが、琴糸の輪が敵のどこかにはまった刹那、滑《すべ》って輪をちぢめる働きをいたします。むろんそれ自身は敵を絞めあげる力はござりませぬが、琴糸の製法に秘伝あり、絞まるだけは絞まり、決してあともどりして緩むことはありませぬ。従って、敵がもがけばもがくほど絞まり、ひっぱれば、いよいよ強く絞めあげまする。放置すれば血流断絶して肉は腐れおち、首ならばみずからくびれることも充分あり得ます。……これを名づけて伊賀忍法縛り首と申すも、決して誇称ではありませぬ」

「ふうむ」

長安は分銅をひっぱって輪をちぢめ、次に拡げようとしたが、いかにも輪はもとにもどらなかった。

「さらに拙者の輪投げのわざ、御覧なされたか」

銀阿弥の声には禁じがたい自負のひびきがある。

「首、腕、胴はもとより、動く刀、槍、たとえそれらがこちらに水平に向けられたものであろうと、あの輪からのがれることはできませぬ。走る足さえ、下から上へ、輪は舞いあがって捕え申す。あとはただ、こちらから近づいて、その人間蓑虫《みのむし》をぶッた斬ればよろしい。――いかが？」

と、頭巾のあいだから、ただ一つの眼で女たちを見た。

女たちの表情はもとより、長安の表情にもたしかに驚嘆の色があった。ただし、その顔から笑いも消えない。

「だれが相手をするな?」

長安は残りの愛妾をかえりみたが、すぐに、

「いや、いちいち立ち合うておっては、いつまでたっても酒宴が出来ぬ。ついでゆえ、伊賀組のわざ、もう少し見せてもらおうか。面白い。——」

と破顔した。

「魚《うお》ノ目《め》」

と、半蔵があごをしゃくった。

四人目の黒装束が立った。魚ノ目一針という男にちがいない。人々はその男だけが素足にわらじをはいていることに眼をとめた。

彼はくるっと背を見せて、あずまやから六、七メートルも離れたが、そこでいきなりしゃがみこんだ。それも一瞬、ばねのように立ちあがりつつ、ふりむいた。肘を直角にして両腕をあげ、足もまた膝をほぼ直角にまげてひらいた怪奇な姿勢であった。

ただその両こぶしと両足に、キラと扇のようにひらいた銀光がある。——

「えやあっ」

さけびと同時に、その右手と左足が打ち振られ、蹴あげられた。

ササササッとあずまやに時雨《しぐれ》のわたるような音がした。人々はそのあずまやに——右の柱に四本の針がたてに、軒先に同じく四本の針がよこに、同間隔でつき刺さっているのを見た。長さ十センチほどのたたみ針のような針であった。

「あと、八本まだ残っております」

いかにも魚ノ目一針の左こぶしと右足には、まだ四本ずつの針が扇のようにひろがっている。

「名は一針なれど、両手両足の指のあいだにはさんで立てた針は十六本。これが御覧のごとく、一本一本が自在に飛びまする。相手の両眼であろうが、腹であろうが。——伊賀忍法針地獄と申す」

と、半蔵の声にも生気をとりもどしたひびきがあった。

「魚ノ目、もうよかろう。……安馬谷《あんばや》、出い」

五人目の男が立った。

彼は頭巾をややかたむけて何やら思案している風であったが、スタスタとこちらに歩いて来て、あずまやの柱につき刺さっている魚ノ目一針の針を二本抜きとった。そして、長安の足もとにしゃがみこんだのである。

——何をするのか？

と、みないっせいに眼をそそぐと、その男は、さっき長安が大御所の前でアラビア数字を書いたすぐそばの地面に。——

「伊賀をおつかい下され」

「佐渡へおつれ下され」

と、その針で書いた。

つづけて書いたのではない。人々があっと眼を見張ったのは、彼が左右の手で同時にこれを書いたことであった。

左腕で文字を書くということは、左利きの人間ならあり得ることだ。しかし左右同時にちがう文字を書くなどということは、いままでに見たことがない。人間は左右の手で別々のことをやるが、そこには微妙にして厳然たる一線があって、例えば右の手で円をえがき、左の手で四角を書くなどということすらできないのである。

「……しかし、半蔵」

と、長安は顔をあげた。

「奇態な奴じゃが、このような手品が何になる？」

「手品と仰せられるか。――いかにもこれは敵にとっては恐るべき手品。この安馬谷刀印は左右の手を以て別々の武器を、完全にそれぞれ独立したわざとして行いまする。すなわち、合奏刀《がっそうとう》とは申すれど――」

服部半蔵はいいかけて、ふと刀印が地上に書いた文字を眺め、

「いや、石見どの、それよりもこれにて拙者おすすめ申しあげたる五人の伊賀者の手並、まずお見とどけ下されたでござろう。何とぞ、この文字の通り、こやつら御同行下されい」

「おまえらも、ついでに半蔵に見せてやらぬか」


「ようわかった」

長安はうなずいた。

ちょっと思案の態だ。が、やおら頭をめぐらして、

「お汐、お凪《なぎ》、お珊《さん》。――おまえらも、ついでに半蔵に見せてやらぬか」

五

歩み出た三人のうちの一人が、あたりを見まわした。

「おお、見せるのに人間の――肉が欲しいか」

と、長安は察したようだが、それにしても妙なことをいった。

「半蔵、先刻落命した伊賀者があったの」

「――は。あれに」

と、半蔵はけげんな顔をしながら指さした。

馬場のふちの遠い欅《けやき》の大木のかげに、さっき戦車とたたかって完全に絶命した伊賀者たちの屍体が、一応そこに片づけられて安置してあったのである。

「長安のために死んでくれた仏じゃが、しかし、人間、死ねば、しょせんは空《くう》じゃ。それに屍《かばね》をなお物の用に立てることは、伊賀者にとっても本望であろう。――半蔵、その仏をな、二、三体、あのあたりに運ばせい」

命じられて、半蔵はまだいぶかしげに、しかし生残りの配下にそれを伝えた。あずまやから十数メートルの場所に、伊賀者の屍骸《しがい》が三つつみ重ねられた。

お凪という女がまず進み出た。やや頬骨がたかく、唇は厚目だが、彫りのふかい美貌で、きものを通す胸の隆起もみごとなばかりの女であった。

これが、五、六メートルの距離まで近づくと、右の袖から何やらにぎってとり出したものが、日光にピカとひかった。長安が説明した。

「女の手ににぎられるほどの大きさじゃが、ギヤマンの瓶じゃ。ふだんは三個、布でくるんで、さらに竹筒に入れて、ふたをしてある。ふたをとれば、ふところの中で、一個ずつとり出すことが出来る」

お凪の繊手《せんしゅ》があがった。

ギヤマンの瓶は流星のごとく飛んで、三つ集まった伊賀者の死骸のあたりで砕けた。——同時に何やら熱湯のごときものが飛びちった。

「……おオお！」

半蔵をはじめ、いま選抜された五人の伊賀者たちが思わずうめき、中には顔を覆った者すらあった。

熱湯と見えたのは、そこから白煙がたちのぼったからだ。が、その白煙の下に彼らは屍体の三つの顔が一瞬にただれ、とろけ、肉塊というよりえたいの知れぬ粘塊《ねんかい》と化するのを見た。

「あれは硫酸というものじゃ。ヨーロッパではすでに七、八百年前にゲーベルという錬金術師が明礬《みょうばん》を焼いて作り出しておる。わしの製造法は、それにまた一工夫をこらしたものじゃがの。――肉どころではない。木でも鉄でもとろかすぞ」

長安は平然といって、

「次、お珊《さん》やれ」

と、命じた。

お珊はその位置で、二十センチばかりの細い金属の筒をとり出した。これは愛妾たちの中で最も年長の――といっても二十七、八の、蜂のように腰のふくらんだ恐ろしくあだっぽい女であった。

棒の先端に革鞠《かわまり》のようなものがつき、筒の尾端にT字形の柄がある。お珊はその柄をひくと同時に先の鞠をとった。

「ポンプという。佐渡でな、この原理で金山の地底の水を吸いあげようと努めておるが、水の量が多すぎて原理も追いつかぬ。しかし、あれくらいの小さな道具になると――うまく出来ておるぞ」

水鉄砲に似ているが、むろんみるからにずっと精緻《せいち》堅牢な金属筒だ。その柄をお珊が押すと、筒の先からビューッと細い液体が噴出して、三つの屍骸にしぶきをちらした。

「油じゃ」

油がとまった刹那、同じ筒先から灼熱《しゃくねっ》した針のようなものが飛んだ。

一瞬に三つの屍骸からめらめらと炎があがり出した。

「火炎筒《かえんとう》、と名づけたがどうじゃ」

伊賀者たちが黙りこんで声もなかったのは、決してその光景の酸鼻さのためばかりではなかった。

「不満は、これだけの距離しか飛ばぬことじゃ。が、不馴《ふな》れの者には拳銃よりも命中率が高い。命中率というより、油が敵のどこかにかかり、火がそのどこかに触れれば、敵は燃えあがる。――最後に、ちと可笑《おか》しいものを見せてやろう。お汐」

促されて、五人目の女が動き出した。薄い上唇がややまくれあがって、紅はつけていないのに、色白なだけにきわめて鮮麗な印象をはなつ美女だ。

「風に気をつけいよ」

「風はかすかに向うへ吹いているようでございます」

そういったまま、お汐は、とろけ、焼け焦げた屍体群のそばへ、ためらいもなく歩み寄っていった。

立ちどまった。こちらからは、そのかたちのいい背中にながれおちた黒髪が見えるだけである。――と、その向う側の胸のあたりから、ぽっと淡褐色の、しかし濃い煙の一塊が立った。それがほぼ球形にひろがると、お汐はからだを返してシトシトと戻って来た。

背後で、淡褐色の煙は完全に屍体群をつつんでいる。しだいに拡がってゆくが、しかしその濃さを減じない。――

「煙幕じゃ」

と、いってから長安は、

「もうよいぞ、持って参れ」

と、遠くにうなずいて見せた。母家から途中まで来て、料理や酒を持ったまま立往生している女中たちをさしまねいたのだ。

「あれで、お汐が動けば煙の陣幕が張れる。——あの煙にかくれたら、牛牧僧五郎の手投弾、狐坂銀阿弥の縛り首、魚ノ目一針の針地獄も、ものの役には立つまいが」

半蔵たちは沈黙したままであった。

「これよ、いまのうちにあの屍骸を持ってゆけ」

と、長安は残りの伊賀者に命じた。

六

伊賀者たちが駈け出すと同時に、あずまやの石卓に料理が運ばれて来た。芳烈《ほうれつ》な——が、魚、野菜もあるようだが、獣肉と卵が多い。濃厚な油の匂いにまじって、半蔵たちにはげえっと胃がつきあげて来そうな異臭を放つ料理の数々であった。

「わしの女精酒は持って来たか」

「は、これに。——」

卓に置かれた、口の細い、胸のふくらんだ奇妙なかたちの壷を半蔵たちが見ていると、長安はその壷からギヤマンの杯に半透明の黄色の液をみずからそそいで、

「……あれ見よ、半蔵」

と、馬場のほうにあごをしゃくった。

ふとこちらに眼を吸われていたが、そこの煙の球体はいまや一軒の家ほどに拡がり、さすがに向う《・》が透《す》いて見えるほどうすくなっていた。その中から、伊賀者たちが酔っぱらったように逃げ出して来た。

屍体を運ぶどころか、足はもつれ、頭巾のあいだからだが、眼のまわりが赤く染まって、その眼はとろんとあやしげな光をはなっている。それが、みな狐つきみたいな手つきをして、吸い寄せられるようにこちらに近づいてくる。

長安がふくみ笑いしていった。

「銀阿弥、縛り首の輪を投げてもらおうか」

「——は？」

「いまの煙幕をな、淫霧《みだらぎり》という。媚薬《びやく》がしこんであるのじゃ。あの鼻息をきくがよい。捨ておけばやつら、この女どもにけもののごとく飛びかかるぞ」

「——あっ」

仰天したのは服部半蔵だ。長安の言葉をきいて、先刻「ちと可笑しいものを見せてやろう」といったのはこのことであったか、と思い出すまでもなく、配下の挙動のただならぬ

ことを見てとって、

「銀阿弥、縛れ」

とさけんだ。

狐坂銀阿弥から七つ八つ、例の琴糸の輪が飛んで、さかりのついた伊賀者たちをたちまちその地点に縛りつけてしまった。

そのとき遠い馬場の端から、ころがるようにまた別の伊賀者が一人駈けて来た。

「一大事でござります。先刻の曲者の首、奪われてござる！」

「なに？」

先刻の曲者とは、いうまでもなく長安が、腐れおちるまで門前に晒《さら》しておけと命じた大坂方の忍びの者の屍体《したい》のことにちがいない。

その作業をしたあと、三人の伊賀者を暫時番人としてつけておいたのだが、そのうちの一人がちょっと場を外したあいだに、もどってみると二人の仲間がのどに手裏剣を打ちこまれて倒れ、曲者の屍体は地におろされ、その首は持ち去られていた。ただわずかに息のあった伊賀者が、

「くノ一」

と、ただ一語つぶやいて、こときれたという。――と、動顚《どうてん》した報告をきいて、

「首をとって逃げたのは女。――大坂方の忍びの者にはくノ一の仲間がいたというのか？」

と、半蔵はくびをかしげたが、たちまち、

「果たせるかなじゃ！」

と、躍りあがり、猛然と駈け出そうとした。

「待て」

長安は呼びとめて、

「あやつの首など失《う》せてもさしつかえない。捨ておけ」

と、自若としてギヤマンの杯を口にふくんだ。

「それよりも、半蔵よ、いまの競演じゃがの」

「は。——これ、うぬら、追え、いまの曲者の首を持った奴、いそぎ追って、探《さが》せ。それから、屋敷の門々、しかとかためろ！」

半蔵は叱咤《しった》したあとで、

「いや、その五人はここに残れ。残って石見どのをお護り申しあげい」

と、あわてふためいた。

長安はうるさげに眉をしかめた。

「騒ぐにはあたらぬと申すに。——なまじの曲者がわしに立ち向えるものかは。長安にはいま見た通りの親衛隊がついておるではないか。——」

# 彼の帝国へ

## 一

長安は、みずから称する彼の親衛隊を舐《な》めるような眼で見まわしていう。

「半蔵、両陣の競演、一見いずれが勝《まさ》るか判じがたいようじゃが、その実大いにちがう。そちらは骨を刻み肉をけずる修練の果て、こちらはほとんどさしたる修業も要らぬことじゃ。すなわちこれがサイエンスの功というもの。――」

おだまきのごとくくり返す長安の持論だ。

余談だが、それで作者には思いあたることがある。後年の太平洋戦争に於けるミッドウェー海戦、あれこそ日本海軍滅亡の序曲であったのだが、その最初の空中戦に関するかぎり、日本海軍のゼロ戦三十六機は、アメリカのグラマンと戦ってその四十機を撃墜し、味方はただ二機を失っただけだというほどの神技をふるった。しかるに二年後のマリアナ海戦は如何《いかん》。三百機をこえる日本海軍の航空部隊は、アメリカのヘルキャット機群と戦って、ぶじ母艦に帰投したものわずかに二割、敵をして「マリアナの七面鳥射ち」と太平楽をのべさせるほどの惨状に転落した。名人芸を以てしてはじめてその真価を発揮するゼロ戦が、そのあいだのソロモン消耗戦で精練の航空兵を失うと、逆に格段の進歩をとげたアメリカの戦闘機に無惨なばかりの弱点を曝露したのである。

「半蔵、まず飲め、みなの者もねぎろうてやれ」

服部半蔵には、とうてい長安の言葉が日本の将来の科学の命運にかかわる卓説であることなどに想到する頭はない。彼は、それどころではない。

「石見《いわみ》どの、ともかくもこれにて大坂方の忍びの者が、なお当家のまわりを徘徊し、石見どのを狙《ねら》っておることが判明いたした。佐渡へおゆきなされば、必ずやその手は佐渡へ。――」

「口はばたいが、十万の大軍に襲《おそ》われても長安はびくともせぬ。いわんや、忍者ごときを怖《おそ》れて、何のための長安のサイエンスぞや」

半蔵の執拗《しつよう》さに、悠揚《ゆうよう》たる長安だが、ややいらだった声で断乎《だんこ》といった。

「左様なものが出没すれば、かえって島の無聊《ぶりょう》さをしのぐ遊びとなるわ。とにかく、伊賀者などが身辺にウロチョロするのは長安はかたくことわる」

「しかし、何と申してもお護りいたすのが女人衆とあっては」

「但馬《たじま》もおる。蔵人《くらんど》もおる。その他、長安を護る者どもは鉄桶《てっとう》のごとしじゃ。――飲まぬなら、半蔵、あの化物どもをつれてひき揚げい。可愛い気《げ》のない奴《やつ》ら。――」

うるさげにいって、長安は味方《みかた》但馬や、席に戻っていた京《きょう》蔵人や、女たちを石の卓にさしまねいた。

「さ、遠慮のう、やれ」

そして、また口の細い壷から濃厚な琥珀《こはく》の液体をギヤマンの杯についで飲んだ。

呼ばれた連中は卓を囲んだが、これについている酒はふつうの銚子《ちょうし》であった。長安だけが特別の酒を飲んでいるらしい。見ていると、豪放な人物が、まるで天来の貴重な薬でも飲むように、一口のんでは眼をとじて、舌のみならず全身で味わっている案配である。

ついに拒《しりぞ》けられた服部半蔵は、ふととりつくしまを失ってそれを見ていた。

長安は大御所に、「伊賀者はすべてわが子のようなもの」といったが、しかし長安といえども伊賀組のすべてを知っているわけではない。とくにこのごろは知ろうとする興味も失っているらしい。同様に半蔵も、義父のすべてを知っているわけではない。長安のほうはべつに秘《かく》そうとしていないが、どうしても半蔵には了解できかねるところがあるのだ。たとえば、いま長安の飲んでいる酒、彼のいわゆる「女精酒」がいかなるものであるか、半蔵も知っている。長安の異様な若さも大半それに由来するのではないかと思っている。が、それがたとえ長安のサイエンスにもとづくものであろうと、いま平然と杯をかたむけているその貴族めいた顔を見ていると、いかなる怪奇、いかなる酸鼻にも動ぜぬ半蔵が、吐気のするほどの不可解の感を禁じ得ないのだ。

「お、半蔵」

と、長安はふと気づいたように笑顔をむけて、

「おまえら、まだそこにおるのなら、もう一つ頼みたいことがある。三の蔵にある女精酒

の甕《かめ》な、五つあるはずじゃが、そのうち三つ、北側にあるものだけを運ばせて、この馬場のあの欅《けやき》の木の下あたりに深く埋めてくれい。これは酒をしぼったあとの滓《かす》じゃが、残しておくと面倒じゃ。あと南側にある二つは佐渡へ持ってゆくゆえ、これは手をつけるでないぞ。また、いうまでもないが、甕の中、見てはならぬぞ。――」

と、命じた。

――まもなく、五人の伊賀者が、半蔵指揮のもとにそれぞれ三つの大きな甕、一メートルはたっぷりあり、ふたをしたうえ油紙でつつんで封印をした甕を運んで来て、大きな穴に埋める作業を、長安は女たちと談笑しながら眺めていた。

そのときに追手に出ていた伊賀者たちが汗みどろになって馳《は》せ帰って来て、曲者のゆくえがついにわからないことを報告した。

大久保石見守長安が任地の佐渡へむけて、駿府を立ったのはそれから十日ばかりのちのことである。

二

「佐渡の国へ上下、路次の行儀おびただしきことなり。召しつかいの上臈《じょうろう》女房七、八十人、そのつぎ合わせ二百五十人同道、そのほか伝馬人足以下いくばくという数を知らず、ひとえに天人のごとし、さらに凡夫の及ぶところにあらず」と、「当代記」にある。大久保長安の佐渡への旅の豪奢《ごうしゃ》ぶりを伝えたものだ。

駿府から興津《おきつ》へ、そこから富士川に沿って、青嵐《あおあらし》の中をきらびやかな大行列は北上した。

一行が甲府に入ったのは、数日後の夕刻であった。ここは長安の故郷であるのみならず、また彼が代官として支配した土地でもある。佐渡へいそぐのが目的なら、鰍沢《かじかざわ》から韮崎《にらさき》へ出たほうが早いのだが、そういう縁故があるから、彼はわざわざ甲府へ回って一泊した。

城代に迎えられて、長安は王者のごとく甲府城に入ったが、その前にちょっと変った一事件が起った。

大手門にちかい往来に、妙な裸虫《はだかむし》の大群がならんでいた。ぜんぶが裸虫というわけではなく、きものらしきものをまとっている奴《やつ》もあるが、大半はふんどし一本だ。月代《さかやき》はのび、ひげはのび、埃《ほこり》まみれになった男たちが、まずざっと三百人くらい。

これが往来の両側に立ったり、しゃがんだり、あるいはべったり尻をすえたりして、ぎゃんぎゃん騒いでいるのだから、ここを通りかかる人間はだれでも立ちすくんでしまう。

「通れ、通れ」

あちこちに立っている武士が、それを見ると手をふって促《うなが》す。

「みな縄でくくってある。手出しはせぬから、安心して通れ」

そこではじめて気がつくと、裸虫たちはなるほどみなうしろ手にくくられて、しかもふとい縄で数珠《じゅず》つなぎになっている。

それでもうすきみがわるいが、ここが甲州街道なのでどうしても通らねばならない旅人もあり、おそるおそる通ってゆくと、果たせるかな両側から、悪態《あくたい》と罵笑《ばしよう》がふりかかる。

「黙れ、うるさい、黙りおらぬか」

と、武士たちが走りまわって叱咤《しった》し、ときには棒でなぐりつけるが、とくに通る者が女であったりすると、もうぶってもたたいても騒ぎはとまらない。野卑淫猥《わい》きわまる嘲弄《ちようろう》の雨である。

——と、その騒ぎが一方から、スーッとふしぎな消えかたをしていった。

「はて？」

と、警戒の武士がふりかえると、その方向から一人の六部《ろくぶ》が歩いてくる。

すぐにそれが女六部であることがわかったが、近づいて来たのを見て、武士たちも思わず眼を見張った。

過去精霊を追善するために、あるいは自分の後生浄土を祈るために、法華経六十六部を書写し、日本全国六十六か国に一国一部ずつ寺に納めて歩くいわゆる六十六部。平安朝のむかしに起ったというこの風習は、このころにはたんに六部と呼ばれる漂泊の乞食《こじき》が大半であったが、しかしいまやって来るそれは、環をつけた六部笠、荒木綿《あらもめん》のきもの、おなじ色の手甲脚絆《てつこうきやはん》、帯のまえに鉦《かね》をむすび、背に仏龕《ぶつがん》を背負うという典型的の衣裳《いしよう》ながら、あきらかに乞食とちがう清らかさがある。——

それが衣裳の清らかさではなくそれをまとう人間によるものであることをだれもが知っ

た。ト、ト、トと小走りに歩き、手をかけてかたむけた六部笠の下の顔は、まぶしいばかりの美貌であった。野獣のむれのような裸虫たちを、思わず黙りこませたほどの。――

「あっ」

突然、まんなかあたりで、破れたような声がした。

「お頼《より》……お頼！」

女六部はびっくりして立ちどまった。

裸虫の中から、男が一人フラフラと出て来たのだ。これは縄でくくられていなかったのか。――見れば、月代はのばしてはいるが、裸にちかい――いや、きものはたしかに着ているけれど、裾はまくりあげて帯にはさみ、長い足にわらじをはき、片肌《かたはだ》ぬぎになった若い男が、飛び出すような眼で近づいて来た。

「お頼よう……おめえ、生きていたのか、生きて、こんなところをうろついていたのけえ。……」

ただならぬようすに、武士たちもあっけにとられた風でこれを見ていたが、ふいに一人が何かの物音にふりむいて、狼狽《ろうばい》してそばに駈《か》け寄った。

「ひかえろ、鉄」

「お頼、鉄だ。これ、何とかいってくれろ！」

「鉄。……殿がおいでだ。駿府から石見守さまがおつきあそばしたぞ」

「お頼、お頼やあい」

「それ、御行列があそこに見えて来た。しずかにせぬか！」

「うるせえ、黙れ、騒ぎやがるな」

「騒いでおるのはお前一人じゃ。こちらの騒ぐのはわけがある。これ、殿の御一行だぞ。女もつつしんでそこにひかえておれ」

甲府に入って来た大久保長安の行列が向うに見えて来たのはこのときである。

いちど、どっととまたどよめきかけた裸虫たちは、しかしすぐに水を打ったように静まりかえった。「日本の総代官」とうたわれる大名の威に、理性的に打たれたのではない。いままで見たこともない行列の華やかさ、きらびやかさに、感覚的に度胆《どぎも》をぬかれたのだ。

——女とみれば猿のごとく騒ぎたてていた彼らの眼前を「上﨟女房七、八十人」が通ってゆくというのに、

「これよ、とめい」

ふと声がかかった。

長安の乗物からである。ちょうど女六部のひざまずいている前であった。

「殿、いかがあそばしましたか」

と、警戒していた武士の一人が駈け寄ってきいた。

「草間《くさま》内記か。御苦労」

と、乗物の中から声がきこえた。

「水替人足、江戸で何人狩り集めたかの」

「三百七人でござります」

「よう集めた。ところで、そこの女六部、城へつれて参れ」

「……はっ？」

三

けげんな表情ながら、この主人の天衣無縫《てんいむほう》、傍若無人ぶりにはよく経験があるとみえて、武士はその女六部のそばへ近づいた。

「参れや」

女六部は笠をあげた。驚いた大きな瞳がみずみずしく、実に新鮮であった。

「来う」

「あの、なんの御用でございましょう？」

「大久保石見守さまのお召しである」

「……あの、おゆるしなされて下さりませ。さきに大望のある六部の旅でござりますれば」

「来う」

肩をつかんだ内記の腕が、いきなりぴしりとふりはらわれた。

「何をいたす、六文銭！」

と、内記はとびずさり、眼をむいた。

六部のそばにむき出しの膝小僧をついていた先刻の若者がヌゥと立ちあがった。

「いやだっていってるじゃあねえか」

「こ、こやつ。……乱暴も相手による。大久保石見守さまのお申しつけであるぞ！」

「石見守がなんだ。おいらア天下に主人も親もねえ六文銭の鉄だ！」

さけんだ若者は、背はふつうよりやや高い程度だが、腕も胸も筋肉の瘤《こぶ》を集めたようなすばらしい肉体をしていた。埃《ほこり》にまみれているが、苦味ばしったいい顔だちをしている。眼は凶暴といっていい光をはなち、頰《ほお》のあたりに妙に子供っぽいまるみが残っていた。

腰に短い、太いやつを一本さしている。あきらかにこれは数珠つなぎ連中の一人ではない。——理窟《りくつ》ぬきの迫力に打たれて、草間内記はたじだじとしたようであった。

「鉄、うぬは佐渡へゆくと申したではないか。佐渡へゆけば、その帝王はこの石見守さまであるぞ！」

「内記、そやつは何者じゃ？」

と、乗物の中から声がかかった。

「はっ、江戸の市井で六文銭の鉄と申す無頼の男でござりまする」

「縄もかけてはおらぬ。人足ではないのか」

「はっ、それがこやつ、人足狩りに精出してくれたおかげで、この人数を集め得たのみならず、われらのいうことをきかぬこのやくざどもが、この男の命令だけは猫の前の鼠のごとくききますすれば、特別に宰領としてつれ参りましたが、なにぶん、理非も弁じがたい無智無鉄砲の乱暴者にて。——」

内記は、六文銭の鉄という若者の血相にむき直って、

「これ、その女、うぬの知り合いか」

「知り合いも知り合い。おいらはこの女に惚《ほ》れて、惚れぬいたところが、ふいにこいつ消えちまって、だからおいらヤケになって佐渡へゆこうとしていたんだい」

「知人ならばそれでよい」

と、乗物の中の声はいった。

「両人ともに城へ参るがよい。よいな？」

「へ？」

めんくらったような顔を残し、

「ゆけ」

乗物はあがった。

それが数歩遠ざかってから、そこにキョトンと立っている六文銭の鉄と女六部を、草間内記は促した。

「では、参ろう」

「へ」

鉄の手が女六部の胴に巻きついたのを見ても、同行するための動作と見て内記は疑わず、先に立って背を見せた。

わっという人足の声があがったのはそのときである。ふりむいて内記はあっと仰天した。六文銭の鉄は女六部を小脇にかかえたまま、甲州街道を西へ向って駈け出したのである。砂塵《さじん》をひいて、その韋駄天《いだてん》のように速いこと。――

しかし、数百人に及ぶ長安の行列は長かった。これは事情もわからず、みなあっけにとられて、それとは逆に逃げてゆくこの一体の男女を見送ったままであったが、その最後尾ちかくになって二人の前にぬうと立ちふさがった五つの影がある。

鰍沢のほうから駈けて来た五人の山伏であった。

それがただの山伏ではないと本能的に見てとったらしく、六文銭の鉄はいちどタタラを踏んで棒立ちになったが、たちまち横へ走って、その最後尾についていた二つの駕籠《かご》の中の一方をひっつかんで、ひっくり返した。片腕で女を抱いたまま、大変な力である。

と、ひっくり返った駕籠から大きな甕が一つ転がり出し、路上でぱっくり二つに割れた。

強烈な酒の匂いが人々の鼻をついた。が、人々はそれを意識せぬ。

「あ――っ」

五人の山伏すらも恐怖のさけびをあげていた。

割れた甕の中から、おびただしい液体とともに路上に流れ出したのは全裸の女であったのだ。あきらかに屍体で、しかも皺《しわ》ばんだ白い肉体のところどころは紫色に腐れかかって。

――

# 六文銭という男

## 一

「あっ……こ、こりゃなんだ?」

女六部をひっかかえたまま、六文銭の鉄は立ちすくんだ。

自分がひっくり返した駕籠《かご》ながら、その中からこんなものが転がり出そうとはびっくり仰天であったらしい。——

かっと眼をむいてその酒漬けの女の屍骸《しがい》を見下ろしていたが、そのときどっと乱れ動いた山伏たちのあいだを恐ろしい勢いで駈《か》けぬけた。

五人の山伏が乱れ動いたのは、彼らがその屍骸を収容しようとしたためであった。いったんは彼らも驚いたらしいが、たちまち何やら思いあたることがあったようで、狼狽《ろうばい》しつつもその半腐爛《はんふらん》の屍骸を拾いあげ、もとの駕籠に押し入れるのにかかろうとしたのだ。

その刹那《せつな》に、いまの男が女を抱いたまま逃げ去るのに気がついて、

「……きゃっ!」

「何者だ?」

「ともかくも、追え。……つかまえろ」

「一針！」

ばらばらにそんな叫びを交わしたかと思うと、一人の山伏がこれまたぱっと駈け出した。もう街道を西へ、砂けむりをあげて小さくなってゆく男を追ってである。

残った四人の山伏のうち三人がひっくり返った駕籠をもとに戻したり、屍体や壊《こわ》れた甕《かめ》を収容したりしているあいだに、

「何が起ったのやら、わけがわからぬ。石見さまにうかがわねば！」

と一人は行列の前方へ、これまた駈け出していった。

大久保長安の乗物はそのあいだにも前へ進んでいた。まるでいまの騒ぎは存在しなかったもののようである。あとにくっついていた七つ八つの駕籠が、そのあとを追っている。長安の乗物は行列の先頭に出た。ちょうど路傍にならんだ裸虫たちのはずれでもある。

長安は乗物から立ち現われた。甲府城代がそこまで出迎えに来ていたからである。

山伏が駈けつけて来たのは、二人が挨拶をかわしているときであった。

「石見守さま。……石見守さまっ」

長安は城代に笑顔で答えていた。

「いや、あれか。佐渡の金山の水替人足に使ってくれようと思うてな」

「石見守さま、いまの男、何やつでござる。ともあれひっ捕えるよう、魚《うお》ノ目《め》一針にあとを追わせましたが、きゃつ何者か、拙者らもちょうど御行列のうしろについたところにて

事情相わからず。――」

「象潟杖兵衛《きさがたじょうべえ》よな」

と、長安はふりかえって、うるさげにいった。

「うぬら、なんのためについて来たか。供は無用じゃとあれほど半蔵に申してあるに――いやはや、しつこいやつら。――」

「あいや、それにても気にかかる。何と仰せられようと佐渡へついてゆき、遊軍としてでも石見守さまをお護り申せとのお頭《かしら》のお申しつけでござる！」

と、象潟杖兵衛は四角な顔に歯をむき出した。顔も四角だが、山伏姿のからだも碁盤みたいに背がひくく四角な男だ。

「無用と仰せあるが、ただいまの男、お行列の尻の駕籠を倒し、中から奇怪なものをさらけ出して逃げてゆきましたぞ！」

「なに？」

さすがに長安は杖兵衛をじろと見まもった。

「その男、中のものを何かと知って左様なことをいたしたのか」

「いえ、きゃつも仰天したようすにて、それは……拙者どもから逃れるための狼藉《ろうぜき》のていとは見えましたが」

「で、そのものをどうした？」

「刀印らがいそぎもと通り、駕籠に納めております。ただ、甕《かめ》は割れてござります」

「よし、その駕籠のみはいそぎさきに城に入れよ」

「逃げた男はよいのでござるか」

「一針が追うていったと申したな。捕えられればそれでよし、捕えられなければそれでもよし——、いまの男、あとで草間内記にもういちどきくが、さして気にすべきやつではないようにわしは思う」

「いや、一針が追うた上は、捕えることにまちがいはありませぬが。——」

「ええ、うるさい。いまわしが命じたこと、早うやれ！」

叱咤《しった》されて、象潟杖兵衛はもと来た方角へすっ飛んでいった。

「内記」

と、長安は、そこまでついて来てまだ茫然としている草間内記をかえり見た。

「改めてきくが、いまの……六文銭とか申すやつ、素性は何じゃ」

二

「さ、左様に申されまするると、きゃつの素性、しかとは相わかりませぬ。いや、素性というべきほどの素性のない風来坊。先刻申したごとく江戸の巷《ちまた》でならず者どもにすこぶる顔のきく暴れ者とだけ存じておりましたが、まさか、ここであのようなまねをいたそうとは。——」

すぐ思いあたったらしい。笑って手をふった。


「六文銭、という名がいささか気にかかるが」

草間内記は長安の言葉の意味がとっさにわからなかったようだが、すぐ思いあたったらしい。笑って手をふった。

「いえ、あれは金がなくなると、ひとに六文くれ、という癖があるとのことで、それから来たあだ名だということでござります。拙者の知るかぎりに於ては、その性、いのち知らずの乱暴者ではござれど、甚《はなは》だ無智単純の男でござりまするが」

「ふむ。……よい、わかった。むかし惚《ほ》れた女にめぐり逢うてのぼせあがっただけであろう。いま、ちらとわしが一目見ただけでも、さして底意のある男とは思えぬ。捨ておけ」

そして長安は、また甲府城代との会話に戻った。

「で、人足の話じゃが、佐渡の金山では、掘るに従って水が出る。昼夜をわかたず洪水のごとく湧《わ》き、これを絶えまなく汲み出さねばならぬ。日もささぬ地底のことゆえ、ま、申さば地獄の亡者の仕事よな。それをこれまで佐渡の百姓など使うて来たが、そのような仕事ゆえ、だれもあまり悦《よろこ》ばぬ。そこで、内記に江戸であの男どもを狩り集めさせ、わしが甲府へ立ち寄る日と打ち合わせて、ここへつれて来てもらったわけじゃ」

そのことは城代も、江戸から先着した大久保長安の家来草間内記からきいている。

「おびただしい数でござるが、これはみな罪人で？」

と、きいた。長安はくびをふった。

「いや、ただ生業もなく、江戸の町を横行して民を悩ましておる無頼の者どもよ」

「それを捕えて……佐渡の水替人足となさるのでござるか」

「左様、世にあって益なきやからじゃからの」

長安は恬然《てんぜん》冷然としていった。

「現在ただいま生業に励む庶民を悩ますのみならず、生かして将来豚のごとく子を残させれば、後代までも日本人の素質に悪影響を与える虫ケラども。……いまのうちに佐渡の地底で絶滅させれば、それだけ日本人の血より劣等の素質を除くことになる。きゃつら、せめて黄金のために一杓《いっしゃく》の水なりと汲ませて、その分だけ虫ケラの功をなさしめるは長安の慈悲じゃ」

一言一行、何かといえば天下と未来につながざるはないのが大久保長安のくせだ。そして、あきらかに本気の顔つきであった。

佐渡金山の排水作業に江戸の無宿人を制度として大々的に使役したのは、ずっと後年の安永年間、十代将軍家治のころからのことである。無宿人とは行状無頼のため罪の縁座をおそれて人別帳（戸籍）から除外された者のことで、従って人別帳制度もまだ完備しないこの時代に無宿人という名があったわけではないが、しかしその名に値する軽犯罪者若しくは犯罪の予備軍は、むろんいつのころにも存在していた。

長安は、そのごろつきどもを江戸から狩り集めさせたのである。べつにこれといった大罪を犯したわけではなく、コソ泥、ばくち、たかり、或《あ》るいはたんに浮浪の徒を、長安も認めるこの世の地獄へ送りこもうというのだから、むちゃといえばむちゃ、勇断といえば勇断だが、いずれにしても、このアイデアは長安らしい独創だ。

後年の無宿人の佐渡送りは、この慶長年代に於ける長安の例を踏襲《とうしゅう》復活させたもので、それは佐渡の労働力の確保と江戸の治安をかねてのことだが、これにさらに日本人中の劣等種絶滅政策の意味をもふくませていたのは、長安ならではの着想であろう。

「なお、江戸ではつづいて狩り集めさせておる。人数がまとまり次第佐渡へ送る手はずになっておるゆえ、またこの街道を通る群もあろうが、よろしく頼み入る」

まさか絶滅政策の俎上《そじょう》にのせられているとは知らず、数珠《じゅず》つなぎにはなっているけれど、佐渡へいってしばらく働けば釈放される、それどころか一稼ぎできるくらいに考えて、奇声を発したり、尻をかいたりしている裸虫のむれのそばをそのとき一つの駕籠が前にかけぬけようとした。かついでいるのは二人の山伏、これにつきそっているのも二人の山伏だ。いま長安から命じられた象潟杖兵衛たちである。

「杖兵衛」

と、長安は呼びかけた。

「はっ」

「その中のもの、もはや役に立たぬ。城内のどこぞへ埋めさせてもらえ」

「はっ」

杖兵衛をはじめ、あとの山伏たちの顔色もかがやいている。

いうまでもなく例の伊賀者たちだが、あれほど拒否された同行を、どうやらやっと長安から黙認されたらしいと見て、恐悦しているようだ。

駈け去ってゆくその駕籠を見送って、長安はさすがに憮然《ぶぜん》たる表情であった。

「惜しいのは、地に流れた酒のほうじゃ。あそこまで仕込んだものを、一甕むざと無駄にしてしもうた。思えば、あの無頼者、にくいやつ」

「あれは、なんでござる?」

と、城代がきいた。いまの異形の山伏たちも腑《ふ》におちないが、それより駈けぬけていった駕籠からもれた——文字通りそこから地へポトポトと滴っていったものの発する強烈な匂い、酒というよりいまでいえばアルコールにちかい異臭に、けげんにたえないものがあったからだ。

「フ、フ、わしの若さのもとじゃよ」

「若さのもと?」

城代は、たしか七十を越えているくせに、五十代、四十代とすら見える怪奇な傑物の顔を改めてしげしげと見まもった。

「いや、若さのエキスを溶かし出したあとの滓《かす》と申してよかろうか」

「殿さま」

うしろの駕籠の中で、きれいな女の声がした。

「先刻の女六部、あれをお城に召して、何としようとなされましたえ?」

「あれか」

「佐渡へお供するのは、わたしたちだけでもまだ御不足でござりまするかえ？」

「いや」

長安は珍しく、ちょっと狼狽したようだ。が、笑いながら独語した。

「なに、一目見ただけで、これはエキスになる女、という気がした。それだけよ。――そう思うと、あの女六部、いよいよ捨てがたい。魚ノ目一針、まさか殺しはすまいな？　女精酒は、生きた女人から仕込まなくてはその効き目がないのじゃ」

三

「あの、もう下ろして下さい」

「いや、大丈夫だい」

「こちらが苦しいの。もう離して」

山を廻るところで、うしろをちょっとふりかえり、あとを追う叫喚もないと知って、六文銭の鉄は横抱きにしていた女六部をやっと下ろした。

駈けも駈けたり、四キロちかくも駈けたろう。さすがに六文銭の鉄は、満身茹《ゆ》であげられたようにさくら色に染まり、それがいちめん濡《ぬ》れひかっていた。

彼は、女六部を下ろすと二、三歩離れ、見上げ見下ろして、にやっと笑った。男が見たら子供みたいな笑顔だが、その中に実に凶猛ともいうべき原始的な性の笑いのまじっていることを、女だけが感覚した。

「こんなきれいな女、はじめて見た」

と、いった。心からなる嘆賞の声であった。

「よくいままでぶじに道中していたもんだ！　あの殿さまが一目見て、助平根性を出したのもむりアねえ。――」

女六部は眼に星のようなまばたきを見せて、それからいった。

「わたしがあなたの知らない女だということは知っているのですね」

「はじめはてっきりむかしおれの知ってた女だと思ったんだ。あとでちがう女だってことはわかったがね」

「では、なぜわたしをさらって来たんです」

「だからよ、あの殿さまに人身御供《ごくう》にあげられそうな気配だったからよ。――江戸からくる道中きいたが、大久保長安ってえ大名は、じじいのくせに妾の大群をぞろぞろつれて、日本じゅうをのしまわるってえ大変な野郎だぜ、こいつあ危ねえと思って。――」

「あなたはいったいだれですか」

「六文銭の鉄ってんだ。……仲間はみんな、ただ六文銭っていうがね。おまえさんは何てんだい？」

女六部は黙って歩き出した。

六文銭は追う。

もう夕焼けにうす赤い甲州街道に、白い土ほこりが次第に早くなった。

「おっそろしく足が達者だね。……見かけによらねえ。……六部をして旅に馴《な》れたからかね。……なるほどこれじゃあおいらが抱いて逃げることアなかったかも知れねえ。……何のために女だてらに六部をして回ってるんだい？　え？」

ぶつぶつと問いかけながら、六文銭は追う。

「いってえ、どこへゆこうってんだよう」

「あなたはどこへゆくのですか」

と、女六部はちらとふりむいた。

「おれ？　おれはおまえさんのゆくところへ」

「——なんのために？」

「おまえさんをやっつけてやろうと思ってさ」

「わたしを、やっつける？」

六文銭はまたにやにやと笑った。

「おれは女を二日抱かねえと鼻血が出るってえ男なんだ。それが、江戸を出てから甲府まで七日間、女ッ気なし。で、もう三度くれえ鼻血が出て、四度目の鼻血が出かかってらあ。……そら」

思わず、見ると、六文銭の手は、鼻ではなくて股間《こかん》のあたりをまさぐっている。そして、実際に巨大な男根をあらわした。女六部は、六部笠の下で真っ赤になった。

「ばか！」

凛然《りんぜん》たる声を投げると、彼女は、ト、ト、ト、と小走りに急いだ。

しかし、六文銭はむろんひるまない。

「ばか、か。いままで利口だといわれたことのねえ六文銭だ、腹は立たねえが、こっちが。——」

と、大股《おおまた》に追っかける股間からは、依然、平気でぶらつかせている。下にではなく、なるほど上方にである。

山沿いの街道を一つまわると、河が見えた。釜無川《かまなしがわ》だ。

「ま、待ってくんろ。こまったたな。怒っちゃったかな。六文銭、こうは見えて、惚れた女にはばかに意気地《いくじ》がなくなるんでね。それで前にも女に逃げられたんだ。……えい、くそ」

何やら決心したとみえて、一飛び足をのばしかけたが、ふいに彼は立ちどまった。

顔をあげて、赤い空を見ていたが、例のものをいそいでひっこめ、たちまち身をひるがえして、いま回った崖をひき返した。

——と、そこに一人の山伏がしゃがみこんでいた。ほんのいま回るときまで、全然背後の街道に人影一つ見えなかった路上にである。

それが、妙なことをやっている。山伏は、むき出しの足にわらじをはいていたが、その足指のあいだに長い針を一本一本さしこんでいるのである。そして、妙にひらべったい顔をあげて、六文銭をじろじろと見た。

それが何を意味するかは知らず。――

「来やがった！」

と、すッとんきょうな大声を張りあげて、六文銭はもと来た道へ駈け戻っていった。

「逃げな、ヘンな鴉天狗《からすてんぐ》が一羽、追っかけて来やがったぜ！」

# 朱鷺《とき》という女

一

魚《うお》ノ目《め》一針。

服部半蔵があえて長安に推挙した伊賀五人衆の一人であるが、この男には曾《かつ》てこんな物語があった。ただし、この話はおそらく半蔵も知らない。――

十年ばかり前のことだ。彼は伊賀組の或る男と、一人の女を争った。

一針はいまだ妻帯したことがないが、そのときの相手は組屋敷の中の若い後家であった。外貌が妙にひらべったく、手足だけが蜘蛛《くも》みたいに長い一針だが、ひとたび通じると、女は充分にたんのうした。手くびやあごにうっすらとくびれが入るほど豊満で肉感的な女であったが、あられもない痴語の中に、一針によってはじめて男を知ったと口走ったほどである。

しかるに首領半蔵の意向として、ちかくその女を再婚させるのにべつの男をあてるという噂《うわさ》が伝えられたのである。それはその女の死んだ夫の弟であった。名は当麻万之介という。

一針と女のことは、仲間ではなかば公然の秘密で、きくところによると当麻万之介もこのことは知っているらしかったが、それでも半蔵の意向に否やはとなえず、それどころか進んで執心しているとさえ伝えられたのは、やはりその嫂《あによめ》のたぐいまれな肉感美にひかれたせいであったろう。

これをきいて、一針は怒った。痴情もさることながら、当麻万之介がこちらのことを承知していてなおその女を執心しているということに憤怒《ふんぬ》したのである。

「きゃつ、おれという人間を知っているのか？」

彼がそういったことをきいて、万之介が、

「ふふん」

と、うす笑いしたことが伝えられた。むろん魚ノ目一針のわざは知っていて、あえておのれの意志を撤回しようとはしないのである。

万之介は手裏剣の名手として聞えていた。――元来、一針も手裏剣を専門として修練したものだ。が、のちに彼はそれから進んで針を使うようになった。手裏剣は一度に一本しか飛ばせないが、針ならば、一度に数本飛ばせるからだ。このころ彼はひそかに、右手だけに四本の針をはさんで打つ工夫を完成していた。

——両人、やるぞ。

組の内部でそんな噂がながれた。おそらくその噂を耳にしたからであろうか、

「党内私闘のはてに相手を殺傷した者は必ず制裁する」

という——以前からの伊賀組の掟《おきて》が、改めて首領半蔵の口からきびしく発せられた。いったい半蔵がその後家と一針のことをどこまで知っていたのか、知っていたとすれば、なぜ後家と当麻万之介を結びつけようとしたのか、その心事や事情はだれにもわからない。右のようないきさつがあったにもかかわらず、一針はなお女のところへ夜這《よば》いすることをやめなかった。女も承知しているくせに、それを受け入れた。いずれも抑制しがたい愛欲のなせるわざであった。

そんな夏の或る一夜、一針の長い蜘蛛みたいな手にもてあそばれて、女のあえぎがたえかねるまでに極まって、そのあぶらづいた白い腹に彼をいざなったとき。——

「受けてみるか魚ノ目、わが卍《まんじ》手裏剣を。——」

遠い声をきいて、一針はがばと躍り上った。

たしかに当麻万之介の声で、しかも円窓をへだてた庭のほうで聞えた。一息をおき、一針は枕頭に解きすてた帯のほうへツッと歩いた。彼の武器たるたたみ針はそこにあったからだ。

その刹那《せつな》、円窓の障子におのれの影がちらと映《うつ》ったことを彼は知らぬ。あぶら皿《ざら》のかす

かな灯を受けて、そのむき出しの下半身が映ったことを彼は知らぬ。――おそらくそうであったろうと気がついたのは、事が終ってからのことだ。それは淡いおぼろな瞬間的な影であったろう。まぎれもなく突出したものの影はたしかにひらめいた。――

――パサ！

という紙の音と、

「あう！」

といううめきがあがったのは一瞬のことだ。

円窓の障子を破って飛来したものに股間《こかん》を打たれ、魚ノ目一針はまるくなってころがり、のたうちまわった。飛来したものは、はね返って、夜具におちた。

卍の手裏剣。

曲線的ではあるが、卍のかたちをした武器だ。直径十センチばかり。四つの尖端は鋭くとがり、折れ曲った外縁もまた鋭くとぎすまされている。触るれば切れ、命中すればつき刺さる。

が――魚ノ目一針の命中個所は切断されなかった。それは回転しつつ、刃のない内側でひっかけて、彼の硬直したものをへし折ってしまったのである。

苦悶ののち、魚ノ目一針は、おのれの男性としての機能が永久に損傷されたことを知った。先刻、挑戦した者の本体はついに現われなかったが、それが何者であったかむろん知った。

一針はいちじ死を思った。

「党内私闘のはてに相手を殺傷した者は必ず制裁する」

その首領の通達は頭にあったが、これを首領に届けるわけにはゆかなかった。この悲喜劇を公けにすることは、死にまさる恥辱を意味した。

外に現われた傷ではないから、死ねばわけのわからぬ自殺と目されて終るであろう。——それが明らかに敵の狙《ねら》ったところであった。

魚ノ目一針は死ななかった。

その年の暮、当麻万之介は未亡人の嫂と祝言した。

右のようないきさつがあったにもかかわらず、女は新しい夫を受け入れた。首領の世話ということもあったが、夏以来、一針の訪れから断たれて、渇《かわ》きぬいていた欲望のなせるわざであったろう。

そうとしか見えぬ初寝《ういね》の床の女の燃えようであった。それをまたもてあそぶ当麻万之介の前戯の陶酔ぶりは、その直前まで義弟であった人間とは思われぬ不敵さであった。

そのとき、声がした。

「受けてみるか当麻、わが針地獄を。——」

同時に枕もとの剝《は》げた金屛風《きんびょうぶ》がフンワリと倒れてその向うから蜘蛛みたいに手足のながい魚ノ目一針の姿がぬうと立ちあがった。

いかに何でもこの夜この場所にこの人間がひそんでいようとは常識の外であった。が——がばと初寝の床から躍り上る一瞬、当麻万之介がその褥《しとね》の下から卍の手裏剣をひっつかんだのはさすがだ。

「おれは不意打ちはせぬよ」

魚ノ目一針はおちつき払って軽蔑的《けいべってき》にいった。

半裸の女をまんなかに、一針と万之介の右腕が徐々にあがっていった。一針の右こぶしには四本のたたみ針がはさまれ、万之介の右こぶしには卍の手裏剣が握られている。——その刹那、当麻万之介は、魚ノ目一針の両足がはだしで、その十本の指のあいだにも八本の針がならんでいるのを見た。

手はまだ肩の高さにあったのにその一針の右足がぴくっと動いた。反射的に万之介の卍の手裏剣はそのふとももへうなりをたてて飛んでいった。一針の左足がはねあげられたのはそれと同時である。

「あう！」

名状しがたいうめきをあげたのは当麻万之介のほうであった。彼はまるくなってころがり、のたうちまわった。

その尿道に一本の針が刺しこまれていることがわかったのはあとになってからのことである。

魚ノ目一針の右のふとももにも卍の手裏剣がつき刺さり、鮮血がしぶいていたが、彼は半裸の女を見てニヤリと笑い、ちんばもひかずにすうと座敷を出ていった。右手右足の四本ずつの針はもとより、左足に残った三本の針はそのまま健在であった。

魚ノ目一針は自殺しなかったが、当麻万之介はその夜、女を殺して自殺した。だれもわけのわからぬ自殺と考えた。

一針は夏以来、苦練して両手両足に十六本の針を装置し、これを一本一本自在に飛ばすいわゆる「針地獄」の妙技を完成していたのである。

その魚ノ目一針が、いま。――

両手両足に十六本の針を装置して、甲州街道にぬうと立ちあがった。

はんぶん裸の妙な男と女六部は、もつれ合うようにして向うへ――釜無川にかかった長い木橋のほうへ逃げてゆく。

「逃げてもむだじゃ」

その声は、二人の背を打つばかりに聞えた。

## 二

逃げろ、といわれても、そのわけがよくわからなかったのか、或いは何か思うところがあったのか、それまでの足に似合わず女六部はひどくもたついた。

「鴉天狗《からすてんぐ》?」

「さっきの山伏の一人だい」

「山伏が……どうして?」

「なんだかわからねえが、とにかくあいつら、大久保長安の一党にちげえねえ。三十六計、逃げるにしかず。――」

走りながらふりむいて、女六部がひどく遅れているのを見てとると、六文銭は馳《は》せかえって、もういちど女六部を横抱きにしようとした。――橋にややかかった場所であった。

そのとき、背後から声がかかったのである。それにはかまわず、六文銭は女を横抱きにして、走りかけたが、同時に。――

ぷつ！

ぷつ！

ぷつ！

その踏み出した足のすぐ前の橋板に、三本の針がならんでななめにつき刺さった。つき刺さった針の上端もまた鋭くとがってぶきみな光を発した。

むろん、それだけなら飛び越えるのに障りはないが、眼に見えぬ鉄条網のように、逃げる人間の足を釘づけにせずにはおかなかったのは、その針のならびようの正確さであった。左右の二本は両足の外をかすめたが、まんなかの一本は足の間を通りぬけたらしい。むろん、それたのではない。

「何だ、てめえは？」

しかし六文銭は猛然とふりむいた。

「しつこいやつだな。おれたちを追っかけて来てどうしようってんだ？」

「うぬはさっき、大久保石見守さまの御行列のお駕籠《かご》をひっくり返したな」

「おお、ありゃいってえなんだ？　おっかねえものが出て来たぜ。おどろいたな、あいつには。――しかし、おれがひっくりけえすまえに、てめえら、おいらたちを通せんぼしやがったじゃねえか」

「……とにかく、来う」

と、魚ノ目一針はいった。

彼としても、この両人が何者か、いったい何をして逃げたのか、実はまだわけがわからない。通せんぼしたのは長安護衛の遊軍としての本能からであったが、いまはその後にこの男が働いた無礼に対して、あくまでひっつかまえる気でいる。大袈裟《おおげさ》に針地獄を装置したのは、この対象を容易ならぬ男と見たからではなく、事情がよくわからないので、ともかくも捕えるのに万全を期したために過ぎない。

「逃げてもむだじゃ。いまの針、見たろう。……この針は、うぬの両眼であろうがのどぶえであろうが、思うところへ飛ぶぞ」

六文銭は、女六部を背でかくして、大手をひろげ、仁王立ちになった。いちど逃げたが、顔に恐怖の色は全然ない。

「てめえ、たたみや崩《くず》れの山伏か。へっ、野せりの薦《こも》でも編んでいやがれ」

悪態《あくたい》をついたとたんに、うっとうめいた。

大手をひろげた左手にキラと何やらひかり、そのまま動かなくなった。らんかんに接触していた左の掌が、一瞬、らんかんに縫いとめられたのである。

「……あっ」

女六部が気がついて、その背からのがれ出そうとするのを、

「危ねえ、出るなっ」

と、踏んばって背で押しもどそうとした六文銭の右足の甲を、こんどは上方からななめにぶすりと一本の針がつらぬいた。

「うぬの左手を刺したのはわしの右足の針一本、うぬの右足を刺したのはわしの左手の針一本じゃ」

魚ノ目一針はひくい鼻をうごめかした。

チト大袈裟な――と自分でも思わないわけではないが、長安さま護衛の旅の門出に、ウォーミングアップの恰好《かっこう》な道具を得たうれしさが、忍者本来の剽悍《ひょうかん》性に加味されたのだ。

「あとはまだ十一本残っておるぞ。――まず、女、来う」

若者の背からぬけ出したものの、逃げることもならず立ちすくんでいる――いや、きっとこちらをにらみつけている女六部を、実に世にもまれなる美貌だとはじめて気がついて、魚ノ目一針はひらめみたいな顔を痙攣《けいれん》させた。

痙攣はたちまち残忍な笑顔と変る。おのれの男性機能が失われていることが頭を吹くと、これといったかたちをとらずとも淫虐《いんぎゃく》無比の妄想がめらっと燃えあがったのだ。

「おとなしく来う。来ねば。――」

彼は近寄って、まだたたみ針の残っている両手を、女六部の頭上にふりかぶった。

その口から怪鳥《けちょう》のような絶叫がほとばしったのはその刹那であった。

女六部は、棒立ちになった山伏のくびのうしろを、六文銭の左腕がなぐりつけたのを見た。

三

魚ノ目一針も、じぶんがはりつけにした若者の右手はまだ健在であることは見ていたのだ。見てはいたが、彼はもう気死の状態にあるはずだと判断していたのだ。いわんや、らんかんに縫いつけたその左腕が、背後からうなりをたててうなじを打撃して来ようとは。——

不覚！

とは、彼は思わなかったろう。

彼はその一瞬にピーンと長い四肢をつっぱり、棒のように横たおしになると、二、三度ぶるぶるると全身をふるわせて動かなくなっていた。

即死だから、不覚とも油断とも反省のしようがないが、しかし大不覚、大油断にはちがいない。あわれ、はかなしや魚ノ目一針、伊賀五人衆の一人、あれほど苦練して、玄妙のわざを体得したこの忍者が、えたいの知れぬ若者の一見わざも芸もない一撃に斃《たお》されるとは。——

女六部は茫然として、地上の山伏から眼を若者にあげた。

「ぼんのくぼを刺すとね」

と、六文銭はいった。

「いちころだとアきいていたが、なるほどねえ。——いちかばちか、やってみたら、うまくゆきやがったよ」

はじめてにやっと白い歯を見せた。かざした左手の甲には血まみれの針がつき出したままだ。

彼はらんかんに縫いつけられたおのれの手を、針ごといっきにひき剝《は》がし、そのまま両端とがった針で、山伏の項《うなじ》めがけて猛烈果敢な一撃を加えたのである。

右手で、その針をつかみ、ぐいとぬきとった。

「痛てっ」

と、悲鳴をあげ、こんどはしゃがみこんで、右足を縫いとめた針をまたぐいとぬきとる。

「痛ててっ」

大声をあげ、両手につかんだ血まみれの二本の針を見て、それから山伏の屍骸《しがい》を見下ろした。

「ヘンな山伏だったなあ。……」

くびをひねったが、いきなりその屍骸を抱きあげると、無造作にらんかん越しに、釜無川へどぶうんと投げこんだ。

「沈んじまえ、針鼠の化物野郎。いや、この川アどこへ流れてゆくのかな。いずれは駿河灘へも流れていっちまうのかな？」

のぞきこんで、らんかんにかけている両手のうちの左手を、女六部がとった。

「な、なにするんだ？」

「血が。……」

手をとられたまま、六文銭は女六部の顔を眺めいった。

「おまえさん。……何て名だい？」

「ときというんです」

「おとき、さん？」

「朱い鷺《あかさぎ》とかいて、朱鷺《とき》っていうんです。……」

## 約束

### 一

「朱い鷺？」

「ときいろという色があるでしょう。美しい薄紅色《うすべに》。……」

「うん」

「あれはその朱い鷺の羽根の色から来たのです。朱鷺《とき》を知らないのですか？」

「いや、鳥は知っているが、ときを朱い鷺と書くなんて知らなかったのさ。もっともおいら、朱い鷺という字も知らねえが。──」

この問答のあいだ、女六部はどこからかとり出した白い布で、六文銭の左掌を一心に巻いていた。

朱鷺は、現代では文字通り天然記念物である。その美しい羽根のために乱獲されつくして、いまでは日本海沿岸にわずかに残生しているばかりで、ほんものを実見した人も稀《まれ》な珍鳥だが、江戸時代は、この問答でもわかるように、ときいろという名が普遍的に口にされているほど、朱鷺は日本じゅうを飛び交わしていた。

「字は知らねえが、鳥は知っている。おう、そういや、おまえさん、ほんとうにあの朱鷺そっくりだ。うめえ名をつけたもんだなあ」

女六部は布を巻き終えて、顔をあげた。

「あなたの好きだったおひとも朱鷺に似ていましたか」

すぐちかくに、匂うような笑顔であった。この女がはじめて見せた笑顔である。可笑《おか》しいことに、人をくった六文銭があきらかにドギマギした。

「と、とんでもねえ！　おまえさんが朱鷺なら、あいつア鴉《からす》みてえなもんだ」

「けれど、さっきわたしをそのかたと見まちがえたではありませんか」

「あ、あれか。ありゃ、ふしぎだな。どうしてまあカラスをサギとまちがえたんだか、いちんちおてんとさまにあぶられて、頭がヘンになったにちげえねえ。……」

女六部は笑顔のまま、しゃがみこんだ。こんどは彼の右足の傷に布を巻こうとしている。六文銭は思わずその片足をあげた。

「よ、よしてくれ、もってえねえ。……」

「だって、恐ろしい傷ですよ。痛くないのですか？」

「痛えよ。痛えが、それどころじゃねえ。いまの山伏、一匹は片づけたが、まだ四匹は残ってた。それればかりじゃねえ。あと大久保長安の家来たちがいまにも追っかけて来るかも知れねえんだ。……ともかくも、逃げよう」

血まみれの足のまま、六文銭は歩き出した。いわれてみればその通りだ。女六部もあわててそのあとを追う。六文銭はちんばをひいていた。夕焼けの橋を渡る。恐ろしい速さで韮崎《にらさき》の村を通りぬける、いつのまにか、日がかげってきた。

「どうやら、追っては来ねえようだな」

六文銭はふりむいた。

「あの、傷はそのままでいいんですか？　痛みはしませんか？」

「なに、江戸じゃあもっと大きな怪我をしたことはなんどもあらあ。たかが針一本くれえなんだ。えいくそ！」

といって、口をへの字にした。

たかが針一本とはいうが、たしかに手の甲、足の甲を完全につらぬいたのだ。常人ならば、痛いどころの騒ぎではない。実に無智無頼《むちぶらい》の風貌《ふうぼう》ながら、豪快無双の男といっていい。豪快というより、ムチャクチャである。そもそも、その針で刺しとめられながら、あの妖《あや》しい山伏を逆襲して斃《たお》したそのやりくちからして人間離れのした剽悍《ひょうかん》さだ。

「日が暮れるが。……」

と、六文銭は、両側からかぶさった梢越《こずえご》しに藍色《あいいろ》の空を仰いだ。

「いってえ、おまえさん、どこへゆくんだ？」

「佐渡へ。――」

と、女六部はいった。

六文銭は立ちどまり、ふりむいた。眼をまんまるにしていた。

「佐渡へゆくって？　おい、大久保長安も佐渡へゆくんだぜ」

「はい」

おちついた返事に、六文銭はいよいよ狐につままれたような顔をした。

「もっとも佐渡へいったからって、また長安につかまるとアかぎるめえが、しかし……おまえさん、さっき西から甲府へ入って来たじゃあねえか」

「あのときから佐渡へゆく気になったのです」

「へっ？」

女六部は黙って六文銭の顔を見つめた。宵闇《よいやみ》なのに、その眼が二つの夜光虫みたいにひかって見えて、六文銭はまばたきした。

「あなたはさっき、あんな目にあってまで、どうしてわたしを助けてくれようとしたのですか？」

女六部はちがったことをきいた。六文銭は舌で唇をなめた。

「いっぺん、やっつけてやりてえと思った女を、おれアその前に人手に渡しゃあしねえ」

女六部ののどが仄白《ほのじろ》く、こくりと動いた。一息おいていった。

「いま、わたしは一人ですよ」

六文銭ののども動いた。女六部の眼が夜光虫のようにひかって見えたというのなら、六文銭のほうは野獣みたいに燃えたと形容していいだろう。両側と頭上の青葉は、夜気にもむせぶような濃い香をはなっていた。それにかすかに血の匂いもまじった。六文銭の手足から出る匂いにちがいなかった。

「そ、そういわれたって。――」

六文銭はヘドモドした声を出した。あきらかに彼のほうが気圧《けお》されていた。

「それより、おまえさん、どうして佐渡へゆく気になったんだ？」

「大久保石見守さまはわたしにとって敵《かたき》ですから」

## 二

――「へっ」というより、「ひえっ」というような声が六文銭ののどからもれた。

「大久保長安が、おまえさんの敵だって？」

それから、妙な顔をした。

「それじゃ、なぜさっき飛びかからなかったんだ？　おまえさんが土下座してるすぐ前を、あいつア駕籠《かご》で通ったんだぜ」

「すぐうしろの駕籠に乗っているひとが――たしか女のひとでしたが――中から短銃《たんづつ》をこちらにむけていました」

「えっ、鉄砲を――おまえさんを狙《ねら》ってか？」

「いいえ、あのようすから見ると、道中、ずっとそうしていたのではありませんか」

「おどろいたな。おいら、ぜんぜんそんなことに気がつかなかったぜ。それにしてもあの場合、そんなことに気がつくとア、おまえさんもただのねずみじゃねえな。あ、大久保長安を敵としてつけ狙ってる身だからか」

「え、わたしは駿府からあの行列について来たのですが、道中、そのように見えました」

「いってえ、おまえさん、どこのだれで、長安にだれが殺されたというんだい？」

「殺されたのは兄です」

「それ以上は言えません。……あなたをよく知らないのですから」

「しかし、おまえさん、そこまで言ったじゃあねえか。音にきこえた日本の総代官大久保長安を敵としてつけ狙うなんて、これぁたいへんな打明け話だぜ」

「それだけいえば、あなたはわたしといっしょに佐渡へいって下さるだろうと思ったからです」

「——ひえっ」

というような声を、六文銭はまたたてた。

「いやですか」

「お、おいらがいって、何するんだね？」

「いまのように、わたしを護《まも》って下さい。おっしゃるように、たいへんな敵なのです。大久保長安を敵として狙うといっても、女の身では鉄の壁に身を投げるようなものだと思っていたのです」

「そ、それじゃあさっき、長安がおまえさんをつかまえさせようとしたのは、そんないんねんがあるからだね？　ただの女狩りの人身御供《ごくう》じゃなかったんだね？」

「いいえ、おそらく長安はわたしの素性は知りますまい。どういうつもりであんなことをいい出したのか知りませんが、知っているならあのとき鉄砲で射たせたはずです。また追手がただ一人というはずもありません」

「なら、どうして鉄砲を――」

「長安がいまの大名になるまでには、何千人、いいえ金山の人足などをふくめたら何万人という人間を殺しているはずです。従ってその何倍かの人々の恨みを買っているはずです。ですから、いつもあのようにして身を護っているのではありませんか。――わたしもその一人です。けれど、わたしはどうしても兄の敵を討ちたいのです」

声はむしろつぶやくようにしずかであった。が、無鉄砲な六文銭を身ぶるいさせたほどの凄絶《せいぜつ》な余韻《よいん》があった。

「しかも、ただ殺してはあき足りない。――あの大魔王のような男が、これまでに流した人間の血の海にむせぶほどの苦しみを与えて」

夜光虫のような眼がまた六文銭を見まもった。暗いしげみで、山鳩が鳴いていた。

「さっき長安を討たなかったのは、駕籠の中の短銃のせいばかりではなく、わたしにそんな望みがあったからです。わたしは長安といっしょに佐渡へ渡って機会を狙うつもりになりました。――そんな望みを持つわたしについて、あなたは佐渡へいってくれますか」

「ど、どうしておいらに目をつけたんだね？」

「あなたは強い男。――」

「うふ、おだてなさんな。しかし、おいら、ただ江戸の暴れん坊というだけの男だぜ」

「そして、女にたのまれたら、死の山、血の河へでも飛びこんでゆくひと――と見たからです。ちがったでしょうか？」

「ちがわねえ」

女六部のいうことは少なからずあいまいだ。素性も明かさなければ、兄がどうして大久保長安に殺されたのか、そのいきさつもはっきりしない。

そのくせ、六文銭に用心棒を頼むのは甚《はなは》だ虫がいいが、しかし――六文銭はしだいにおだてに乗って来たようだ。単純なこの男にはそれ以上の事情をきこうがきくまいが、同じことだったかも知れない。

「それからもう一つ、六文銭というあなたの名も好きです。なぜそんなあだ名がついたのですか？」

「それゃ――」

といって、六文銭は口ごもった。銭がなくなると、ひとに六文くれという癖から来たものだとは、さすがの彼も白状しにくかったと見える。

「な、なんにしても、六文銭の鉄はまさにおまえさんのいう通りの男だ！　おう、いってやろうじゃあねえか、佐渡へ。――」

「長安にはきっと鉄のような護りがとり巻いています。いまの山伏でも恐ろしいわざの持主でした。しかも、いままでは向うも、わたしやあなたに気をとめてはいなかったでしょうが、こんどからはもう知っています。だいいち、いま河へ投げこまれた山伏、あれが帰って来ないことからでも、さてはと思うにちがいありません。そのことは承知していますか？」

「こっちが承知していなくったって、向うがそう思や、こっちはどうしようもねえ。でたとこ勝負だ。面白え」

六文銭はふとまた獣みたいにひかる眼を女六部にすえた。

「しかし、ただじゃいやだぜ」

「だから、わたしはいまここに一人だといったではありませんか」

女六部はそういって、かすかに笑った。そして——ちょっと困惑《こんわく》した表情の六文銭に、自分のほうから歩み寄って、のびあがり、左腕を六文銭のくびに巻き、その唇をひたと吸いつけた。

両側の林で鳴いていた山鳩がふっと鳴きやんだ。

三

「アア。……」

そんな嘆声がもれたのは数十秒ののちであった。よろめきつつ、二、三歩あとに離れ、六文銭は頭をふった。

「酔っぱらったみてえにフラフラすらあ。眼のまわりに虹がかかったようだ」

それから、闇にも血ばしった眼をむけた。

「なあんてえ女だ、おまえさんは。おいら、これだけで、もういっちゃうところだったい」

女六部はにっと笑ったようだ。

「これほどのことをお頼みする以上は、覚悟をしています」

そして彼女は、横の林へ入っていった。奥というほどでもない場所で、サヤサヤというきぬずれの音が起り、その闇の中にくっきりと白蠟《はくろう》のようなかたちが浮き出した。

「どうぞ」

六文銭は吸い寄せられるようにこれまた林の中へ歩み入ったが、二メートルばかり離れて、ぴたりと立ちどまった。

あごをつき出し、飛びつくような眼で眺《なが》める。闇にもひかるかと見えるふしぎな女体だ。六部姿のときは楚々《そそ》として、むしろかぼそい肢体に見えたのに、胴こそくびれているが、息をのむほど乳房と腰の張ったすばらしい裸身であった。六文銭はうなり声をたてた。

女六部はぬぎすてた衣服を落葉の上にしくと、仁王立ちになった。

「どうぞ」

ふしぎなのは、そのひかる裸身の美しさばかりではない。――だれが、あの清浄な女六部がみずから進んでこんな姿を見せようと想像したろうか。

あきらかに彼女は、おのれの護衛《エスコート》の報酬を与えるつもりでいる。が、いかにその目的のためとはいえ――この一見なよやかな佳人からは、いまや女豹《めひょう》の精気が放射されていた。ほんの数刻前、ちらと見て大久保長安が「これはエキスになる女」と評価を下したのは、さすがに炯眼《けいがん》というべきである。

六文銭は、いまの妙な姿勢のまま、ただ嵐のような息を吐いているばかりであった。女六部は三たびいった。

「どうぞ、来て。――」

「いや、そのうち。――」

と、六文銭はヘナヘナした声を出した。

「そのうち？」

「お、おいらね。――いやだいやだっていう女をやっつけるのア好きなんだよ。しかし、覚悟してる、なんて、そう真っ向から来られると、こまっちゃうなあ。……」

まるで子供みたいに正直に困惑した声であった。女六部は声をたてて笑った。

「そう」

と、やがてうなずくと――また衣服をつけはじめた。二、三度、六文銭は手をさしのばしたが、改めてそれを止める声はついに出なかった。

「では、そのうちに」

と、彼女は笑いながらいった。

「きっと御褒美《ごほうび》をあげます」

完全に野獣のような男をおしひしいだという自信にあふれた女の声だ。

「御褒美は、あとであげたほうがいいかも知れない。……」

「あとで？」

「わたしが殺せという人間をあなたが殺してくれたら。——いやですか？」

「いや。……いや、いやじゃないが。……」

「では、約束しましょう。そのことを」

女六部は、もとの女六部の姿にもどった。

「その約束を守るために、わたしはあなたの主人ということになったほうがいいかも知れない。それでも佐渡へゆきますか？」

「ゆく」

と、六文銭はうなるようにいった。

「おまえさんが殺せという人間を殺さねえと、おまえさんを抱いちゃいけねえってわけだね？」

「そう。おまえさん、なんて、いわないで。お朱鷺《とき》さまと呼んで」

「お朱鷺さま」

六文銭は阿呆《あほう》みたいにいって、しかしむずかしい顔をして何やら考えこんでいた。怒ったのかと思ってのぞきこむと、彼はつぶやいた。

「いまはね、どういうわけかやる気がなくなっちゃったがね。おいら、さっきもいったように、二日女を抱かねえと鼻血が出るって男なんだがね。ほかの女を抱くこともだめかね？」

「………」

「その約束は面白えが、そんな約束をして、おまえさん――じゃあねえ、お朱鷺さま、おれがほかの女を抱くのを見て、そっちのほうがたまらなくなりゃしねえかね？」

野獣のような男を完全に自分に服従した騎士と変えたという自信を持っていたらしい朱鷺は、あっけにとられたように六文銭を見つめた。六文銭はニヤニヤ笑っていた。

「ヤキモチをやかねえかね？」

「ばかなことを」

朱鷺の片頰《かたほほ》に冷たく美しい笑いが走った。

「そんなことはおまえの勝手です」

# 慶長ゴールド・ラッシュ

## 一

佐渡の相川《あいかわ》。

この慶長十七年（一六一二）――つまり、十七世紀初頭、人口二十万以上の都市が世界に幾つあったか、同じころパリが二十万といわれるから、南欧あるいは中国の諸都市を勘定に入れても、十指に達するか達しないかではあるまいか。その中にはたしかに江戸も入っている。

この当時――「佐渡故実略記」には、慶長元和のころ相川の人口二十一万五百七十二人といい、「相川砂子」には、元和寛永までに二十万人余とするし、「四民風俗」に至っては二十二万と称している。これを疑問視する説もないではないが、とにかく当時、この町が人口に関するかぎり、日本はおろか世界でも屈指の大都市であったことにまちがいはない。

ここは佐渡ヶ島西海岸の、そのかなたは遠くシベリアにつながる大海原にのぞむさいはての町であった。これより北は、ただ大断崖のみつづくいわゆる外海府《そとかいふ》となる。

相川は、わずかこの十年ばかり以前には、荒涼たる一寒村にすぎなかった。

「佐渡風土記」慶長六年の条には、「この節まで相川は、人家もなく、山林竹木生いしげり、鳥獣のほか通《かよ》うものなし。海辺に至りてわずかに五、六軒の百姓家あり」とある。

それが、十年間にして世界屈指の都市となったのだ。

山はすぐ海に迫り、平地は町作りするにはあまりにも狭隘《きょうあい》だ。ここに二十万と称される人間が集まった。台地には、弥十郎町、左門町、勘四郎町、五郎左衛門町、小左衛門町、外記《げき》町、新五郎町など、山師の名をとった町々が生まれ、下町は海を埋立てて、京町、奈良町、大坂町、尾張町など出身地を告げる町、あるいは茶屋町、材木町、塩屋町、紙屋町、八百屋町、炭屋町、大工町、床屋町、鍛冶《かじ》町、味噌《みそ》屋町など職業によって名づけられた町々ができた。合わせて実に九十四町。「慶長年録」十七年の記事に、「京江戸にもござなきほどの遊山《ゆさん》見物遊女ら充満す」とあり、町々は三階建ても多く、軒迫って、雨ふりにも往来の人々はぬれることなく通行できるほどであったという。例えてみれば、遠望すればいまの香港《ホンコン》、中に入ればアルジェのカスバ的景観をなしていたかも知れない。

例のおけさ節の起源は明らかではないらしいが、まさに「佐渡へ佐渡へと草木もなびく」ありさまで、当時やはり日本を風靡《ふうび》したかぶき踊りの太夫の名に、佐渡島隼人《はやと》とか出来島佐渡吉などという名が多いのも、いかに佐渡という名が人々の印象に魅力的であったかを思わせる。

すべて、黄金のためだ。十年にして、ゼロからこれほどの町を蜃気楼《しんきろう》のように忽然《こつぜん》として作り出す。

人間の黄金に対する執着は恐ろしいものである。

「慶長見聞集」によれば、「当君の御時代には、諸国に金銀出来、金銀の御運上を牛車にひきならべ馬につけならべ毎日足らず、なかんずく佐渡島は、ただ金銀を以てつきたてたる宝の島なり。この金銀を一箱に十二貫入れ、合わせて百箱を五十駄積みの船につみ、毎年五艘《そう》十艘ずつ、よき風波に佐渡島より越後の港へ着船す」とある。

もっとも、正確にいえば佐渡の場合、金よりも銀の産出量が多かったのだが、その銀が京大の小葉田《こばた》博士の推定によると、一年の出銀量六〇トンから九〇トンに及び、当時全世界の年間銀産量は四〇〇トン程度、すなわちその一五パーセントから二〇パーセント以上をこの土地から生み出し、かつそれが朱印船や南蛮船で輸出されたのだから、世界の経済にも影響したといっても決して過言ではない。これほどの町ができたのもまた当然といえる。

これがただ一人の男――彼の好む用語によれば――一個の頭脳から生み出された地上の現実であった。

むろんこれが優雅な町であろうはずがない。山師のむれはもとより、それに従う人足たち、このあらくれ男たちをめあてとする商人や芸人、それからまた、いうまでもないが毒蝶のようにむらがる売春婦たち。――二十万人、そのことごとくがまずふつうの人間でないといっていい。

右にあげた「慶長年録」にも、

「国々より来る金掘り、町人など遊興に耽《ふけ》り、もとでを失い候てことごとく疲れ、国元へ帰ることとなきもの数を知らず、身持よくして帰るは十人に一人なり」

とあるが、その通りだ。

黄金欲と肉欲の合い川、そこには毎日、血さえながれる。切り割った山から吹き下ろす砂塵《さじん》。大海原からうちあげるしぶき、その下のゴールド・ラッシュの町にきこえるのは、人間ではないけものたちの笑う声やすすり泣く声であった。

その町を、一人の男が歩いている。

初夏の日を笠でよけてはいるが、裾《すそ》をまくって帯にはさみ、わらじをはいたむき出しの足は黒びかりして、その帯に脇差《わきざし》を一本ぶちこんでいる。地形の関係から、坂道や石段の多い町だが、それを上ってゆく足の鷹《たか》のように軽捷《けいしょう》なこと。

これが、肩々相摩す雑踏で、ひっきりなしにだれかとぶつかり、それが相当の衝撃を与えるらしく、そのたびに相手は殺気立った眼をむけるのだが、

「ホイ、御免よ、いいお天気で」

と、笠の下から返す笑顔の野放図さに、たいていわれ知らず笑ってしまい、それでもなお罵《ののし》るやつがあっても、

「ああ、おぼえたっちゃ。気イつけてゆかしゃませや」

びっくりしたなあ、気をつけていらっしゃいという意味の佐渡の方言を投げられて、しかもあきらかに佐渡の人間ではない不敵さ、人をくった底ぬけの笑顔から発散する動物的な精気にのまれて、苦笑してゆきすぎてしまう。

恐ろしいが、凄《すさま》じいまでに活気のある町だ。そしてこの男の活気は、決してこの町の活気にのまれていない。

「面白え町だな。愉快そうだ。こいつは」

六文銭だ。

いま上って来た坂の下で、喧嘩《けんか》らしい声がわっとあがった。どこを見廻っていたか、すぐに同心の姿が駈《か》けてゆくと、その騒ぎの上を叱《しか》る声が流れた。

「しずまれ、しずまれっ。……明日にも御代官が相川へ御帰国に相なるぞっ。町は静謐《せいひつ》にしてお迎えせねばならぬ。控えおれ、大久保石見守長安さまが、駿府よりお帰りあそばす

のであるぞっ。——」

二

——ほんの数分のことではあったが、その叱咤《しった》の声は、荒海に油をながしたような効果をあらわした。ぴたっと騒擾《そうじょう》がやんだのである。

代官が任地に到着する。赴任とはいわない。出張ともいわない。たしかに御帰国といった。

——佐渡へゆけば、その帝王は石見守さまであるぞ、とは曾《かっ》てその耳にもきいた。まさに帝王の御帰国だ。

「……イヤ、たいした野郎だな」

と、六文銭はつぶやいた。

べつにいまの一声の威光に、事改めて感慨を新しくしたわけではない。数日前からこの町を見物して歩いて、感じいっていたことだ。

彼は早足に歩き出した。

帰るさきは、旅籠《はたご》町だ。——うす汚ない旅籠ばかりが集まり、その中の迷路のような路を歩いていると、両側から聞えてくるのは、日本六十余州、ありとあらゆる方言であった。

——と、路地の或る角まで来ると、

「あっ」

いきなり、ぱっと逃げていった者があった。ぞろっと派手《はで》なきものを着た男だ。

はっとしたように足を釘《くぎ》づけにしたのも一瞬、たちまち六文銭はそれを追っかけた。途中でその男を追いぬいたほどの速力であった。

すると、彼の泊っている安旅籠から、四、五人の男が一団となって、ゾロゾロ現われるのが見えた。

その輪の中に、一人の女をとりつつんでいる。

「おういっ、男が帰って来やがったぜ！」

うしろから、見張っていたらしいいまの男が声をかけたとき、六文銭はその一団に突入していた。

なんの挨拶《あいさつ》もなく、うしろから二人の髷《まげ》をつかんでのけぞらせながら、その二つの頭を猛烈な勢いで鉢合わせさせた。正真正銘の鉢がこわれたような音がした。

あと三人がふりむいて、仰天して刀の柄に手をかけたのは、その二人が地面へ崩折《くずお》れたときだ。刀はさしてはいたが、これまた派手なシャムロ染めの着流しで、どう見ても武士とはいえぬ連中であった。六文銭のこぶしがその一人の頸《くび》を横からなぐり、ならんだもう一人の鼻ばしらをつきあげた。まえの男は首をグニャリとまげたまま横に棒倒しになり、あとの男は鼻血を噴《ふ》きながら、二メートルもうしろへすっ飛んだ。

「や、野郎！」

残った一人がやっと抜刀した腕をふりあげた胸もとへ、委細かまわず六文銭は飛びこんでいる。両手でそいつの頬《ほお》ひげをひっつかむと、ぺっと唾《つば》を吐きかけ、片ひざあげてその股間《こかん》を蹴《け》った。がぼっと血を吐き、その男はまるくなって地上にころがった。

言語としての声を出したのは最後の男だけで、そしていま路上に折り重なった連中のうち、うめき声をたてているのは、二、三人にすぎない。

あとはびっくりしたような眼と口をうつろにあけて、あきらかに即死の相であった。

「これだから、オチオチ留守にゃできねえ」

と、六文銭は苦《にが》い顔でいって、ふり返った。

さっきの見張り番の男は、ペタンと尻もちをついて、逃げようとしたが、腰がぬけたらしく、ただ口をパクパクさせた。

「なんだ、てめえらは？」

と、はじめて六文銭は相手の素性をきいた。

「お、お助け。――」

六文銭はちかづき、胡瓜《きゅうり》みたいなその顔を蹴った。

「きいていることに返事しやがれ」

「へ、小六町のもんで」

「小六町？」

「相川の遊女町で」

「遊女町の、てめえはなんだ」

「地廻りで」

「何しに来た」

「この宿におっそろしくきれいな女六部が泊ってるって話を、あいつがきいて。——」

と、歯をカチカチと鳴らしながら指さす向うの男は、さっき股間を蹴あげられた奴で、もうビクリとも動かない。

「西田屋のおやじに話をつけて」

「西田屋とはなんだ」

「遊女町の元締めで」

「さらいに来たか」

六文銭の眼がひかって、また足がぴくっと動きかけたが、

「うぬだけは助けてやらあ。帰ってこの始末を注進し、二度と手を出すなといえ」

と、言って、戻って来た。

「お朱鷺《とき》さま」

と、膝《ひざ》をついて見上げた。

「こわかったでござんしょう、もう大丈夫です」

「六文銭」

と、朱鷺はいった。存外、おちついた表情であった。

「おまえ、遊女町を知らないの？」

六文銭は、ちょっとあわてた顔をした。

三

「おまえ、毎日出かけるのは遊女町へゆくのだといっていたけれど」

「へ、そのまえにちょっと町見物をね」

「でも、黙っていると、三日目には鼻血が出るというおまえが」

「それが、あんまり面白え町で、鼻血も忘れるほどで。――これあ、人間のごった煮みてえな町ですね」

「そういえば、おまえ、甲府から来る道中もべつに何もしなくっても鼻血も出なかったようだけれど」

朱鷺はいたずらっぽい笑いさえ浮かべていた。

「へっ、御馳走を眼の前にして、いかもの食いをするのア、意地きたなくって六文銭のコケンにかかわりやすからねえ」

と、六文銭はりきんだ。ほんとうにそう思っているらしい大まじめな顔であったが、ふいに不敵にニヤリとして、

「お朱鷺さま、三、四人、たたき殺しましたぜ。お約束によれアこれでお朱鷺さまと、

三、四度は。――」
と、動かない地廻りたちのほうをふりむいた。

朱鷺はきっとなった。

「あれは、わたしが殺してくれといった人間ではありません！」

「あっ、そうか。――」

六文銭は笠の下の頭をかいたが、すぐに何やら思い出したように、

「大久保長安が、いよいよあしたごろ、相川へ着くらしゅうござんすぜ！」

と、さすがに息をはずませていった。

「そう」

お朱鷺の眼がキラとひかったが、これはべつに動じたようすはない。

もっともこれはわかっていたことである。じぶんたち二人こそ先にこの佐渡へ渡って来たが、大久保石見守はあの大行列、かてて加えて例の水替人足たちを伴っていることでもあり、長い道中、また船の都合もあって、数日遅れて到着するのは当然で、それを旅籠で待ち受けていた二人であった。

「で、長安を殺しゃ、例のお約束は叶《かな》えていただけるんで？」

ひどく単純にいう六文銭に、さすがに朱鷺はあわてたようだ。

「ま、待って。――長安を討つことがそんなにたやすくゆくものではありません。事を急いでは何もかもぶちこわしです。――よく見て、機会を狙《ねら》わないと。――」

しかし、それにしても、いまの殺戮《さつりく》を眼前に見つつ、なんというおちつきだろう。

「それよりあの屍骸《しがい》をどうしますか？」

「一応、そこらの物蔭にでも積んでおいて、日が暮れたら、おれが海に放りこんできまさ」

と、乱暴なことをいって六文銭は――すでにこの女人をただものではない、と以前からとくと実感しているらしかったが、あらためて、やや呆《あき》れた顔で見まもった。

「お朱鷺さま、あなたさまはいまの奴《やつ》らにさらわれて、そのままおとなしく遊女町へおゆきになるお積りだったんで？」

「いいえ」

朱鷺はふいにはなやかな笑顔でくびをふった。

「おまえが、きっと助けに戻って来てくれると信じていました」

「へっ」

六文銭は、こんどはひたいをたたいた。有頂天にうれしがった表情になった。

ほんとうに、この女はそう信じているのか。――信ずればこそ騎士としてこのあばれん坊を佐渡へつれて来たにはちがいないが、しかし女の眼は、あきらかに男に頼り切った弱い女の眼ではない。騎士扱いというより下僕に対する、奢《おご》った支配者の眼であった。「わたしはおまえの主人になる」と彼女は宣言した。その通り、佐渡へくる旅のあいだに、彼女はいよいよこの野獣のような男を使い馴《な》らしたようだ。それは六文銭の、六文銭らしくもないうやうやしい物腰からもわかる。――

まったく、六文銭らしくない。「おまえさんをやっつけてやろうと思ってさ」といい切って、おのれの大男根を誇示してみせたこの男が――すっかり飼い馴らされたのはもとより、どうやら彼はあれ以来禁欲さえもしているらしい。

惚《ほ》れた弱味か、知能の差か。――それにしても、この六文銭という男のほうも、やはり変っている。変って見える以上に、変っている。

「おまえ、わたしのいう通り以外には、勝手に動いてはなりませんよ」

「へっ」


翌日、佐渡の帝王大久保石見守一行がまさに到着した。

小木《おぎ》の港に上陸してからこの相川まで九里。これは一日のうちに歩いたと見えて夜に入っていたが、いっしょにつれて来られた水替人足――三百人の江戸の無頼漢たちは、休息も与えられず金山《かなやま》のほうへ追いたてられていった。松明《たいまつ》の火と鞭《むち》をあびてよろめきつつ歩いてゆく裸虫たちは、甲府を通るころはまだ残っていた気力や体力を消耗しつくして、すでにこの世の亡者のむれのようであった。

長安は春日崎《かすがざき》の奉行所に入った。

# 赤玉城

## 一

春日崎は、相川の町の南に位置している。相川はゆるい弓形の小湾をなしているのだが、ちょうどその南側にあって、西方の海へつき出した段丘状の岬だ。

大久保長安はここに佐渡に於けるおのれの居館を作った。

正確にいえば、これは佐渡奉行所ではない。それはべつに相川のうち、半田清水ヶ窪というところにあって、金山《かなやま》の生産、町の治安を司《つかさど》っていて、この春日崎の居館は長安が佐渡に帰って来たときだけ使用されるが、彼が来着すると、当然、こちらが実質上の奉行所となる。

人呼んでこれを赤玉城《あかだまじょう》といった。

元来これは、この相川から十キロほど離れた河原田《かわはらだ》にあって、鎌倉時代から佐渡の守護であった本間一族の居城であったのを解体移転したものだ。幕府の命令はその資材を以て奉行所を作れということで、長安はその通りにしたが、目ぼしい巨木や大石は、すべてぬき出してこの私用の居館の方に使った。しかも、外から一見したところでは、その木や石がどこに使ってあるのかわからない。

なぜなら、その石垣も城壁もほとんど朱色の石であったからだ。

これは、まさに城である。むろん江戸城とか大坂城などにくらべたら、その一部にも足りない小さなものだが、それにもかかわらず、それらの巨城に劣らない重さがあった。

大段丘の上にあるのに城をめぐる石の壁が恐ろしく高いので、塔のようなものが見えるほかには、一般人には一切内部のことはわからない。その塔も、日本のいわゆる天守閣とか櫓《やぐら》とか五重の塔とかいったものとは全然趣きを異にする。屋根だけは瓦でふいてあるが、五角形のにゅっとした石壁だけの建物なのだ。それがことごとく赤いのである。

赤玉石。——

佐渡の東海岸にある赤玉村から出る名石である。碧玉の酸化鉛により、気品にみちたしぶい朱色に変った石で、現代でも庭石中最も高価なものだ。

これを長安は傍若無人に切り出し、掘り出し、この西海岸に運ばせた。

最初、大久保長安の何者たるかを知らなかった土民たちも、この放胆な運搬作業に胆《きも》をつぶし、恐ろしい人物が来たとまず肌《はだ》で味わった。その苦役《くえき》ぶりは、いまも相川一帯の語り草となっているほどである。

その赤玉石を以て、長安は居館を作った。惜しげもなく、石垣のみならず、城の壁すら土を以てせず、この赤玉石を切って、みがいて、つみ重ねた。いちばん薄い場所でも一メートルの厚さはあったろう。江戸城や大坂城にも匹敵するとさえ思われる城の凄《すさま》じい重量感はこのためであった。まことにそれは赤玉城という奇怪な名に値するものであった。

二

赤玉城に到着した翌日の夕のことである。長安は例の愛妾群と数人の家来をつれて、城の中を歩いていた。

久しぶりに帰って来た城に、留守中遺漏はないかと点検して歩いていた長安は、ふと血塔の下に、京蔵人《きょうくらんど》が指揮して一つの大甕《おおがめ》を運び入れているのを見た。

血塔とは、町からも見える五角形の櫓だ。赤いからそう名づけたのだが、長安としてはウィリアム・アダムスからきいたロンドン塔の「血塔」の名におぼえた面白味をふくめている。

この一劃《いっかく》は小さな広場になってはいるが、一木一草もない。地面は敷石になっていて、おそらく河原田城の石はこんなところに使ってあるのだろう。夕焼けの空をのぞいては、ただ石だけの空間であった。

「一つか」

と、長安はつぶやいた。甕のことだ。

「醱酵《はっこう》し、熟成するのに、二年や三年ではすまぬ。新しく仕込む必要があるな」

味方但馬《みかたたじま》はおちつかない顔をした。

この男は天下切っての山師として、金山のあらくれ男たちを心服させているほど重厚豪快な人物で、しかもその彼がさらに心服している大久保長安であったが、この「女精酒」の一件だけはどうもいただけないと考えている。

要するに、若い女を生きながら酒に――強烈無比の酒精液をみたした大甕に入れて、そのまま密封してしまうのだ。首だけは酒から出るようにしてあるが、上から厳重なふたをしてあるから、むろんやがて彼女は死ぬ。酒の香にむせんで死ぬのか、酸素がなくなって死ぬのか、それとも酒に浸《ひた》された肉体の方に滲透圧的《しんとうあってき》異変を起して死ぬのか、甕の中のことだからその光景はわからないが、言語に絶する無惨な光景であろう。

その屍体《したい》をとり出すのは数年後である。数年間、アルコール漬けになっていた屍体がどうなっているか、但馬はまだその姿や処理を見たことはない。

さらに数年おいて、その酒を長安はのむ。すなわち女精酒である。

味方但馬がいただけないと思うのは、その無惨な所業もさることながら、米や果物ではあるまいし、生きている人間を醱酵させた酒が、果たして危険のないものであるか、そこが不確実で長安らしくないと思うのだが、しかし現実に長安がギヤマンの杯にそれを酌《く》むときは、芳醇《ほうじゅん》な琥珀色《こはくいろ》に透き通って、のんだ長安になんの異常もないのみならず、六十も半ばを越えてなお壮者をしのぐ彼の性生活の秘密はここにあると、いやでも首肯《しゅこう》せざるを得ない。

女のエキス。――若い女体の春の泉のような不可思議な美と力は、すべてこの酒に滲《しん》出《しゅっ》し、醸成されていると長安はいう。

どうも事実らしい、と但馬もそれは認めないわけにはゆかなかったが、しかし彼自身はいかに考えてもそれを相伴する気にはなれず、また依然としてこの女精酒醸造だけは歓迎できなかった。

但馬はふと眼をあげて、向うを歩いている伊賀者の一人を見た。彼は長安の想念をそらそうと思っていた。

「銀阿弥」

と、彼は呼んだ。

まだ山伏姿のままだが、ふりむいた眼は右眼一つ、左眼はつぶれた狐坂銀阿弥。

「ほかの奴らはどうした」

「は。けさから町へ探しに出ております」

「魚ノ目一針をか」

「左様」

甲府で、妙な女六部と風来坊を追っていった一針は、ついに一行に帰来しなかった。いったい魚ノ目はどうしたのか。何か異変が起ったにちがいないが、とにかくそのため彼はさきに佐渡へ渡ったものと思われる、というのが仲間の彼らの結論であった。何とも腑《ふ》におちぬが、そうとしか考えられないのだ。彼らはそう言って、佐渡へ来た。

しかるに。——

大久保石見守さま相川に御到着。

その知らせはすでに町に拡がっているに相違ないのに、魚ノ目一針の姿はまだこの赤玉城に現われない。——で、伊賀一党は、狐坂銀阿弥を残して町へ探しにいったというのだ。

「一針は死んだな」

と、但馬はつぶやいた。銀阿弥は一つ眼をむいた。

「何といわれる」

「おれは、一針はやられたと見る」

「だれに」

「あの江戸から来たという男——六文銭とかいう奴によ」

「ば、ばかな！　あの一針が。——」

「一針を探すより、その六文銭を探したほうがいい」

「但馬どの、あの男もこの佐渡へ来ておるといわれるのか。……なんのために？」

「それはおれにもわからん。根拠はない。果たして来ておるか。それは保証はせん。……ただ、おれには、なんとなくそんな気がするだけよ」

と、但馬は考え考えいった。

「一針を探すより、うぬら、この城をしかと護れ。伊賀者ども、帰ったら、そういっておけ」

「銀阿弥」

ふと、何か思いついたように長安もふりむいた。

「そのほうに、よい役目を与えてやる」

「何でござる」

「女を探せ」

いままでの味方但馬と狐坂銀阿弥の話をどこまできいていたのか。――すべてきいていたはずだが、さらに念頭にない、歯牙にもかけていないような長安の表情であった。

「女？　女とは。――」

「だれでもよい。美しゅうて、しかも精気にみちた女じゃ。ふむ、忍者ならば、左様な女がどのような女か、常人以上に眼も鼻もきくであろう。佐渡を歩いて、探して来い。そのあとはわしが選ぶ。――ただし」

と、長安は苦笑した。

「かりにも、奉行じゃ、奉行が女狩りしておると噂《うわさ》は立てぬように喃《のう》。早ければ早いほどよい。ゆけ」

「はっ――」

銀阿弥は一礼して歩き出しながら、腰の投縄――いや、琴糸の輪の束を一眼でちらと見た。

長安は愛妾たちをふりむいていた。

「血塔に上って見るか。海も一望、町も一望。――これよ蔵人、駿府から運んだ遠目鏡《とおめがね》はそなえつけてくれたであろう喃」

三

狐坂銀阿弥。

彼はいま例の「縛り首」と称する輪投げのわざを得意とするが、若いころは伊賀組中でもきこえた弓の名人であった。

弓というと、この慶長年代でもいささか古い武術と見られているが、しかし忍者の武器とみるかぎり、鉄砲よりも好ましい点もあるのである。鉄砲も、長安の愛妾の一人があやつるような新式の連発銃はべつとして、旧来のものは火縄、弾込め、いずれも甚《はなは》だ手数がかかるし、雨でもふれば使いづらい。のみならず、遠くまで聞える音というものが、極めて具合の悪いことが多い。

さて、彼に弓術を教授したのは、伊賀組の曾村丹左衛門《そむらたんざえもん》という老人で、お霜という娘がいた。銀阿弥は――そのころは銀七郎といったが――この娘を一人の男と争うことになった。

相弟子、というより兄弟子にあたる五辻《いつつじ》丈平という男である。兄弟子だけあって、弓術にかけては丈平は、銀七郎の弓ときくとせせら笑うほどの腕を持っていたが、ただ極めて品行が悪かった。その放蕩《ほうとう》性に師匠も難色を示して、はっきりとではないが、娘は狐坂銀七郎に与えるような意向をもらしたのである。果然、五辻丈平は怒り、以前にどんな約束があったのか、面とむかって丹左衛門を罵《ののし》った。

丹左衛門は辟易《へきえき》し、ついに両人、ちかく弓術を以て試合せよという案を持ち出すに至った。籠《かご》から放つ二羽の燕《つばめ》を、二人がそれぞれ矢で打ち落して見よというのである。それがお霜を花嫁にする試験であることはあきらかであった。

その試合の数日前の夜だ。――お霜が銀七郎の家にやって来た。

それも、深夜、彼の部屋に、恐怖にたえかねるような風情で現われたのである。いぶかしむ銀七郎に、

「試合に、あの丈平が勝つような気がしてなりませぬ。……」

と、彼女はあえぐようにいった。笑う銀七郎を、彼女は燃えるような涙の眼で見つめた。

「もし、丈平が勝ったら、わたしはあの男のものになります」

「それはやむを得ぬ」

「あなたは、それでもいいのですか？　あなたはわたしを、それくらいにしか考えていなかったのですか？」

「そ、そう申されてもこまる」

しかし、銀七郎は狂喜した。艶麗《えんれい》なその娘を、彼は狂おしいほど恋してはいたが、娘のほうでもそれほど彼を愛してくれているとは夢にも思わなかったからだ。

情きわまって、彼はその娘を抱いた。試合の勝敗は知らず、お霜は彼のものになったの

だ。そしてお霜は——彼女もよほど燃え狂ったのであろう。みずから銀七郎の首を抱いて、みずからの肉体におしつけるというほどの痴態を見せたのだ。

彼がおのれの肉体に異常をおぼえたのは、その翌日からであった。それは眼にも来た。眼は左眼だけであったが、肉体とおなじく発赤し、膿様《うみよう》の分泌物《ぶんぴつぶつ》をもらし出した。

完全に左眼が失明したことを知ったのは、試合の前日であった。

眼は両眼視によってはじめて物体の遠近を正確に判知し、外界を立体視することができるものである。そんな眼科学を知らなくとも、現実に於て彼はそのことを思い知らされた。飛燕どころか、ためしに弓を射てみて、大きな的さえ矢がはずれることを知って、彼は驚愕《きょうがく》し、かつ狼狽《ろうばい》した。

風眼。いわゆる淋菌性《りんきんせい》結膜炎に罹《かか》ったことを彼は知った。いかなればかかることになったのか？

銀七郎は残った「片眼」で、それを看破した。

しかし、このことを師匠に訴えることはできない。事前にその娘と密通したことはほめられたことではない上に、万々その風眼のもとがさらに相手の男に由来したに相違なく、相手のほうがさきにルール違反をし、かつ奸策《かんさく》をめぐらしたのが事実としても、そもそも忍者の世界にはルール違反も奸策もないのである。あからさまにすれば、じぶんが組の笑いものになるだけであった。

銀七郎は朝のうちに、曾村丹左衛門を訪れて、戦わざるにおのれの敗北を認めた。試合の放棄を申し入れたのである。

その夜、五辻丈平の家の裏木戸から、二つの影が現われた。丈平とお霜だ。二人は何やら笑いながら、大竹藪《おおたけやぶ》の中の小道を歩いていった。

「多少の苦痛はこのよろこびにはかえられぬ。どうじゃ、痛みも忘れたろうが」

「あんなことをいって。……」

白い手でぶつお霜の姿は、竹藪にふる月光に、毒を持つ女とは信じられないほどなまめかしかった。

「しかし、この病いは早う癒《なお》さねばならん喃《のう》。さっきのんだ白檀油《びゃくだんゆ》で癒るそうじゃ。……それにしても狐坂め、片眼だけはぶじ残ったとは、きゃつもまた悪運が強いな」

「あのひとのことは口にしないで。――抱いて、丈平どの！」

まだ抱擁の熱さの残る二つのからだが、ふたたびひしと抱き合ったとき、その二つのからだが一つになって宙天に巻きあげられた。

「…………！」

悲鳴もあげず月明の大空へ舞いあがってから、二人はおのれのからだが、弓の弦をより合わせたもので、一体に縛りあげられていることを知った。

それでも、なぜそんなことになったのか、まだからくりがわからなかったが、事実は二人は弓弦の罠《わな》にかかり、それに連結してあった孟宗竹の弾力で大空に縛りあげられたのである。

「一日、片眼でも矢を射る修業をした」

竹林の底で、狐坂銀七郎の声がした。

「燕は射られぬが、この的《まと》なら中《あた》るだろう」

そして、一すじの矢が大空にゆれる一体の男女を串刺しにしてしまった。

——たんに試合におそれをなして、不戦敗となり、その恨みで両人を射殺《いころ》したのではない証《あか》しに、はじめて右のいきさつだけを首領の先代服部半蔵に報告し、すぐに銀七郎は割腹しようとしたのだが半蔵はかたくそれをとめた。

曾村丹左衛門が、娘の不始末を銀七郎にわびる遺書を残して自殺したのはその翌日のことであった。銀七郎が一時髪を剃り、かつそれ以来銀阿弥と改名したのは、その師匠を弔うためである。

片眼を失った銀阿弥は弓を捨て、その代り弓弦を利用した投縄を練磨するようになった。よほどあの姦夫姦婦を一挙に縛りあげた快味が心魂に徹したのであろう。大きな輪で敵をとらえるのには、弓ほど精妙な目測を要しないと思ってのことだが、その後彼は、一眼で以て、敵の四肢を同時にとらえ、しかも完全におのれの手から離れているために、敵の刃で切断されるおそれもない弦の輪の妙術を体得するに至った。さらに、麻を素材とする弓の弦に変えて、絹を素材とする琴糸と分銅を以て、敵を自動的に縛り首にする奇妙の工夫まで案出したのである。

その狐坂銀阿弥が。——

赤玉城からタッタッと早足で段丘を下りかけて——ふと、左側の海辺に、夕焼けにぬれてこちらをぽかんと仰いでいる一人の男の姿を見た。

# 獅子をからかう

一

最初、釣《つ》りをする男かと思った。その男が、釣竿《つりざお》を持っていたからだ。

この相川の春日崎あたりは、もともと魚に恵まれた佐渡でも屈指の釣場で、鯛《たい》、鱸《すずき》、あいなめ、めばるなどが面白いほど釣れる。だから、赤玉城に城主のいない間は、このあたりで釣りをやる町の連中も結構あるのだ。——とは、きのう相川に到着したばかりの狐坂銀阿弥が知るわけがない。

ただ彼は、こんな城のちかくで釣りをするとは以ての外のやつ——と眉をしかめて、坂道を駈《か》け下りつつ、その男が笠をあげてニヤッと笑った顔を見て、心臓を鈍器で打たれたような気がしたのだ。

それでも、その刹那にはっきり思い出したというわけではない。甲府で、逃げようとするその男を通せんぼしたにはちがいないが、とっさに傍の駕籠《かご》をひっくり返され、むしろ駕籠から転がり出したもののほうに眼を奪われているあいだに、稲妻の消えるように姿を見失ってしまったからだ。それに、その男が——味方但馬《みかたたじま》の推定にもかかわらず——まさか、佐渡に現われようとも思っていなかった。

要するに、銀阿弥の衝撃は甚《はなは》だ鈍《にぶ》いものであったが、いまニヤッとした顔に——こやつ、おれを知っているやつだな、はて——と考えたとたんに、完全に彼は思い出したのだ。

いちど、ピタと立ちどまり、それから狐坂銀阿弥はつかつかと近寄った。

「これ、うぬは？」

笑ったくせに、男はこんどはくびをかしげている。いま思わず笑ったのを、しまった、とあわてている顔つきにも見えた。

「魚ノ目一針をどうした？」

「——ウオノメ？」

「甲府でうぬを追っていった山伏だ」

「追っていった？　おれをでやすか？」

「そらとぼけるな、うぬの素性は知っているのだ」

「ひえっ、おれの素性？」

「江戸から来た人足の宰領、六文銭という男」

むろん、あれ以後、草間内記から得た知識だ。——六文銭はまた笑った。ばかにひとなつこい無邪気な笑いであった。頭をかいた。

「へっへっ、御存じで？　赤玉の殿さまの御家来とお見受けいたしやすが、実はおれも大久保さまの御家来に買われた男でやしてね、申さば同じ釜のおまんまをいただいた身、以後もじっこんに願います」

この男は、ほんとに魚ノ目一針を知らないのではないか、また自分にも初めて逢ったつもりでいるのではないか。——あやうく銀阿弥はそう思いかけたほどであった。

「なぜ、佐渡へ来た？」

「佐渡へは、江戸にいるころからいってみてえと思っていましたからね。だから、草間内記さまのお誘いに乗ったんで」

「うぬはいま、おれを見て笑ったな」

「実は金がなくなっちまったんだが、相川じゃ知らねえ奴ばかりで、くれる人がいねえ。で、腹がへって魚釣りに来たんだが、正直なところ釣りなんぞいっぺんもしたことがねえから途方にくれてたところへ、赤玉のお城から出て来たおひとがあるから、できたら六文ばかりお借りしてえと、ちょっと愛想笑いをしたところで」

「女は、どうした？」

「——女？」

こんどはあきらかに六文銭の表情に、何と答えてやろう、という戸惑《とまど》いの波がゆれた。

「どこの、何という女？」

じぶんがこの銀阿弥の前でさらって逃げた女のことを忘れたはずがない。――狐坂銀阿弥の手が、腰へすべった。

――夕焼けに、赤い輪が三つながれた。

それが、海際につくねんと立っている六文銭めがけて飛び――彼はぱっと逃げようとし、二つはたしかに避けたが、三つ目の輪はみごとに笠越しにその首にはまりこんだ。はまったとたん、それはスルスルと自動的に輪を小さくして頸《くび》を絞《し》めた。

輪は琴糸だ。それが赤く見えたのは、夕焼けにひかったからだ。――六文銭は仰天して、左手で頸をかきむしり、それがちぎれないのに狼狽《ろうばい》して、こんどは右手の釣竿を持ちかえて、右手でまたかきむしったが、むろんそれでもちぎれなかった。

ちぎれないのみならず、輪についた小分銅がすべって、もがけばもがくほど輪はしまり、そしてしまっただけは、決してあとに戻らぬ。――狐坂銀阿弥秘伝の「縛り首」！

「これ、まともに答えろ」

と、銀阿弥はうす笑いを浮かべ、そろそろと近づいた。

「答えねば、うぬはそのまま縛り首になるぞ。――」

魚ノ目一針をどうしたか、あの女六部はどうなったのか、本音を吐かせるにはこれに限る、と銀阿弥は決意したのだ。

六文銭の顔が、夕日に火ぶくれしたように充血して来た。

「白状すれば、とってやる」

とたんに、六文銭は右腕で、ぱっと腰の一刀を引抜いた。「縛り首」をあやつるとき、狐坂銀阿弥は、本気なら相手の五体を封じてしまうのだが、この場合それをしなかったのは、ただこやつを捕えて赤玉城へしょっぴけば足りる、おどすにはこれだけで充分だ、と思ったからだ。が、相手が苦悶しつつ、刀を抜いたのを見て、銀阿弥はやや意表をつかれて、二、三歩飛びすさった。

が、六文銭は変な刀の持ちかたをした。抜いた刀を逆手に持ち直した。――次の瞬間、そのきっさきを自分の頸につきあげたのだ。

六文銭は、刀でその琴糸を切ろうとしたのであった。琴糸はすでに頸の肉にくいこんでいる。その糸と肉とのあいだに、いきなり彼はきっさきをこじ入れた。――刃を外にむけてかどうかは分らない。いずれにせよ、頸動脈がそのあたりを走っていることを知っている狐坂銀阿弥には――さしもの彼も、あっと身の毛をよだてたほどむちゃくちゃな行為であった。

血がびゅっと横に飛んだ。が、糸は切れた！　縛り首はみごとに解けた！

「刃向うか、うぬは。――」

こちらのほうが満面充血して、銀阿弥はさけんだ。

六文銭は逃げた。うしろへ――ではない、海のほうへ。ザ、ザ、ザ。――と、足もとからしぶきをちらしつつ。

波がひざのあたりまで達したとき、彼はくるっとふりむいて、

「てめえのほうがさきにへんな輪を投げやがって、そいつを切ったら刃向うか、たあ、とんでもねえ野郎だ」

と、いった。恐ろしく怒った顔だ。

「おう、こんどは胆《きも》をすえて刃向ってやるぜ。こんな目に合わされちゃ、相手が大久保長安だって黙っちゃいられねえ。江戸で鳴らした六文銭の顔にかかわらあ。来やがれ、この桶《おけ》のタガ野郎」

それが輪の意味であることを了解するまでには数秒を要した。波打際につっ立って、じいっとにらんでいた狐坂銀阿弥の顔に、やがて苦笑がみみずみたいにねじくれた。それは相手に対するよりも、いまのおのれの――ただ相手の頸だけを狙《ねら》った油断に対する苦笑であった。

「うぬは、この狐坂銀阿弥のわざをまだ知らぬな。――」

「来ねえか、一つ目、おれがこわくって、ここまで来られねえのか？」

ののしりながら、六文銭は実に妙なことをやった。

左手の釣竿を水平にしてまんなかを口にくわえ、両腕をそれに添わせてのばし、両こぶしで握ったのだ。もっとも右のこぶしは、抜いた刀身をいっしょに握って、刀のきっさき

を自分の笠の上にのせている。

弓のようにたわんだ釣竿を見つつ、銀阿弥の腰から、びゅっと十にちかい琴糸の輪が飛んでいた。この敵の構えを、そも何ごと、と判断するより、怒りにつきあげられたからだが、その前に動き出していたというべきわざであったろう。

海に足をとらえられている六文銭めがけて、輪は幾つかずつ、正確にその頭部と両腕にはまりこんだ。

が、頭部にはまったものは、口にくわえた竿にひっかかった。そして両腕にはまったものも、同じくたわみつつ腕に添うた竿にさまたげられて無効となった。のみならず、このほうはたちまち波の上にすべりおちさえした。——気がついて、銀阿弥の血走った一つ目が、六文銭の足をにらんだ。地から離れるかぎり、彼の輪は敵の足をも襲う。しかし、六文銭の両足は水の中にあった！

「どうでい」

六文銭の笑う声とともに、おもちゃのヤジロベーに似たその影が、ザ、ザ、と波に渦をまいて動いた。

突如、くわっと銀阿弥の一つ目が燃えた。相手が動いた刹那、その背後の西の海へおちようとする朱盆のような太陽が眼に飛びこんだのだ。が、銀阿弥の眼がくらんだのは、それよりも彼自身の狂憤のためであった。

手が、腰の輪を離れて、刀の柄《つか》へ動こうとした。そのとたん、眼前に黒いすじが鞭《むち》みたいにながれると、腰のあたりをぴしいっと何かが矢のように滑った。敵の竿だ。眼がくらんだ瞬間、相手は竿を口から離し、琴糸の輪を空へはねあげつつ、ビューッと水を越えて銀阿弥を突いて来たのだ。

銀阿弥の手がふたたび輪の束《たば》に走って、このとき彼は何とも名状しがたい表情になった。輪はとれなかった。輪の束のまんなかを、相手の竿はみごとに通していたのである。

銀阿弥の隻眼は、相手がいまや明らかに波から足をあげて跳躍して来るのを見ていた。竿から完全に手を離し、両腕に刀をふりかぶっている影も見ていた。

たんに輪投げの秘術のみならず、ほかの武芸一般に於ても充分常人以上のわざを持っているはずの銀阿弥であったが、これに対する反応が甚だ遅鈍であったのは、何よりも絶対自信を持つおのれの秘術を破られたという驚愕《きょうがく》と狼狽のゆえであった。

「輪がきかなきゃ、桶はバラバラ！」

いかんなく銀阿弥は、左肩から袈裟《けさ》がけに斬《き》り下ろされていた。鎖骨のみならず、肋骨の何本か、それに脊椎《せきつい》までがななめに斬り離される凄《すさま》じい一撃であった。

狐坂銀阿弥の動作を遅鈍だといったが、しかし彼が再度の輪の攻撃を開始してから、ものの一分もたたぬあいだのことであったろう。

狭い砂浜にのけぞって倒れた銀阿弥のそばに、六文銭はうっそりと立って見下ろした。それから、真っ赤な落日のほうにむき直り、しゃがみこんで、自分の頸の傷を潮でザブザブと洗った。

「痛てっ」

と、顔をしかめ、

「……驚いた奴だ」

と、ひとりごとをいったのは、自分のことではなかったろう。そのままスタスタとゆきかかったが、何思ったか立ちもどり、どこからか一本の針をとり出して、死んだ銀阿弥のつぶれた瞼の上からブスリと刺した。――釜無川の上で、魚ノ目一針に手と足を刺されたときの針としか思えないが、彼はそれを「記念品」として持っていたのであろうか。

それからついでに、砂の上におちていた琴糸の輪を二つ、ちょいと拾いあげると、そのまま砂けむりをあげて、赤童子みたいな姿を町のほうへ消していった。

三

「な、なぜそんなことをしたのです」

と、朱鷺《とき》はさけんだ。

旅籠《はたご》に帰って来た六文銭の頸の傷を見とがめて問いただしてから、彼の白状をきいて、さすがおちついた彼女もわれ知らず悲鳴にちかい声をあげたのである。

いったん白状した上は、と六文銭は意気揚々として、いかにしてその桶のタガ野郎を征伐したか、というありさまをのべたてていたが、彼女の悲鳴をきいて、キョトンとした顔をした。

「悪かったでやすか？」

と、くびをかしげて、傷がいたむか、またそこへ手をやった。

「おりゃ、べつにその一つ目を殺しにいったわけじゃねえ。赤玉城の雲ゆきいかに、と釣師のまねをして探りにいったら、そいつにつかまっちゃって、向うからかかって来たから苦しまぎれにたたっ斬ってやっただけなんですがねえ」

それから、顔をつき出して、

「お朱鷺さま、大久保長安は敵《かたき》でがしょう。その敵を討つためには、あの山伏どもを征伐しなくっちゃラチがあきませんぜ。いままで二人ブチ殺してやったが、どっちもありゃ大変な野郎だ。あとが思いやられるくれえなもんで。——」

嘆息した。

「おりゃ、お朱鷺さまにほめられる——こんどこそは、例の約束を果たしてもらえると、よろこびいさんで飛んで帰って来たんだが。——」

「わたしは、いまその男を殺してくれといいつけたわけではありません！」

と、朱鷺はいった。

「赤玉の城を探れともいいつけたおぼえはありません。わたしのいう通り以外には勝手に動いてはいけないと、あれほどいってあるのに！」

六文銭は頸の傷をなでながら、渋面をつくった。叱られた子供みたいにべそをかいた顔であった。

「いまきけば、おまえは一本の釣竿のおかげで助かったという。その相手が釣竿など役にたたない別の男だったら、おまえはどうなったと思いますか?」

朱鷺はやや心をとり直したらしく、急に姉のように声をやさしくした。

「ほんとうはおまえのいう通りです。いずれはその男もおまえの力で討ってもらわなければならない男だったでしょう。けれど、それはわたしがおまえに頼んだときにしてもらわないと——かえって、藪をつついて大蛇《おろち》を出すことになってしまいます。相手はこの島の将軍ともいっていい人間なのです。よくよく考えて、用心深く手を打ってゆかないと、かんじんの目的を果たすまえに何もかもぶちこわしになってしまうから、つい女ごころの小ささに、せっかくそんな恐ろしい目にまで逢って帰って来たおまえを叱《しか》ったのでした。ゆるしてください。——」

六文銭はニヤニヤした。それを、自分にあやまられてただうれしがっているものと思い、彼女はまた厳しい表情に戻った。

「それでも敵は何か感づくかも知れない。——その男の屍骸《しがい》はどうしましたか」

「砂浜に放《ほ》っといたがね」

「海へは流さないで?」

六文銭はなお真っ白な歯をむき出した笑顔でいった。

「感づいたって、あっちはもうこっちに手を出さねえでしょう」

「なぜ？」

「というより、わざとやったんでさ。——その一つ目野郎の眼に、釜無の針ねずみ野郎の針を刺しといたからね。——これで、あの二人を征伐したのアこのおれだってことは向うにもわかるでござんしょう。だから、たとえ見つかったって、怖気《おじけ》をふるって、これから先はもう手を出すめえと思う。……」

きいている朱鷺の顔色といったらなかった。それをのぞきこんで、

「おりゃ、おまえさまの用心棒だからね。その役をどうして果たそうかと。……」

「用心棒。——」

ややあって、朱鷺はさけんだ。

「かえって、敵を招き寄せる用心棒。——」

「えっ？」

「まあ、何という無鉄砲な——いったい何ということをしてくれたのです。それではわたしたちも佐渡へ来ている、その二人に手を下したのもわたしたちだということを、敵に知らせたも同然ではありませんか。——」

「だから、サ。——」

「いっておしまい！　おまえはもうわたしには要らない。かえって、危ない、見さかいのつかない火を抱いているようなものだわ。ああ、おまえのような馬鹿をつれてくる気になったのがわたしのまちがいでした。どこかへ早くいっておしまい！」

にらみつけた朱鷺の美しい眼には、にくしみの炎さえ燃えているようであった。六文銭はまたびっくり仰天した。

「お、おれがいっちまって、お朱鷺さまはどうなさるね？」

「そんなことはおまえの知ったことではありません！　ただおまえのような無鉄砲者と一《いち》蓮托生《れんたくしょう》、いっしょに死ぬことだけはごめんです」

「こりゃひでえことになったもんだ。……」

六文銭が頭をかかえたとき、空を鐘の音がながれた。

もう夕映えは消えた町の夜空を遠くからふるわせてくるのは、たしかに複数の鐘の音らしいが、いわゆる梵鐘《ぼんしょう》ではない。

いままできいたこともない、美しい、しかも物凄い鐘の音であった。

「……あっ、ありゃ何だ？」

## 木の葉がくれ

一

六文銭と朱鷺《とき》は往来へ飛び出した。

夕暮れの路地にはもう人がいっぱいに溢《あふ》れて、それがいっせいに南の方の空を眺めている。鐘は鳴りつづけていた。それは入江のかなたに、黒ずんだぶきみな朱色を浮かび上らせている赤玉城のほうから渡ってくるようであった。

「ありゃなんだ？」

六文銭は旅籠《はたご》のおやじを見つけ出してきいた。

「血塔の鐘が鳴っているんでさあ」

「血塔の鐘？」

赤い城の中でも、ひときわどす赤くそそり立っている五角形の塔をおやじは指さして、

「ありゃお奉行さまが相川にござるときにだけ鳴る。清水ヶ窪のお奉行所や、金山のお役人衆や、港のお船方衆をいそいでお呼び集めになる合図の鐘じゃ」

なるほど、路地の向うの往来を、馬を走らせてゆく蹄《ひづめ》の音も聞え出した。

「しかし、妙な音だな。寺の鐘とはちがう。……」

「撞木《しゅもく》で打つ鐘じゃあねえらしい。南蛮渡りといいてえが、お奉行さまが下知して鋳《い》られた特別の鐘だということだが、おっそろしく遠くまでひびきゃがる……」

「侍衆を呼び集めるって？　何が起ったんだ？」

朱鷺が六文銭の袖をひいて、人ごみを離れた。

「おまえのやったことですよ」

「おまえがあの男を殺して、しかも妙なしるしまで残して来たために、向うでは一大事だと思ったのです。……やがて大捜索が始まるでしょう」

「へえ？」

「どうやって？」

「それはわからないけれど、とにかく長安はこの佐渡の帝王です。板をはがし、草の根わけても、しらみつぶしに調べて回るでしょう。……ああ、大変なことになってしまった！」

さすがに朱鷺の顔色が変っていた。

「だから、わたしのいう通りに動かなくちゃいけないといったのに。……わたしはこうなることを心配していたんです」

「こ、ここにいちゃ、だめですか？」

「旅籠町など、いちばん先に探しに来るでしょう」

六文銭はあわて出した。実際、あんなことをすればこうなることは自明の理なのに、この男の頭は、それさえ結びつけて考えることができないほど単純きわまるものと見える。

「ど、どこへ？」

「町に知った人は、一人もありません」

「山へは？」

「長安は山将軍といわれるほどの男ではありませんか」

朱鷺はきっとなった。

「ともかく、おまえはどこかへいって！　いっしょにいると、おまえは危険な男です！」

六文銭はくびをかしげて、この場合にニヤニヤと笑った。

「そうはゆかねえ。……おれのためにも、おまえさまのためにも」

かしげた首をそのままにして、彼は珍しく思案の態《てい》であったが、やがてはたと手を打った。

「かくまってくれる男があるかも知れねえ」

「えっ？　だれが？　たれか、佐渡に知っている男があるというのですか？　おまえははじめてこの佐渡へ来たといっていたけれど。——」

「江戸でね」

「ああ、江戸で知り合った人！」

「いや、江戸でも知ってるってわけじゃあねえが。……」

六文銭のいうことは甚だあいまいで、頼りない。

「とにかく、そこへいってみやしょう」

何という電撃的な下知であろうか。すでに赤玉城から奔出《ほんしゅつ》して来たと思われる武士の一隊がこの旅籠町に入りこんで来て、かたっぱしから臨検をはじめたらしい物音があがりはじめた。

「どこへ？　六文銭、どこへ？」

そうたずねる朱鷺にろくに答えもせず、六文銭は旅籠に馳《は》せかえって身の廻りの荷物をかかえ出すと、彼女の手をとって、捜索隊とは反対側の口から往来へ走り出した。

坂の多い相川の町の迷路を駈《か》けて、二人はひときわ灯の明るい、華やかな一劃に入った。鐘はまだ鳴っているのに、ここばかりはそれも耳に入らぬかのように、隆達《りゅうたつ》ぶしなど唄って通る町人がある。談笑して歩く侍たちがある。酔いどれて千鳥足の金掘り風の男どもがある。両側はずらっと朱塗りの格子の家がならび、柿色ののれんが海風にひるがえっている。格子の向うには、きらびやかな女たちが艶然《えんぜん》と笑んで、坐《すわ》っていた。酒の匂い、脂粉の香。……

「ここはどこ？　六文銭」

「小六町。つまり、相川の遊女町で」

六文銭は、その中でいちばん大きな一軒——に、し、だ、や、と柿色ののれんに白く染めぬいた見世《みせ》の前に立った。

「ちょっと、ここのおやじに話がありまさ。話のつくまで、お朱鷺さま、申しわけねえがそこの天水桶《てんすいおけ》の蔭にでも待っていて下せえ」

そして、茫然としている朱鷺の前で、六文銭はのれんをくぐって入っていった。

江戸で知っているとか何とかいうのは、この妓楼の当主なのであろうか。はてな、六文銭は——きのう、この小六町の地廻りたちと喧嘩《けんか》したとき、西田屋の主人などは知らない風であったが。

二

「水金廓物語《みずがねぐるわ》」という写本の伝える説話によれば、相川の遊女のはじまりは、信長の息女松君姫という姫君であるという。本能寺の変後、松君姫はのがれて熊野に入り、比丘尼《びくに》となった。そして諸国漂泊の後、天正十七年、彼女をしたう比丘尼たち三十七人をつれて佐渡に渡ったが、その後、これらの比丘尼が追い追いに春をひさぐようになって、慶長六年、この相川で遊女町をひらくに至ったというのである。

しかし、相川の廓が大々的になったのは、むろんここの金山が大々的になったのと期を一にしているであろう。「佐渡故実略記」によれば、慶長年間、この遊女町の妓楼は三十余軒、遊女の数は千二百人余に及んだという。——ちなみにいえば、売春防止法制定以前、東京の吉原が全盛をきわめたころ、そこにいた春婦の数もやはり千二百人余であった。以て相川の殷賑《いんしん》ぶりを知るに足る。

——と、朱鷺の佇《たたず》んでいるすぐうしろから、

「お朱鷺さま」

と、呼ぶ声がした。驚いたことに、六文銭だ。

見世ではない。そこの塀《へい》の一部がくぐり戸になって、それが開かれて六文銭が呼んでいるのである。

「話がつきやした。こっちへ」

入ると、庭だ。遠明りに、数寄《すき》をこらした庭園が浮かびあがっていた。

だいぶ歩いて、朱鷺が通されたのは、奥の土蔵の中であった。納戸風に、両側にずらっと女の衣裳箱や夜具や化粧道具などが並べてあるその土蔵の、さらに奥まったところに、ひとり赤い頭巾をかぶった男が坐っていた。

「この大将が、西田屋のおやじ、庄司甚内《じんない》って人でさ」

と、六文銭が紹介した。

「この見世だけじゃあなく、ここの廓ぜんぶにこのおやじの息がかかってるそうで」

でっぷり肥った中年の男だ。どんな話がついたのか、にこにこしていった。

「きのうはまた、若いやつらがとんでもない御無礼をいたしたそうで、まったく私のあずかり知らないこととはいえ、まことに以て申しわけござらぬ。その上、これが江戸の巷《ちまた》で名高い六文銭どのと承わり、甚内、どうしておわびしてよいやら」

「よ、よしてくれ、江戸で名高えなんて！」

「いやいや、やがて江戸にも廓をひらこうと、先年来よい土地もがなと江戸のあちこちを物色して歩いていたこの甚内の耳に、どうしてその雷名が入らずにいようか。いま、私をおどしつけめされたその恐しさ、きさしにまさり、まことに以て冷汗三斗。——やがて江戸へ出た際も、なにとぞごひいきに。……」

どこまで本気でいっていることか、この妓楼の経営者には、好々爺《こうこうや》みたいな愛嬌《あいきょう》にもかかわらず、どこか古沼のように気心の知れない物凄《ものすご》さがあった。

のちに知ったことだが、この庄司甚内は、先年まで駿府でやはり遊女屋をやっていた男であった。もとは北条浪人であったという。で、江戸へ進出しようとして、公儀の許可がなかなか下りないままに、近年のこの相川のゴールド・ラッシュに目ざとくも乗って、ひとまずこの佐渡へおし渡って来て、たちまちこの遊女町の大ボスになってしまったのだ。

さらに数年後。——これは朱鷺の永遠に知ることができない事実であったが、この庄司甚内こそ、のちに江戸の吉原を開いた庄司甚右衛門その人である。

「女人を女人国にかくすとは、まことに人の意表に出たお智慧《ちえ》、甚内、感服いたした。わが力の及ぶかぎり、たしかにおかくまいいたしましょう」

「一枚の木の葉は森の中にかくせ——ってのが、甲賀流の奥儀でね」

と、六文銭はニヤニヤした。

「甲賀流？」

「いや、でたらめでさあ」

——しかし、この庄司甚内という男は信じられるであろうか。どこかえたいの知れない人物で、少なくとも六文銭などより、一枚二枚どころではない上手《うわて》に感じられる。六文銭は自分たちの目的をどこまでしゃべったのか。まさかみんな白状しなかったにせよ、明らかに大久保長安に追われている張本人と知りつつ、この男が、大御所のもとで最大の実力者といっていいその長安に盾《たて》ついて、風来坊のような自分たち二人を護ってくれるということがあり得るであろうか。はっきりいって、彼が今夜にも赤玉城へ密告するということも充分考えられる。——

「心配でやすか？」

六文銭がのぞきこんで、それから甚内を見た。

「いや、御心配にゃ及ばねえ。裏切りゃがったら、おら、火をつけて、小六町ぜんぶを灰にしてしまう。そういってやったから」

「——おまえは？」

と、朱鷺は眼をあげた。

「おら、飛んで歩く。おまえさまがゆけというなら、どこへでも」

六文銭はケロリとしていった。

「おいら大丈夫です」

「ばかに神妙だな。六文銭どの。——私をおどした人とは別人のようだ」

甚内が苦笑したとき、頭上のどこかできれいな音で鈴が鳴った。甚内は朱鷺を見ていった。

「今後、この廓にもお調べの役人はむろん来ましょう。そのとき、この土蔵の中に一人の女がかくれていると、ほかの遊女どもがきいたら、そこからことが破れるおそれがござる。いっそ、この甚内が手塩にかけて遊女の修業をさせておる女、と触れこんでおいたほうがよろしいと思うが、どうでござるな」

朱鷺は決心した。この甚内の心底はまだよくわからないが、さればとて今さらここから逃げ出しても同じことだ。

「……いかようにも、おっしゃるままに」

と、彼女はうなずいた。

「入れ」

と、甚内はふりむいて声をかけた。

三

戸のあく音がして、二人の女が菓子と茶を捧《ささ》げて、土蔵の中に入って来た。あきらかに遊女風で、しかもどちらも極めて美しかった。

「だいぶ、たまったなあ」

と、六文銭がいった。

「何が？」

「いや、甚内旦那、こいつあお女郎ですね？」

「いかにも」

「じゃ、御親切ついでに、こっちも一つ頂戴してえんだが。……」

甚内はまじまじと六文銭の顔を見ていたが、やがてきゅっと笑った。

「まったく度胸のいい御仁じゃな。いよいよ感服いたしした。どっちを？」

「一人じゃ、足りねえ」

「は、は、は」

甚内はついに声をたてて笑った。

「お好きなように」

何の話かと思ったら、六文銭は二人の女の前に立ち、じいっと穴のあくほどにらみつけると、向うの屏風《びょうぶ》のほうへあごをしゃくり、それから傍にあった赤い夜具を一つまるめて、かいこんで、そっちへ歩き出したのである。

冗談をいっているのでも、ふざけているのでもなかった。この問答の途中から、ちらっちらっと遊女を眺めている六文銭の眼は血走ったようになり、全身からはむうっと栗の花のような匂いが吹き出して、その異常は朱鷺にも感づかせずにはおかなかったのだ。庄司甚内が、この唐突な願いをきき入れたのは、その名状しがたい迫力に圧倒されたせいかも知れない。

遊女は、驚いたようだが、べつに悲鳴はあげなかった。いや、体験上、だれよりもその熱気をまっとうに感覚したと見える。

三人は、屏風の蔭にかくれた。そのはしから、敷かれた赤い夜具がちらっとはみ出した。その上に、四本の白い足と、二本の足が、足くびだけのぞいた。

――眼を見張ってこのなりゆきを見ていた朱鷺の口から、彼女も意識しない叫びがもれたのはそのときであった。

「待って！」

彼女はその瞬間に自分の声をきいたが、なぜそんなことを口走ったのか、自分でも分らなかった。

「六文銭、もしおまえがけがれたら、わたしはあの約束を捨てますよ！」

二本だけ、何やらうごめきかけていた黒い足がぴくっと一つ痙攣《けいれん》してとまった。

「そ、そりゃ、ひでえや。……」

屏風のかげで声が聞えた。

「ほかの女を拾っても、おまえの勝手だと、たしかにきいたが。……」

「だから、勝手です。けれど、それでわたしが、おまえをいやになるのも、わたしの勝手です」

「そ、そんな話ってあるけえ。……おりゃ、もう半月くれえも女を抱いたことはねえんだぜ。……」

朱鷺は屏風のほうをにらみつけたまま、黙っていた。

「けがれる。……そうか、なるほど、けがれるってことになるかも知れねえな。……お朱鷺さま、おれがけがれなきゃいいんでしょう？」

四本の白い足首の上から、六文銭の顔がのぞいた。悲劇の極といった顔つきであった。

その下半身はどういうことになっているのかわからない。

朱鷺は、黙ってうなずいた。

「――よしっ」

突然、大きくうなずいて、六文銭は大きく屏風からはね出して来た。いつのまにやら、全身まるはだかになっている。そして彼は、ズルズルと赤い夜具を、三分の一以上も屏風の蔭からひきずり出した。

女の四本の足が、ふとももなかばあたりまで現われた。いったい、きものをまとっているのかどうか、そこまで見るかぎり、女たちもまたまるはだかとしか思えなかった。――六文銭はまた屏風の蔭にひっこんだ。

「神仏も御照覧、足を見ておくんなせえ」

また六文銭の二本の足が現われた。女たちの足ともつれ合うようになって出ているが、よく見ると、足の甲もつまさきも、天井を向いている。そこまで見るかぎり、彼の上半身もまた女たち同様天井を向いているとしか思われなかった。

「ら、らくじゃあねえよっ」

そんな、苦しげな六文銭の声が聞えると同時に、しかし屏風の蔭からは、女のあえぐ声がもれ出した。

はじめ、あらい息に、やがて抑えがたい声がまじって、嫋々《じょうじょう》とむせぶようなすすり泣きに移り、はてはけものじみたうめきに変る。しかも、それがたしかに二人の女の声なのであった。

# 敵も敵なら味方も味方

## 一

　四本の白い足は波のようにたゆたい、しだいにそれが美しい薄紅色に染まって来た。足指はみなぴんとそり返っていた。

　――みていて、庄司甚内《じんない》は、くびをひねった。あきらかに女人悦楽きわまった足相だ。しかも廓《くるわ》の女がこれほどの足相を呈するのを、廓の経営者たる甚内も、いままで見たことがない。

　が、甚内がくびをひねったのは、それよりも、その四本の女の足にまじる毛むくじゃらの黒い二本の足であった。それはどうみても、二人の女と同様に上をむいて寝た男の足であった。――事実、彼はまたいった。

「ら、らくじゃねえよっ」

　しかし、女の四本足には痙攣《けいれん》さえ走りはじめ、その声もはや耳を覆《おお》いたいような呼吸音となっていた。

　――事実、朱鷺《とき》は両掌《りようて》で耳にふたをしていた。庄司甚内があまりの強烈な好奇心のため

に、屏風《びょうぶ》の内側をのぞきにゆこうとして立とうとしたとき、

「やめさせて」

というかすれたような声をきき、耳をふさいだ朱鷺を見たのだ。

「六文銭、やめなさい！」

黒い足がピョンとはねあがった。そのまま静止し、やがて屏風の蔭にひっこんだ。そこでがさごそと音がしていたが、ややあってもと通り着物をつけて、屏風の向う側から現われた。

「ごらんで」

ニヤニヤと笑っている。

「おりゃ、けがれやしませんぜ」

ふり返った。女の四本の足は、死んだように動かない。

「もっとわるいことです」

「――へ？　ど、どこが？」

朱鷺は頰《ほほ》を上気させ、美しい眼を燃やして六文銭をにらんでいた。彼女はほんとうに怒っていた。どこがわるいのか、六文銭が何をしたのか、彼女にもわからない。しかし、この人をくった男に対し、猛烈な怒りをおぼえているのは事実であった。そしてそのことが彼女自身に対し、いよいよ腹を立てさせた。

「とにかく、わたしの前でそんなまねをすることはゆるしません」

「見てないところならいいんですか？」

「身をけがしてはいけないと、さっきいったではありませんか」

「わっ、おりゃいったい、どうしたらいいんだ？」

六文銭は頭をかかえた。――朱鷺はじぶんがだだっ子じみていることを自覚し、困惑の眼で六文銭を見ていたが、しかし黙っていた。ほかの女にあのような声をたてさせるなんて――思い出しても血が熱くなるようだ。あんなことをゆるすとは、口が裂けてもいえなかった。

「お朱鷺さま」

六文銭は半泣きの表情であった。

「どういうことになったら、おゆるしいただけるんで？」

「だから、わたしが。――」

といって、彼女はちらっと甚内の方を見た。

六文銭は平気でいった。

「殺せといった人間を殺したら、お朱鷺さまを抱いていいということだったが」

朱鷺は眼でうなずいた。

「その命令がなかなか出ねえ」

「それにはそれなりの手順がいるのです。その手順を踏まないで、おまえが勝手に無鉄砲なことをしたから、今夜のようなことになったのです」

「そういわれると、二言もねえが。……といって、鼻血の方の手順は急を告げてるしね」

六文銭はふいにくびをにゅっとあげた。

「大久保長安の妾《めかけ》をやっつけちゃいけねえかね？」

「やっつける？」

「あ、おれの鼻血の捨てどころです」

朱鷺はまた甚内を見たが、甚内は片手で耳をほじくりながら、煙管《きせる》をくゆらせていた。表情になんの変りもない。ふしぎな男だ。

「そ、そんなことは！」

「いや、お朱鷺さまに迷惑はかけねえ」

六文銭の眼がきらきらとひかって来た。

「おまえさまは、長安をただ殺してはあき足りねえ、あいつがこれまでに流した人間の血の海にむせぶほどの苦しみを与えてやりてえっていったじゃねえですか。妾をかたっぱしから犯されたら、さすがのあいつも参ると思うがどうですね？　手順、手順って、こっちがひっこんでちゃ、何にもできねえ」

「おまえはここを出るつもりですか」

「むろん。——おれが佐渡に来てるってことア向うに知らせちまったんだ。お朱鷺さまと別々にいた方が、かえっていいのじゃあねえかね？」

「けれど」

「むろん、報告には来ます。一人ずつ犯したら」

六文銭は舌なめずりした。

「長安は、向うからつれて来た妾だけでも五人あるそうだ。こりゃ、やり甲斐《がい》があらあ。いまみてえな、盃を重ねたようなんじゃ、鼻血の注ぎようがねえ」

と、屛風の方を見た。四本足がまだだらんと動かないのに、ようやく甚内が不安そうな顔で立とうとした。

「なに、心配はねえ。あっちは気持よく気絶なすっているんだ。こっちは全然可笑《おか》しくも悲しくもなかったが――。長安の妾とは、一人一人、胸と胸を合わせ、堂々と四つに組んで」

何か口走ろうとする朱鷺を、笑った眼で抑えて、

「ここは女人国。ここにいたら、おれの方がたまらねえ。ここの女とあんなことをするより、長安の妾をおもちゃにして遊んだ方が面白え。化物山伏と血だらけになってやり合って、おめえさまに叱られるのア間尺に合わねえが、これアあらためてお朱鷺さまからおゆるしをいただくことアねえ。そのこと自体が御褒美《ごほうび》でやすからね」

「しかし、そ、そんなことをしたら。――」

「なに、その妾どもが必ずしもおれを敵《かたき》にするようになるとアかぎらねえ。長安に近づくよすがとなるかも知れねえ。おれのその方の腕前を見ておくんなさい」

不敵に、にやっと歯をむいて笑った。――むちゃくちゃな男ではあるが、しかしそれに

しても六文銭は、そのおもちゃを錯覚してはいなかったか？

「お朱鷺さまからおゆるしいただくまで、おいら、それで遊んでまさ」

朱鷺はこのことについて、もう六文銭をとめてもとまらぬことを直感した。彼自身の性質、いや体質からしても、いまの状況からしても、いかにも彼をここに漫然といつまでも縛りつけておくわけにはゆかない。何もかも禁じ、すべてを封じてしまうわけにはゆかない。

しかし、そんな理性よりも朱鷺を圧倒したのは、この六文銭という男の迫力であった。凄《すさま》じいまでの性欲、といっていいかも知れないが、ともかくも大変な男だ。そのことは最初に逢ったときの直感以上に、徐々に徐々に彼女に認識させていたが、ついに朱鷺は、この男が自分の鞭《むち》ではとうてい駕御《がぎょ》し得ない男であることを肯定せずにはいられなかった。といって、いまさらこの六文銭ときっぱり縁を絶つことなどできはしない。——

「では、早速」

と、六文銭は立ちあがった。その気ぜわしさに、朱鷺は口をあけた。

「えっ。……長安の妾のところへ？」

「まさか」

と、六文銭は笑った。

「ここを出るだけでさ。甚内の旦那、このかたを頼んだぜ。万一まちがいがあった日にゃあ、おめえさんを叩ッ殺して、廓《くるわ》ぜんぶを焼きはらっちまうから」

「またそれをいう。しかし、おい、まだ鐘は鳴ってるぜ」

六文銭はちょっと耳をすませていたが、すぐに、

「おれは強い！」

と、胸をそらして、いばって、のっしのっしと蔵を出ていった。

二

血塔の鐘は、数こそへったが、まだ恐ろしいひびきをたてて鳴っていた。

赤玉城のアーチ型の赤い石門の内側の馬場に駈《か》け集まった騎馬の武士たちに、次々に指令を発しているのは長安側近の京蔵人《きょうくらんど》であった。

命を受けて、武士たちはそのまま城外へ鉄蹄を飛ばしてゆく。

この相川、また佐渡と本土を結ぶ港の小木はもとより、二十四キロ東の夷《えびす》（今の両津）、その他遠く外海府、内海府の浦番所へまで命令を伝えるためだ。すなわち、舟は漁船一艘《いっそう》たりとも、かくかくしかじかの者が島外へ乗り逃げすることを厳封せよ、また大佐渡小佐渡、国中平野のあらゆる番所にも、その者を警戒し、必ず捕えよという指令であった。

最後の騎馬武士が駈け去ると、京蔵人はきびしい顔で血塔の方へ歩き出したが、途中いちど足をとめた。

そこには、地に横たわったものをとりかこんで、三人の山伏が立っていた。

彼らはその夕、その屍体《したい》が城外の浜辺で発見され、やがて町に出ていた彼らが帰って来て、屍体の眼を刺してあったという一本の針を見出したときから、ずっとそこに立ちつくしているのであった。

金山へいっていた京蔵人も至急呼び戻され、その針が甲府で行方不明になった魚ノ目《うおのめ》一針のものであることを告げられたときからの騒ぎである。鐘を打つことを命じたのは蔵人であった。

「まだ葬《ほうむ》ってやらぬのか」

と、彼は呼びかけた。安馬谷刀印《あんばやとういん》がふりむいた。

「何者であろうと考えておるのでござる」

「甲府で見た人足頭、六文銭の鉄とやらのしわざにちがいない――と但馬《たじま》が断定したではないか」

「あれがただの人足頭でござろうか？　魚ノ目一針、狐坂銀阿弥ほどのものを、かくもやすやすと討ち果たすとは、ただの人間とは思われぬ――」

「というより、おまえらが、石見守《いわみのかみ》さま守護のため佐渡へ推参した伊賀組の精鋭と自負するほど強くないということよ」

蔵人は冷笑した。

三人の目が、夜目にもぎらぎらっと妖《あや》しくひかった。息をおさえて、牛牧《うしまき》僧五郎がいう。

「わからぬのは、銀阿弥の眼に、一針の針を刺したことでござる」

「復讐か、嘲弄《ちょうろう》か。——まるで凱歌《がいか》のしるしのごとく」

と、憤怒にしゃがれた声で象潟杖兵衛《きさがたじょうべえ》がいった。

「いずれにしても、銀阿弥を伊賀者と承知の上のやつと思われる。いや、きゃつはわれらすべてのことも知っている男でござろう。さりながら、われらを伊賀者と知っておるやつが、世にそれほどあろうはずがない。——ただものでないと申すはそのことでござる」

京蔵人はちょっと考えこんだがすぐに顔をあげて、

「さればこそ、番所に厳戒を命じた」

「——思うに、やすやすとはつかまりますまい」

「少なくとも島でない上は、島の外には逃れられぬ。外は荒海じゃ。そしてこの島の帝王は石見守さまである。たとえ何者であろうと、そやつはもはや袋の鼠。——」

「——われら、誓ってきゃつを捕捉し、なぶり殺しにしてごらんに入れる」

だれの声とも知れぬ、もつれ合うような陰々たる宣言であった。

京蔵人は歩き出し、血塔の下で、奉行所の役人の一人に、石見守が血塔の中にいることをきくと、石の廻り階段を上っていった。血塔の中は三階になっている。一階ずつが、ふつうの日本家屋の倍くらい天井《てんじょう》が高い。

最上階の一室には、五人の愛妾がそこにある寝台に腰を下ろしたり、鉄格子のはまった窓際からつき出した遠目鏡で、遠い町の灯が入江に映るのを眺めたりしていた。

「殿はいずれで？」

お汐がだまって次の部屋に白いあごをしゃくった。隔ての戸は、ドア式の厚い欅《けやき》の戸であった。

三

赤い石壁にとりつけた幾つかの燭台に大蠟燭《おおろうそく》が燃えしきっている。狭い部屋一杯に大きな黒檀《こくたん》の卓が置かれ、そこに数枚の絵図面がひろげられていた。佐渡全島の地図もあるが、金山地区だけの図面もあった。それに、病身そうな小男が覆《おお》いかぶさるようにして、しきりに朱線をひいていた。頭だけが水母《くらげ》みたいに大きい。

長安は金の彫刻にふちどられた椅子にゆったりと坐り、その卓の一隅に置いた銀盆の上から、口の細い胴のふくらんだ壺《つぼ》をとりあげて、ギヤマンの杯に琥珀《こはく》の液体をそそぎながら、何やらひとりでしゃべっていたが、入って来た蔵人に顔をむけた。

「殿、手配を終ってござる」

すぐ頭上で、また一つ鐘がとどろいた。鐘楼はさらにこの上にあるのである。

「うるさい」

と、長安は顔をしかめた。

「但馬にもうよいと伝えろ。……はじめから要《い》らざる騒ぎじゃ」

鐘はおろか、二人の問答にも耳がないかのごとく、水母頭の男はこんどは卓上の羅針盤を見つつ、別の紙片にアラビア数字で計算をはじめた。

やはり長安の懐刀、毛利算法である。

日本最初の数学書「帰除濫觴《らんしょう》」を著わした毛利勘兵衛重能《しげよし》という人物がある。明に渡って数学を学び「算法統法」という書を持ち帰って翻訳し、また日蝕の予言に人々が怯《おび》えていたのを、その時刻にそのことの起らないことを明らかにした。京に数学の学校をひらき「天下一割算指南」の看板をかかげた。――毛利算法は、この毛利勘兵衛の甥なのであった。

長安が計画し、算法が計算しているのが、金山の大湧水を排出する疏水坑道の開鑿《かいさく》工事であることを、蔵人は知っている。それは千松水坪という地点から南沢という地点まで約一キロにわたる大坑道を、六か所から同時に掘ってゆこうというのだ。それが途中ですれちがっては、すべてが無益となるのみならず、大きな事故のもととなるので、精密な測量計算が必要なのであった。

京蔵人が鐘楼に上って、味方但馬を呼び、ふたたびそこへ戻って来たときには、しかし長安も算法もいなかった。隣室で数人のため息のような声が聞えた。

扉をあけて、蔵人と但馬は立ちすくんだ。豪奢な寝台に長安は、愛妾の一人お珊《さん》と横たわっている。たんに横たわっているだけでなく、かけものもかけず、両者全裸となって堂々と交わっている。さすがにお珊の肌は羞恥《しゅうち》のためにあからんで、形容しがたいほど美しい淡紅色に染まっているが、長安の方は平気でからだを動かしていた。

「わしが遅いのか？　お珊が早いのか？」

という。七十過ぎたとは思えぬどっしりとした腰の運動は、あきらかに研究的であった。

そして毛利算法は、そこにある小卓の上の、金色の銅の六角形の置時計に眼をやっている。

南蛮渡来の分まで刻むぜんまい仕掛の時計である。そしてまた一方の眼で、寝台の上の二つの腰の動きを眺め、これまた熱心にして冷静なる表情で、そばにある紙に二つの曲線を描いている。

「この二つの頂上が一致せぬといけませぬなあ」

その水母頭の声は、見まもる愛妾たちの吐息にはっきりとは聞えなかったが、

「蔵人」

と、呼ぶ長安の声には力があった。

「この旅の道中より、いささか女精酒の量がふえたようじゃ」

「御意」

「いまの甕《かめ》の酒が尽きたら、長安はお手あげになるぞ。早う、あとの手配をせい。その方の手配が先じゃ」

「——はっ」

「あれは仕込んでからだいぶ寝かせておかねばならぬ。早う仕込め、女を探して参れ！」

# 春《はる》駒《こま》

## 一

「……めでたやな、めでたやな。
春の初めの春駒さんぞえ
夢で見てさえ、よいやと申す。……」

ひょっとこ面をかぶり、茜染《あかねぞ》めの手拭《てぬぐ》いを頰《ほお》かぶりにし、たっつけ袴《ばかま》に赤い陣羽織を着、首から胸へ、張りぼての馬の頭をつるした男が、右手に扇、左手に鈴を持って、滑稽《こっけい》な動作で、ヒョコ、ヒョコと踊る。

見物の人々は、ときどきどっと笑った。

ここ数年来、佐渡の町々ではやりはじめた「春駒」の踊りである。佐渡ではこれを訛《なま》って「はりごま」という。

ここは佐渡の国中平野のまんなかあたりにある新穂《にいぼ》という村のはずれ、いつのころからか、ここに住みついた傀儡《くぐつ》の一族の中に或る一軒であった。

傀儡とは日本のジプシーである。彼らはたいていは漂泊して、辻《つじ》で踊ったり、門付をして唄ったりする特殊の芸能人種であったが、また日本じゅう至るところにその小部落を作っていた。佐渡のこんなところにも、それがあった。

同じ赤い陣羽織を着て、あぐらをかいたひげだらけの大兵の男が、団扇《うちわ》太鼓をたたきながらまた唄った。

「いかな夜も日も

金銀山の

金の光で町照らす」

すると、傀儡たちはまた笑いころげた。男もいる。女もいる。子供もいる。みんな裸同然で、哀愁にみちた、そしてひどく陽気な顔を持っていた。

「春駒」の踊りは、いまこの佐渡でこの一族の専業となっている。お正月はもちろん、何かめでたいことがあると、すぐに駈《か》けつけてこのユーモラスな踊りを踊る。だから彼らがいま笑うのは、その踊りのせいではない。――

唄っている男の顔が可笑《おか》しいからだ。ひげづらで、いかにも豪傑然としているが、これがときどき、ぐいっと顔の筋肉をひんまげる。ちょうど踊っているひょっとこそっくりに。

――

味方但馬《みかたたじま》。――佐渡の帝王大久保石見《いわみ》守第一の懐刀といわれる大山師。

彼は顔面神経痙攣《けいれん》の傾向があった。

あらくれ男の金掘師たちの間で、人望という点では、或いは長安以上のものがある味方但馬だが、その人気のもとの一つは、豪快な風貌を瞬間的に滑稽なものとするこの病気のせいがたしかにある。それから――この職業と容貌にかかわらず、彼が甚だ芸能に興味を持っていることもある。

おそらく殺伐な金掘師たちへの、よくいえば慰安、悪くいえば懐柔策かも知れないが、彼は諸国、とくに江戸や京大坂からいろいろな唄や芸能を仕入れて来て、金掘り人足たちに教えたり、またここに傀儡の一族が住んでいることを知ると、やや手のかかる芸能はこれに仕込んで、よく金山《かなやま》に招《よ》んだ。

この「春駒」もその一つだ。竹の先に馬の頭の玩具をつけ、これにまたがって遊ぶ遊戯は中国から伝来したもので、日本の諸国にもあったが、これを佐渡に輸入し、踊りに工夫したのはこの味方但馬である。――現在、この春駒の踊りは佐渡のものが最も有名な風物詩となり、かつそのひょっとこ面《めん》さえ、彼の顔面神経痙攣にあやかったものだという伝説さえ残っているが、彼の功や空《むな》しからずというところであろう。

「待て待て」

いま、味方但馬は、額を一つ痙攣させて立ちあがり、歩み寄った。踊っているこの傀儡の頭《かしら》の息子に振付をするためだ。

そのとき入口で、おう、とびっくりした声がした。

「但馬どの」

山伏が一人立っていた。それから、市女笠《いちめがさ》をかぶってはいるが、ぱっとはなやかな女の影と。——

「但馬どの、こんなところにおられたのか」

「おう、僧五郎か」

但馬は笑ったが、山伏はむずかしい顔をして、じろっと一座を見まわした。但馬の笑いが消えた。

「何しに来たな」

伊賀者牛牧《うしまき》僧五郎の眼は一点にとまっていた。そこにいた男女の中の或る女に。——返事もせず、彼はせきこんだ口調でいった。

「お唐《から》とはおまえか」

暗い、むさくるしい家の中で、踊りや芸の衣裳とともに、ぱっと浮きあがるような美しい娘であった。これも半裸だ。たんに美しいのみならず、傀儡の女特有の女豹《めひょう》のような精気がある。

「この部落にお唐という美女がおるときいてやって来たら、いまこの家に来ておるという。——お凪《なぎ》さま、これはいかがじゃな」

ふりかえられて、女は市女笠の下から彫りの深い顔を、じっとお唐という女にむけて、やおらうなずいた。

「これならば、殿のお気に入るでありましょう」

「では、来《こ》う」

牛牧僧五郎はずかと土足で上りこんで来た。

「待て」

と、但馬は呼んだ。

「お唐は、そこの又作——ここの頭《かしら》の伜《せがれ》のいいなずけじゃが」

「それが何でござる？」

と、牛牧僧五郎はいった。

「先日来、長安さまの例のお申しつけに、われらがこの暑い空の下を汗水ながして奔走し、十人、二十人と女を探しては御覧に入れたが一向首をたてにふられず、女精酒になる女はそもいかなるものか、われらには見当もつかなくなり、かくて、御検分役の御愛妾ともども歩きまわっておることは但馬どのも御存じではないか。——おれたちは、こんなことをしに佐渡へ来たのではない。——」

たくましく、顔だちもしまっているのだが、ややのっぺりとしていて、この暑さの中で青銅色をした牛牧僧五郎だ。それが、かりにも人間の住む家に、ぺっと唾を吐いた。

「おれは一日一刻も早く、あの六文銭というやつをひっつかまえたいのだ。但馬どのも御同感でござろう。——にもかかわらず、ここに、こんな女精酒の女の見本があるのに、そ知らぬ顔しておられるとは。——」

「お唐が見本だとはわしは思わなんだぞ」

「では、いまお凪さまが保証なされた。よろしゅうござろう」

近づいて来た。

傀儡たちは救いを求めるように但馬を見たが、但馬が黙っているので、その中の三人ばかりの若者が、血相変えて、娘の前に立ちふさがった。傀儡は町に出れば芸能を売るが、山に入ればいわゆる山窩《さんか》である。ふところから、キラと山刀をきらめかした者もある。——

どすっ！

相つぐ三つの音が一つになって、そんな異様な音を発した。山刀の折れるひびきと凄《すさま》じいうめきがあがった。

人々の頭上に血しぶきが吹きかかった。血は三人の鼻口から噴出《ふきだ》したものであった。まだ三メートルもある距離に、牛牧僧五郎は青銅のような顔で立っている。その位置で彼は右腕を一振りしただけである。

むしろに三つの鉛玉がころがり、正確にみぞおちを打撃された三人は虚空《こくう》をつかんでその上に崩折《くずお》れた。

「拾え」

牛牧僧五郎はあごをしゃくった。娘に鉛玉を拾えと命じたのだ。——娘が、波のようにふるえる手でそれを拾うと、

「来う」

スタスタと寄って来て、僧五郎はその鉛玉をひったくり、懐《ふところ》に入れると同時に、お唐の

腕をつかみ、かかえこんだ。事と次第では剽悍《ひょうかん》きわまる野性にもどる傀儡たちで、しかも事はかかる次第なのに、みな死の風に吹かれたように息をとめたままであった。

「お凪さま、用はすんだ。帰ろうではござりませぬか」

僧五郎は呼んだ。お凪はくびをふった。

「わたしはあとで」

僧五郎はべつに二度と促さず、娘を抱えたまま家を出ていった。

「又作さまっ」

お唐はただ一声さけんだが、それっきりだらんと手足を垂れた。それを見つつ、まだだれ一人、身動きする者もない。

「但馬どの、いまの春駒、面白そう」

お凪は平然と笑って、これも上りこんで来た。

「もういちど見せて」

味方但馬は入口の方を見て、嘆息した。

「長安さま、わしが日本で一番敬畏《けいい》するお方じゃが、あればかりはこまったことよ喃《のう》。……」

そのとき、はじめて傀儡の中から悲鳴のような声がながれた。

「お唐、お唐よう」

それはひょっとこの面をつけた男の口からもれた絶叫であった。お唐の恋人、傀儡の又作である。

いままで悪夢に襲《おそ》われたようにそこに立ちすくんでいたのだが、このときわれに返って、ばたばたと走り出たのである。

「危い、死ぬだけじゃ、よせ！」

あわてて追おうとする味方但馬の前に、ゆらりとお凪は坐《すわ》った。

「捨ておかれませ。殿のなさることです。——もっとも殿の仰せながら、あの伊賀者といっしょに歩くのはお凪はいや。但馬どのと帰りましょう。けれど、その前に、もういちど春駒を見せて。——但馬どのが踊って下されば、面《めん》も要《い》りますまいが。ホ、ホ、ホ」

二

「おういっ、待ってくれ！」

炎天の路上に、女を抱えた伊賀者牛牧僧五郎は立ちどまった。

事面倒と、女の脾腹《ひばら》に指をあてて悶絶《もんぜつ》させたのだが、ここから相川まで十二キロちかくある。この日盛りを抱えてゆくのは、実に無用な苦労のたねを作った。——と舌打ちしつつも、しかし常人の倍はある走力で、タッタッタと白い街道を駈《か》けて来た。

右手の深い杉木立の中に根本寺《こんぽんじ》の山門が見える。その中で女をひとまず蘇生させて、と思っていたところへ、背後からの呼び声をきいて、いちど立ちどまった牛牧僧五郎は、本能的にその前を駈けぬけ、廻り、なお数十メートル走った。

「待て、待ってくれっ」

背後から、金切声が追って来る。

それが、必死の追跡ではあろうが、ともかくも常人の倍はある僧五郎の脚力を次第に縮めてくる気配に、僧五郎のひたいにむらっと針が立った。

彼はふり返った。白い砂埃《すなぼこり》をまいて、ひょっとこが一人、棒を振りかざして駈けて来る。

傀儡の頭の伜とかいったな。きゃつら、足だけは忍者より達者だ、ときいたことがあるが、なるほど。――と思いあたったが、感心したのではない。僧五郎は怒ったのだ。

首ねじむけて走りながら、彼の手がうしろへ打ち振られた。鋭い光が夏の日をひとすじ逆へ走って、たしかに物に当る音がした。必殺の手投弾であった。たしかめもせず、彼はそのまま駈けた。

「待ってくれっ、お唐やあい」

素《す》ッ頓狂《とんきょう》な同じ声がなお迫って来たのに、僧五郎ははっとして立ちどまり、またふり返った。その顔面を、いきなり何か猛烈に打撃して地に落ちたものがある。

「うっ！」

それはすりこぎほどもある男根であった。

いや、むろん、そのかたちをした棒だ。――これもまた佐渡に伝わる「つぶろさし」という踊りの小道具であった。男神に扮《ふん》した者が長さ一メートル以上もある木製の男根を股《こ》間《かん》にあてがい、女神に扮した者が簓《ささら》を擦り合わせ、笛、太鼓、拍子木、それにチャビラ鉦《がね》という楽器を合奏しながら、エロチックで土俗的でばかげた踊りを踊る。——この大男根の模型を「つぶろ」という。

「つぶろ」はまんなかから、ぽっきり折れていた。故意か偶然か、ひょっとこがそれをまっすぐにかまえたところを手投弾が打ってへし折ったのだ。そして折れたやつを盲滅法に投げたのが、ちょうどふりむいた牛牧僧五郎の顔に命中したのだ。

あたりどころが悪い。それは水平に、彼のみけんを打ち、僧五郎は眼がくらみ、どさと女を地上に落した。

眼くらみが消え、地上に落ちたもう一つのもののかたちを見たとき、それを「つぶろ」とは知らず、怒りのためにもういちど僧五郎の眼はくらんだ。

「しゃあっ」

異様な絶叫をあげ、そのまま僧五郎がなお数メートルうしろへはね飛んだのは、転がるように殺到してくる男の勢いにおそれをなしたからではない。鉛玉を投げるには或る間隔が要るからだ。

ふところの第二弾第三弾をひとつかみにつかんだ僧五郎の右手があがろうとして、——

「あ！」

と、彼はさけんだ。チラと眼前に飴色《あめいろ》の輪が流れたように見えたのだが、それが何であるかも知らず、彼の右手はおのれの首に縛りつけられてしまったのだ。

「やれ、間に合った。お唐よう」

ひょっとこは、地上の娘にすがりついている。

うめきつつ、首と右腕をひとかために縛ったものを左手ではらいのけようとして、牛牧僧五郎は愕然《がくぜん》としていた。輪だ。その感触で、それが亡友狐坂銀阿弥愛用の「縛り首」の琴糸であることを知ったのだ。

もがいたとたん、それはぎゅーっと緊《しま》った。この投げ輪の威力を熟知している恐ろしさと、それを投げたひょっとこの正体への疑惑の恐ろしさと、どちらが大きかったろう。

ひょっとこは、女を背にかつぎあげて、もと来た方へ逃げ出した。

それを数分僧五郎が見送っていたのは、琴糸の緊縛もさることながら、たしかに相手への疑惑からの衝動であった。彼に左手を以てしても、右手同様に手投弾の神技をふるう、自由な左手がそれを忘れていたことはその現われであった。

僧五郎はその左手で刀をひき抜いた。右手と首が同時に縛られていたからこそ助かったのである。すきまから刀を逆にねじこんで、彼はそれを切断した。

ひょっとこは女を背負って逃げていく。鉛玉はなおとどく距離であった。しかし、投げれば女に命中するだろう。

一瞬ためらったあいだに、二人は道を回って消えてしまった。

「うぬ!」

凄じい形相で、牛牧僧五郎は宙を飛んで追いかけた。

道を回る。その向うから、べつの二人の人間が駈けて来た。——味方但馬とお凪だ。

そのあいだの白い路上から、ひょっとことお唐の姿は忽然《こつぜん》と消えていた。

「どうした、僧五郎！」

「あれは？」

と、味方但馬とお凪がさけんだ。

「気にかかって、追って出てみたら、部落のはずれに、まるはだかになった又作が気を失って倒れておるではないか。おまえにやられたにしては、裸になっておるのがいぶかしい——と駈けて来たのじゃが」

「——きゃつでござる！」

と、うめいた牛牧僧五郎のひたいに紫色の瘤《こぶ》がふくれあがっている。

「銀阿弥の琴糸を使いおった！」

「なにっ、きゃつ？」

「六文銭。——」

彼は血ばしった眼で左手の山門を見あげた。

塚原山根本寺。

そのむかし、文永八年。日蓮が佐渡に流されたとき、しばし草堂を編んだところという。

日蓮みずからいう。

「塚原と申す山野の中に、洛陽《らくよう》の蓮台野《れんだいの》のように死人を捨てるところに、一間四面なる堂の、仏もなし、上は板間合わず、四壁はあばらに雪ふりつもりて消ゆることなし。かかるところに敷皮うち敷き、蓑《みの》うち着て、夜を明かし、日を暮らす。夜は雪雹雷電《せつぴょうらいでん》のひまなし」

その後、天文十一年、日成上人がここに祖師堂を創建し、さらに天正十七年、越後の大守上杉景勝の家老直江山城守が、ここに一万五千坪の境内を定めて正教寺を建て、その後家康の許しを得て塚原山根本寺と称するに至った。――

現在残る二十九棟の堂塔は、この物語以後の寛文時代に造営または修営されたものだが、この慶長のころも鬱蒼《うつそう》たる老杉の中に伽藍《がらん》をそびえさせていたことはいうまでもない。――

「逃がしはせぬぞ」

歯をかみ鳴らして、牛牧僧五郎は山門の方へ歩き出した。

味方但馬の声が追った。

「寺で殺生すな」

「御覧になりたくなければ、そこでお待ちなされ」

まるで一陣の飄風《ひょうふう》のように、僧五郎は山門を駈け込んでいった。

そして――血眼《ちまなこ》になって探すまでもなく彼は、奥の本堂への石だたみのすぐ近くに――高い石垣の上の鐘楼に、ひょっとことと女の姿を見出したのである。

# 兜《かぶと》の下のきりぎりす

一

牛牧《うしまき》僧五郎。

彼にはこういう武功帳がある。ただし、公儀忍び組特有の――闇の武功帳ではあるけれど。

数年前、奥州に芦名《あしな》掃部《かもん》という大名があった。伊達《だて》政宗《まさむね》に滅ぼされた芦名の一支族である。関ヶ原のいくさに際し、掃部はむろん徳川に味方したのだが、この弟に兵部という人物があって、これは一部隊をひきいて石田方に参軍した。それより十余年前、芦名一族ことごとく滅亡すべきところを、危うく太閤のために救われた恩義忘るべからず、というのである。

役後、兄の掃部の必死の嘆願によって兵部は誅戮《ちゅうりく》をまぬがれ、岩代《いわしろ》の山中の一寺に隠棲《いんせい》したのだが、その後もこの人物に関し、種々おだやかならぬ風聞が幕府の耳に入った。依然として、徳川に加担した兄への侮蔑《ぶべつ》を公言してはばからぬとか、超人的な兵法修業にふけっているとか。――

「芦名兵部の動静を探索せよ。……事と次第では、ひそかに討ち果たすも苦しからず」

そんな秘命が伊賀組に下されたのが、関ヶ原の役後二年目のことだから、今からもう十年ばかり前のことになる。

雲水に化けた三人の伊賀者の中に、まだ若かった牛牧僧五郎もいた。行脚僧《あんぎやそう》としてその寺を訪れた彼らは、むろんだれにも正体を見破られるようなへまはやらなかった。しかし、めざす芦名兵部も——彼はたしかに異常な人物ではあったが、噂に伝えられるような不穏な言動はべつに見られなかった。

彼は頭をまるめていたが、力士のごとく大兵《たいひよう》で、しかも鋼鉄のような筋肉を持ち、関ヶ原で数倍の徳川部隊を潰乱《かいらん》させたという大剛ぶりは偽《いつわ》りでないことを現わしていた。顔もまたたしかに叛骨《はんこつ》にみちた面だましいの持主であった。が、僧堂でべつに時世を慷慨《こうがい》したり、おのれの運命を悲憤したりするようなことはついぞなく、むろん兵法の修業など無縁の禅僧ぶりであった。

ただ、妙なくせが一つあった。それは、彼はときどき野天の石の上で坐禅《ざぜん》を組んでいるのだが、その最後にあたって、しずかに衣の裾《すそ》をひらき、噴水のごとく射精するのである。寂然《じやくねん》と眼をとじて、それでいかなる公案を工夫していたのか、と笑うより、眼を疑うような凄《すさま》じい射精ぶりであった。数メートル離れた竹林に白雨のような音をたてるばかりなのだ。

しかし——これでは、とうてい徳川に対して叛心を抱く人物、とは認められない。三か月ばかりいて、或る秋の一日、三人の伊賀者は何くわぬ顔でその寺を立ち去ろうとした。

すると。

網代笠《あじろがさ》をかぶって山門を出た彼らの前に、僧形《そうぎょう》の兵部が三本の刀を鷲《わし》づかみにしてぶら下げ、雨の中にぬうっと立っていたのである。

「御苦労であった」

と、重々しくいった。

「せっかくじゃ。公儀への風聞書のたねがなかろう。兵部の兵法ぶりを見て帰れ」

そして、三本の刀を鞘《さや》のまま投げた。

はっと仰天しながら、その三本の刀を受けとめたのはさすがに伊賀者たちであったが、その反射的動作で一瞬に彼らはおのれの正体を曝露《ばくろ》してしまった。

「参れや」

もはや弁解も問答も無用である。三人の伊賀者は、いっせいに刀を抜いて散った。網代笠はぬぐいとまはなかったが、三人を以て作った剣陣は、伸縮自在の幾何図形のごとくみごとなものであった。

が。三人は、眼を見張った。相手は剣を持ってはいない。かまえているのは如意棒《にょいぼう》である。鉄如意らしいが、しかし、剣をとってもそれぞれ一家をなす伊賀者を三人敵にまわして、あまりといえば無造作な姿であった。――伊賀者のほうが一瞬ひるんだ。

「参らねば、わしからゆく」

どす、と彼の足が左へ出た。

その方向の伊賀者が、凄じい迫力にわれ知らずたたッと退《さ》がった刹那、如意棒はまんなかの刀身を横から殴ってはねのけながら、右の牛牧僧五郎めがけて打ち込まれて来た。

自分の刀がどうなったかわからない。夢中で鍔《つば》もとで受けたつもりなのだが、その瞬間僧五郎は、右手に恐ろしい打撃を覚えて地に膝《ひざ》をついていた。

むろん、刀をとり落し、次の一撃で脳天を粉砕されることを覚悟した刹那、シューッと鉄と鉄の触れ合う音をきいて、はっとして顔をあげた。

僧五郎の見たのは、一番左の、刀術に於ては最も長《た》けた仲間の剣が水平になり、それに沿って鉄如意が横に走り、そしてその男が自分同様右手を押えて、からだをくの字にひん曲げた姿であった。——気がつくと、まんなかの男も同じようにしゃがみこんでいる。

「うぬらの手が土産じゃ。あとは公儀に何とでも申せ」

芦名兵部は雨にけぶる山門の中へ、ふりかえりもせず、ぶらぶらと消えていった。

手が土産？——三人は、自分たちの右手の親指がすべて粉砕されていることを知った。蕨《わらび》のような如意棒の尖端は、鍔を越えて正確に、刀のつかを握った彼らの親指の骨を砕いていたのである。

驚くべきことは、そのわざばかりではない。思い出してみると、彼らの刀と兵部の鉄如意は、いちども直角にかみ合わなかった。音もせず、打撃も感じなかった。僧五郎自身もその通りだが、まんなかの伊賀者もたしかに刀をはねのけられたはずなのに、それらしいひびきも発せず、眼にもとまらず刀のつかを握ったこぶしを打たれていたのである。最後の一人のごときは、刀を水平にして受けたにもかかわらず、垂直に打ち込まれた鉄如意は、それを横に滑走して、やはりその指を砕かれたのだ。音といえば、シューッという鋼《はがね》と鋼が平面的に滑走する音だけであった。

彼らは茫然として江戸に帰り、戦慄《せんりつ》してこのことを服部半蔵に報告した。

芦名兵部が公儀に対して、なんら恐懼《きょうく》の心を持っていないことは明らかになったが、さてこのこと以後、どういうわけか再度の探索やそれ以上の指令は、少なくとも伊賀組には出なかった。まさか胆《きも》をひしがれたのでもあるまいが、兵部がべつに大それたことを企《たくら》んでいるわけでもないことが認められたのであろう。

伊賀組の三人は、これこそ文字通り骨折り損となった。

実は牛牧僧五郎はそれまで鉄砲を修業していたのだが、右手の親指を砕かれて以来、どうしても狙《ねら》いが定まらぬことを知った。彼が鉛の玉を手ずから投げるという新技術に転換したのはそれからである。他の二人も本来の武器は刀技ではなく、鎖鎌《くさりがま》と投網《とあみ》であったが、これまた以後わざが衰え、しかもそれに固執したため苦しんで、ついに自殺するに至った。

さらに数年たって、牛牧僧五郎は半蔵から思いがけぬ秘命をまた受けた。

それで知ったのだが、公儀では芦名家そのものの自滅を待っていたのである。当主の掃部《かもん》は江戸にあったが、嗣子《しし》なく、しかも掃部はここ一、二年も危いという死病にかかっていた。で、掃部の死とともに芦名家そのものに終止符を打つ方針を決めていたのである。

しかるに。――途方もない情報が伊賀組に入った。

芦名家ではそれを知って、掃部の弟にして兄にまさる大剛の士兵部を出府せしめ、ひそかに兄の夫人と通ぜしめてその子を残そうと計っているというのだ。しかもそれは掃部も承知の上だというのだ。子が生まれてしまえば、それは掃部の子か兵部の子か、だれにも弁別はつかないであろう。

「このこと、妨げねばならぬとの御上意である」

と、半蔵はいった。ゆくりなくも僧五郎は、曾《かつ》て見た兵部の凄じい射精ぶりを思い出した。

「ただし、その後事情あって、兵部どのを殺《あや》め申しては――そのことを天下に広う知られては、ほかにさらに大害をひき起す事態なのじゃ。ただ兵部どのがおんたねをお作りなさる機能のみを失いまいらせたい。兵部どのはすでに奥州より出府をされつつある。事は急ぎ、しかもこの至難の任務をおまえにまかせたい」

牛牧僧五郎は早春の奥州街道を北へ急行した。

いかにも芦名兵部は、屈強の剣士団に護られて江戸へ上りつつあった。しかも、墨痕淋《ぼっこんりん》漓《り》と、

「芦名兵部を討たんとする者は、堂々と剣を以て対せよ。卑怯なる暗殺ごとき手段を以て兵部を抹殺せんか、これは天下の諸侯の運命を予告するものなりと知れ」

と、大書した幟《のぼり》をひるがえして。

彼もまた自分の出府行に待ち受ける危険を承知していて、逆手に出てその予防線を張ったのだ。

宇都宮あたりからこれにめぐり逢った僧五郎は、そのあとをつけて、古河の宿《しゅく》でようやく兵部の旅宿の下女に果たし状を託するを得た。

「堂々と申す。拙者は数年前、奥羽の禅寺で御鉗鎚《ごけんつい》を受けた伊賀の雲水でござる。その後大悟《だいご》するところあって、いまや鉛の玉を手投する術を会得《えとく》いたしたれば、是非、ふたたび御指南をたまわりたい。おん命にさわりなきことを保証いたす。もしおんおくれなくんば、明朝卯《う》の刻、常陸川河原、地蔵堂の裏にてお手合わせ願いたてまつる」

という意味の文面であった。

このまさに堂々たる公儀隠密の果たし状に応じて、その翌朝六時、指定の場所にあらわれた芦名兵部はさすがであった。

彼は、むろんいまは僧形《そうぎょう》でなく、それどころか三十万石くらいの大身の大名とも見える風格を具えていた。ただ、大名らしくないのはその全身を霧のごとくつつむ凄絶《せいぜつ》の剣気であった。

「うぬが、あのときの伊賀栗《いがぐり》か」

兵部は僧五郎を見て笑った。

「虫くいは癒《なお》ったか」

指のことをいったのだ。

「いや、癒り申さぬ。さればこそ、鉛玉を投げるわざを修業いたしてござる」

「それで解《げ》せぬことがある。わしの命にさわりはないと？　命は惜しゅうはないが、しかしわしを殺せば、徳川にとってためにはならぬぞ」

「承知いたしておりまする」

この問答の間も、芦名兵部は僧五郎を河へ追いつめる態勢をかたち作っていた。暁闇《ぎょうあん》に雪どけ水は汪洋《おうよう》とながれ、水際の猫柳が銀色にゆれていた。

「何をやる？　ただし、わしの方は斬《き》るぞ」

「承知いたしておりまする」

「やって見ろ」

兵部が凄じい長剣を抜刀したとき、そのきっさきと河を背にした僧五郎との間隔は二メートルもなかった。まさに一投足の距離である。

河も流れをとめたかと思われる一瞬ののち、たちまち響きがあがった。風を巻いて動いた兵部の大刀と、それに鳴った異様な鈍《にぶ》い音と、そしてうしろざまに河へ飛んだ僧五郎の足をつつんだしぶきの音と。――

そのまま牛牧僧五郎は仰むけに倒れ、水死人のごとく流れ去った。あとの河原に、長剣を垂直にかまえたまま、芦名兵部は仁王立ちになっている。つかを握ったこぶしは腹部にあてられている。大刀には二つの鉛玉がくいこんでいた。彼はみごとにこれを防ぎとめたのである。が、彼の刀身が鳴ったということは？

もはや相手はいないのに、どうと兵部は河原に片ひざをついていた。

二つの鉛玉をつけて大刀の重心を失った刹那、彼は袴越しにもう一つの鉛玉で股間《こかん》を打たれていたのだ。

睾丸《こうがん》を潰されて、一瞬に悶絶しなかったのは、大剛芦名兵部なればこそであったが。——

一ト月後、彼は芦名家の江戸屋敷で自殺した。一年後、兄の掃部も病死し、芦名家は断絶した。

二

その牛牧僧五郎がいま。

佐渡根本寺《こんぽんじ》の鐘楼に、ひょっとこ面《めん》の六文銭と傀儡《くぐつ》の女を見出して、疾風のように馳せ寄って来た。

暗いほどの青葉を背に、ひょっとこと女がちらっとこちらを見たようだ。失神していた女が息を吹き返して、それをひょっとこが介抱していたところであったらしい。

「女を離せ」

怒りと、それを抑制しようとする意志のために、僧五郎の声は嗄《か》れた。

怒りはむろん自分がさんざんな目にあったことだが、しかし彼にはまだ信じられないのだ。芦名兵部をすら破った自分の手投弾を妙な棒で受けとめ、銀阿弥の琴糸を自分の首にかけるとは――偶然としか思われない。しかし、その銀阿弥がこの男に斃《たお》されたことを思うと。――

――よし、こやつ、ひっとらえてやる。そもそも一撃のもとに殺しては腹が癒《い》えぬ。それに、せっかく見つけた女精酒の女のこともある。

「殺しはせぬ。女をさきに下ろせ」

鐘楼に上る石段の下で、彼は必死の猫なで声でもういちどいった。

「きかぬと。――」

僧五郎は鉛の玉を一つかみにしたこぶしをふりかぶった。

ふらりとひょっとこが立ちあがった。立ちあがると、首が鐘の中に入った。それでも僧五郎は、この男が自分の命令に従うものと思ったのである。ひょっとこは両手をあげて、これも鐘の中へ入れた。

――と、驚くべし、その身体はゆらっと宙に浮いて梵鐘《ぼんしょう》の中へ消えてしまったのだ。

当人ばかりか、女さえも。

その両足のあいだに女をはさんでいたのは見えたが、それにしても何を手がかりにしてそんなことが出来たのか。それっきり、二人は鐘の内部に吸着したように落ちて来ない。

口径五尺、高さ七、八尺はあろうと思われる大梵鐘であった。

「こわい、こわい。――」

　声だけがした。笑ったように聞えたのは、鐘の内側にこもる余韻のせいであったか。――

「といいてえが、こわいのはそっちだろう。どんなもんだい。こわくなかったら――おれがどんな恰好でいるか見たかったら、この下へ来て見やがれ。こんどはほんもののつぶらで小便をひっかけてやらあ」

うなりをたてて、僧五郎のこぶしから鉛の玉が三つ飛んだ。

さすがに梵鐘の外側は打たなかったが、しかし内側の下部に当って、つん裂くような響きとともに下にはね落ちた。

「……この鐘の厚みは、まず三寸はあるな。三寸の厚みのある大兜《かぶと》をかぶったようなもんだ。鉄砲だって歯が立たねえ」

牛牧僧五郎は鐘楼の下を旋風のように馳《は》せめぐりつつ、五、六度また鉛玉を投げた。が、鉛は鉄と相触れて、いたずらに奇音を発するばかりであった。

「百八つまでは、こっちは我慢する気があるが、そっちにそれだけ手持ちがあるかね？」

境内のあちこちから、僧たちが駈《か》け出して来て、

「何しなさる」

「気でも狂ったか、この山伏。――」

「あれは上杉家御寄進の由緒ある鐘」

「仏罰があたり申すぞ！」

と、僧五郎をとめた。

その中に、今まで草でも刈っていたらしい所化《しょけ》を見ると、僧五郎はいきなりその鎌をひったくった。いっそう騒ぎたてようとした坊主たちも、その鎌を手にして、じいっと鐘楼の天井《てんじょう》をにらみあげているこの山伏の眼の凄さに、ようやくこれはただものではないと感づいて、息をのんで立ちすくんだ。

大梵鐘を支えて林立する八本の柱を避けて、彼は足場をかため、いきなりその鎌を投げあげた。竜頭《りゅうず》を縛っている梁《はり》のふとい綱にそれが旋回していったかと思うと、完全に切断したか否かは知らず、次の瞬間、梵鐘は凄じい金属音と地ひびきをたてて土の上に落ちていた。

# 諸行無常の鐘の声

## 一

何百貫あるだろう。鐘楼そのものも砕けたかと思われる鳴動、その下の土すべてが飛散したかと見える砂けぶり。——それらが消えたあと、そこには前世紀の巨獣のように疣々《いぼいぼ》をひからせ、寂《じゃく》として鐘は鎮座していた。

「ど。……」

僧の一人がやっと声を出したのは、数分の後であった。

「どうなさる？　か、鐘を？」

「あの中に、人間がおるのじゃ」

「えっ？」

「しかも、男と女二人が。——」

しかし牛牧僧五郎も、いまの自分の所業がいささか理性を失っていたことをちらっと悔いた。あまりにも人をくった、この僧五郎ほどの者をからかいぬいた男に対して、憤怒のあまりとっさにやったことだ。まさにその男は閉じこめたが、その代りこちらもすぐには手が出せぬことになった。

「おれはお奉行大久保石見守さまの手の者じゃ。いずれ鐘はもと通りに吊しあげてやる」

と、僧五郎はすぐに気をとり直した。

「三日ばかりこのままにしておけ。いや、二日も置けば、中のやつはひょろひょろになるだろう」

そして彼は石段を上っていって、鐘のそばに立った。

落ちている鉛の玉の一つを拾って、鐘をたたく。

「これ、聞えるか？」

めったに笑ったことのない牛牧僧五郎がにたっと笑ったのは、この敵を完全に捕えたという安堵感《あんどかん》とともに、なんとなくこの始末が可笑しかったからであろう。

「うぬを打ち殺すにこれほどの造作《ぞうさ》をかけるまでもないが、しかしただで殺してはあき足りぬ。なにゆえに、またいかにして魚ノ目一針や狐坂銀阿弥を討ち果したか、ききたいこともある。両三日たったら出してやる。それまでこの中で飲まず食わずにもがいておれ。あははは。……これ、聞えるか？」

また鉛玉で、鐘をたたいた。その余韻《よいん》が消えたとき――ふと、中で、何やら音が聞えたような気がした。

「なに？」

耳をすますと、女の声のようだ。

やむを得ず、女もいっしょに封じこめたが、これは僧五郎もまずいことをしたと思っている。大事な女精酒のもとだからだ。――女の声は、声というよりあえぎのようであった。

僧五郎の胸を、ふいに或る不安がかすめ過ぎた。まさか？

「なんと申した？」

彼は鐘に耳をこすりつけた。

あえぎ声は、むせび泣くような声に変った。いや、泣いているのではない。――たしかに女が官能の絃《いと》をかきなでられ、洩《も》らすまいと歯をくいしばっても洩らさずにはいられない旋律であった。それが厚い青銅の壁にこだまし、陰に籠《こも》り、この世のものではない微妙甘美の音楽として僧五郎の耳につたわってくる。

——あっ、こやつ！

僧五郎の満面が朱に染まった。鐘の中に閉じこめられたまま、男はあきらかに女をもてあそんでいる。——それが女精酒としての素材にどういう影響を与えるか、その点はつまびらかにしないが、よくないことはたしかだ。少なくともこれを知ったら、長安さまのごきげんが悪くなることはたしかだ。

大梵鐘といっても、まさか人間が横たわることはできない空間で、いったい二人はどういう姿勢をとっているのか。あの日陰にも光るような傀儡《くぐつ》の女の美貌、抱いて走ったときの女豹《めひょう》のようにしなやかな肉の感触を思い出すと、僧五郎の頭はくらくらした。

「あ、呆れたやつ！　いや、それでは足りぬ、仏罰を恐れぬ言語道断の曲者。——」

あまり当人も仏罰などを気にする方とも見えない形相《ぎょうそう》でわめき出した。

「よし！　いまこのやつら、ひきずり出してくれる。綱を持って来い。——太い綱が二、三本ないか！　寺になければ、そうだ、この近くの傀儡の村にあるかも知れぬ。それからついでに、傀儡ども、お奉行の御用だ、手伝いに参れと狩り出して来い！」

と、牛牧僧五郎は根本寺の僧たちをふりむいた。

「傀儡たちに、娘を犯した曲者を誅戮《ちゅうりく》するゆえ、みんな参れと申して来い。——」

二

よく事情はわからないが、僧の命令と、とくに娘云々《うんぬん》という言葉に動かされて、傀儡たちが数本の太い縄を持ってそこに駈《か》け集まってくるのに時はかからなかった。そして、鐘楼の傍に立っているのが、先刻、仲間を三人殺戮しお唐《から》をさらっていった山伏であることを発見して、みなどよめいた。

その間も、牛牧僧五郎は鐘のそばに立って、いよいよ高まる甘美の魔楽《まがく》をきいている。百八煩悩《ぼんのう》を破る鐘の声どころではない。――

「娘はこの中におる」

じろっと傀儡たちを見まわして僧五郎はいい、なお心もうつろな風情《ふぜい》であった。憤怒と、しかもそれを酔いしびれさせそうな恍惚《こうこつ》の音波と、どういう心理状態なのか、僧五郎自身にもわからないが、それだけに外見的には、さっきのおのれの所業が念頭にないかのような物凄い印象を傀儡たちに与えた。

「どうでい、諸行無常の鐘の声。――」

僧五郎は、はっきりと鐘の中から男の声をきいた。そしてそれは人を馬鹿にしたような笑い声となった。――いったい、このえたいの知れぬ男は、自分の追い込まれた絶体絶命の立場をどう思っているのか。声はつづいた。

「南無妙法蓮華経……！　南無妙法蓮華経！」

「よし、それをここへ」

と、綱を持った男たちを、僧五郎はさしまねいた。

いきさつは明瞭でないが、仲間の又作が気絶させられて春駒《はるこま》の衣裳《いしよう》を奪われたということはもう知れていたから、とにかく別の男があらわれて、鐘の中にお唐といっしょにいるらしい、と傀儡たちも判断した。――で、綱を持った男三人が、山伏のそばへやって来た。

それをつかんで、僧五郎は梵鐘の上に這《は》いあがり、端を竜頭《りゆうず》にむすびつけ、石段とは反対の方向へ綱を投げ出した。

「みんな、曳《ひ》け、――」

命じて、自分は石段のすぐ下まで駈け下りた。

腕ほどもふとい綱が三本。それに、集まった傀儡や僧たちがみなとりついた。僧五郎は先刻つかんだ鉛玉のこぶしをふりあげた。

「よいか。――やれっ」

三本の綱がななめ下の地上へぴんと張られると、いっせいにりきむ声があがり――さしもの大梵鐘がぐぐっとかしぎ出した。石段の方へ、ぱっくりと口があく。――

「それっ」

僧五郎がさけんだとたん、鐘の中から泳ぎ出した春駒衣裳のひょっとこが、脱兎のごとく飛び出して、真一文字に僧五郎めがけて石段を駈け下りようとした。

びゅっ！

びゅっ！

杉の木洩《こも》れ日を縫い、相ついで凄じい音が空中を走った。

僧五郎の投げた鉛玉はただ一つであった、それはひょっとこの右の足くびに命中し、ひょっとこは石段の途中からもんどり打って地上へころげ落ちた。

ひょっとこが鐘の中から躍り出してくるのを見た刹那、それが僧五郎の頭にひらめいた狙《ねら》いであった。一発必殺はたやすいが、あくまで生きながら捕えてきくことはきき、あとでなぶり殺しにするという。――

足くびの骨は、完全に砕かれたはずだ。僧五郎の顔が笑った。――きゅっと笑ったまま、しかしその高い鼻が――逆にめりこみ、そこから鮮血が飛び散った。自分の顔に命中したものがなんであったか、いや、二発目、逆に空を切って来た音すら、即死した僧五郎はついに知らなかったかも知れぬ。

それは彼の武器たる鉛玉であった。先刻いくつか鐘をめがけて投げたものの一つだ。一瞬のことで、鐘をへだてて綱を曳いていた連中はまだ気がつかず、いよいよ大きくひらいた口からにゅっと現われた裸の男を目撃しなかった。女のきものをひきずってはいるが、ふんどし一つの六文銭だ。

ツツと石段を駈け下りて、まず春駒衣裳の人間のそばにひざまずき、ひょっとこ面をはねのけ、苦痛にわななく傀儡の女の顔を見、

「つきとばして、かんべんしろや。しかし、足でよかった」

と、わびたのは、僧五郎の投げた鉛玉の行方をちゃんと見ていたのだろう。次に、山伏のところへいって、

「ウフ、こっちはうまく中《あた》りゃがった！　諸行無常、寂滅為楽《じゃくめついらく》。――」

と、白い歯をむき出した。

それから、途方もない大声を張りあげ出した。

「南無妙法蓮華経！　南無妙法蓮華経！」

だれかこれに気がついて綱から手を離したのをきっかけに、大梵鐘はまた鳴動と土けぶりをあげて、もとのままの鎮座に戻った。僧も傀儡たちもばらばらとこちらへ駈け寄ってくる。

「くわしいことは、この娘にききな、可哀そうに傷ものにしちまった。しかし、お奉行の人身御供になるよりゃましだろう。傷ものになったのが、魔除《まよ》けになるんだ。そう思ってあきらめてくれ。――」

と、六文銭はいった。

血まみれになってもがいている春駒衣裳のお唐と、顔面をたたきつぶされてもはや動かぬ山伏に、はじめて気づいて立ちすくむ連中に、

「お奉行から調べに来たら、山伏をやっつけたのァ六文銭という男だといってくれ」

と、いって、スタスタと山門の方へ歩き出した。ふんどし一つの裸ん坊で、ポーン、ポ

ーンともう一つの鉛玉を空中へ放りあげては受けとめながら。

三

「……但馬《たじま》どの」

と、お凪《なぎ》がささやいた。

「あの男を見のがしておくのですか」

たったいま、六文銭が出ていった山門の蔭である。

その六文銭は、鉛玉を一つ、空中へ投げあげながら、人ひとり殺した男とは夢にも見えぬのんきそうな姿で、日盛りの路を相川の方へてくてく遠ざかってゆく。境内の方では、僧や傀儡たちが、鐘と女をとりまいて、まだ騒いでいる。――

「……はじめて、よく見たが、見て、いっそうわからなくなった。奇態なやつ。――」

と、味方但馬はくびをひねってつぶやいた。

「但馬どの、追いましょう」

「お待ちなされ」

と、とめて、但馬は六文銭の影を見送りつつ、まだ考えこんでいるようだ。

「きゃつ、たしかに牛牧僧五郎をしとめた。しとめたが、見ていると、まったくゆきあたりばったりじゃ。鐘を落されたのも、鐘をあけられたのも、きゃつの計算外にあること。

――鉛玉を拾ったのも、それを投げて僧五郎に命中させたのも、一見偶然としか思われぬ。魚ノ目一針も、狐坂銀阿弥もこの手でやったか。――」

「いえ、あの人をくったやりくち、ただものではありませぬ」

「いかにも、江戸のならず者の世界で知らぬ者はない喧嘩《けんか》上手の男、とは草間内記にきいた。しかし、ただそれだけの男であろうか？」

と、味方但馬は自分の知識と言葉を反芻《はんすう》するようにつぶやく。

「いや、いや。――僧五郎を斃《たお》したやりくちより、先刻女を足ではさんで鐘の中に吸いついた妙技、たしかになみのやつではない。――」

「ですから」

「すると、いっそうふしぎなことがある。それほどのやつ、しかも石見守さまか伊賀者にあきらかに敵意を以て、わざわざ不敵にもこの佐渡へ乗り込んで来たとしか思われぬやつが、なぜあのようにあけっぴろげに、なんじらの敵はここにあり、といわぬばかりの挑戦ぶりを見せるのか？」

「――大坂方の忍びの者ではありませぬか？」

但馬はお凪の顔を見た。しかし、驚いた表情ではない。ぼつりといった。

「駿府のお屋敷にて潜入し来おった大坂方の忍者がありましたな」

「あ」

自分でいったくせに、お凪の方が意外なことを思い出した顔をした。

「けれど、あれは殺された。——」

「しかし、そのあとで、そやつの首を奪っていった仲間がある。——」

お凪も記憶をまさぐった。

「あれは——伊賀者の報告によれば、女の忍びであったというではないかえ？　もっとも、その女の一味ということもある。——おお、そうじゃ、これは容易ならぬこと、但馬どの、このこと、早う殿に御報告いたさねば！」

但馬は苦笑した。

「御報告いたしても、殿はとんとお感じに相なるまい。捨ておけ、と御一笑になるのがおちでござるわ」

「それよりも、わたしたちの手で、あの男を」

「いや、大坂の者としても奇怪なのでござる。それ、いまも申したように、それならばなぜこのように、公然、挑戦して参るのか。そのような素性の者ならば、もっと隠密な行動をとるはず。——そもそもきゃつが大坂の息のかかっておるやつならば、それが長年江戸にあってあぶれ者の世界に入り、草間内記の人足狩りにまぎれこむとは、よほど遠大の計をたてたとしか思われぬが、それほどのやつが、なにゆえ突如として、いま公然挑戦して来たのか、まるでわれらをからかって、面白がっておるようではござらぬか？　狂気のごとく血塔の鐘を打ち鳴らし、島から逃げる船を足どめしようとしたのが、今から見ればわれながら笑止千万」

但馬の声は深沈としている。

味方但馬。――顔面神経痙攣《けいれん》で、間歇的《かんけってき》にひょっとこ面になる。大久保長安麾下《きか》第一の山師、これがもとは織田家の重臣村井長門守の裔《すえ》だといわれる。織田滅亡後、播州三方《ばんしゅうみかた》に住み、以後その姓をその地名にあやかって味方と改め、福島正則に仕え、関ヶ原の役では福島軍の一部将として勇名をうたわれた。その後、思うところあって武士をやめ、山師として大久保長安の懐刀となった男である。

長安ほどの実利的な男が信任するのは、必ずしもこのような出身や経歴のゆえばかりであるはずがない。山師として、つまり探鉱採掘の技師また人足の統率者として、抜群の器量を具えていることを見ぬいていたためだ。

それどころか、彼がたんなる山師でなかったことは、さきに春駒を紹介したときに述べた通りで、佐渡出身の青野季吉《すえきち》氏が「回想」という随筆で、「味方但馬が佐渡の金山を発見した嬉しさで、無茶苦茶に踊り狂ったその踊りから、この春駒の踊りは出来たといわれる」といっているように、またいまでも相川地方では何かにつけて「但馬さん」と親しみをこめて呼ばれているように、金山発見もその繁昌もこの人物の力だと伝えられているほどである。なお、ついでながら、根本寺には但馬の名を刻んだ梵鐘がいまでも残っている。

この物語ののち、彼が寄進したものであろう。

それほどの味方但馬だから、その言葉には、長安の愛妾お凪を束縛する力が充分にあった。

「――とはいえ、これもわしの考え過ぎかも知れぬ。正直なところ、きゃつの正体、わしにもよくわからんのでござる」

と、彼はいった。

「何よりも、わしはきゃつの正体を探るのが先決であるように思う。あれになんぞ黒幕があれば、きゃつを殺してはその黒幕が不明となる。――」

「わたしが探って来ようか」

と、突然お凪がいった。

「面白い。……但馬どのの話をきいて、わたしはあの男が面白うなった。わたしがあの男を追って、近づいて、その正体を探り出してやろう」

「おまえさまが？――しかし」

「心配しやるな、但馬どの、わたしも殿から親衛隊と呼ばれたほどの女。――」

と、お凪は笑った。

「いえ、但馬どのの話をきいて、それを探らねば、殿から親衛隊と呼ばれた甲斐がない。万一のことがあれば、わたしには硫酸がある。――」

# 三個の硫酸瓶

一

「もうしっ、おたずね申します」

蒼《あお》い蒼い真野湾《まのわん》に沿う長い町。――河原田《かわはらだ》へ入ろうとするところで、ついにお凪《なぎ》は呼びかけた。

前をゆくふんどし一つの六文銭は、いつのまにやら二つになった鉛玉を空中に投げあげながら歩いていたが、この声にふりむいた。

「おれかね?」

と、いったとき、空に残っていた鉛玉の一つが脳天に落下して、

「痛《い》てっ」

と、間のぬけた悲鳴をあげた。しかめっつらで、

「相手のしていることを見てから声をかけてくんな」

しゃがんで、地にころがった鉛玉を拾いあげる姿に、他意はない。それどころか、立ちあがってから改めてこちらの市女笠《いちめがさ》の下をのぞきこんで、

「やっ、美しいお女中だなあ、佐渡へ来てこんなべっぴんをはじめて見た。――」

笑った眼は、明るい、むしろ好色的な光を発散した。これがほんの先刻、音に聞えた伊賀者をまさに一撃のもとに斃《たお》した男とは思えない。

いや、根本寺《こんぽんじ》からここまで、まぶしい白い日光の中を、二つの鉛のお手玉遊びに夢中になって、通行人が笑ってゆくのも全然意に介しない子供のような姿を見ていると、先刻の一撃はほんとうにまぐれあたりかと思われるほどであった。

――しかし、あの決闘の直後、そんなまねをしてケロリとしていることがそもそも異常だ。異常だといえば、彼自身お尋ね者になっていることは承知のはずなのに、こうして平気でのし歩いているのも異常だし、天日に裸身をさらしたお尋ね者をだれも気づかないのも異常だ。

それはともかく、いったいこの男は、自分を大久保長安の側妾《そばめ》の一人だということを知っているのだろうか、そのことがお凪の当面の疑問であったが、相手のこの初対面的挨拶に、一応白ばくれて通すことにした。

「相川へはこの道ですね？」

「ああ」

「ここからもう何里くらいあるでしょう」

「ええっと、ここから二里半くれえじゃねえかね。おまえさん、どこから来たんだ」

「江戸から。――」

「へえっ、江戸から！」

眼をまんまるくして、

「どうりで、佐渡とは見えねえ。実はおれも江戸だがね」

平気でいう。

「まあ、あなたも江戸。——江戸のどこ？」

「なに、ひとさまにいえるほどのところじゃあねえ」

苦笑《にがわら》いしたが、明るいかたえくぼであった。

「というより、江戸は江戸でも住所不定ってやつだ。それよりおまえさん、相川へゆきなさるのか。おれも、まあそっちへゆくんだ。いっしょにゆこう」

相川は奉行所の所在地だ。いったいこれがお尋ね者のいう言葉であり、表情だろうか。こんな話をしかけるのに、眼をそらすどころか、こちらの顔を不遠慮にのぞきこみ、ニヤニヤと——あきらかに女好きのごろつきじみた笑いを浮かべている。

そして、お凪の背になれなれしく、手をあてんばかりにして歩き出した。

「相川に宿はあるのかね」

と、ふりかえって、親切そうにいう。

「宿がなければ、世話しようか」

市女笠の下で、お凪の眼がちょっとひかった。この男はどこに住んでいるのだろう、というのは彼女の探索目的の一つだったからだ。

「……どこ？」

「相川の小六町にある西田屋って旅籠《はたご》だがね」

大丈夫か、六文銭。——彼はあれほど頭をひねって見つけ出した朱鷺《とき》のかくれ家《が》をしゃあしゃあと口にした。

ところが、お凪はむろんそれをでたらめととった。西田屋は知らないが、小六町は遊女町で、ただの旅籠など一軒もないことは知っている——ひょっとしたらこの男、わたしをほんとうに旅の女と思って、口ぐるまに乗せて遊女にでも売り飛ばすつもりでいるのではないかしら？　それにしても、図々しい男。——

一方でお凪は、しかしいつのまにかこの男に少し心を解いていた。この男が三人の伊賀者を斃《たお》したことを忘れたわけではない。また、いまのあけっぱなしの顔や話しっぷりにだまされたわけでもない。——心を解く、というより酔ったといった方がよかろうか。それはこの男のからだから発散する一種いいがたい原始的な精気の力であった。

……からくも彼女はおのれをとりもどした。

「ありがとう。でも、わたしにはゆくさきがあるんです」

「へえ、どこ？」

「赤玉城」

さぐりを入れて見た。

果たせるかな、六文銭はピタリと立ちどまった。やおら、いった。

「赤玉城のだれかね？　まさか大久保石見守さまじゃあるめえね？」

「知り合いが石見守さまに御奉公しているんです」

彼の表情の反応をよく見ようと、きらっと向けたお凪の眼に、たちまち彼が下唇とあごを猛烈につき出すのが映った。

「よしな」

「え？」

「ありゃあたいへんな狒々《ひひ》おやじだ。七十近くなって妾《めかけ》を五人も持ってるってえ大化物だ。おまえさんのように美しい人がいったら、たちまちとって食われちまわあ。いや、冗談じゃねえ、あいつ、女を、ほんとにとって食うぜ」

「女を食う？」

「酒漬けにしてね」

——甲府で見たにはちがいないが、それだけか？

「酒漬け。——その話をきかせて下さいな」

「大きな声じゃいえねえが」

と、六文銭はキョロキョロした。はじめてお尋ね者らしいようすが現われた。

「いや、ききたかったら——こんなところじゃ話せねえ。おまえさんの身にかかわることだからきかせてやるが、まあこっちへ来な」

ついと右へそれた。

二

河原田は海に沿う長い町だが、それを右手の山の方へ歩き出したのである。

前にもいったように、ここは鎌倉時代から佐渡の守護であった本間一族のいたところで、長安が相川へ奉行所を移してからその殷賑《いんしん》を奪われて、どことなくうらぶれた寂しい町となった。そして長安は本間氏の居城まで解体して赤玉城に使った。——

その城跡だ。本間氏の紋が十六目結であったところから、その城を獅子城とも呼んだそうだが、右の次第で建物はすでになく、ただあちこちと石垣ばかりが残って、樹々と夏草が生いしげっている。

「あ」

と、お凪は立ちどまった。石垣の上の樹立ちに、ちらと薄紅色の影がながれたのを見たからだ。

「朱鷺だ！」

と、六文銭はさけんだ。

その大声に、樹立ちの中から一羽の大きな鳥がハタハタと蒼空へ舞い上っていった。——ほんものの鳥の朱鷺である。形容しがたいほど美しい薄紅色の羽根を持ったこの鳥は、日本じゅうどこでもいたが、とくにこの佐渡には多かった。

「まあ、お坐り。ともかくも笠をとりな」
六文銭は高い石垣の下でふりかえった。まるで百年の知り合いと遊山《ゆさん》に来たような気楽な顔をしている。
お凪は不安そうな表情になった。そんな顔をして見せた。
「どういう話ですか。さっきの石見守さまのお話は。――」
「あいつは悪いやつだ。――おまえさん、行っちゃあいけねえ。ほんとの親切心からいう
んだ」
「ただ、そういわれても」
はじめて気がついたように、お凪はきいてみた。
「いったいあなたはどういう人ですか？」
「おれかね？」
というと、六文銭はいきなり股間《こかん》から妙なものを出した。ふんどし一つだから、ちょっ
とそれをはねのければいい。
「おめえさんは知るめえが、六文銭の鉄といえば江戸のごろつき仲間じゃあちっとァ知ら
れた男だ。喧嘩《けんか》は強いが、女にゃ弱い。――」
あまり弱そうではない。実に隆々とふしくれだったみごとなしろものであった。――し
かし彼は、いつか甲州街道で朱鷺にもこれを展観に供した。美女をみると、まずこれを見
せるくせがあるとみえる。

「女にゃ弱えが、喧嘩だけはヤケにうまいぜ。安心して、おれを頼りにしな。——」

実に独断的な言い分であり、かつ独断的な行為だが、そんな姿で六文銭は、いきなりお凪をぐいと抱き寄せ、強引にその唇に吸いついたのである。

——少なくとも数分間、お凪はそれに抵抗しなかった。

その間、天下の山将軍といわれる大久保長安の寵を受けている女を——という怒りも、この怪しい男に、わたしはどうして？——という疑いも、ふしぎにお凪の心に浮かばなかった。そんな理性などしびれさせるほど力強い唇と舌の愛撫であり、荒々しい筋肉のしめつけであり、そして下腹部におしあてられたものの固い灼熱感《しゃくねつかん》であったのだ。無意識的に彼女は腰を波打たせている。

やや頬骨《ほおぼね》がたかく、彫りのふかい容貌だが、唇は厚目で、はちきれるような胸の隆起を持ったお凪だ。それだけに性欲もたくましく、さしも斯道《しどう》の大家である長安も、なんといっても六十なかばだから、彼女が使命を忘れて恍惚《こうこつ》の数瞬に沈み去ったのは笑止の至りだったが、しかしたいていの女人はこの男にこうされて、力ではなく抵抗できなかったに相違ない。

六文銭はいつしか女の襟《えり》をかきひらいて、その豊満な乳房をワングリとつかんでもみしだいていた。それもただ快感の波濤《はとう》として感覚するばかりである。

「おや」

男の声が聞えた。

「おまえさんも、妙につっ張るものを持っているじゃあねえか」

ふところの奥から、すっと何かひきぬかれたとき、はじめてお凪は忘我から醒めた。

六文銭は手に、一本の短いがふとい竹筒をとって、しげしげと見いっていた。

「なんだ、これア？」

「お守りが入っているんです」

「お守り？　にしちゃばかに大きくって、へんてこなものじゃあねえか」

「返して下さい」

と、お凪はこの場に似合わぬ嗄《か》れた声でいった。

「ちょっと見せてくんな、どんなお守りだか。――」

「いけない！　見ちゃあいけない！」

さすがのお凪も狼狽《ろうばい》して、必死にちかい力で六文銭の腕にとりすがった。怒りは相手に対するよりも、自分の不覚に対してであった。

その竹筒のふたをとれば、中に布にくるまった三つの小さな瓶がつながって入っている。そしてそのギヤマンの瓶《びん》を満たしているのは長安の製造にかかる硫酸であった。

その竹筒を持った腕を高だかとあげて、六文銭はニヤニヤした。

「返してもいいが、その代り、どうだ一つ。……抱き心地でわかるが、おめえさん、娘じゃねえね？」

三

当人も自称しているが、まったくごろつきの所業といっていい。

そしてまたいま大いに悪党ぶった笑い顔をしているのだが、ふしぎに憎みきれない天空海闊《かいかつ》さがあった。

「あなたははじめからそんなつもりでわたしをここへつれ込んだのですか」

「いや、長安のところへゆくってきいたからさ」

「長安――長安さまがどうかなされたというのはみんなうそですか」

「と、とんでもねえ、あの話はほんとだ。おれを信じてくれ！」

「で――わたしが赤玉城へゆくからって、なぜわたしをこんなところへ？」

「おめえさんをおれの手足にするためさ。いまの話はほんとだから、赤玉城へゆかねえがいい。が、どうしてもゆくというなら頼みがある。どっちにしてもおれの手足になってもらいてえんだ」

「頼みとは？」

「赤玉城の中のいろいろなことを探ってもらいてえ」

「あなたはいったいだれ？　江戸のごろつきが、どうして長安さまを。――」

「悪いやつだからさ」

「それだけですか」

「いやなに、或るひとに頼まれてもいるんだが」

「或るひととは？」

「そいつあ――女のおめえさんには言えねえ」

「女のわたしに言えないというと――そのひとが女だということですか」

「しまった。……まあ、察してくれ」

くびすじをかいて、またニヤニヤした。

「わたしを抱いたら、わたしがあなたの手足になるとでもいうのですか」

「あ、それはそうなる、おれにいっぺん抱かれたらね、女はまちがいなく、みんなそうなる」

ばかに自信満々たる顔を見ながら、この男は馬鹿にちがいない、とお凪は思った。

どうみても、血塔の鐘を乱打して全島に警戒網を張ったのは大袈裟《おおげさ》だったようだ。えたいの知れない男にはちがいないが、しかしひどく頭の単純な男であることもたしからしい。

――ひょっとすると、この六文銭はだれかに操られているのではないかしら？

それに相違ない。その傀儡師《かいらいし》ないし黒幕は何者だろう？――たしかいま、それが女であるようなことを洩《も》らしたけれど。

「……わたしがうなずいたら、あのお守りを返してくれますね？」

「うん」

と、いうと六文銭は、実に簡単にその竹筒を、ぽんとお凪の手に返した。

お凪の背に奇妙な戦慄《せんりつ》がながれた。この筒のふたをとる。中のギヤマンの瓶を手につかむ。それは彼女にとって電光のわざだ。受けてもとろけ、避けても飛びちるこの酸鼻なしぶきをふせぎ得るものがまたとあろうか。――六文銭は、せっかく奪ったこの恐るべき竹筒を、中身を知らぬとはいいながら、またもとの持主に返してしまったのだ。

……しかしお凪は、電光のごとくそのふたをとらなかった。その前にまだやらなければならぬことがある。――

彼女はまわりを見まわした。そして周囲の樹立ちや夏草になんの気配もないのを見てとると、眼をもとにもどした。――先刻から堂々と日光に照らされている六文銭の股間へ。お凪の眼が、しだいに粘《ねば》っこい光をはなち出した。そしてゆるゆると草の上へひざをつき、あおむけになり、みずからのもすそをかきひらいたのだ。

いまの約束を守る心からではない。もっとこの男からきき出さなければならぬことがあると、みずからにいいきかせた弁明も真実のすべてではない。彼女はほんとうにこの鋼鉄のような肉体と異様な精気を持った若い男と交合したいという、たえきれぬ欲望の炎に全身をつつまれて来たのであった。ただし、事後必ずこの男を硫酸のけぶりの中に消すという氷のような覚悟を抱いて。

「そう来るはずだ」

六文銭は堂々として打ち乗った。

むせるような樹々の匂い、染めたような草の緑。――このゆいしょある古城の跡で、この蒼天の下でくりひろげられた光景は、しかし二匹の獣の格闘に似ていた。長安の熱心な愛撫にさして不満は抱いていなかったお凪は、それとは気圧を異にする世界にたたきこまれ、舞いあげられた。彼女は六文銭にかみつき、その三本の手足は蛇のように巻きついた。ただ竹筒をしっかりと握った左腕だけを残して。

草に顔をのけぞらし、蒼空にチカチカときらめく火花を見ていたお凪の眼が、ふと一点にとまった。

「あ!」

「ど、どうした?」

六文銭は眼をむいた。

「いつも、ひとが夢中になって何かをやってるとき、ふいに変な声をかける女だ」

「あの女。――」

「えっ、どの女?」

といったとき、天からふって来た何かが六文銭の脳天にぶつかった。

# 大坂から来たくノ一

## 一

「痛《い》てっ」

六文銭の頭からはねて、地上へころがり落ちたのは、瓦の小さな一片であった。

彼が頭をかかえ、ふり仰いだ高い石垣の上からちらっと白い顔が消えたのを見て——ぬうと立ちあがるより早く、そのからだの下からお凪《なぎ》は逃れ出していた。

こけつまろびつといった動作ではない。まるで仰むけになった女豹《めひょう》がまさに一投足ではね返り、躍りあがるように、一挙に三メートルも向うへ立ったお凪は、

「……あれは、甲府で見た女。——」

と、これまた頭上をふり仰いだ。

それからお凪は、六文銭と顔を見合わせた。

これで彼女は、自分がこんど江戸からひとりでやって来た旅の女などではないということを曝露《ばくろ》したことになる。——しかし、それを六文銭がどう判断したか、というよりも、彼女はべつの衝動に心を占められていた。

あまりの美貌なので忘れはしない。また長安が捕えようとした女なので忘れはしない。

――その女が、ここにいる。佐渡へなど来るはずのない女が、佐渡に来て――この六文銭という男といっしょにいる。いま瓦のかけらは投げたが、それは敵意ではなく、あきらかに警報だ。

――あの女が黒幕か？

黒幕という言葉はちと大袈裟《おおげさ》だ、と一笑しようとして、味方但馬との対話を思い出した。ああそうか、と眼から鱗が落ちた感じであった。

「大坂方のくノ一か」

ずばりとお凪はいった。

すっと両腕が袖から入った。もっとも二つの乳房はまる出しになり、前ははだけてふともが露《あら》わになっている凄艶無比《せいえんむひ》のお凪の姿だ。

「へえっ？」

六文銭は狐につままれたような顔で、まだ頭上を仰いでいる。そらとぼけているにちがいないが、この男に限ってほんとにめんくらっているのではないか、とも見えるところがあった。

「な、なんだ、あの女郎《めろう》、……ひとの恋路のじゃまをしやがって、とんでもねえやつだ。どうやら百姓娘みてえに見えたが、よしっ、とっつかまえて、尻をぶったたいてくれる！」

彼はのこのこと石垣に近づいた。勾配《こうばい》がわりにゆるく、それにあちこち崩《くず》れてもいるので、彼はそのままそこをよじのぼってゆくつもりと見える。――

「逃げるな」

　と、お凪はいった。女とは思えないきびしい声であった。

「…………?」

石垣に四つン這《ば》いになって貼りついたままふり返って、六文銭の眼がぱちくりとしばたたかれた。お凪はさらに数メートル離れていたが、その右腕にふりかざした円筒形の小さなギヤマンの瓶《びん》が、きらっと日光をはねたのを見たのだ。

「石垣を離れよ」

　と、お凪はいった。

　むろん、そのギヤマンの瓶がいかなるものか、六文銭が知っているはずがない。にもかかわらず、そのお凪の姿から、何やらただごとでもないものを、本能的に感じとったのであろう。――

「わあっ」

　途方もない大声をあげて、彼は石垣から飛び返った。

　同時に、彼の頭上二メートルばかりの石垣に、曾《かつ》てきいたことのない音質とともに、ギヤマンの瓶が砕け散った。

「見るがいい、あれを。――」

　ぱあっと散りしぶいた液体は、四方八方から石垣の下めがけて流れ落ちる、朦《もう》と湧き立つ白煙の鼻孔を刺すような異臭もさることながら、その液体のふれるところ、石垣の中の草も石垣の下の灌木《かんぼく》も、真っ黒に変色してとろとろと崩れてゆく。——

「人もああなる。鉄もああなる」

お凪は笑った。

「さっきおまえが返してくれたものの中に入っていたのじゃ。……動くな！」

石垣とお凪のあいだに横なりに立って、ちらっちらっと両方を見くらべている六文銭の顔は、さすがに真っ赤に染まっている。

「むろん、いまの硫酸でおまえを焼きとろかすことは出来た。——しかし、その前にききたいことがある。答えぬと、二つ目を投げるぞえ」

両手をまたふところへさし入れた。左手は竹筒から一つずつギヤマンの瓶を出すためだ。うす笑いしていう。

「あの女は何者か？」

「…………」

「おまえがいっしょに佐渡に来て、伊賀者たちを殺し、長安さまを殺そうとしているのは、あの女を何者と承知していてのことか？」

「…………」

「そもそもおまえは何者じゃ？」

お凪の声がいらだった。

「答えぬと、おまえの顔は硫酸の雨を浴びて、真っ赤な南瓜《かぼちゃ》のようになるぞえ。この距離でもわたしが誤まることはないが、たとえお前が手で受けようと足で防ごうと、火のしぶきはおまえを逃しはせぬ。――」

二

石垣を背に、お凪を三、四メートルの距離に見て、ぶらりと立った六文銭は、身にまとうものはふんどし一つだ。手に一本の刀もない。――

その左手がふとかすかに動いたので、間髪を入れず、お凪は二発目のギヤマンの瓶をふりかざしていた。

それをとり出す動作は電光の早さであった。

が、六文銭は、何をするかと思ったら、

「こっちは、これだけ、一本」

ふんどしからのぞいたままのものを、ちょいと指先でつついて、ぶらつかせた。

武器はこれだけという意味か。

お凪の顔が紅をさして、ひきゆがんだ。

「大久保長安の側妾《そばめ》ともあろうわたしを。――」

思わずはっきり名乗ったが、六文銭はいまさらのごとく驚いた気配もない。

「どうでえ、赤玉城じゃ味わえねえ極楽だったろう？」

それから——凪に月代《さかやき》の毛をなぶらせながら、ひどく悵然《ちょうぜん》とした調子で、

「いま、同じ極楽世界で抱き合った女と男がなあ」

と、つぶやいた。

それまで、相手を必殺の立場に置いていると自負するだけに、どこか余裕を持っていたお凪は、この男の神経のないような反応ぶりに、改めて凄《すさま》じい怒りをおぼえた。殺すまえにきき出したいことがあったが、きかずに殺してもよい。いまの交合の一件でも、生かしてはおけぬやつだ。もう一人、あの女がいるとわかった以上、あの女を探し出して捕えてくれよう。——

「では」

と、彼女はいった。

右手はすでに宙にあげられている。城跡の樹々に染まった大気がそのまま青い氷に変ったように感じたのは彼女の方である。この恐るべき火の液体に対し、いかなる敵でもでくのぼうであるよりほかはない。——ただ、たったいま自分を愉悦のつむじ風に吹きくるんだ、若い、たくましい、みごとな男の肉体が、真っ赤に灼《や》け爛《ただ》れた幻想をえがいて、「アア、ちと惜しい——」そんな感情がふとお凪の胸を走った。

「死にゃ！」

振った繊手《せんしゅ》に狂いはない。——ギヤマンの瓶は、その肉体めがけて、青い氷を一直線に

切る亀裂《きれつ》のように走っていった。

その亀裂が、大気のまんなかで停止し、八方に散った。

「…………！」

なぜそんなあり得べからざることが起ったか、彼女は知らない。それは同時に向うから六文銭によって投げられた何かが、空中でギヤマン瓶と衝突してこれを打ち砕いたのであった。

それをはっきりと見るにいとまなく、反射的にお凪の手はふところの第三の硫酸瓶をつかんでいる。稲妻のごとくひき出そうとして、

「ぎゃあ！」

美しい唇から、けもののような声がほとばしり、彼女はからだをくの字なりにして草の上につんのめった。その腹のあたりから、ぱあっと凄じい煙と肉の焼ける匂いがたちのぼった。

お凪の前方にも、いま空中で散乱したギヤマン瓶が、草のいたるところから煙をあげている。――牧歌的な青い廃城に、忽然《こつぜん》描き出された地獄そのもののような景観だ。

「やりたかあなかったがなあ」

煙の向うで、六文銭は憮然《ぶぜん》とつぶやいた。

第二瓶を防いだのは、彼の鉛玉である。

第三瓶をお凪の腹で――竹筒から抜き出したところを砕いたのも、もう一つの鉛玉である。

「おい、きのどくなことをした」

へっぴり腰になって、おそるおそるのぞきこんだ。

「しかし、おっかねえものを持ってるからなあ。よくまあ、鉛玉がうまく中《あた》ってくれたもんだ。……おい、まだ持ってるかえ？」

草の中にのたうちまわっている女の方へ、迂回《うかい》して近づこうとした。

「六文銭。——」

そのとき高い空で、細いが、よく透る声がした。

「だれか、来ます。町の方からこちらに坂を上って。——あれはたしか、長安の家来で味方但馬という男。——」

「へっ」

六文銭は狼狽した。

ぎらっと、はじめて殺気にみちた眼で見下ろしたのは、草の上にわななくお凪の手に懐剣が握られているのを見たからだ。

「ま、まだやるつもりかね？」

「わたしの屍骸《しがい》を長安さまに見せないで」

と、うつ伏せになったまま、お凪はいった。

「わたしの屍骸を埋めて。——お願い、六文銭。——」

むしろ親しい友達にいうような調子でいうと、お凪はその懐剣でおのれの頸部を横から刺し通し、二、三度痙攣《けいれん》すると、そのままがくりと動かなくなった。

「…………？」

凝然とそれを見ていた六文銭は、ふいにしゃがみこみ、屍骸を抱きあげようとして、

「いけねえ！」とまた放り出した。腹のあたりに触れかかったと見える。

彼はうろたえて、また坂の方を見た。

いきなり傍の名も知れぬ赤い花を二つ三つひきちぎった。

「せっかく末期《まつご》の願いだが、きいてやるひまがねえ」

その花を、お凪の腰のあたりにばらまくと、六文銭は石垣に沿って走り出し、青い樹間をむささびのように消えてしまった。

同時に、坂の方からこの一劃に入りこむ位置に、味方但馬の姿が現われた。くびをひねりながら見まわしていたが、ふいにその顔に神経痙攣《けいれん》が走ってひょっとこみたいな顔になると、足早にこちらに歩いて来た。

三

「あっちへ、あっちへ」

どこからか石垣の上に駈《か》け上ると、そこに立っていた女を、これは小脇に抱きかかえ、六文銭は走り出した。

　ここは昔、領主の住んでいた跡ででもあろうか、四角な高い台地になっていて、ただいちめんに夏草が生《お》いしげっていたが、その端に四、五本の大きな樟《くす》の大木が蒼空に濃い枝をひろげていた。

「負ぶって上るかね？」

「いえ、自分で」

　二人はその一本によじ上り、葉の中のふとい枝に腰を下ろした。

「いま、出ると、危ねえ」

　と、六文銭がいった。ほんのさっきまで平然と河原田を歩いていたくせに、妙なカンが働くと見える。

　すぐに味方但馬が坂の方へ駈け戻り、ちょうどその下を通りかかっていた四、五人の侍を、大声あげて呼んでいるのが見えた。「しまった！　しまった！」そんな痛嘆の声もたしかに聞えた。

「胆《きも》をつぶしたな。おめえさまがこんなところへひょこひょこ出張《でば》っていなさろうとは」

　と、六文銭は横をむいて話しかけた。

「いつから、ここに来ていなすったね？」

「河原田の町を、あの女といっしょにおまえが歩いて来て、この城跡の方へ上って来たのを追って。――いえ、先まわりして」

　と、朱鷺《とき》はいった。ここらあたりの風俗で、顔を白布で頭巾のようにくるんだ上に菅笠をかぶり、手甲脚絆《てっこうきゃはん》をつけた百姓娘の姿だ。

しかし、怒った眼で、六文銭をにらんでいる。

「そのきものは？」

六文銭は平気でしげしげと相手を見守った。片手でぐいと朱鷺をつかんで支えている。

「あの西田屋の蔵の長持に入っていたものです。——身売りした百姓娘のものじゃないかしら」

「なあるほど。しかし、危ねえなあ。……せっかくおれがかくれ家を見つけてやったのに」

「わたしだって、あそこに引っ込んでいては何も出来ません」

「いったい、お朱鷺さまは何をしに出て来なすったんで？」

そのとき、この台地へ血相変えて二、三人の武士が駈け上って来たが、ただ草が吹きなびいているだけなのを見わたして、すぐにまた下へ走り下りていった。

「とんま」

と、六文銭は笑った。

「実は、お朱鷺さまで、わからねえことがある」

最前の問いはどこかへ飛んでしまった。

「何が？」

「さっきおれの頭に瓦をぶつけなさったのはどういうわけで？」

朱鷺はそれには答えず、むしろ憤然としていった。

「わからないのはおまえの方です。……おまえ、どうして今、あんな無惨なことをしたのです」

「あ、あれは、やりたかあなかったが、しかたがねえ。放っとけば、こっちがお陀仏になっちまう」

「いえ、その前のこと」

「その前――何したっけ？」

くびをひねって、六文銭は白い歯を見せた。

「ああ、あれ――ありゃこの前いったじゃありませんか。おまえさんがおれに抱くことを許してくれるまで、長安の妾《めかけ》で遊んでるって。――そうでもしなけりゃ、鼻血がとまらねえ。それとも、お朱鷺さま、もういいかね？」

と、いいかけて、

「おっとっと！」

と、六文銭はあわてて、グラリとした朱鷺を支えた。

「それに、ばれりゃあ長安を苦しめることになる。ばれなきゃ、女を手なずけて赤玉城へ忍び込む手がかりにもなると思ってね。……そいつあうまくゆかなかったが、おかげさまで鼻血の方はひとまずサッパリしやした」

実に、涼しい顔をした。たったいまの凌辱《りょうじょく》や殺戮《さつりく》の記憶は、樟《くす》の枝を吹く青嵐とともに、海の方へ飛んでいってしまったようだ。――いまさらのことではないが、まったくこの男は人間離れしている。

「これでも、おまえさまのためにと――いまの果たし合い、見ていなすったか？　はたから見りゃあどう見えるか知らねえが、これでもおりゃ死物狂いのつもりなんですぜ。あ、そうだ、根本寺で、鉛玉を投げる山伏を一人やっつけたしねえ」

「え、すると三人目の伊賀者を。――」

「お朱鷺さま、まだ駄目でやすか？」

六文銭を見た朱鷺の眼には異様な光がうるみ出していたが、しかし彼女は何もいわなかった。

下界では、坂の方から駕籠《かご》を一つ呼んで来て、間もなくそれをとり囲んで、味方但馬たちが立ち去るのが見えた。中にはむろんお凪の無惨な屍骸が入っているのであろう。

「相川には、夜になって帰った方がいいようですね」

と、六文銭はそれを見送っていった。

「六文銭」

しばらく黙って彼を見ていた朱鷺がいった。

「いまおまえはわたしをわからないといいましたね？」

「女は抱かねえ以上、何にもわからねえもんだ。……いろいろあるがね、中でもわからねえのは、いったいおまえさまが大久保長安をどうしてえと思っていなさるかだ」

「だから、兄の恨みをはらす。――」

「それにしちゃ、何か思案が過ぎるね。……そうだ、いまあの長安の妾が妙なことをいいやがった。大坂方のくノ一か、と。──」

# 血塔

## 一

「大坂方のくノ一。──」

と、朱鷺《とき》はいった。顔色も、六文銭を見つめた眼もただごとではないものがあった。

「──と、知ったら、おまえは？」

「そういわれても、何のことかわからねえ」

と、六文銭はくびをひねった。

「くノ一って、何です」

「女ということです。女という字をバラバラにすると、くノ一という字になるから」

そういっても、まだぽかんとしている。ひょっとしたら、この男、女という字も知らないのかも知れない。

「で、お朱鷺さまが、大坂の女。——へえ？」

「大坂方の女。……あの女のいったのは、豊臣方の忍びの女、という意味です」

さすがに、眼をまんまるくした。この男といえども、このごろ徳川家と豊臣家のあいだにたちこめる風雲は、巷《ちまた》の噂《うわさ》できいているらしい。

朱鷺は、枝の上で足をぶらぶらさせながら、遠くの海を見ていた。下界の町の向うの海は、赤い夏の落日を呼びつつあった。眼はそれを見ているが、むろん朱鷺はほかのことを考えつづけている。

彼女はいま、はじめて自分の素性を六文銭に告白した。それは或る一つの決意にもとづいてのことでもあるようであったし、また自分の心がまだあいまいなようでもある。

まさに朱鷺は、大坂から来た——正しくいえば、紀州九度山の真田から派遣された忍者であった。さらに正確にいえば、真田の忍者の恋人なのであった。

使命はこうである。

「徳川の大智囊《だいちのう》、大久保石見守長安の開発しつつあると見られる新しい武器の実状を探索せよ。そして、得べくんば、その武器か長安かを無力化せしめよ」

そのために、彼女の恋人はみごとに長安の婿たる服部半蔵の忍び組にまぎれこみ、駿府の大久保屋敷に潜入したが、長安に見破られて葬り去られた。彼のアシスタントとして働いていた朱鷺は、命ぜられた彼女だけの任務からいえば、あの時点で九度山へ帰還すべきであったろう。それをなお殺された男の任務をつごうとしたのは彼女自身の意志であって、それは死者から生前にきいた大久保長安の恐るべき発明力に対する危惧《きぐ》と、死者のための復讐と、そして彼女なりの忍者魂のゆえであった。

で、朱鷺は、長安を追ってここまで来た。——途中で拾ったこの六文銭という男を、用心棒ないし自分の道具に使うつもりで。

六文銭が、朱鷺の様子を思案に過ぎるとくびをかしげたのは、こういうわけだからだ。つまり、単刀直入に長安を暗殺することは彼女の任務ではないのだ。それは彼女としても長安を討ちたい。駿府の大久保屋敷の門の外で奪い、自分がひそかに埋葬してやった恋人の首を思い出せば、「長安をただ殺してはあき足りない。血の海にむせぶほどの苦しみを与えてやりたい」と六文銭にいったのも、決して大袈裟《おおげさ》ではない心情だ。しかし、忍者としての使命はそうではなかった。九度山からの密命が、「長安を殺せ」ではなく、特に「長安を無力化せよ」であったのは、それだけの理由があるからであった。なんとなれば、いま徳川の大智囊大久保長安を暗殺すれば、それは大坂の手によるものだと天下の十指が指さすに相違なく、それは決して九度山の本意ではないことを、朱鷺も知っていたからだ。まさか、こういうことを六文銭には説明できない。彼には「兄の敵だ」といつわり、ただその復讐をしたいといっただけである。この男にはそれでいいのだと彼女は考えていた。

しかるに。——

たんなる用心棒、道具だと思っていた六文銭は、天衣無縫に動き出した。あばれ出した。彼女としてはあっけにとられ、腹もたち、さらにこのごろでは恐怖心すらも抱かざるを得ない。いったいこの男は、どういうつもりで嬉々として、あのような死闘の中へみずから身を投げこんでゆくのか、苛烈《かれつ》きわまる忍者の心術を熟知しているはずの彼女でさえ、この男の心理状態、頭脳構造は見当もつかない。

――いま。

朱鷺は自分の正体を六文銭に告げた。

それは事柄の重大性をこの際彼に知らせて、その暴走ぶり、むちゃくちゃぶりに轡《くつわ》をはめる必要からであった。

が、ただそれだけだろうか？　と、彼女は考える。――自分の心を。

甲府からの道中、佐渡への船旅、旅籠《はたご》町での生活。――そこからふいにひとりに切り離されて、小六町の西田屋の蔵の中で暮しているあいだの空虚感は何としたことであろう。そしてまた、いまこんな高い木の枝に、二羽の鳥みたいに六文銭とならんで坐っているだけで、この心の安らぎと陶酔はどうしたことであろう。

それに先刻。

自分に見られていることを承知で、敵の妾《めかけ》と天日をもはばからぬ所業を見せたこの男に対する眼もくらむほどのあの怒りは何であろう。

「お朱鷺さま、顔があかいね」

と、六文銭がいった。

「まぶしい。――夕日が」

と、朱鷺はうろたえて、手を、頭巾のあいだからのぞいた顔にあてた。

それにしても六文銭は、いま容易ならぬ素性を朱鷺に打ち明けられて、ちょっと眼をまるくしたが、それ以上になんの特別の衝撃も受けなかったと見える。

拍子ぬけするほど無造作に、

「で、おりゃいったい、これからどうすりゃいいんで？」

と、いった。朱鷺が大坂方の忍者だということを、なお追求する頭も意志もてんでないらしい。――

二

しかし、六文銭にとって今さら驚くのがおかしいかも知れない。

彼はすでに大久保長安の護衛兵たる三人の伊賀者を斃《たお》し、一人の妾を犯し、かつこれまたあの世へ魂を送りこんでいる。たとえ朱鷺が豊臣の忍者であろうが、唐天竺《からてんじく》からの刺客であろうが、彼にしてみれば同じことだ。

とはいえ、実におかしな男だ。

いったい彼はどういう心理でこのような大冒険の片棒をかついだのであろう？

なるほど最初に朱鷺は六文銭と約束をした。彼女が殺せと命じた人間を殺したら、彼女自身の肉体を与えるであろうと。――つまり、色で釣ったわけだ。彼はたしかにそれに釣られた。

それがふしぎなのだ。彼が実に従順にその約束を守っているのがふしぎなのだ。すでに長安麾下《きか》の伊賀者を三人も殺しているのに、それが彼女の命じた人間ではないからという理由で、あえてその約束の履行《りこう》を迫ろうとはしない。それじゃ恬淡《てんたん》たる男かというと、おのれの性欲を持てあまして女郎と悪ふざけをし、それさえ禁じると、長安の妾をその吐《は》け口にするなど途方もないことをいい出し、みごとその宣言を実行してしまった。そして朱鷺自身を見る眼にも、あきらかに凄《すさま》じいまでの肉欲の光がある。——

「どうすれば、よろこばれるかな」

と、六文銭は裸の腕をくんだ。仔細《しさい》らしい顔つきで、

「どうすれば、おまえさまを抱いてもいいことになるか。——」

——あの約束だけは、大まじめに考えているらしい。

ふしぎなのは、彼をふしぎだと思う自分の心かも知れない。と朱鷺は考え、全身が熱くなる思いがした。

自分が素性を告白したのは、ただこの男に轡をはめるだけではないと、彼女はいま気がついた。それは彼をだまし、彼を道具にしていることに、なぜか耐えられなくなったからであった。自分のすべてを投げ出したくなったからであった。——この無智でむちゃくちゃな男に。

「いっておくんなさい。いってえお前さまは長安をどうしてえんだか。——」

「わたしは豊臣家の女忍者です」

と、朱鷺はいった。

「だから、長安の秘密をさぐりたい。——」

しかし、わが声ながら、心も空に、といったひびきがある。

「長安の秘密？　例の女の酒漬けのことでやすか？」

「それもある。それから、あの男には、ほかにも、もっとさまざまな秘密があるはず。——」

「……あの赤い変な塔がくさいね」

と、六文銭はいった。

その熱心な顔つきを見たとき、朱鷺はいままでの妄想《もうそう》ともいうべき自分のさまざまの思いを恥じた。忍者としての使命が、この男によって逆に呼び醒《さ》まされて来た。なんたることか、真田左衛門佐《さなださえもんのすけ》秘蔵の密偵たる自分が、この無頼の男に、いつしかすがり切ろうとしている。——

「赤い塔。——いつか旅籠のおやじにきいたが、ありゃ血塔というんだそうで、血の塔たあうすっきみの悪い名をつけやがる」

六文銭は手を打った。

「よしっ、あの中を探って見やしょう」

ただ朱鷺を大坂方の忍者ときいただけで、あの血塔を探ろうという。——そのあいだの思考の脈絡は飛躍しているが、しかしかえって図星《ずぼし》をついているかも知れぬ。

長安の智嚢の秘密はあの塔の中にあるような気がする。——これは朱鷺も同感であった。

「でも、そう平気であそこに近づかないで。——」

「やっぱり、なんだな」

と、六文銭は白い歯をむいた。

「あの塔に忍びこむにもさ、例のへんな鴉天狗《からすてんぐ》どもがじゃまッけですぜ。まだ二羽残ってまさ。——それに」

と、くびをかしげて、

「あの長安の妾、あれがただのねずみじゃねえね。実アおいら、いまの女で胆《きも》をつぶしちまった。——ほかのやつらはどんな芸当を持ってるんだか、これも退治しなくちゃらちがあかねえような気がする。——しかし、そう思うと、おっかねえが、面白えね」

戦慄《せんりつ》すべきは、その無邪気ともいうべき笑顔であった。その笑顔を六文銭は朱鷺にむけた。

「首尾よく、長安の秘密とやらを探り出し、お前さまに知らせて、お前さまがうんといったら、あっちの方もうんといって下さるかね？」

ぼうと眼が酔うような思いがし、それを必死に朱鷺は冴《さ》え澄ませた。強《し》いて、凜然《りんぜん》として、

「いいます」

それは、任務のための献身だ。——死んだあのひとも、忍者として許してくれるだろう、と彼女は考えた。

「約束は果たします」

「うへっ、しめた！」

六文銭は単純無比にうれしそうな声をたて、すでに日の沈んだ海を見わたした。

「暮れて来た。鳥みてえにいつまでも木の枝にとまっちゃいられねえ。――そろそろ相川へ帰りやしょうか」

三

「なんと申す」

さすが大久保長安は愕然《がくぜん》としていた。――夜の血塔の中である。

「お凪《なぎ》が殺されたと？」

「は。――」

味方但馬は汗をかいていた。彼がこんな表情で長安に相対することは珍しい。彼は汗をぬぐいつつ、新穂村の傀儡《くぐつ》部落から根本寺《こんぽんじ》、それから河原田の獅子城跡に至るいきさつを報告した。

「お凪のお方さまが、わたしには六文銭なる男の素性を探り出す自信がある。感づかれてはならぬゆえ、但馬近づくな、と仰せられるままに、わざと眼を離しておったのがとり返しのつかぬ大失態でござった。――」

「牛牧僧五郎も殺されたというのか」

と、長安の前に立っていた山師京蔵人がいった。彼もまた――この数日前からいよいよ着手した金山《かなやま》の疏水坑道の開鑿《かいさく》工事について報告に来ていたのである。

「それをおぬしは、口あんぐりとあけて見逃したのか！」

「まことに以て、面目がない」

「――で、お凪の屍骸《しがい》は？」

と、長安がいった。

「は、この血塔の下まで運んで参りましたが、ただいま申したごとく、なにぶんおん腹いちめん、硫酸を以て爛《ただ》れなされ、お目にかけるも心苦しいとふと迷い。――」

「み、見てあげましょう」

と、お汐《しお》がいった。――長安の愛妾四人もみなそこにいた。

ぞろぞろ歩き出したが、長安だけは動かない。

「殿」

と、真砂《まさご》が呼んだ。

「いや、見まい」

と、長安はくびをふった。

べつに嫌悪《けんお》、恐怖の色は見えない。冷然、自若、というよりも、何かほかのことに心を奪われている顔つきであった。

「見てやらぬが慈悲じゃ」

と、つぶやいて、愛妾たちの顔を見まわした。

「そちたちも、万一同様の憂目《うきめ》に逢うた際、あまりに無惨のからだをわしに見せたくはなかろうが」

「それはその通りでございます」

お船がさけんだ。キリキリと歯が鳴った。

「でも、同様の憂目に逢うた際——などと、そんな。——」

「万一と申しておる。わしは、ただそちたちの美しいからだのみを知っていたいのでな。ほんとうを申せば、婆になった女というものも見とうない」

ふっと微笑したが、この人物の笑いはこんな場合にも享楽的だ。

が、さすがにきびしい表情にもどって、厳然といった声音に磐石《ばんじゃく》の重みがあった。

「万一にも、二度とかようなことがあっては相成らぬ。その六文銭と申すやつ、一刻の猶予もなく探し出し、捕え、討ち果たせ！」

「どこに失《う》せおったか、そのゆくえも知れぬのか！」

かみつくように蔵人がいう。但馬のひょっとこ面が半泣きの顔になった。

「それが。——」

「よし、それについての報告はあとできく。わしは忙しい」

といって、長安は背を見せて、隣室の方へ歩き出した。

扉《とびら》が半びらきになって、そこから卓にかぶさるようにして何かしている水母《くらげ》あたまが見える。この驚倒すべき注進は耳に入っているだろうに、ふり返ろうともしない毛利算法であった。

実は長安も先刻までそこにいたのを、京蔵人に呼びだされたのである。算法がやっていて、長安が見ていたものは、なんと三角函数表の作成なのであった。

長安は科学的なあらゆる事象にあくなき興味を抱いている。鉱山の開発、鉱石の精錬法はいわずもがな、時計、暦術、火薬、光学的器機、なかんずく性能力と快楽の増大をはかる医術。——その関心の広さ、強烈さには、但馬もこれは化物だと舌をまいているが、その長安がこのところひどく心を捕えられているのは、造船術と航海術だ。

天下の山将軍といわれる彼が海に興味を向けているのは、何も知らぬ者の眼から見るとおかしいようだが、長安にいわせれば、

「わしの見ておるのは、海の向うだ。金銀を掘るのも、海の果てへ日本の船を送るため。——」

という。そして、

「イギリス船、オランダ船のごときは、作るつもりがあれば、そっくり同じものをいつでも作れる。ただ、それを許さぬ気宇の小さなお人があっての」

と、皮肉に苦笑し、

「いつの日か、日本の大船を浮かべるとき、これがものをいうのじゃ」

と、数学の天才毛利算法と三角函数表の作成という——常人にはそんなもののどこが航

海に役立つのか見当もつかないが――その実驚くべき事業に熱中しているのであった。

ちなみにいえば、イギリスで現在の対数表と三角函数表が完成したのは、一六一四年――日本でいえば慶長十九年、この物語より二年後のことである。

扉にちかづいてから、彼は悠揚とふり返った。

「これよ、屍骸はこの塔に入れるな。この塔こそは、長安のサイエンスと黄金と快楽の象徴であるのみならず、日本の未来をも籠《こ》めてある。屍骸は入れぬ方がよかろうぞ」

――そのくせ、一階には幾つかのアルコールの大甕《がめ》が、生きながら女体を浸けるべくだいぶ以前から待っていることを、但馬は知っている。――しかし、それは長安のいわゆる快楽の象徴の一つなのであろう。

……とてもかなわぬおひと。

味方但馬は今さらのことではないが、この怪奇なる老巨人に心中敬礼した。

## 望遠鏡で追う

一

赤玉城の城門の方へ、足早に歩いていった山師京蔵人《きょうくらんど》は、ふと城門の方から六、七人の男が戸板を運んで来るのを見て、立ちどまった。戸板の上には一個の屍体《したい》が乗っていた。

「これ、それをどこへ運ぶ？」

と、彼は声をかけた。

「は」

戸板のそばにつきそっていた伊賀者安馬谷刀印《あんばやとういん》が陰々と答えた。

「銀阿弥の墓の傍に葬ってやろうと存じまして」

「いかぬ。――海へでもとり捨てい」

と、蔵人はふきげんな顔でいった。戸板に乗せられているのは、むろん蓆《むしろ》はかけてあるが、見なくてもわかる、きのう根本寺《こんぽんじ》で殺されたという伊賀者牛牧《うしまき》僧五郎であろう。

「狐坂銀阿弥の屍骸の墓といったな。それも城内のどこぞにあるのか。――あれば、掘り出して、それも海へ捨てい」

「なんと仰せられる」

もう一人の伊賀者象潟杖兵衛《きさがたじょうべえ》の黒い顔がむらっと朝の光にどす赤く染まった。

「石見守《いわみのかみ》さま御守護のためにはるばるこの佐渡まで参り、敵のために命を奪われたわれらの朋輩でござるぞ。それをさも汚《けが》らわしいもののように、海へ捨てよとは、あまりと申せば。――」

「石見守さまは、お凪《なぎ》のお方さまの御屍骸《おしがい》すら御覧になろうとはなされなんだ。花で飾って舟にのせ、柩《ひつぎ》のままこの城外の海へ沈めてやれとの仰せであった。いわんや伊賀者に於てをやだ。この赤玉城は伊賀者の墓場ではない」

吐き出すようにいった。

「石見守さま御守護のために死んだと？　きいたようなことをぬかす。ふふん、おれにはおまえらが、いつも仲間の屍骸のそばに、でくのぼうのようにつっ立っているばかりに見える。——」

それもあるが、京蔵人がふきげんなのはべつの理由もあって、これは八つ当りの気味もあった。

山師の鬼《おに》ともいうべき蔵人は、このごろ金山《かなやま》の金掘りや水汲みや——とくに先日来とりかかっている疏水坑道の穴掘りが予定通りに進捗《しんちょく》しないのにいら立っていた。その大きな原因の一つに、最近江戸からつれて来た水替人足たちの素質の悪さがある。で、昨夜もそのことについて長安に報告に来て、みせしめのため、その中のとくに態度不良の人足を十人ばかり金山で処刑しては如何《いかが》、と提案したのだが、長安は「しばらく待て」というだけで、山とはなんの関係もない海のことに没頭しているようすなので、実に憮然《ぶぜん》としてまた金山の方へ引揚げようとしていたところなのであった。

思えば、こんど佐渡へ来てから、自分まで金山以外のごたごたに追い使われているが、何だかこの伊賀の鴉《からす》どもが厄病神《やくびょうがみ》を背負って来たような感じがしないでもない。——

「われらをでくのぼうといわれるか」

象潟杖兵衛がただならぬ声を出した。

憮然《ぶぜん》、ふきげん、そんな程度ではない。彼らこそ怒りと無念のため、心腸は九廻している。きのう根本寺で牛牧僧五郎が討たれたことを知って、彼らはそこへ走り、また例の六文銭という男が河原田の城跡で消えたということをきいて、一夜じゅうその界隈を捜索し、狂奔し、ついに僧五郎の屍体だけを空《むな》しくここへ運び帰ったところなのだ。

だいたい、この京蔵人という男は、はじめからわれら伊賀者を人間と思っていないようなところがある。大久保石見守さまの懐刀《ふところがたな》の一人といわれている人物だから、その冷酷で倨傲《きよごう》な態度にも腹を抑えて来たが、しかしかくまで冷酷倨傲なことをいわれては、――

「でくのぼうでない証拠をお目にかけようか」

杖兵衛は、すっと腰にさしていた棒を抜きとった。――それを見つつ、京蔵人は冷笑の表情も変えない。

「連枷《れんか》か。それは六文銭とやらに使え」

「……くっ、くっ」

怒りのあまり言葉にもならず、杖兵衛の四角なからだが盲目的な殺気にふくれあがったとき、背後から一人の侍が走って来た。

「蔵人どの、殿がお呼びです」

「や、殿はもうお目覚めか、どこにおられる」

「血塔でござる。――蔵人がまだ山にゆかぬなら呼んで参れと仰せられ。――」

全然、杖兵衛や刀印を無視して背を返す京蔵人を、二人の伊賀者は血走った眼で見送って、仲間の屍骸の傍に立ちすくんでいるだけであった。

二

――長安は、血塔の一階の椅子に腰を下ろしていた。前の卓には、杯と、慶長大判をのせた秤《はかり》が置いてある。

壁に沿い、封印をした厚い木箱が無数に積みあげてあった。中には金や銀がぎっしりと入っている。この佐渡の金山で掘り出された金銀を「一箱に十二貫入れ、合わせて百箱を五十駄積みの船につみ、毎年五艘《ごそう》十艘ずつを」本土へ送ったということは前に書いたが、長安は産出した金銀のすべてを送ったのではない。おびただしい量をこの赤玉城にとどめて蓄積していた。

それがどれほど途方もないものであったかは、家康が死んだとき、その貯蔵していた黄金が九十四万両、銀が四万九千五百三十貫、銀銭五百五十両あったといわれるが、この大久保長安も死後調査されたとき、彼の私有として、実に七十万両の黄金と、その数も知れぬ銀が発見されたという。黄金はほとんど家康の貯えていた量に迫ろうとしている。おそらく銀の量もそれに比例するものであったろう。

実に傍若無人の行為で、家康にしてもそれはかぎつけていたろうが、しかしついにそれを公然ととがめることもなし得なかったのは、ひとえにこの長安の力、正確にいえば才能の力のゆえであった。長安はよく平気でいった。

「大御所さまは、長安の生んだ黄金を徳川家のためにお使い遊ばす。わしは、わしの生んだ黄金を日本の未来のために使う」

まさにこの赤玉城の血塔は、彼の自負するがごとく、「長安のサイエンスと黄金と快楽の象徴」どころか、実体そのものであった。

快楽の象徴といえば、この黄金の一室の隅《すみ》に、大きな甕《かめ》が三つならべてある。一つはたしかに例の女精酒が三分の一ほど入っているが、あとの二つはまだアルコールだけだ。女精酒の原料が未入手なのだ。

いま長安は、ギヤマンの杯にその女精酒を酌んでいた。

「昨夜はお船とお汐《しお》を愛《め》でての。二人は、やはりくたびれる。……年じゃな」

と、彼は蔵人を見て、まじめな顔でまずこんなことをいった。

「殿、お召しの御用は」

蔵人は無表情にいった。

「金山の人足の件じゃがの」

と、長安はうなずいた。昨夜の話は忘れていなかったと見える。

「女を使え」

「は？」

「男をふるいたたせるもの、女にしくはない。——女の気《け》がないから、人足ども意気があがらぬか、心が荒れるのじゃ。女を金山《かなやま》に入れよ」

——相川にも遊女屋はある。軒をならべている。しかしそれは金山に働く人々のうち或る役職以上の者や成績良好な者のためにあるので、おびただしい掘子《ほりご》や水替人足などは、絶対に金山から外へ出ることを許されてはいなかった。

「女と仰せられると、つまり売春婦でござるか」

「いかにも、小六町の遊女或いは一般の女から募集してもよい。数が足りなければ、狩りたててもよい。金山に遊女屋を置くか、野天でよいか。——そのあたりの思案は但馬《たじま》にまかせよ」

長安は上機嫌であった。いかにも天来の妙案を思いついたといった表情である。

「きゃつら人足どもは、いのちかぎり働かすために連れて来たのじゃ。殺すのは働けなくなったやつだけでよい。それが山師の智慧《ちえ》というものじゃ」

「あいや、殿」

と、蔵人は心外にたえぬ顔をした。

「金山に女を入れるなど、めっそうもない！　山が穢《けが》れ、山霊のお怒りを受けるは必定《ひつじよう》。——」

「女を船に乗せると海が荒れる、など漁師がいう。しかし海女《あま》というものがあるではないか。海の幸《さち》を採《と》る女もあるに、山の幸《さち》を掘る場所へ女を入れて罰《ばち》があたるかは」

と、長安は笑った。

「しかし、そ、それは大御所さまの山法度《やまはっと》に。――」

「世上、わしを山将軍と呼ぶ。いいや、わしそのものが山法度じゃ」

長安はゆったりといい、そして蔵人をしげしげと見上げ見下ろした。

「蔵人、おまえはわしのもとに何年おる。古来の愚にもつかぬ迷信を一切吹き飛ばしたところから、大久保長安の魔術といわれるほどの金銀が湧《わ》き出したこと、長安の魔術は、魔術を捨てたことから生まれたことを、おまえほどの男がまだ理解できぬのか、このばかめ」

「――はっ、恐れ入ってござる」

「女を山に入れよ」

そのとき、遠く女のさけび声が聞えたような気がし、長安は頭上をふり仰いだ。

「……あの男――あれは六文銭という男。――」

「やっ？」

京蔵人ははね上った。女の声はつづいた。

「杖兵衛、刀印――町へゆく浜へおゆき――そこで釣りをしている男。――」

「真砂《まさご》じゃな」

と長安がつぶやいた。

いかにも、血塔の三階でさけんでいたのは、側妾の一人真砂であった。

## 三

この朝、彼女は何気なく、三階の窓に据えられた望遠鏡をのぞいていたのである。

それはこんど駿府からここへ運んで来たもので、ここが岬の台地にある高い塔だけに、長安が「海も一望。町も一望」といったように、海の美しさ、町の面白さ、肉眼で見るよりはるかに飽きない眺めが、いながらにして展開した。——それをのぞいていた真砂は、ふとこの赤玉城から下りたところの浜辺に一人の男が釣りをしているのを見たのだ。

笠をかぶり、海に仁王立ちの二本の足をひざのあたりまで入れて、釣竿を出している。はじめそれほど気にとめず、ただ町の男と思い、鉄格子越しに望遠鏡を回そうとした真砂の眼をふと吸いつづけたのは、その男の実に笑うべき行為であった。

彼はちょうどこちらをむいて釣竿を垂れながら、立ったまま片手で操作《そうさ》して小便をはじめたのである。南蛮渡りのものに特に長安が工夫を凝らした精巧な望遠鏡は、その男の常人を超えた雄物をまざまざと拡大して見せた。

しかも彼は、まるで子供みたいに、故意に高だかと液体の虹を波の上にかけて見せたのだ。その拍子に、笠が仰《あお》のいて、顔が見えた。

あまりに近ぢかと見えたので、まるでこの城に尿《いばり》がかけられたように錯覚し、

「――無礼なやつ」とも思い、「それにしても、人間離れのしたものを持っている男」とふしぎな身ぶるいも覚え、そしてその顔を見たとたん、真砂の背にズーンと衝撃が走った。

あの男！

甲府城外で、自分たちの行列に向って、

「石見守がなんだ。おいらア天下に主人も親もねえ六文銭の鉄だ！」

と啖呵《たんか》を切ったあの若者。むさ苦しいのに颯爽《さっそう》として、しかも女の胸に強烈な印象を残すあの顔とからだを持っていた男。

とはいえ、ほとんど一瞬の目撃であったから、ふつうなら忘れてしまうところだが、そのあとのあの騒動と、さらにその後の事件の糸で、その印象はしっかと脳髄に結ばれていたらしい。

「あれは、六文銭という男。――」

思わず、彼女はそうさけび出していたのだ。

ちがう方角の、やはり鉄格子のはまった小さな窓に駈《か》け寄って、

「杖兵衛、刀印。――」

と呼びかけたのは、先刻その望遠鏡で、いま男が釣りをしている海辺の道を、戸板をかこんで帰って来た彼らの姿を見ていたからだ。

その声を、杖兵衛たちはむろんだれよりも早くきいた。

「えっ、きゃつが。――」

それは肉体の運動のみならず、叫喚と驚愕《きょうがく》とのつむじ風であった。たちまち象潟杖兵衛と安馬谷刀印、それに戸板を運んで来た若党たちも、一団となって城門から飛び出した。あとに、顔面をたたきつぶされた牛牧僧五郎の屍体を残したまま。

アーチ型の城門から、道は坂となって台地を下り、海沿いに相川の町へつながる。いかにもそこの海で釣りをしている男の小さな姿が見えた。坂道をどよめかして駈け下ってくるむれを、いちどぽかんとしたように笠をあげて眺めたがすぐに。

――いや、こいつはいかん。

そういう身ぶりで、あきらかにあわてた風で、釣竿を放り出し、波を蹴《け》たててななめに岸へ駈け戻って来た。

いかにも六文銭だ。曾《かっ》て彼はここで狐坂銀阿弥とやり合ってこれを斃《たお》した。その同じ場所に、同じ姿で立っているとは、あの決闘で味をしめた記憶のせいか、それともそこから赤玉城を偵察していたのか。いずれにせよ大胆不敵というべきか。図々しいというべきか。

「の、逃すな」

「ま、待てっ」

さしもの二人の伊賀者の息も切れた。砂地のためだが、激情のせいもたしかにある。

彼らは、すでに三人の仲間を討ち果たされながら、甲府以来、はじめてこのえたいの知れぬ敵の姿を見たのである。逃げてゆく姿が、甲州街道を逃げていったあの姿を甦《よみがえ》らせた。

「ど、どこに？」

——まちがいなし。き、き、きゃつだ！

しかし、何という逃げ足の早さだろう。さすがは杖兵衛ら、みるみるほかの若党たちをひき離したが、その杖兵衛らをさらにひき離して、砂けぶりを巻いてゆく韋駄天《いだてん》ぶりだ。

町に入った。

六文銭の姿は消えていた。

「きゃつ、どこへいった？」

「ここまで追いながら、——」

まさに阿修羅の形相であった。——が、階段状に錯綜した海辺の新開の町は、もう朝の雑踏にざわめいていて、あれかと見て駈け寄ると、ちがう。これかと見て走りかかると、これまたちがう。

二人はついに血を吐くようなうめきをあげた。

「ちええ、無念なり」

「しかし、この町のあたりにいることはまちがいないのじゃ」

「お、そうだ、もういちど鐘を鳴らしてもらおうか」

「いや、城の侍衆に虱《しらみ》つぶしに探してもらうよりほかはない。——」

二人が血相変えて、町をもと来た道へ駈け戻って来ると、その状態を読んだように、赤玉城の方から十数人の武士が小走りにやって来るのが見えた。一梃の駕籠《かご》が混《まじ》っている。

「逃したか」

と、駕籠のそばを走っていた京蔵人が、例の冷笑の顔を投げて来た。

援助を求めるつもりでひき返したのに、杖兵衛と刀印は口をワナワナふるわせるばかりで、とっさに声も出なかった。

「遠目鏡がとらえたそうじゃ」

と、いったのは、やはり駕籠につきそっていた味方但馬である。杖兵衛と刀印はキョトンとした。

「真砂のお方さまが、遠目鏡で六文銭のゆくえを追われた。この階段のような町をチラチラと逃げるきゃつを追い――小六町のあたりで見失われたという。いかにもあの血塔からは、そのあたりもよく見えるはずじゃが、小六町は二階建て三階建ての家も多いので、ついに見失ってしまったと申される。――」

駕籠の戸があいて、真砂が立ち現われた。

「六文銭は見失ったけれど、その代り或る家の裏庭らしきところで、或る女をちらっと見たように思った。――」

と、彼女は異様な眼をひからせていった。

「それがあまりに思いがけぬ女の顔であったゆえ、それをたしかめに――遠目鏡の中のその家をたしかめに、わたし自身がやって来たのじゃ」

# 精水撒布器《せいすいさんぷき》

一

「あっ。……なんだろう?」

不夜の町とはいうものの、当時の燈火の関係でやはり昼遊びが多く、もうこの時刻から賑わっている小六町へ血相変えてやって来た一団に、遊冶郎《ゆうやろう》たちはめんくらった。

何よりも、まずその先頭に立った二人の山伏の凄《すさま》じい殺気に胆《きも》をつぶして、あわてて左右に逃げ散る中を、武士に囲まれた一梃の駕籠《かご》が通ってゆく。

「ここではない」

駕籠の中から、女の声がした。いや、駕籠の右側の戸はあけられて、そこから、ややしゃくれかげんだが、異国人めいた美貌がのぞいて、眼を見張っていた。

「みな柿色ののれんを下げて、よう似た家ばかりじゃの」

真砂《まさご》の方だ。彼女は春日崎の塔から海を越えて望遠鏡で見たこの町のある一劃《いっかく》を思い出しつつ、たしかめつつ、探しているのであった。

「あ、……ここ、このあたりじゃ」

ある塀《へい》の前に駕籠はとまった。

「ここは西田屋の塀ではないか」

京蔵人《きょうくらんど》が味方《みかた》但馬《たじま》をかえりみた。

「ふーむ、甚内《じんない》のところに喃《のう》」

と、但馬はくびをひねったが、蔵人の方はいかにも腑《ふ》におちたといった顔で、

「庄司甚内。……なんだか、胡乱《うろん》なやつだ。あのおやじ、天下のおたずね者をかくすなどいうこともやりかねぬぞ」

「甚内が……あの勘定高い甚内が喃」

と、但馬はしかし、いよいよ腑におちぬ表情をした。

「では、ともあれ甚内にきいてみよう」

「待て、おぬしは甚内と親しいからそんな悠長なことをいうが、あの狸《たぬき》おやじ、そらっとぼけて女を逃がしてしまうおそれがある。一挙にひっつかまえてしまうにしかず。——で真砂さま、女はこの家のどこらあたりに、いたのでござります？」

「なんでも、奥庭らしい土蔵の前に立って、心配そうにこちらを——赤玉城の空の方を仰《あお》いでいたけれど、あれはたしかに甲府で見たあの女。——」

「奥庭。や、それならばわしも知っておる。このくぐり戸をあけて入っていったところじゃ」

——この問答を、そのくぐり戸の内側に耳をつけてきいていた者がある。

六文銭だ。

すっ飛んでここまで逃げ帰ったものの、こいつ妙なカンの働くやつで、何やらあとに気にかかるところがあったらしく、その塀の内側に佇《たたず》んで、往来のようすをうかがっていたのだ。果たせるかな、たちまち地ひびきが近づいて来て、自分のすぐ前の場所にとまったのを見て、さすがの彼も仰天した顔になった。

この問答をみなまできいていたわけではない。

中途から彼は、突風に吹かれたように塀から離れ、庭を走り、土蔵に飛びこんだ。

「しまった！　しまった！　お朱鷺《とき》さま！」

蔵の中にいた朱鷺は立ちあがった。

「どうしたのです、六文銭」

「すこし調子に乗りすぎやした！　赤玉城のやつらがここへ押しかけて来やした！」

塀の外では、象潟《きさがた》杖兵衛《じょうべえ》と安馬谷《あんばや》刀印《とういん》がくぐり戸を押した。が、厚い木の戸はびくとも動かない。

杖兵衛は腰から一メートルあまりの黒いふとい棒をぬきとった。同時に、やはり腰にぶら下げていた革袋から何やらとり出して、それを棒のさきにとりつけた。

それは樫《かし》の棒に三十センチばかりの鎖をつけ、その鎖のさきに、栗のイガみたいな鋭い突起をドキドキとつき出した鉄丸をつけた武器となった。

杖兵衛はそれを打ち振った。

ぐゎんっ。

鉄丸のただ一撃で、厚い戸は白い裂け目を見せて穴をあける。そこから手を入れ、かんぬきをはずし、戸をあけると、まず第一番に彼が入った。つづいて、刀印、それから武士たち、最後に、駕籠から出た真砂の方まで、但馬と蔵人に護《まも》られて、裂けた戸をくぐった。

「蔵はあそこじゃ」

蔵人の指さす方向へ、一同は殺到した。

その蔵の中では。──

「逃げるなら、おまえも」

と、さすがに顔色を変えて朱鷺はさけんだ。六文銭はいう。

「いや、おれが悪い。おれが責任をとりやす。おれがあいつらを引きつけてるあいだに、お朱鷺さま、早く！」

手を振った。

「そうだ、この相川の北に、ちんかん洞《どう》というところがありやす。そこの達者《たつしや》という村のあたりに逃げておくんなさい。ちんかん洞の達者とは妙な名だが。──」

こんな場合に、にやっと白い歯を見せた。よく歩きまわる男だから、もうそんな地名や場所をおぼえたのであろう。

「今夜、日暮れにそこで逢いやしょう。おたがいに、それまで達者で！　なあに、敵が何百人来たって、負ける六文銭じゃあねえ」

と、例によって大言壮語して、腰の刀をとんとたたくと、身をひるがえして、土蔵の庭にむいた出口の戸をまたあけて、ぐいと身を乗り出していった。

ちょうど、そこから四、五メートル、枝をひくく張り出した大欅《おおけやき》の下まで、敵は砂塵をまいて殺到して来たところであった。

「ううむ！」

数人、ただそううめいただけである。

六文銭は白い歯を見せてこれを迎えた。みな半円形を描いたまま、しばし、うめき声のほかは言葉も出ない。

「きゃつ、ここにおったか？」

と、安馬谷刀印がやっといった。

「女といっしょか？」

といったのは、京蔵人だ。

「女と一味か。やはり、喃《のう》」

と、味方但馬がうなずいたが、どこか自分で感心したようなひびきがあったのは、いちど、ひょっとしたら？　という想像をめぐらしたのが、果然あたっていたという感慨《かんがい》あってのことであろう。

武士たちはいっせいに抜刀し、どっと動こうとした。

「待った！」

と、象潟杖兵衛が吼《ほ》えた。

「おれにまかせろ。……伊賀者がでくのぼうでない証拠に、こやつ、おれ一人にまかせろ！」

二

象潟杖兵衛。

こんな男だ。

もともと彼は刀術を修業した男であった。彼ばかりではない、棒兵衛、竿兵衛《かんべえ》という二人の兄があって、「鍔隠《つばがく》れの三剣」と呼ばれていた。

鍔隠れというのは伊賀の地名であって、彼らはそこで生まれ、そこで育ったからである。これは服部組のほかの伊賀者も大半はそこをふるさととする谷の名だが、ほかの伊賀者たちがすでに父祖の時代に先代服部半蔵とともに江戸に来て徳川家に仕えているのに、彼ばかりは、彼の時代にそうしたのである。つまり、伊賀組の中ではいちばんの新参だ。とはいえ、それも七、八年の昔になるが。

彼ら三兄弟は、みずから鍔隠れ谷に残っていた。

それは彼らが忍者として生涯を過ごさず、剣名を以て天下に名をあげたいという野心を抱いていたからだ。すでに伊賀の隣国柳生にその典型、但馬守がそれによって万石大名となっている。——

しかるに、鍔隠れ谷の一族での優秀者は、必ず江戸の服部組に送られて編入されるという掟《おきて》があった。自分の恣意《しい》で勝手な道を歩むことは許されなかった。

が、三人はついにしびれを切らして、谷の一族の長老に自分たちの望みを申し出た。そして、むろんはねつけられたのだが、数日たって長老から呼び出され、妙なことを持ちかけられたのである。

「おまえたち、どうじゃ、おくが、おねいの婿にはならぬか？」

おくが、おねいとは、その長老の血つづきにあたる姉妹であった。

「われらが婿に？　われらは三人おりまするが」

「そのうち二人、だれでもよいわさ。その方ら三兄弟、わしの見たところではいずれも常人に超えて精汁ゆたかな体質を持っておると見込んだ。おまえらならば、あの姉妹のよいたね馬となるであろう」

九十七歳になるその長老はきゅっと笑った。

「あれたちの血は、この谷にとって稔《みの》りの多い血での。……あの姉妹ももはや生みどき、一日も早う、それにつり合うたね馬を与えてやりたいと気をもんでいたところじゃ」

三人は顔見合わせた。

彼らはその姉妹の母親を思った。

彼女は実に十七人の子を生んだ。女はその姉妹二人だけだが、あと十五人はことごとく男で、しかもそのうち八人はただ色情だけ発達した白痴であった。ただしあと七人は、それぞれ異常な特技を持った忍者に成長し、順次江戸へ送られた。長老が、稔りが多いといったのはそのことをさすのであろう。

彼らはまたその夫たちを思った。十七人生ませた夫は複数だ。年齢の関係で彼らはその中の二、三人しか知らないが、それはことごとく廃人であった。みんな呆《ぼ》けはて、枯れたようになって死んでいったのだ。

彼らはまたその姉妹を思った。

おくが、おねい、いずれも美女にはちがいない。が、眼の粘《ねば》っこさ、赤い唇のぬれかげん、くびれの入ったような肢態の白いあぶら、実に濃艶《のうえん》というより執拗な美しさである。多毛の気味があり、麝香猫《じゃこうねこ》のようなわきがの匂いをたて、そしていつも口を半びらきにし、肩で息をしているのまで、その濃厚な異常性欲の遺伝を思わせる。——

いちどか二度ならよかろうが。——いや、

「む、婿どころではござらぬ。先日も申しあげた通り、われらの望みは。——」

「剣か」

と、長老は、ふおっ、ふおっ、というような笑い声をたてた。

「それに喃《のう》。そうじゃ、おまえら、あの姉妹と試合して勝ったら、勝ったやつはその望みをとげさせてやろう」

「えっ？」

三人の眼が狂喜にかがやいた。

「ただしかし、あの姉妹には、わしが精魂こめて伝授した鎖鎌があるぞ」

「な、なんの。――」

「負けたやつは、よいか、たね馬になるのじゃぞ。しかと承知か」

「こ、心得てござる！」

「うぬら、真剣を持て、真剣でのうては勝負にならぬ。負ければうぬらも怪我くらいするであろうが、しかしたね馬の機能の方には別状ないように、おくが、おねいによくいいふくめておく」

まるでその勝敗の帰趨《きすう》ははじめからわかっているといわんばかりの長老の口吻《くちぶり》であった。

その翌日、象潟棒兵衛は憤然として一刀を構え、おくがの鎖鎌と対した。

そして、棒兵衛は敗れた。警戒していたのに、空からそれ自身独立した生きもののように旋回してくる鎖を大刀で受けとめたために、その大刀を巻きとられ、小刀を抜くにいとまあらず、おくがの鎌に――侮辱的な「鎌のみね打ち」を頭に受けて昏倒した。

つづいて、次弟竿兵衛《かんべえ》が歯がみしながら、おねいと対した。

そして竿兵衛もまた敗れた。おねいの鎖の分銅がうなり過ぎたあと、間髪を入れず斬りこんだ大刀は、はっしと鎌で受けとめられた。片手をはずして抜いた小刀を、こんどはたぐりこんだ鎖がとらえた。

両者、双腕をつかって硬直状態になったのも一瞬、おねいは右手の鎖をはなして腰の小刀で竿兵衛の胴を薙《な》ぎはらっていたのである。これまたみね打ちであったが、竿兵衛は悶絶した。

「それで剣を以て天下に立つ気であったかよ。ふおっ、ふおっ、ふおっ」

と、検分していた長老がふくろうみたいに笑った。そして、茫然たる杖兵衛をかえりみた。

「おくが、おねいに、さしあたって婿は二人でよい。おまえは谷を出てもよいぞや。――ただし、江戸の服部のところへの。うぬはまだ若い。及ばぬ高望みはみずから恥じて、忍びの者の修業をせい」

一言もなく、象潟杖兵衛は江戸へ送られた。

そこで数年過ごすうちに、彼は二人の兄が、おくが、おねいに何人かの白痴の子供をごろごろ生ませ、そして二人とも半呆けになって、枯木のように死んだということをきいた。

しかし彼は、伊賀組に入ってからの血のにじむような刀術修業にもかかわらず、あの姉妹の鎖鎌に勝つという自信はどうしても持つことができなかった。

そのころ――ふと、首領の半蔵が「連枷」――鉄球と鎖をつけた棒術の着想を与えてくれたのである。それは大久保長安が西洋の武器図から発見した武器であった。

「あちらの言葉で、ホーリイ・ウォーター・スプリンクラーという。訳せば聖水撒布器じゃが、おそらくほんものの聖水撒布器なるものがこういうかたちをしているのであろうな」

と、長安は笑ったそうだが、半蔵にも杖兵衛にもなんのことかわからない。ともあれ、杖兵衛はこの新しい武器に眼をひらいた。そして凄じい修業の末、これの使用に自信を抱くに至った。

彼が半蔵のゆるしを得て伊賀鍔隠れ谷へ帰ったのは、五年ばかり前のことである。

例の長老は病床にはあったが、百歳を越えてまだ生きていた。おくが、おねいの姉妹は、すでにそれぞれ何人めかのたね馬によって、両人合わせて十人ちかい子供を生み、そしてますます大淫婦の美を熟《う》れさせていた。

杖兵衛は、改めてこの姉妹との試合を請《こ》うたのである。長老はふくろうのように笑ってこれを許した。

杖兵衛は、おくがを破った。

旋回して来た鎖に、みずから連枷の鎖を巻きつけ、手を離したのである。刀ならば巻き取った刹那、手くびをしゃくってただちにその刀を放り出すおくがの鎖鎌は、鎖同士巻きついた連枷を離すことができず、その重みにおのれの鎖鎌がかえって枷《かせ》となった。そこを杖兵衛は大刀を以て胴にみね打ちを加えたのだ。

杖兵衛はまたおねいを破った。

これはさらに絶妙の手練であった。飛来するおねいの分銅を、連枷の鉄球でかんとはねのけたのである。はね返された分銅は、凄じい勢いで鎖を曳いて、おねい自身の頸《くび》に巻きつき、彼女を悶絶させせた。

「兄の子は白痴じゃったそうな」

と、彼はころがっているおくが、おねいのそばに歩み寄った。

「おれの精水なら、伊賀の精鋭を生むじゃろう。象潟の面目を、こちらでも立て直せ」

そして彼は悠々とこの淫蕩《いんとう》な姉妹を犯《おか》したのであった。

そういう連枷なのである。

曾《かつ》て彼は豪語した。

「仮令《たとえ》棒を防いだとて、この鉄丸が頭を打つ。鉄の棘《とげ》が骨を破る。――この連枷をどう防ぐ？」

――いま、遊女屋の裏庭で、象潟杖兵衛はその奇怪な西洋兵器を持って、

「こやつ、おれにまかせろ！」

と、咆哮《ほうこう》しつつ、ひとり前へ地ひびき立ててすすみ出た。

背は低いが、がっちりした肩幅の肉体は、まるでそれ自身西洋の兵器のようであった。

むろん、彼がそういい出したのはけさの京蔵人の面罵《めんば》を思い出してのことにちがいない。

その眼からほとばしる光は、たんなる殺気を超えてむしろ血光《けっこう》と形容してもよかった。

「……よし、みなひかえて見ておって下され」

と、安馬谷刀印が、信頼にみちた眼でそれを見送って、半円形の味方に呼びかけた。

「い、い、伊賀の妙術を。――」

「……あれ？」

六文銭はキョトンとした眼で、この相手を見まもった。

「ヘンなもの持ってるじゃあねえかよ？」

そして彼は、威勢よく抜刀した。

# 狩られ鳥

## 一

「おい」

脇差《わきざし》をぶら下げたまま、六文銭はいう。

「しかし、どうしておれがここにいるとわかったね？　ふしぎだな、たしかにマイタはずなんだが。……」

「黙れ、こ、来いっ」

と、象潟杖兵衛は吼《ほ》えた。

彼としては、相手があまりに無防備なので、とっさに手を下しかねたのだ。むろん、連《れん》枷《か》を振ればただ一撃だ。人目がなかったら、彼はそれに躊躇《ちゅうちょ》しなかったろう。しかし、いま十数人の味方の眼がある。とくに京蔵人の皮肉な眼がある。その前で、丸太ン棒みたいな敵を一撃するのは、連枷の妙技のふるい甲斐がないというものだ。——

「女がいるな？　ははあ、ありゃ長安さまのお妾《めかけ》かね？　いや、おっそろしくきれいな女だな。あんな爺《じい》さんのお妾にゃもったいねえ。だいいち、あの爺さんに扱えるのかね？　おい、おまえさん、ちょっとうかがいたてまつるが、女の愉《たの》しみをたっぷり味わっていなさるかね？」

「刀を揚げい、六文銭！」

「いや、味わっているわけがねえ。河原田の城跡で、もう一人のお妾がおれにそうこぼしてたっけ。おれが抱いてやったら、身ぶるいしてうれしがって、殺されてもいいとむしゃぶりついて来たっけ。——」

「な、なに？」

「屍骸《しげえ》の顔を見たろ？　ニッコリ、法悦の顔だったろ？　仏を片づけた連中にきいてみな。濡《ぬ》れてたのは血だけじゃなかったはずだ。——」

六文銭がへらず口——にしては恐るべき内容を含んでいるが——を叩いていたのは、たんなる嘲弄《ちようろう》以外に実は或る理由がある。こうしているあいだにも、一分でも早く、一足でも遠く、蔵の中の朱鷺《とき》をこの西田屋から脱出させたい目的のためだ。

「しかし、さすがは長安さまのお眼は高い。まったくいい味してたなあ。お見受けしたところ、おまえさんはあれ以上だ。からだを見ただけでわかる。どうだ、おまえさんも、おれみてえなピチピチした男を一つ味わって見ねえか。その点だけは、江戸一といわれた六文銭だぜ。――」

「何をたわごと吐《ぬ》かしておるか。杖兵衛っ」

京蔵人が叱咤《しった》した。象潟杖兵衛は躍り上った。

「きえーっ」

杖兵衛の声ばかりではない。碁盤《ごばん》のようなそのからだから、二メートル半も離れたところで凄《すさま》じい金属音がした。

杖は一メートルばかりだが、腕と鎖の長さを加えれば、そこまでが彼の攻撃圏内に入る。敵の刀はその距離には及ばない。杖を目標に飛び込めば、鎖はその頸《くび》に背後から巻きつき、旋回した分銅の突起がその脳骨を打ち砕く。

「……うわっ」

と、まだ刀を構えてもいなかった六文銭はさけんだ。

――実はこの声は、杖兵衛の発した金属音の数秒前に発せられていたのである。六文銭はからだをななめ前方に倒し、そのさけびをたてていたのだが、彼は杖兵衛の連枷の動きを未然に読んでこれを避けたのではない。

その前に六文銭は、眼前の象潟杖兵衛を無視して、どこかへ駈《か》け出そうとしていた。それは半円陣のうしろに立って蔵の方を見まわしていた長安の愛妾が、そのときななめに――蔵と母屋《おもや》のあいだの方向へ、つかつかと歩き出したのを見たからだ。朱鷺はそこを通ってもう逃げてくれたであろうか。背後をかえりみるいとまのない六文銭にはわからないが、ともかくもそちらにゆかれては一大事だと、あわてふためいて駈け出そうとしたのであった。

敵が避退するつもりなら、連枷の鎖は正確にそれを読んで捕捉する。しかし、その意志もない動作は、かえって杖兵衛の目測を無効とした。刀をぶら下げていたことまでが、鎖を逃れる原因となって、分銅は六文銭の頭上をうなり過ぎた。

つんのめりながら、六文銭は首ねじむけて、頭上のうなりをちらっと見たようだ。

「うわっ。——危ねえじゃねえか！」

うわっというのは、先刻の、うわっ、だ。つまり、声は相連続したほどの転瞬のことであった。

なみの者なら、空を切った分銅に振り回されるところだが、象潟杖兵衛の連枷は、まるで空間に見えないラケットでもあるようにはね返る。それより秒瞬早く、つんのめった六文銭のからだはそのままくるっと一回転して、こんどはのけぞるようにして逆の方向へ逃れたが、

「痛《い》てっ」

と、彼はさけんだ。

そのきものの胸のあたりが横に裂かれて、一線の血がさっと走った。——危いかな、まさに一髪、分銅の棘《とげ》の尖端がかすめ過ぎたのである。

「や、や、やーっ」

連枷の鎖は、まさに杖兵衛の口から吐かれる黒い炎のようであった。

六文銭の胸を、右から左へ、左から右へ、さらに血の糸が走ったが、彼はなお逃れた。わざで逃げるのではない。それは危険を避ける獣の本能的な跳躍に見えた。彼はうしろざまに、人間としてはあり得ない姿勢で、二度、三度とびずさったのである。――妾のゆくえを追うどころではない。

「それ、そこだっ」

両こぶし握りしめて、京蔵人はさけんだ。

あと一撃。――追いつめた杖兵衛の連枷が、このとき一瞬とまった。鏘然《しょうぜん》！　空中で音が鳴った。いちど停《とま》った連枷の鎖が、空中で一本の刀を巻いたのである。それは投げつけた六文銭の刀であった。

六文銭の持っていたただ一本の刀は、たちまち巻きもどされて地上へ放り出されている。

鎖はなお敵を求めて走った。

が、その刹那の隙に、六文銭の手は頭上の大欅《おおけやき》の枝にかかり、振子のように一回転して、彼はその上に立っていた。

ぴしいっ。

その足のあったところの枝が、白く裂けた。人間の乗れるほどの枝を、一撃のもとに分銅がへし折ったのだ。その寸前に六文銭はなお上の枝に飛んでいった。

「あっ、あっ、あっ」

武士たちはさけんだ。

まさに、あれよあれよというまに、その猿のような影は枝から枝を飛び、そして——欅から数メートルの空を飛んで、土蔵の屋根に立っていたのである。

「や、やられた。参った。——」

この場合に、六文銭は白い歯をむき出したが、乱髪、満面汗にぬれながら、胸は鮮血に染まっている。

「すっかり冷汗かいちゃったい。——」

いちどしゃがんで、立ちあがったときは、なんのためか、瓦を二枚ぶら下げていた。

「鉄砲、鉄砲。——」

さすがにそんなものは用意して来なかったが、その叫喚をききつつ、六文銭は屋根の上から地上のべつの方向を見下ろし、何やら探し求めているようであった。

二

朱鷺《とき》はしばらく逃げなかった。

六文銭に急を告げられたにもかかわらず、朱鷺はなおためらっていた。

庭の向うのくぐり戸の破られる音、殺到してくる跫音《あしおと》、六文銭がその敵と問答している声に耳をすませていて、やっと彼女は立ちあがったが、この数分のためらいが、彼女にとってとり返しのつかない結果を呼ぶことになった。――

六文銭の出ていった出口とは反対側の――母屋《おもや》の方へゆく出口から、朱鷺は出ようとした。と、横の庭の方から、だれかシトシトと近づいてくる跫音に、彼女は釘づけになった。

歩いて来たのは、一人の美しい貴女《きじょ》であった。

もしそれが男であったら、朱鷺はとっさに抵抗の覚悟をかためたであろう。――朱鷺は以前に許婚《いいなずけ》から大久保長安の身内の人間のことは大体きいている。ひょっとこみたいな顔をした豪傑風の男が味方但馬という名であることや、青い能面のような顔をしたのが京蔵人であることや、水母《くらげ》みたいな頭を持ったのが毛利算法であることや、また五人の妾のあることも。

しかし、その五人の愛妾の顔をいちいち記憶するほど彼女は見たことはないし、またいまここへ、その一人がみずから出現しようとはまったく思いがけないことであったので、蔵の出口に立ちすくんだまま、黙ってこれを眼で迎えた。

二人の女はじいっと相対した。

「わたしより美しい。……」

と、真砂《まさご》はつぶやいた。その冷たい眼に、暗い光がかがやいた。彼女はなお近づいて来た。

「それより、女精酒にふさわしい。――」

彼女は片手に三十センチほどの黒い金属の棒を下げていた。棒というより、柔軟な管のようなものだ。

それを何かと見さだめるよりも、このつぶやきにはじめて明瞭な敵意の語韻《ごいん》を覚えて、朱鷺の腕がふところに入って、出た。

と、その黒い管がふっと水平に上ると、かるく打ち振られた。まだ三メートル以上もの間隔があったのに、それはビューッとその距離をのびて、尖端で強烈に朱鷺のみぞおちを打撃していた。

うめき声すらたてず、朱鷺は崩折《くずお》れている。

「殺しはせぬ。女精酒のもとじゃからの」

また三十センチの短さに戻った奇怪な管を下げて、真砂の方は歩み寄り、しゃがみこんで、もろくも失神した女の片腕の握っているこぶしをおしひらいた。

「伊賀者の持っているマキビシと同じじゃな」

朱鷺が握っていたのは、四方にねじくれた釘を突出させた小さな鉄片であった。逃走する際地上にばらまいたり、敵に投げつけたりする忍者独特の武器だ。

「やはり、この女、忍者であった」

と、真砂はつぶやき、それからスタスタとひき返していって、

「だれか、来や。この女を運んでたも。——」

と、銀鈴をふるような声で呼んだ。

——土蔵の屋根の影を仰いで騒いでいる武士たちのうち、京蔵人が、

「に、逃がしたな、杖兵衛」

と、地だんだ踏んで罵《ののし》ったのはこのときである。なお悪罵《あくば》をつづけようとして、彼はその真砂の方の声をきいた。——

「よし、杖兵衛、刀印《とういん》、きゃつをあの屋根から逃すな」

彼はいい捨てて、まっさきに声の方へ駈け出した。

すぐに蔵人は庭へひき返して来た。両腕に、だらりと垂れた花のように朱鷺のからだを抱いている。

「六文銭とやら。……どうじゃ！」

と、空へ向ってさけんだ。

「見るがよい、うぬの一味はかくのごとく捕えたぞ。まだ生きてはおるが、うぬが逃げれば、この女、ただでは置かぬ。一寸だめし五分《ごぶ》だめしも辞せぬ。ただ、うぬが降参してくれば、また話のしようもあろう。それでも逃げるか？」

——屋根の上で、六文銭は棒立ちになっていた。

ほんのいましがたまで、湯気をたてるほど真っ赤に染まっていた顔から、血の気がひいている。彼の足をそこにとめていた不安は的中した。事態は最悪のものになった。

とみには声も出ず、それだけ血走った眼をぎらぎらとひからせているのを見て、武士たちが、

「梯子《はしご》！　梯子《はしご》！」

と、わめきながら駈け出してゆくのに、なお茫乎《ぼうこ》として立ちつくしたきりだ。

「下りて来い！」

と、象潟杖兵衛が連枷の鎖をしごいて吼えた。

まだ白痴のごとく仁王立ちになっているその影に、数条の銀線が地上から曳《ひ》いた。たばしるような音を立てて、そのものは六文銭からはね返され、屋根を滑って地上に落ちている。

はね返されたのは安馬谷刀印《あんばやとういん》の投げたマキビシであり、はね返したのは六文銭の持っていた瓦の盾《たて》であった。

打ちのめされて、腑《ふ》ぬけになっているようで、この期《ご》に及んでなおそれほどの芸当を見せたこの男に、象潟杖兵衛は狂憤してはね上った。

「下りて来ねば、この女、この分銅でたたきつぶしてくれるぞ」

ふいに六文銭はさけび出した。

「甚内旦那《じんないだんな》！　甚内旦那！　来ておくんなさい、助けておくんなさい！」

三

まるで魔法みたいに、庭の一角に忽然《こつぜん》と赤い頭巾《ずきん》をかぶったまるまっちい影が現われた。

——この西田屋の亭主、庄司甚内である。

しかし、べつに六文銭に呼ばれたから魔法みたいに現われたのではなく、先刻からの騒ぎをむろん注進する者があって、あわてて駈けつけて来たその姿を、六文銭の方が目ざとく見つけ出して呼んだのであろう。

「甚内旦那、助けてくれ。わびてくんろ！」

と、六文銭はさけんだ。

「乗りかかった舟と思ってよ。そのひとの命乞いをしてくんろ！」

声はかぎりなく悲壮味をおびてはいるが、虫がいいといえば虫がいい。この間も、すぐ下から飛来するマキビシを、たくみに瓦ではね返す芸当をつづけているのである。

五、六人の遊女をうしろに従えた庄司甚内は、しかし口をあんぐりとあけ、キョトンと眼をむいていた。屋根の上を見、地上の光景を見、その中の或る人間を見ると、

「こ、こりゃ、いったいどうしたことでございます？」

と、近づいて来た。

「但馬さま」

ひとり黙々として、腕ぐみしたまま空を仰いでいた味方但馬がふりむいて、

「甚内、おぬしあの男女両人をかくまっておったのか」

と、いったとき、武士たちが梯子を一本持って駈けつけて来た。土蔵の屋根に立てかけるなり、それぞれ片手に一刀抜きつれて、どどっと三、四人まず駈け上る。それにつづいて、象潟杖兵衛も梯子にとりついた。

それを横目で見つつ、六文銭はなおさけんだ。

「甚内っ」

もはや呼び捨てだ。

「おめえにその女の命はあずけた。若し殺させて見ろ、いいか、この西田屋はおろか、小六町焼き払って焼野原に変えてしまうぞ！」

「そ、そんなことをいわれてもこまる。——おい、六文銭、おまえ、な、何をしたのじゃ？」

「うんにゃ、ここばかりじゃねえ、江戸へいって廓をひらいたって、おれが追っかけていって、そこも焼き払っちまう。六文銭の鉄は、やるといったら、どんなことでもやる男だってことア、おめえ江戸の噂《うわさ》できいたろう」

わっという悲鳴が空であがると、二人の侍が地上にころがり落ちた。

屋根に頭を出したとたん、向うから投げつけられた瓦に、水平に顔を打たれたのだ。

「いいか、約束したぜ！」

相手の言い分には耳も貸さず、勝手な約束を押しつけると、六文銭の影は土蔵の屋根からむささびのように、向うの樟《くす》の大木の枝に飛んだ。そこからさらに向うの建物の屋根に流れて、その上を走り、一段低い土地に建っているべつの遊女屋の屋根へ。——階段状の町だとはいうものの、まさに階段のごとく屋根から屋根へ、その影ははね飛んで、あれよあれよというまに消えてしまった。

「……きゃつ、忍者以上じゃ」

と、さしもの安馬谷刀印が眼をかっとむいて見送ったまま、思わず知らずくびをひねったほどである。

「刀印、何をしておる？」

梯子から駈け下りて来た杖兵衛をはじめ、数人の武士たちはどっと往来へ駈け出していった。

「……いずれにせよ、きゃつ、生きて江戸へ帰れるつもりでおるか？」

と、京蔵人がうめいて、腕の中に失神した朱鷺を見下ろした。

# 山師と女郎屋の二流論

## 一

「甚内《じんない》！」

と、京蔵人《きょうくらんど》がむきなおってさけんだ。

「お奉行さまに祟《たた》りをなすあの曲者、いま佐渡全島のお尋ね者となっておる男を、うぬほどの者が知らぬことはあるまい。それと知っておって、今までここにかくまっておったとは、言おうようなき痴《し》れ者め」

「お尋ね者？」

と、庄司甚内は好々爺《こうこうや》然《ぜん》とした顔をふりむけた。

「はじめて承わりました。そのようなこと、甚内はまったく存じませなんだ」

「そらとぼけるな！」

「とぼけるどころではござりませぬ。もしあの男がそのような大それたやつと知っておったら、甚内たちまち恐れながらと訴えて出て、御褒美《ごほうび》を頂戴いたします。御慈悲を以てここに廓《くるわ》をひらかせて戴いておりまする甚内が、佐渡の将軍さまともいうべき石見守《いわみのかみ》さまに異心を抱いて、なんで得《とく》をするところがござりましょうか」

甚内は、もっともなことを、さすがに必死の顔でいう。

「いまの六文銭という男、江戸でも聞えたあばれ者で、二口目にはいうことをきかぬとたたっ斬《き》るの火をつけるのとおどし、実際にそんなむちゃも平気でやりかねぬやつ、ただおどされるままにここに居坐《いすわ》られましたが――いったい、何をしたというのでござります？」

「それよりまず、この女、何者と思うておるか」

「六文銭の知り合いの女、ということだけしか存じませぬが。――」

蔵人は、甚内のいうことを信じている顔ではなかった。しかし、この甚内がこういい出したら、おいそれと埒《らち》のあく男ではない、ということを見ぬいているようだ。

が、あきらめた、というよりも、捕えたその女の処置について心急ぐらしく、

「おうい、駕籠《かご》、そこにおるか」

と、ふりむいて、塀《へい》の外に呼びかけた。そして真砂《まさご》の方を乗せて来た陸尺《ろくしゃく》の返事をきくと、

「この女にお駕籠を拝借いたす。真砂のお方さま、いそぎ帰ろうではござりませぬか。何かのまちがいで、またあの六文銭が現われては事面倒。――」

と、真砂の方にいい、また甚内を険悪な眼でにらみつけて、

「この女に白状させれば、うぬの役割も判明することだ。いずれにせよ、こやつを隠匿《いんとく》しておった罪は、ただではすまぬと思え」

と、すてぜりふを残して、真砂の方とともに塀の方へ向って庭を歩き出した。両腕にお失神した朱鷺《とき》を抱いたまま。

あとには――土蔵の下に、屋根から落ちて顔じゅう血だらけになり、一人は悶絶し、一人は大げさにうめき声をあげている二人の侍と、それをかこんで騒いでいる遊女たちをのぞき――甚内と味方但馬《みかたたじま》だけが残った。

「甚内」

と、蔵人たちの姿が消えたのを見送ってから但馬が呼んだ。

「ほんとうに、おぬし知らぬのか？」

「知りませぬなあ。……あの女、いかに責めてその素性を白状させたところで、わたしが

何も知らぬということに相違はないはず。――」

「六文銭とあの女、どういう関係じゃ。いや、素性のことではない」

「さ、それがわたしにもとんとわかりませぬ。あの六文銭という男、あのようなあばれ者で、しかも女に惚《ほ》れているのに相違はござりませぬが、どうやらまだ手をつけておらぬようす。――実に、わたしには奇々怪々のきわみじゃが、六文銭はあの女に惚れすぎて、かえってうやうやしく奉《たてまつ》っている案配で。――」

と、なお首をかしげながら、甚内はさっき象潟杖兵衛にへし折られて地上に横たわった欅《けやき》の太い枝に腰を下ろした。ゆっくりと煙管《きせる》をとり出して、火をつける。

「まあ、お坐りなされ、但馬どの」

味方但馬はならんでこれも腰かけた。

「甚内。……蔵人はおぬしの言い分を信じてはおらぬがの。わしもおぬしほどの男が、あの女を大坂の密偵だと知らぬはずはあるまい、と思うのだが。――」

「ひえっ？　あの女が、大坂方の密偵？」

「しかし、男の方がよく正体がわからぬ。――」

「江戸のあばれ者でござる。正体云々と大げさに首をひねるのは、買いかぶりでござろう」

「しかと、そうか？」

甚内の煙管の煙がゆらいだ。が、

「その通り、わたしはそれ以上知らぬ」

と、ひとりごとのようにつぶやいた。

「知らぬことは知らぬままで通したい。わしは関係のないことじゃ」

にやっと笑って、但馬を見て、

「但馬、やはりわしの方が利口じゃ喃《のう》」

それからふりむいて、遊女たちにさけんだ。

「やかましいぞ。怪我人《けがにん》はそこの蔵にでも運んで手当してさしあげろやい」

二

甚内はいま但馬と呼びすてにした。それに対して味方但馬はけげんな顔もせぬ。

「何がよ？」

「金よりも女を商売にしたことが」

「それが、なんでおまえの方が利口なのじゃ」

「両人、たがいに武士の世界がいやになって、世に新しく生きてゆく法を工夫した。あのころ、鬚《ひげ》づら見合わせて、いろいろと語り合ったのう。……その結果、わしは女を売る廓《くるわ》の亭主となり、おぬしは金を掘る山師となった。――ところが山師というやつは、完全に武士と断絶せぬ。大御所さまより、山師は野武士と号すべし、というお墨付をもらっておるくらいで、金山の仕事はどうしても武家とかかわらぬわけにはゆかぬ。げんに天下の金山、従っておぬしら山師も金山奉行の支配下にある。――」

なぜまた庄司甚内はいまこんなことをいい出したのか。――味方但馬はじいっとこの古い友人の顔を眺めて黙っている。

古い友人――この二人は、十数年の昔、牢人《ろうにん》時代からの知り合いなのであった。もとは但馬は福島家の、甚内は北条家の、それぞれ人に知られた侍大将で、いずれもまず大牢人といっていい。その牢人時代、二人はまさに右のような話をした。それから幾年か別れて過して、但馬の方がさきにこの佐渡へ来て金山開発のことにあずかり、甚内はあとで来て相川に廓をひらき、爾来《じらい》旧交をあたためて、二人だけになれば、おれ、おまえの仲なのであった。

「で、おぬしは、かようなばかげた騒ぎに息せき切って走り回らねばならぬことになる。――」

「甚内、わしもはじめはそう思った。が、それがこのごろ、あまりばかげたことでもない、と思われ出したのだ」

「とは？」

「はじめは、隆車に向う蟷螂《とうろう》の斧《おの》――と一笑に付しておったが、ふいにこのごろ、こりゃ冗談ではない、まかりまちがうと石見守さまも危ない――と、肌寒いものを感じ出したのだ」

「六文銭が？」

「いや、そうではない。——なぜだか、わしにはよくわからぬ」

但馬の頬がきゅっと痙攣《けいれん》した。ふつうならユーモラスに見えるはずなのだが、珍しくそれは恐怖と苦悶の相を呈した。

「わしは石見守さまのために恐ろしい。——」

「石見守さまに万一のことがあれば、唇滅びて歯寒し、というところか。だから半《はん》・侍《ざむらい》というやつは辛い喃《のう》、心が安まらぬ喃。……」

甚内のひくい笑い声には揶揄《やゆ》のひびきがあった。

「かりに武士を一流と見立てるならば、半・侍は二流。山師を二流とするならば、女郎屋の亭主は三流。——こちらには、そんなびくつくものがない。気楽なものさ」

「女郎屋が三流か。……男として、七流、八流、いや下の下だろうが、甚内」

「うふ、何でもよいわさ。人間、一流たるを得ずんば、三流たれ。決して二流となるべからず——とは、わしのいうことではない。本多佐渡守さまのお言葉だ」

「本多佐渡守さま？」

女郎屋の亭主の口から、えらい名が飛び出した、といった顔で但馬はかえりみたが、庄司甚内は大まじめな声であった。

「左様さ。——だいぶ以前のことになるが、江戸にな、是非廓をひらきたいと願い出たときの佐渡守さまの茶ばなしじゃ。廓の件は——やがて世に大乱が起る、江戸の廓はその騒ぎがおさまったあとにせい、ということで、そこでわしはそれまでのつなぎとしてこの相川へ来たのじゃが――さて、佐渡守さまは仰せられる。そのような大乱が一過したあと、二流の人間は必ず一掃されておる、一流の者にたたき潰《つぶ》されるのじゃな。一流といっても、真の一流は天下にただ一人、あと安穏《あんのん》に残るは三流ばかりじゃ。――人間世界、三流で過ごすのが無事のもとと、こんなことを申されたわさ」

ひっそりとなった庭に、ゆるやかに甚内のくゆらす煙が立ちのぼる。

強くなった夏の日ざしの下で、それも意識せぬ風で、ぼたもちを踏みつぶしたような女郎屋の亭主と、ひょっとこ面《づら》の山師との――しかし、煮ても焼いても食えぬ皮膚の厚みを持った二人の対話はつづく。女郎屋と山師らしくもないまじめくさった会話だが、どこやら妖気が漂っている。

「そのとき佐渡守さまのお傍におったのは、腹心らしいただ一人の侍臣ばかり。――」

甚内はむしろ森厳《しんげん》といっていい眼で但馬を見た。

「この話を佐渡守さまは声ひそめられ、まるで天下の大秘事でも語るがごとく仰せられた」

「その理窟《りくつ》なら、甚内、三流のやつは二流にたたき潰されるではないか」

「いや、三流は一流にすがりついておればよい。――二流は剣呑《けんのん》じゃが、三流ならば大目に見過ごされる」

「ふふん、そんな理窟通りにゆくものか」

「まあきけ。少なくとも処世の奥義にはちがいないな。そして、つくづくと甚内、おまえの方がわしより利口かも知れぬなと佐渡守さまは御述懐なされたが、なるほどあのお方を見れば、失礼ながらまさに二流の御典型、あたかも大御所さまの影のごとし。人によったら天下にその権勢をふるうところじゃが、きけば佐渡守さまは、槍の鞘留《さやどめ》も紙縄《かみなわ》を使われ、出入りの者が瓜《うり》、茄子《なす》のたぐいを進物《しんもつ》にしても志だけは受ける、とただ一つだけとってあとは返されるという――天をはばかり、世をはばかる暮し向きをなされておるとやら――二流のお人の処世の奥義を地でいっておわすな」

「甚内」

但馬はきっとして甚内に眼をそそいだ。

「おぬし――石見守さまのことを諷しておるのか？」

「石見守さま？　と、とんでもない！」

甚内はめんくらったように、あわてて手をふった。

「よくまあ、そんな天外のところへ思いを飛ばせるものじゃ。わしのいいたいのは、人間、三流にかぎる。従って、二流の身分と見ておるおぬしを気の毒がっていったまでじゃ。但馬、山師稼業はさらりとやめて、どうじゃ、女郎屋に鞍替えせぬか？」

「わしが石見守さまを案ずるのは、わしのためではない。正真正銘、ただ石見守さまだけを案ずればこそじゃ」

と、但馬はいった。

甚内にいうのではなく、おのれ自身にいいきかせるように。

「それに、あのお方は二流のお人ではない。大御所さまや佐渡守さまとはまったく次元を異にするが――あれこそ異国にも通用するまさに一流のお人だ！」

それから、惑乱《わくらん》した眼で甚内を見た。

「甚内、おぬしにはわしのいうことがよくわかるまいが、わしにもおぬしのいうことがよくわからぬ。……しかし、これ以上、きいてもおぬしは何もいうまいなあ。……」

三

「おまえか。――」

と、長安はいって、椅子《いす》に背をもたせかけて、捕われの女を眺めやった。いささか、感動のまなざしであった。

血塔の三階である。うしろ手にくくりあげられた朱鷺の黒髪は乱れて、乳房もまる出しになった胸まで垂れていた。この姿は、ここへつれて来られる途中、駕籠の中で気がついて、京蔵人に改めて縛られたときにこうなったのだ。

「殿、思い出されましたか、甲府で逃げた女でござる」

うしろに、縄尻をとってつっ立った蔵人がいった。

「しかも、こやつ、大坂のくノ一に相違ござらぬ」

「大坂のくノ一」

と、長安は薄く笑った。

「何しに来た」

「不敵にも佐渡まで殿を追うて来たやつ。……徳川家の大智嚢《だいちのう》たる石見守さまを殺《あや》めたてまつろうという凶念を抱いてのことにきまっております」

「わしを殺す。……わしは、得べくんば大坂との手切れを避けたいと望んでおる和平論者じゃが。……」

「左様なことのわかるやつではござらぬ。すでに三人の伊賀者のみか、お凪《なぎ》のお方さまさえ殺害した曲者。……」

「この女が手を下したのか？」

「いえ、それはあの六文銭という男でござりましょうが、その六文銭について、ここへ来る途中も一応責めて見ましたが、しぶといやつ、まだ白状いたしませぬ」

長安はゆらりと立ちあがった。

朱鷺はきっとその姿をにらみつけていたが、ほんとうは恐ろしかった。みるからに氷と鉄で出来ているような京蔵人よりも、いまはじめてちかぢかと見る大久保石見守長安のきれながの眼の方が恐ろしかった。

あらゆる人間の魂を見通すような、そのくせひどく快楽的な——きらっ、きらっと動くたびに青緑色の光を放つ、老人らしくないふしぎな眼だ。

生命の恐怖ではない。万一のことがあれば、彼女は舌をかんで死ぬつもりでいる。ただ、最後の最後まで、毛ほどの隙《すき》があればそののどぶえに食いついても一矢を酬《むく》いたい——というのが彼女の忍者魂であった。しかし、この眼にじっと見つめられると、魂どころか肉体までが吸いこまれそうな気がする。――

「しかし、たった一人で――いや、二人にしても、よくも佐渡へ乗り込んで、長安を狙《ねら》ったものよ。かような美しい顔をして」

ゆっくりと左手をあげて、やさしく朱鷺の頬を撫《な》でた。

が、そのぶよっとした感触に、思わず朱鷺が口をあけたとき、その口に何やら冷たいものが挿し込まれた。

「………………！」

声は出ない。何かが歯と舌を押えた。

「長安発明の黄金の轡《くつわ》よ」

長安は微笑した。

一瞬に朱鷺の前歯は金色《こんじき》になった。それは上下の歯に嵌《は》まった小さな金属製の義歯で、しかもそこから一枚のへら《ヽヽ》のようなものが出て、舌を押えつけたのである。

「舌を嚙まれてはならぬ。……いちど長安が欲しいと思うて眼をつけた女じゃ」

「殿」

と、壁際にならんでいた四人の愛妾のうち、真砂の方が何やら不安げに、またたまりかねたような声をかけた。

「わたし、その女を生きたまま捕えて参りましたのは、あの女精酒のもとになるからと見たからでござりまする。……甲府でも殿さまが、あれはエキスになる女、とたしかに申されましたゆえ」

「いや、どうせ誅戮《ちゅうりく》するとは申せ、その前にこやつ。――」

と、京蔵人が縄尻をひき、歯をむき出した。

「その素性、六文銭や西田屋との関係など、たとえ耳を切り、鼻をそいでも白状いたさせねば！」

「算法よ」

長安はふりむいた。

「異端審問室の鍵をそこに持っておるか？」

水母《くらげ》のような頭がうなずいて、腰の鍵束《かぎたば》をガチャリと鳴らした。

「では、そこへゆこう。……考えてみれば、このたびこの城に来てから、あの部屋だけにはまだ入ったことがない。久しぶりに、わしもちょっと見たい」

といって、長安はさきに立ってその部屋を出て、三階から二階への石の階段を下りていった。すぐあとに毛利算法、それから四人の愛妾がつづき、さらに朱鷺の縄をひいた京蔵人がそれを追う。

二階の一つの厚い扉《とびら》の前に立つと、算法は錆《さ》びついた鍵穴に鍵をさし入れて、いやな軋《きし》みをたててそれを回し、扉をひらいた。夏の真昼というのに、冷たい、黴《かび》とも油ともつかないぶきみな匂いを持つ風が、すうっとみなの鼻を吹きつけた。

「どうぞ」

一同が入ると、毛利算法はまた扉をしめて、その外側に坐《すわ》り込んだ。

## 異端審問室

### 一

——まるで物置場だ。

石の部屋の壁ぎわから、まんなかあたりまで、雑然といろいろな道具が置かれてある。その木と鉄から出来ている道具が——ことごとくいままで見たこともないかたちをしている。何のための器具か、知らない者には見当もつかないのに、それはただ見るだけで、身の毛もよだつような、いとわしい、凶々《まがまが》しいものを感じさせた。

「だいぶ以前のことになるがの」

と、長安はまわりを見まわしていった。

「あちらの異端審問《インクイジシヨン》の話をきいたことがある。ゼズス・キリストの教えを奉ぜぬ者、叛《そむ》いた者を、あちらの坊主どもが裁《さば》くことじゃがの。窓一つない真っ暗な部屋に、ただいくつかの蠟燭が立てられ、正面には、十字架にかけられたキリストの像が飾られている。やがて銀の鐘が鳴ると、ただ二つの眼の穴だけあけられた頭巾《ずきん》と黒い衣服をつけた坊主たちがぞろぞろ入って来る。……」

　だれにも、何のことかわからない。

　ただし、この部屋には小さな鉄格子のはまった窓があった。そこからさしこむ光は、赤いはずの石の壁をさらに黒ずませて見せるだけであった。だれにも長安の話はわからないのに、そしてそこにある道具はいかなるものか、朱鷺《とき》以外の人間は知っているはずなのに、みなかすかに身ぶるいした。

「いや、そのようなことはどうでもよい。とにかくその話から、異端審問に使用されたさまざまの道具を、わしと算法がいろいろと想像し、考案し、工夫したことがある。その名残りが、この部屋じゃ」

　と、長安はあごをしゃくった。

「やはり異端審問にも、斬《き》ったり、突いたり、吊したり、焼いたりする。中には車裂《くるまざ》きなどいうやつもある。そのような拷問が大半といっていい。しかし、わしも算法も、血を見たり、臓腑《ぞうふ》を見たりするのは感覚的にあまり好きでない。――思えばキリシタンの坊主どもも、坊主のくせに無神経なやつらじゃ。――拷問の要諦《ようたい》は、苦痛の持続性が大であって、傷等の痕跡を残さぬことにある。それに、芸術味が加わればますます可なりじゃ」

　彼はそばの卓にならべてあったいくつかの小さな器具の一つをとりあげた。鉄製の仮面であった。

「この仮面の内側には、見るがよい、まるい棒がつき出しておる。――ふふ、男根のかたちをしておるが――仮面をつければその棒が口に入って舌を押えつける。〝魔女のくつばみ〟というものじゃ。いかなる責め苦にあわされようと、わめき声一つたてられぬ」

それから、こんどは鉄の西洋梨みたいなものをとった。

「閉じればこのようなかたちをしておるが、口におし込んでここのねじをひねると、それは開いて、同時に口も開かせる。顎《あご》の裂けるまで開かせるが、それ以外に罪人を仰《あお》のかせて、上から腹のはち切れるまで水を注ぐのに便じゃ。称して〝ペリカン〟という。――」

ふりかえって、

「ほ、おまえにも轡《くつわ》がはめてあったの」

と、微笑した。

「おまえを佐渡へよこしたのは何者じゃ。九度山か。真田がわしを殺そうとするほど愚《おろ》か者とは信じられぬが、ではその目的は何じゃ。またあの六文銭とは何者じゃ。――いろいろききたいことがあるが、それでは口がきけぬ喃《のう》。手も縛られておるか。ふむ、では、足踏みなどせい。――これからおまえに、ここにある長安発明の道具を見せる。どれにおまえをかけてもよい。しかし、見るだけで白状する気になったら、まず足踏みして合図せい」

ゆっくりと歩き出した。

隅《すみ》につき出した暖炉のようなものを指さして、

「あれは火あぶり用。ただし、とろ火で、長い時間をかけて、肌に焦げ目もつけずに内臓を煮る」

といって、壁に沿って歩く。

「これはキャタナイン・テイルズ――〝九尾の猫鞭《ねこむち》〟という。九本の皮鞭《かわむち》のさきに瘤《こぶ》が作ってある。あれで打てば、傷もつかずしかもその苦痛は息もつまらせる」

次を指さした。

「これはクラブというが、まんいち罪人に傷が出来たとき、その傷口に熱い蠟をまるく盛りあがるまでおとす。その蠟のたまをはじき飛ばす遊戯用の棒じゃ。なるべく遠くへ、しかもまっすぐに飛ばした方を上手とする。棒の握り、肩の回しかた、足の開きかたなど、イギリスにはさまざまの秘伝があるという。――」

愉《たの》しげにいった。

「ここに下がっておるのはたんなるやっとこに見えるが、瞼《まぶた》の上から眼球をはさむためのものじゃ。しかし、まちがうと瞼をむしりとってしまうおそれがあるので、わしはあまり感心せぬ」

「どうじゃ？」

と、朱鷺のうしろで、縄をとっている京蔵人がささやいた。きいているだけで朱鷺は全身に痛みをおぼえ、吐気をすら感じて来たが、身動きもせずに立っていた。

「まだ足踏みせぬか？」

が」

「この鉄のたまはの、二十五ポンド——約三貫ある。これを足につける」

と、長安は床を指し、また天井を指さした。

「罪人のからだはあの天井の鐶《かん》から鎖で吊す、足には鉄のたまを懸垂したままじゃ。そして滑車ではげしくあげたり、おとしたりする。そのたびに鉄のたまが足をひっぱり、その痛苦はいうべからざるものがある。あちらの言葉でストラパド——吊し刑というそうじゃが」

長安は壁の一面を回った。

「これは大きな鉄の桃のようじゃが、兜《かぶと》じゃ。これをかぶせて、上から槌でたたく。かるくたたくだけで、歯もことごとく抜けおちんばかりの震動を与える」

次に移った。

「見る通り、ちょっと雪沓《ゆきぐつ》に似ておる。ただしこれは木で作ってあり、しかも板が二重になっておる。これをはかせて、外側に鉄の環をはめ、さて板と板のあいだにくさびを槌で打ちこむのじゃ。八個のくさびを打ちこむと、脛《すね》の骨の髄《ずい》まではみ出るというが、まず四個でたいていの者が音《ね》をあげるがの。——スコットランドの深靴という」

長安は顔をあげた。

その隅の方に、四つの小さな車のついた厚い台があり、そのまんなかに太い高い柱が一本立って、柱の上には水平の棒がとりつけられ、棒のさきには一個の椅子が鎖でぶら下げてあった。

「あの水平の棒が上下に動くしかけになっておる」

と、長安はいった。

「動くと、椅子が下がって、あそこの大桶に入ることになっておる。大桶には水を満たしておくことになっておる。すると椅子に縛りつけられた者は、こちらの望み次第に水に沈められたり、空中に吊りあげられたりすることになる。——ダッキング・ストゥール、すなわち水責め椅子じゃ」

長安発明の、というが、おそらく異国の拷問具の模倣であろう。それにしても、人間とは、人間を苦しめるために何たる奇抜にして恐るべきからくりを考え出すものであろう。またそれにしても、血を見るのはきらいだ、とはいうものの、かかるからくりをこれだけおびただしく営々として作り出し、いま得意の講義調でじっくりと解説する長安も、つくづくと世にも異常な人物といわなければならぬ。

「ここにある大きな台はラック——磔台《はりつけだい》という。四方を囲む枠は、ちょうど人間の背丈《せたけ》の二倍はある。その前と後の位置に、この通り一本ずつ丸太がとりつけられて、これが回転するようになっておる。この棒に人間の四肢を上下にひきのばしてくくりつけるわけじゃ。人間のからだは台の中に、宙に浮かんで横たわることになる。それさえ相当な苦痛じゃが、やがてこの二本の棒がてこで動かされると、縛りつけられた人間の四肢の関節は一つずつはずれてゆくというしかけじゃ」

長安はまたその壁の面を回った。

「お、これが名高いアイアン・ヴァージン――いわゆる鉄の処女じゃ」

と、うれしげな声をたてた。

「鉄の処女にもさまざまな種類がある由で、乙女の姿をした鉄の像の前がひらき、罪人が中に入って閉じられると、内側につき出した釘で全身を刺されるというものもあるそうじゃが、これはまた別のからくり」

そこにあるのは、たしかに人間のかたちはしているが、とうてい乙女とは見えぬえたいの知れぬ怪奇な立像であった。ただ、手らしいものがある。

長安がその像のどこかを押すと、その両腕がぶきみな軋《きし》みをたてつつあがって、ひらいた。

「この腕の内側に釘を植えるのが通例らしいが、わしはたんなる疣《いぼ》に変えた。――が、罪人がこの腕の中に入ると。――」

また長安が指で押すと、像の両腕が何かを抱きしめるように腕の前で閉じられていった。

「無数の疣に全身の肉を圧迫されて、罪人はこの像にしがみつき、世にもあさましい狂態をさらさずにはおかぬことになる。――」

いとしげに、この像を撫でてから、ゆき過ぎて、長安は例の快適な声をたてて笑った。

「これがいちばん簡単で、いちばん面白い道具かも知れぬ。あちらにある〝指のさらし台〟というものを、算法の智慧で〝穴のさらし台〟に変えてみたのじゃが」

それは等身大の衝立《ついたて》のようなもので、一方に四肢と腰を固定するためらしい革製の環がとりつけてあった。そして中央からやや下あたりに、これも革でふちどられた楕円形の穴があけられているのだ。

「男でも女でも、ちょうど性器がそこにあてられることになる」

と、長安は指さした。

「衝立のこちら側で、どのようにいじられようと、或いは穴越しに犯されようとどうすることもならぬのじゃ。相手の顔は見えず、ただ板にへばりついておるほかはないのじゃ。——これにまさる屈辱感は、いままで見せたどの道具にもまさり——おそらく、人間世界にまたとあるまい喃《のう》」

どよめくような哄笑《こうしょう》がこだまし、ふいにぴたりと止んだ。

二

「大坂のくノ一、まだ白状する気にならぬか」

長安の眼はまだ笑いをとどめてはいたが、妙な妖光をともし出して来た。

「殿、恐れながらこやつらを相手に何を長ながと御談義遊ばす。御談義御無用、はじめから肌に思い知らせて音をあげさせればよろしゅうござろうに」

と、京蔵人が吐き出すようにいえば、

「それより、すぐに女精酒の甕《かめ》にお入れになればよいものを。——あれに入れて、ふたをとじて、一息か二息つかぬうちに、どのような女もまず酔うて、わめきたいだけわめくではございませぬか」

と、真砂《まさご》の方が冷然という。

「くノ一」

と、長安は朱鷺を見すえた。

「おまえほどの美女を苦しめるのは、長安本意ではない。が、これまでにわが方の伊賀者またお凪《なぎ》を殺害した奴の一味として、どうあってもそのままには置けぬ。――苦しめるのは本意ではないが、しかしおまえほどの美女が苦しむのを見るのは、長安一面では法楽でもある。矛盾しておるようじゃが、これはどのような男も持っておる心理でな」

お船の方が舌打ちした。

「また御談義。――」

「どの道具にかけて、苦しむ姿を見てやろう？」

長安は見まわした。

「キャタナイン・テイルズか。ストラパドか。スコットランドの深靴か？」

お汐の方がいった。

「穴のさらし台にかけておやりなされませ」

「というと、相手はわしが勤めるのか」

「――いや！　蔵人にお命じなされて」

「となると、女精酒にした場合、わしは蔵人の精汁を飲まねばならぬことになるぞ」

京蔵人が苦笑というにはあまりにも恐ろしくひんまがった顔でいった。

「まず、磔台がよろしゅうござろう」

「ふむ、では、縄をとけ。——猿轡《さるぐつわ》も」

といいかけて、

「ええ、白状はあとでよい。声がたてられねば、苦しみもまた深かろう。よし、ラックにかけい！」

と、長安はいった。珍しく酔っぱらったようにもつれた声であった。

「同じ見るなら、裸形《らぎよう》にせい。——」

朱鷺のうしろ手にくくられた縄は解かれた。身もだえするからだが、みるみる一糸残らず剝《は》ぎとられた。

「…………！」

長安のみならず、四人の愛妾がいっせいに息をのんだほどの美しさであった。雪をあざむく肌が紅潮して、蒼《あお》みがかったこの異端審問室の底に、すばらしい半球型の乳房、くびれた胴、むっちりと張った腰の曲線を、無惨なばかりの鮮《あざや》かさで浮きあがらせた。

花たばでも投げあげるように、蔵人は荒々しく彼女を磔台に乗せた。いちど解かれた手の縄は、すぐにそちらの棒にくくりつけられ、足くびもまた下の棒に結びつけられた。そして磔台には女体の白い弓がかかった。——

「わたしが回す」

「わたしも回す」

四人の愛妾は、二本の棒の左右に駈け寄った。眼がみんな、ぎらぎらとひかっている。自分たちよりも美しい女に対する嫉妬と憎しみに燃えたぎる眼であった。

「それ。……」

朱鷺の両腕が頭上にまっすぐにのび、その両足がぴいんとのび切った。もうのびるはずがないと見えるまでひきのばされたのに、彼女のからだは蛇のようによじれ、波打った。

朱鷺は悲鳴もあげない。あげられないのだ。ただ黄金色の歯がさざなみのようにきらめいて、その凄じい苦悶を表現した。

……だれより眼を妖《あや》しく燃やしていたのは大久保長安であったろう。女人嗜虐《しぎやく》の趣味など、「大いなる長安」に似げなき愚行だといえばいえるが、しかしこの長安にはまた大いなる稚気もあったのである。この年になって——大御所や本多佐渡守などが決して持たない——妙に子供らしいところがあったのである。

それに彼には、稚気どころか、七十にちかい男そのものの或る望みがあった。それもまた年齢不相応の望みといえるが、彼はこのごろ女精酒の賦活《ふかつ》力も及ばぬ性力の衰《おとろ》えをおぼえ、ふと——美しい女のそのような姿を見ることによって、その余炎の強さをみずから測定しようと思い立ったのだ。

「もう一つ回せ！」

と、彼はしゃがれた声でさけんだ。彼は反応を自覚した。

——仮令《たとえ》、朱鷺が悲鳴をあげても無駄であったろう。ここは赤玉城の石の血塔の中。扉の外には毛利算法が番をし、塔の下にはむろん何十人かの武士が屯《たむろ》している。

# はがね麻羅《まら》

## 一

その十数分前である。

赤玉城の門に、二人の武士がよろよろと入って来た。一人はもう一人の背に負われている。負われた方も顔を布で巻かれているとはいえ、まだ相好はわかるが、負ぶった方は穴から片眼だけのぞいているといったいたいたしい繃帯《ほうたい》ぶりだ。

「や。……有田丈助！」

門番が負ぶわれた男の顔をのぞきこんでさけんだ。

けさがた、真砂《まさご》の方の駕籠《かご》をまもって駈《か》け出していった城侍の一人である。真砂の方と京蔵人《きょうくらんど》はさきにひきあげて来たものの、あとの味方《みかた》但馬《たじま》や伊賀者や城侍はまだ一人として帰って来ていなかったが、その第一陣がこの惨澹たる二人三脚、二人三眼のコンビであった。

「ど、どうしたのじゃ？」

「六文銭というやつにやられたのじゃ。京蔵人どのからきかなんだか？　屋根に逃げたきゃつを追って、瓦を横に顔へたたきつけられ、この吉江武兵衛ともどもこの始末。……」

と、有田丈助は歯を嚙《か》み鳴らした。しゃべると、まだ血の泡《あわ》が唇のはしににじみ出した。

「顔の負傷はわしの方が軽かったが、屋根からころがりおちたはずみに腰骨を砕いて気を失い、ようやく西田屋の蔵の中で気づくと女郎たちにこの通り手当されておった。で、いま武兵衛に負ぶわれて帰って来たのじゃが、武兵衛は鼻もつぶれ、歯もぶち砕かれたそうな」

何と挨拶していいかわからない顔つきの門番たちのあいだを、有田丈助を負ぶった吉江武兵衛はよろよろと通りぬけ、血塔の方へ歩いていった。

「おう、有田！」

「丈助。……しっかりせい！」

血塔の下からも、ばらばらと十数人の武士が駈け寄って来て、この二人の負傷兵を迎える。吉江武兵衛はドサリと有田丈助を地に下ろした。

「ほかの面々は六文銭を追ってまだ帰城せぬが」

「様子は、蔵人どのからちらときいた。そうか、おぬしたちがやられたのか？」

とり囲《かこ》んで、騒ぎたてる武士たちをかきわけて、吉江武兵衛はヨタヨタと血塔の中へ入ってゆこうとした。

「武兵衛」

と、丈助が地面からくびをもたげて呼んだ。

「殿へ報告するのか？」

吉江武兵衛は片眼だけでうなずいた。

「おぬし、口がきけるのか？」

顔を巻く白布の前面に変色した血をにじませている武兵衛は、何やらあいまいな声を出し、塔へ姿を消した。

血塔の内部へは、腹心の者以外は、特別緊急の用のないかぎり、ふつうの侍の入ることを長安は許さない。で、入ってしまえば、中は無人にひとしい。吉江武兵衛もあまり内部の配置に詳しくないか、二、三度、あちこちの扉《とびら》をあけて、のぞきこんだり、入っていってまた出て来たりした。それから、やっと二階へ石の階段を上っていった。

廊下の扉の前に坐りこんで、紙に矢立の筆で何やらアラビア文字の数字を書いていた毛利算法がふとこちらを見た。

ノロノロと近づいていった武兵衛を、彼はぎょっとしたように見あげた。

「だ……だれじゃ。おまえは？」

顔じゅうぐるぐる巻きにして、片眼だけのぞかせているのだから、算法が怪しんだのもむりはない。これに対して、

「吉江武兵衛でござる」

と、武兵衛はくぐもった声でいった。布でつつまれているのみならず、六文銭の投げた瓦で鼻も砕け、歯も折られたということだが、しかし不透明ながら、たしかにそう聞えたはずだ。にもかかわらず。——

「おまえはだれじゃ」

と、算法はくりかえした。その声の方が、かえって呂律《ろれつ》がもつれている。それほど恐怖にひきつった声だ。吉江武兵衛は片眼でこの水母《くらげ》みたいにふるえている頭を見下ろした。

「殿はこの中？」

扉をさしながら、片手で腰の刀をすうと抜いた。

「ケ、ケ、ケ」

こんどは、毛利算法はそんな声を出した。何かいおうとしてどもる、というより、全然無意味な喘鳴《ぜんめい》であった。

武兵衛はその刀を自分の顔の布に垂直にあてがって、すっと引いた。と、布がバラバラに切れて床に舞いおち——さらに残ったやつをむしりとると、そこに六文銭の顔が現われた。

「毛利算法というやつだな。さすがだ。おめえだけはよく見ぬいたな」

にやっと笑った。

それにしても、よくぞ化けたり。——というのは、その姿かたちのことではない。顔は布で巻いているから何とかごまかせるとして、呆《あき》れるのは、彼があの場合にこの入れ替りをやってのけたことだ。

小六町西田屋の土蔵の屋根で顔面に瓦をたたきつけられてころがりおちた有田丈助と吉江武兵衛、この二人が遊女たちに蔵にかつぎこまれ、手当を受けたことは、丈助が説明した通りだが、その際、腰骨も折れた丈助は失神し、かつ手当した遊女たちも、そのあとみわるがって退散したらしい。少なくとも、いっとき二人だけ捨ておかれた時間があったらしい。そのとき、六文銭が立ち戻って来たのだ。

呆れざるを得ないというのはそのことで、伊賀者たちに追われに追われていったん西田屋から逃げ去った彼が、どこでどうまいたか、たちまちノコノコともとの蔵へ舞い戻って来たことだ。そして彼は武兵衛と入れ替り、息を吹きかえした丈助を背負って、不敵にもこの赤玉城へやって来た。吉江武兵衛は裸にされて、蔵の中の長持にでも放りこまれたのであろう。

「さらって来た女もこの中にいるな?」

さすがに六文銭の顔は、決死、というより凄惨《せいさん》の気を放《はな》っていた。顔の布は変装用だが、はだけた胸のあたりの傷は象潟杖兵衛《きさがたじょうべえ》の連枷《れんか》にやられたもので、こびりついた血はほんものだ。

「ケ、ケ、ケ」

と、算法はまたのどをひきつらせた。

それから、あやつり人形みたいな動作で、手を合わせた。

「そんなに、こわいのか？　おかしなやつだな、おめえは」

この場合に、六文銭は妙な表情をした。

こわいのは当然だろうが、それにしても、すぐ扉の向うに仲間がいるらしいのに、この恐怖ぶりは異常だ。――六文銭は、この大久保長安の智慧袋《ちえぶくろ》といわれる男が、実に世にもまれなる大臆病者であることに気がついた。

その通りだ。日本数学史上、銘記すべき大天才たる毛利算法は、扉のすぐ向うの異端審問室のさまざまな拷問器具にすばらしいアイデアを提供したくせに、実際上それにかけられる人間の苦悶を見るには神経が耐えられず、ひとり扉の外で待っているという人間なのであった。

「よし！」

と、六文銭はうなずき、その胸ぐらをつかんでひきずり立て、刀をつきつけたままあごをしゃくった。

「その戸をあけやがれ」

扉はひらかれた。

## 二

「——あっ」

ただ一声、それは京蔵人ののどから発せられたものだ。

そこにいた大久保長安、四人の愛妾たちもいっせいにふりむいたが、これは声もなく、ただかっと眼をむいて立ちすくんだきりであった。

六文銭も黙って、この部屋の内部を眺めた。

床の上に置かれた奇怪な箱——その中に四肢を結《ゆわ》えられ、およそ人間の肉体のひきのばされ得る極限までひきのばされた朱鷺《とき》の姿を。

「うぬは！」

と、やっと、また京蔵人が絶叫した。

「ど、どうして、ここへ？」

ずかと、ラック——磔《はりつけ》台《だい》の方へ足を踏み出した六文銭に、

「寄るな！　それ以上、寄れば女を殺せ」

と、蔵人は妾たちに敬語を忘れてさけび、自分はぱっと長安のまえに立ちふさがった。

四人の女は、いっせいに懐《ふところ》や帯のあいだに手をやった。

六文銭は立ちどまった。押し殺した声でいった。

「やってみろ」

薄暗い光に、その両眼はまるで火であった。

「みな殺しだ。……まず、手はじめに」

ぎらと刀身が毛利算法ののどぶえにひかったとき、

「ま、待て！」

と、長安が、彼には珍しいうわずった声を出した。蔵人が歯ぎしりの音をたてた。

「殿。……飛んで火に入る虫とはこのことでござる。どうしてこやつがここに入りこんだかは知らず、この女ともども成敗するは、いま。――」

「待てと申すに」

長安は首をふり、なおじいっと六文銭を見つめていたが、やがていった。

「六文銭とやら。――女は返す。その代り、算法を離せ」

「な、なんと仰せられる」

蔵人は、驚愕《きょうがく》どころか憤怒に燃えた眼を長安にむけた。長安はまた首をふった。

「算法を殺させてはならぬ」

「算法、死ね」

と、蔵人は吼《ほ》えた。

「かたきはすぐに討ってやる。甘んじて死ね、殺せと言え、言わぬか、算法！」

これに対して、毛利算法は瘧《おこり》みたいにふるえる手をあげて長安をおがみ、ガタガタと顎《あご》を鳴らした。

「お、お助け、拙者、いのち、お助け。——拙者、まだ、この世にやらなければならぬことがある。——」

「助けてやる。……六文銭、条件は何じゃ」

長安は冷静さをとり戻したようだ。沈痛というより、実に深い声であった。それがこの稀代の数学的天才の頭脳を惜しむあまりの声とは知らず、その調子は、長安がこの水母《くらげ》のような男を助けるために何物を犠牲にしても悔いない覚悟でいることを、たしかに六文銭に悟らせた。

「わかった」

と、彼はいった。

「この際だ。こっちもむりはいわねえ。まず、その女を離せ」

「よし、女を離せ」

と、長安は命じた。四人の愛妾はもとより不服の眼をむけたが、長安の顔色に、やむなく朱鷺の四肢を縛っていた縄を解いた。

ラックの底に、朱鷺はぐたりと横たわった。まるで白い泥のようだ。生きている証拠に、六文銭に吸いつけられた眼は涙をながしていたが、しかし彼女はそのまま動かない。動けないのだ。

「みんな、ここを出ろ」

と、六文銭はいった。

「おっと、おめえさんはいけねえ」

と、片腕になお毛利算法をとらえたまま、彼はぐるっと四人の愛妾を見まわし、その中の真砂に眼をとめた。

「さっき西田屋に来て、この女をさらったのはおめえさんだね。……おめえさんも、ちょっとここに残ってくれ。さ、あとのやつは出た！」

「算法と真砂をまさか、殺しはすまいの？」

と、長安はさすがに不安な顔をした。

「この水母野郎か？　大事な人質だ。まさか、殺しはしねえ。女も——そっちが手を出さねえかぎり、女を相手に刃物をふるうおれじゃあねえから安心しな。ことわっておくがねえ、きのうの河原田の城跡のひとだが、ありゃ自分で死んだんだぜ」

「……よし、出い」

と、長安はあとのめんめんにあごをしゃくった。

「殿！　ここは殿のお城の中でござるぞ！」

と、京蔵人が地団駄踏むのを、長安は叱咤《しった》した。

「算法のいのちには代えられぬ。この六文銭、またこのくノ一、百人を合わせようと、算法のいのち一つには。……」

「ひでえことをいうなあ」

六文銭は苦笑した。

「参れや」

さきに立って出てゆく長安を、足に鉛でもつけたように三人の愛妾と――そして最後に京蔵人が追うのを、六文銭は扉までついていって、

「いためつけられたあの女が歩けるようになったら、出てゆかあ。それまでしばらく待っててくれ」

と、いってその扉をしめた。

三

六文銭は算法をつかまえたまま、ラックのそばに戻った。

「……むげえことをしやがったなあ、おれがもとだ。おれが悪かった。――」

と、湿《しめ》っぽい声でいって、例の黄金のさるぐつわをはずした。

「立てねえですか？」

朱鷺は、仰むけの全裸のからだをともかくも反転させようとしたが、顔をゆがめただけであった。ただ声だけはやっともらした。

「おまえは、わたしのために、よく、ここへ。……」

「あ、むりをするにゃ及ばねえ。動けるようになるまで、おいら待ってまさあ。二日でも

三日でも、ゆっくりと。——」

たとえ二人の人質をそばに置いているとはいえ、単身、敵の城の、しかも心臓部ともいうべき血塔の中に乗り込んで来て——しかも、おそらく外に出た京蔵人が侍たちを呼び集めていることはまちがいないだろうに——六文銭は気楽なことをいう。そして、改めてしげしげとまわりを見まわした。

「しかし、妙な部屋だなあ。……やい、あれはなんだ、教えてくれ」

と、鉄の処女を指さす。

「へっ、これは？」

いちいち算法の説明を求めつつ、審問室をぶらぶら歩き出した。穴のさらし台の解説には、声をたてて笑った。——そして、隅《すみ》に凝然と立っている真砂の前に立つと、

「これは？　これもからだの内側に針のある道具じゃねえのかね？」

と、同じ調子できいた。依然、刀は算法につきつけたままだ。

「これは、に、人間で。——」

「ほんとにそうかね？」

「と、殿の御《お》側妾《そばめ》のおひとり、真砂のお方さまで。——」

「おい、おめえさん、さっき西田屋で、ばかにやすやすとあのひとを気絶させたようだが、いったいどんな手を使ったんだ？」

「わたしをどうしようというのじゃ？」

と、真砂は嗄《か》れた声でいった。

「裸になんな」

「え？」

「長安の妾はみんなこの味を味わわせてやろうという悲願を立てたんだ」

笑いながら、刀のみねでおのれの股間《こかん》をピタピタと叩いた。——この場合に、真砂の眼には、けさがた望遠鏡で見たこの男の波の中の立小便の姿がまざまざと浮かんだ。

「しかし、長安も、人情があるのかねえのかわからねえ。この水母頭を助けるために、けろっとしておめえさんを人質に残したぜ。爺《じじ》いだから、女に情の薄いのはむりもねえ。どうだ、情の濃いのを一つ味わってみる気はねえか？」

「ぶ、ぶれいな！」

「ふふっ。ま、おれはあっちにゆくから、その間に裸になっておいてくんな。……算法、来い」

六文銭は真砂の前をゆき過ぎた。

「こりゃ、何だね？」

彼は卓の上の鉄仮面をあごでさした。仮面の内側に棒のつき出した奇妙なさるぐつわ——例の「魔女のくつばみ」であった。

その説明をきき、かつその棒が男根そっくりのかたちをしているのが可笑《おか》しかったらしい。彼は刀を卓につき立てて、その鉄の仮面をとりあげて、

「へっ。……こりゃ、おれのやつとそっくりだなあ」

と、白い歯を見せた。

それこそ真砂の待っていた機会であった！　彼女が唯々諾々《いいだくだく》として人質になったのは、たんに長安の命令だけに従ったのではない。自分の手でこの男を斃《たお》すという決意あればこそだ。おそらく長安さまもそれを期待して自分をここに残したのではないか。

手がわずかに腰に動くと、彼女は黒い棒をつかみ、振るともなく軽く打ち振った。そこからビューッと鋼鉄の螺旋《らせん》が三メートルものびて、ちょうどこちらを向いて大口あけて笑っている六文銭の顔面へたたきつけられていた。

刀で受けても彎曲《わんきょく》して相手を打つ。曾《かつ》て彼女はこれを以て象潟杖兵衛の連枷をすら破った。まして六文銭はいま刀を卓につき立てている。――真砂秘伝の――というより、長安がまだ西洋にもないはずと誇り、かつみずから命名したはがね麻羅《まら》であった。

何とも異様な音がした。

顔の骨の砕ける音ではない。その刹那《せつな》、六文銭が手に持っていた鉄仮面があがって、ヒョイと顔におしあてられた。はがね麻羅はそれに激突したのだ。

が、それは鋼《はがね》と鉄の激突した音でもなかった。真砂のはじめてきく、鼓膜をかきむしるような音響で、しかも、のび切った鋼はそれっきり動かなくなってしまったのだ。

次の瞬間、真っ黒な鉄仮面が逆に飛んで来た。真砂のみぞおちめがけて。

六文銭が「魔女のくつばみ」でこの不意の襲撃をふせいだのも偶然に見えたが、偶然事はそれ以上に起った。ふせぐといっても、天狗面《てんぐめん》の裏返しみたいな棒のため、六文銭はそれを外側にむけて顔にあてたのだが、鋼の螺旋はその棒にすっぽりはまりこんでしまったのである。鋼の筒がのびたまま動かなくなったのはそのためであり、実にいやな異様な音響を発したのもそのためであった。

鉄の男根とはがね麻羅のいとも物理的なる決闘！

それも一瞬、六文銭の手から離れた「魔女のくつばみ」は、その棒を真砂にむけて、鋼の螺旋の収縮力そのものを速度として飛来し、彼女のみぞおちを打撃していた。

# 穴のさらし台

## 一

「あ！　しまった！」

声もなく崩折《くずお》れた真砂《まさご》を見て、六文銭はさけんだ。

それが決しておためごかしの声でなかった証拠に、彼は人質の算法も、そばに突き立てた刀もそのままにして、倒れた女のところへ馳《は》せ寄って来た。

仰むけにして、胸をいとも無遠慮にぐいとあけて、左の乳房の下に手をあてる。

「や、死んじゃいねえ。死なれちゃこまる」

つぶやいて、ほんとうにうれしそうににっこりしたが、ついでに雪のくぼみのようなみぞおちもしげしげとのぞきこみ、そこに紫色の痣《あざ》が浮きあがって来たのを見て――改めて、彼女の手がまだ握っているはがね麻羅と、そばに落ちて鉄の突起を天井にむけている鉄の仮面の裏側を見くらべた。

「?」

文字通り、そんな顔をした。

いま起ったこの事態の真相はこうだ。

突如として飛来したはがね麻羅を、六文銭がたまたま手にしていた鉄仮面でふせいだのは、偶然というより彼独特の野獣的反射動作であったろう。しかし、そのはがね麻羅のさきに、鉄仮面からつき出した男根様突起がはまりこんだのは明々白々たる偶然事であった。だいいち、はがね麻羅に鉄男根が嵌入《かんにゅう》するとは、語学的論理を超越している。真砂はもとより一瞬判断力を失った。

その刹那《せつな》に真砂が手を離せば、鋼《はがね》の螺《ら》旋筒《せんとう》は縮まりつつ、少なくともその鉄仮面にたたきつけられたであろう。が、彼女ははじめての意外な手応えにそれを忘れた。逆に、六文銭の方が「魔女のくつばみ」を離した。これはまったくびっくり仰天のためだ。はがね麻羅は強烈に収縮し、鉄男根をひき抜いたが、鉄仮面がそれを追ってなお飛来する力を残したのである。それが真砂を打撃し、自失した彼女はもろにその鉄の突起をおのれのみぞおちに受けた。

「……おっかねえものを持ってやがるなあ」

六文銭はつぶやいた。やっと事態を納得したらしい。

はがね麻羅をとりあげて見る。ギューッとひっぱると、どこまでものびる。彎曲《わんきょく》する。一方の手を離すと、静止している方へ凄《すさま》じい力で収縮する。

「ははあ、これでお朱鷺《とき》さまはやられなすったな」

ふりむいたが、朱鷺はうなずく力もなく、まだ磔台《はりつけだい》に横たわったままだ。六文銭の眼が痛ましそうにしかめられて、そこからまたぎらとひかって毛利算法を見すえた。

「これからこの女に罰を加える。あとで長安にそう言え」

刀はすぐそばにあるのに、算法は逃げ出そうともしない。見ると、足のとれた水母《くらげ》みたいにへたりこんでいる。いま、真砂が崩折れた瞬間、彼の方も腰がぬけたらしい。

六文銭は女を小脇にかかえて立った。まわりを見まわす。黴《かび》と油の匂いをかすかにはなちつつ、ずらりと並ぶ木と鉄の奇怪な造型の数々。――ストラパドの鉄丸や、ダッキング・ストゥールの椅子《いす》や、アイアン・ヴァージンの鉄の光沢や――。

眼がぴたと一つの衝立《ついたて》にとまった。そして、その眼がにやっと笑った。

彼はその前に歩いてゆき、衝立のこちら側の諸所にとりつけられた革の環をほどいて、真砂の手くびと足くびと胴を衝立にむけて縛りつけたのである。ちょうどそれにX型になるかたちであった。Xの交わるところにあった穴は――その周囲だけ薄く削られ、かつ革のふちどりのつけられた楕円形《だえんけい》の穴は、真砂の腰でふさがれた。真砂はまだ失神したままであったがさっき六文銭に襟《えり》をかきひろげられ、裾《すそ》もぐいとひらかれて、全裸よりもなお淫《みだ》らな姿であった。この衝立を倒すとまるで大空から落ちてたたきつけられた女のようであった。

「算法、なんといったっけな?」

と、六文銭がいった。

「この衝立」

声は衝立の向うでしている。姿も見えない。――にもかかわらず、新しい恐怖のために、算法はあごをかくかくと鳴らすばかりで、とみには声にならなかった。

「言わねえか!」

「穴、穴のさらし台」

「ふふん」

可笑《おか》しそうに鼻を鳴らす音がしたと思うと、こちら側の真砂の腰がぴくっと動いた。たんに機械的に動いたのではない。この刹那に、彼女の失われた意識にいのちの火が吹きこまれたようであった。

「あ――」

かすかではあるが、たしかにそんな声も聞えた。

あきらかに真砂は意識を回復した。しかし、とっさには自分に何が起ったのかわからなかったらしい。首を左右にふった。見るまでもなく——完全に見ることはできないほど、彼女はその衝立にへばりついている。四肢と胴が、しっかと緊縛されているのだ。

そのあいだも一種の感覚が伝えられてくるらしく、彼女の動かぬ四肢と胴は異様なうねりを見せた。

「あ、何を。——」

とか、

「こ、これは。——」

とかいうような、声にならぬ声がもれた。しかし彼女はそこを離れることはできない。

「算法」

と、向うでまた声だけがした。

「一階は見た。あそこに大甕《おおがめ》が三つならんでるが、あの中に……例の酒漬けの女が入ってるのかね？」

「は、一つだけ。……」

「あとは酒だけか。……何にするんだ、女を酒に漬けて」

「殿が飲まれるのでござる」

「へっ？　何のために？」

「わ、若返りの薬として」

「――ひでぇことをしやがるなあ。ききしにまさる化物だな。ところで、二階にはこんなところがあると。ほかにどんな部屋がある？」

「あちこちに黄金の貯蔵庫と」

「ふん」

「研究室と」

「研究室？」

「殿と拙者とが精根かたむけた工学的、医学的、光学的、その他さまざまの研究用の資材やその成果が貯わえられておる部屋でござる」

「わからねえな、何をするところだって？」

「鉱山開発、新兵器、造船、医療などに一新紀元を劃《かく》する。――」

「それもよくわからねえ。……おめえさん、みかけによらねえ大した学者だなあ」

嘲弄《ちょうろう》ではない。感心した声だ。

にもかかわらず、毛利算法の抜けた腰はまだ立たない。彼をして、こうべらべらとしゃべらせる恐怖のもとは、実は衝立のこちら側の真砂の方の動きにあったのだ。

壁に向ってそんな動きをする女があるだろうか。黒ずんだ板壁に密着した真砂さまの日本人離れしたスラリとした肢体は――手足を四匹の白蛇《はくだ》のようにうねらせ、そして吸いついた腰でくねくねと螺旋《らせん》をえがいているのであった。それが、みずからすすんでそうしているようでもあり、他から意志に反して操られているようでもあり、快美とも苦悶ともつかないあえぎやうめきの伴奏を入れているのだ。

それは彼女が斬《き》られたり突かれたりしている姿を見るよりも、もっと恐ろしい迫力であった。――この美しいが気丈で誇り高い愛妾の性質をよく知っている算法には。またその奇怪な衝立を案出した算法自身にとっては。

六文銭のどこ吹く風といった声はつづく。――

「長安がいいやがった。――このおれや女百人を合わせたって算法のいのち一つには代えられぬ、といったのはそのためかね？　信じられねえ、といったって、その通り、長安はおれをこのままにして退却したんだからな。信じられねえ、というのは、おめえが大学者だってことじゃあねえ。こんなことまでされても助けてえいのちが、天下にあるってことなんだがね。――」

いまや真砂の方は頭をのけぞらしていた。獣のような声が、舌とともにはき出され、手の指はこれまた獣のように板にくいこまんばかりであった。

「がまんしな、罰だ」

と、六文銭の声が衝立の向うでいった。

「といいてえが、これが罰だと思うかね？　こんな法楽、いままで味わったことはあるめえ」

「――ろ、六文銭！」

帛《きぬ》を裂くような声がした。

「やめて！」

「いまさら、やめてもねえだろう」

「やめて！　六文銭！」

「——あっ、驚いた。お朱鷺さまですか——。声が出やしたか？」

真砂の方の動きがとまった。

代りに——磔台の朱鷺が起きあがっていた。彼女はさっきからじっと真砂の狂態を見ていたのだ。「穴のさらし台」の解説は長安からもきいたが、はじめ真砂が何をしているのか、見当もつかなかった。——が、やがて衝立にしがみついて身をくねらせ、異様なうめきをたてはじめた女の狂態から、蒼《あお》ざめていた朱鷺の肌も徐々に赤らみ、凍りついていた乳房も起伏し出し——そして、ついに、まるで死固していたような全身が内部からの血でつき動かされて彼女は半身を起したのであった。

「おう、お朱鷺さま、動けるようになりやしたか！」

衝立の向うから、六文銭が現われた。

袴《はかま》のひもに手をかけてはいるが、今まで何をしていたのか。——何食わぬ顔とはまさにこのことだ。

にもかかわらず、いちど静止した真砂の腰は、また衝立に向ってこすりつけられ、くねり出した。まるで衝立の向うから奔入した波濤がはね返ってそれにつられて腰が動き出したようでもあり、また衝立に残る炎にそのあたりを炙《あぶ》られているようでもあった。

それをちらっと横目で見て、六文銭は舌なめずりし、しかし、

「動けるなら、そろそろ出やしょうか」

と、いった。

あたかも遊楽の場所にちょっと来て、ひと遊びしてぶらりと立ち去るような調子だ。これだけ傍若無人なまねをして、彼は簡単にこの赤玉城を退散できると思っているのか。いや、この血塔の二階の一室からみると、そうやすやすと出られると思っているのか。

もっとも彼は、突き立ててあった刀身はとった。

「おい、立て、算法」

と、あごをしゃくった。

「立たねえとぶった斬るぞ」

毛利算法は、水面に浮き上る水母《くらげ》みたいにふらふらと立った。

二

扉《とびら》の外には二十人あまりの人間がいた。

長安と、三人の愛妾と、京蔵人《きょうくらんど》と——そして蔵人が、長安の制止にもかかわらず、いちど塔外へ走り出てつれて来た十数人の武士たちと。

そして、京蔵人は歯がみする。

「殿、いかに何でもこれはあまりでござる。ここはわれらの城の中でござるぞ！」

石の壁をたたき、

「よもや、きゃつらを、ぶじ逃すおつもりではござりますまいな？」

と、泡《あわ》を嚙《か》み出す。また、

「いっそ、この淫霧《みだらぎり》を投げこんで」

と、お汐《しお》がふところに手を入れ、

「それより、わたしはさっき、この火炎筒を使おうと思うた」

と、お珊《さん》が細い精巧な金属筒を撫で、

「逃しはせぬ。この短銃《たんづつ》が」

と、お船がスナップハウンスを握りしめる。

それに対して、長安は、

「待て」

と、なお厳然と抑えてきかないのであった。

「算法を道づれにさしてはならぬ。あれを助けるまでは待て」

「殿、きゃつが算法を手離すとお思いでござるか」

「手離さぬ、ということが確実となった場合、はじめて成敗しても遅うはなかろう」

しかし、長安の顔は蒼ざめている。不安のみならず、あきらかに凄じい怒りを抑制した顔色であった。

「……き、きゃつ、何をしておる――？」

蔵人は何度目かの耳を扉にこすりつけようとして、ふいにぱっとうしろへはね飛んだ。扉は徐々にひらいた。そして毛利算法と六文銭の姿が現われた。

六文銭は左腕で算法の右腕を抱えこみ刀身をピタリと横に、算法ののどぶえにあてがっていた。

「お待ち遠《どお》。……」

にやっとした。

「さ、お先へどうぞ」

合体したからだをちょっと横にすると中から朱鷺が出て来た。もとの通りきものをつけ、髪は乱れ、ややよろめいてはいるが、しかし二歩、三歩、廊下をふみ出す。

「ま、待て！」

蔵人の絶叫とともに、武士たちはいっせいに抜刀した。

「やるつもりかね？」

朱鷺のすぐうしろについて歩き出していた六文銭の刀が、算法ののどでぴかとひかった。

「六文銭」

と、長安はしゃがれた声で呼んだ。

「うぬはあくまで算法を離さぬか」

「大事《だいじ》な人質だ。離したら――御覧の通りみなさん牙をむいてお待ちじゃねえですか」

「刀をひいたら離すか」

「いや、城を出るまではまだ危ねえ」

「城を出たら返すか」

「それでも返さぬといったら——いくらなんでも承知なさるめえな。よし、こんどはおれは、この女のひとを助けてえだけの目的で乗り込んで来た次第《しでえ》だ。とりひきしよう」

と、六文銭はくびをひねっていった。

「おれたちが城を出たら、門をしめろ。それからまずこの女のひとに先にいってもらう。大丈夫《だいじょうぶ》と見きわめがついたら、おれはこの水母《くらげ》先生を残して、はじめて逃げる。……どうだね、このとりひきは？」

「しかと、算法は残すな？　ならば、よい、ゆくがよい」

「殿！」

蔵人は血声《ちごえ》をあげたが、長安はもういちどあごをしゃくった。

「ゆけ！　みなのもの刀をひけ。そこを動くな！」

「では、今回《こんけえ》はまずこのへんで」

朱鷺を先頭に、剣林の中をゆき過ぎる六文銭と算法のうしろ姿を、口をへの字にして見送っていた長安は、ふいにまた声をかけた。

「真砂はどうしたか？」

「大丈夫《だいじょうぶ》。殺しやしねえよ、それどころか、よだれをながして思い出し笑いをしていなさるはずさ」

笑声とともに階段に消えてゆく影を見きわめもせず、長安は審問室に入った。三人の愛妾もそれを追う。

そして彼らは、穴のさらし台に結《ゆわ》えつけられた真砂の姿を見出したのである。

真砂はたしかに生きていた。のみならず、紅潮した――長安がこれまでにこの女に見たいちばん美しい顔をこちらにふりむけさえした。

しかし、長安が近づこうとすると、その頭が妙な風に動き、その唇のはしからキラキラと鮮血がひかりつつながれおちたのである。

「し、舌をかみおった！」

長安がさけんで、駈《か》け寄った。

同時に、真砂の足もとにかみ切られた肉片がおち、彼女はがくりと首を垂れてしまった。穴のさらし台に磔《はりつけ》になった姿勢のまま。

三人の愛妾が狂気のように革の環を解き、そのからだを床に横たえた。しかし真砂の頭はもうぴくりとも動かなかった。

茫然としてそれを見下ろしていた長安が、ふいにうめき出すようにいった。

「お船、三階に上れ」

「は？」

「……やがて六文銭が、ひとり城から坂を駈け下ってゆくであろう。それを三階から狙《ねら》い撃て」

「六文銭とはいわずあの女も」

「いや、女を撃てば、算法が危ない。かく相成って算法まで討たれては、たとえあの二人を仕止めてもこちらの負けじゃ。女は放《はな》せ。きゃつさえ始末すれば、女はいつでも捕えて成敗できる」

お船は立ちあがり、駈け出そうとした。

「三階から城門まで、その銃の射程距離はいっぱいであるぞ」

この場合にも長安は注意を喚起したが、声は憎悪にひきつった。

「坂の半ばまで下らせてはならぬ。しかも、頭は撃つな。七連発を以て、その四本の手足を撃ち止めて見せい！　おまえの手並みを見せたあとで、長安、この審問室できゃつにさらに思い知らせてくれる」

# 連枷《れんか》討《う》ち

## 一

六文銭は血塔を出た。

前に朱鷺《とき》を歩ませ、算法をしっかと抱きかかえたまま。

うしろから、たまりかねたように城侍たちがあとを追い、また外にいて事情を知らぬ侍もこの異変に仰天して、抜刀して駈《か》け寄って来るのを、六文銭は平気でふりかえり、

「おい、殿さまはよせっていいったんだぜ。よさせた方がよかろう」

と、いった。追って来た京蔵人にだ。

「みな、退れ」

と、蔵人は下あごをつき出してさけんだ。

「捨ておけとの殿の仰せだ。追うな！」

しかし、彼だけは数メートル離れて、六文銭たちのあとを追ってゆく。長安の命令を伝えるとみせかけて、その実、六文銭が長安との約束を履行するかどうかを見きわめるためであった。六文銭が門のところで算法を返してひとり立ち去ったら、血塔の三階からお船が短銃で狙撃《そげき》することになっている。六文銭が倒れたら走りかかってひっ捕えるつもりだが、その前にまず血へどを吐くほどその顔を踏みにじってやらなければ気がすまぬ。もし六文銭がなお算法を人質につれてゆくなら——もはや長安が何といおうと、侍たちを駆《か》りたてて、きゃつを乱刃につつんでしまう決意だ。

アーチ型の門に出た。

門は閉じられていた。事情はよくよくわからないながら、血塔をめぐる騒ぎに門番が、

あわてて、ともかく門をしめたのである。

長安と六文銭とのとりひきによれば、ここでまず六文銭は朱鷺を帰す。ゆくさきは彼がどこか指定するのだろう。その安全をたしかめてから、彼は算法を残してひとりまた立ち去る。——一方に、果たして六文銭がそこで算法を解放するかどうかという不安があれば、一方には、算法を解放したあとで長安方がなお六文銭を見逃すかどうかという不安がある。

そこが紳士協定だといいたいところだが、それがあまりあてにならない。だいいち、長安方に六文銭をそのままゆかせるつもりはない。

その自分の方のルール違反の下心はさておいて、相手がそれを守るかどうかがまず心配だ。で、蔵人はついて来た。

「開けな」

と、六文銭があごをしゃくった。

門番たちが判断に苦しむ眼で京蔵人を見やった。蔵人はいった。

「開けろ」

血塔の三階では鉄格子の内側で、お船がスナップハウンス銃に手をかけた。そのあとについて来た大久保長安が、声をかけた。

「待て、きゃつが坂の途中まで下りたときじゃ。そこに照準を合わせて待て」

といって、遠目鏡をとって眼にあてた。

望遠鏡つき短銃というところだ。が、ふと長安がつぶやいた。

「はてな？」

門はひらかれた。

とたんに六文銭と京蔵人は棒立ちになっていた。

その向うに立っているのは、一団の城侍であった。むろん、いままで城内にいた連中ではない。――その中に、例の象潟杖兵衛《きさがたじょうべえ》もいる。安馬谷刀印《あんばやとういん》もいる。その上、やや離れて味方但馬《みかたたじま》もいる。――

二

「……うっ」

だれか、うめいた。

その一団の中からだ。――声をもらしたもののみならず、その幾十かの眼が、こちらよりもさらにひどい驚愕《きょうがく》をありありと浮かばせていた。

それはそうだろう。いままでさんざん町じゅうを捜《さが》しあぐねて、「あっちだ」「いや、こっちだ」とついにとり逃した相手が、奔命に疲れて引揚げて来た自分たちの城の門の中ににゅっと立っていたのだから。

本来なら、城へ上って来る彼らの姿が長安たちにも見えたはずだが、血塔から城門に至る六文銭たちに心を奪われていたのと、それに彼らはそのやや前に城門に達していたのと

で、閉じた門にさえぎられて気がつかなかった。ただ長安が、

「はてな？」

とつぶやいたのは、彼らからすこし遅れて坂を上って来た味方但馬の姿が、ちらと視界に入ったからだ。

象潟杖兵衛たちも、閉じられた城門に、これも「はてな？」とくびをかしげて佇《たたず》んでいたのである。門のみならず、さすがに内部の異変を第六感に受けとめて、安馬谷刀印のごときは門の扉《とびら》の外に耳をおしつけてさえいたのだ。

が。――

いかなる想像もこの大意外事には及びもつかなかったろう。

「かっ」

「くわっ」

象潟杖兵衛と安馬谷刀印は、そんな意味不明の怪声を発してとびのいた。

立ちすくんでいた六文銭の手がぴくっと動いて、刀を算法ののどにあてがった。

「蔵人、殿さまとの約束を言え」

と、いって、苦《にが》っぽく笑った。

苦っぽく――といったが片頬はひきつっている。ただですむ相手ではない、と直感したからだ。ここでやり合うとなれば、たとえ算法をどうしようと、こちらの運命は知れたことだ。自分のみならず、朱鷺の運命も。

京蔵人もあわてていた。

「待て、算法とひきかえに、そやつら離せとの殿の仰せだ！」

と、さけんだが杖兵衛も刀印も、それを受けつけた反応はない。そもそもこの二人に、毛利算法の生命の貴重さに対する認識などはてんでない。

ただ。——杖兵衛が左腕をふるって絶叫した。

「こやつは、おれのものだぞ。テ、テ、手を出すな！」

ふるった左腕のさきに鎖と毬《いが》のついた鉄球が握られている。それはそのまま、右手で腰から抜き出した樫《かし》の棒の尖端にガチャリととりつけられた。

こやつはおれのものだぞ、とさけんだのは、先刻中断された決闘を続演する権利は自分にある、という意味だろう。六文銭は、ただですむ相手ではない、と直感したが、ただですむどころではない。彼はこの相手のこの武器に追いまくられ、血まみれになり、間一髪逃れ去ったばかりだ。

いま、その連枷《れんか》はふたたび装塡《そうてん》された。

「どけ！」

凄《すさま》じい杖兵衛の気魄に押されて、侍たちはもとより、安馬谷刀印までがどどと輪をひろげる。

連枷を握った杖兵衛の手は高だかとうしろにふりあげられた。

このとき六文銭は、算法ののどに擬していた刀身を左手に持ちかえ、だらんと下げた。

――右手は腰のうしろにまわした。抵抗をあきらめたかと見える姿であった。

がが、敵のこんな姿に憐愍《れんびん》をおぼえる象潟杖兵衛でもなければ、またそんな場合でもない。

「いのちは貰った！」

咆哮《ほうこう》とともに、二メートル半の攻撃圏にある六文銭の頭上に、左から連枷がうなりたてて薙《な》ぎつけられた。

六文銭は右へ飛んだ。

「やや、や――っ」

いちど旋回した鎖と鉄球は、目にもとまらずこんどは右から叩きつけられる。

その鎖へ、びゅーっと何やら飛んでいったものが、くるくるっと巻きついた。

「あ！」

さけんだのは、安馬谷刀印だ。一瞬それが何であるかと知っても、なお自分の眼が信じられなかった。

それははがね麻羅であった。六文銭は腰のうしろにさしていたあの真砂《まさご》の武器――鋼鉄の螺旋《らせん》を電光のごとく振り出したのだ。のび切った鋼の線条は、連枷の鎖に巻きついた。

――曾《かつ》て象潟杖兵衛は、伊賀の鍔隠《つばがく》れ谷の妖女おくがの鎖鎌の鎖に、おのれの連枷の鎖を空中で巻きつけて、これを破った。それとそっくり同様に、いま彼の連枷の鎖は、六文銭のはがね麻羅に巻きつけられたのだ。

のみならず。――

異様な連枷の手応えに、杖兵衛の動きがはっと停止した一瞬、六文銭はそれから手を離した。

のび切ったはがね麻羅は縮んだ。杖兵衛の方へ。——その一端が敵のどこかに触れた刹《せつ》那《な》に手を離せば、鋼鉄の螺旋はまるで吸いつけられるように、その敵めがけて飛びついてゆく。それはほんのいま、塔の中の妙な部屋で長安の愛妾相手に、六文銭が味をしめたばかりのはがね麻羅自身の機能だ。

「くわっ」

これは、声ではない。連枷に巻きついたはがね麻羅が、三十センチの本来の短さに縮まり、彎曲《わんきょく》した屈端で、象潟杖兵衛の顔面を打撃した、鉄と骨との相打つ音であった。

思えば杖兵衛は曾て真砂のためにこの武器でしてやられたことがある。彼とはがね麻羅は、よほど相性《あいしょう》が悪かったのかも知れない。

飛び散る血の中を、さらに大きな血しぶきが噴いた。

六文銭が躍りかかって、左手に持ったままの刀で袈裟《けさ》がけに斬《き》りつけたのだ。斬るというより、たたき割るような一撃であった。まるで野獣のような敏捷さで、彼はもとの位置に飛び返っている。そのまま刀身を算法にあてがい、右手で朱鷺をかばって、

「どうだっ」

と、歯をむき出した。

「まだやるか？」

「やる」

破壊された真っ赤な重戦車みたいな象潟杖兵衛の、文句のない屍骸《しがい》の上を、安馬谷刀印のヒョロリとした姿がまたいで、そこに投げ出されたままの——からみ合った連枷とはがね麻羅をぽーんと蹴《け》った。

「やらずにはおくか、見せずにはおくか、安馬谷刀印の合奏刀《がっそうとう》を。——」

「待てっ」

と、そのとき、刀印の背後から声がかかった。

味方但馬であった。

三

但馬は、庄司甚内《じんない》が去ってからも、遊女屋の中庭にいつまでも坐《すわ》りこんで考えこんでいた。そこへ六文銭を捜《さが》しあぐね、負傷者を収容するために安馬谷刀印たちがいちどひき返して来たのである。すると、傷ついた有田丈助と吉江武兵衛は、但馬も知らぬうちにいつのまにか見世《みせ》の方を通って城へ帰ったという。伊賀者たちといっしょにぽかんと彼も引揚げて来たわけだ。

引揚げる途中も、彼はひとり思案顔であったが、いま同じ表情でこの決闘を見物していたわけではない。何しろ、それは顔と顔を合わせてから、ほんの一、二分の勝負であった。

「なにっ？　じゃますするやつはどやつだ？」

ふりむけた安馬谷刀印の形相《ぎょうそう》は、制止した人間を大久保石見守《いわみのかみ》の愛臣とは見ない凄愴《せいそう》さであったが、これに対して、

「味方但馬じゃ！」

大喝《たいかつ》した彼の威容は先刻までの思案顔をかなぐり捨てた本来のものであり、かつそれだけにさしもの刀印をぴたと抑えつける磐石《ばんじゃく》の力を持っていた。

「蔵人……、算法とひきかえにそやつを離せと殿が申されたのじゃな？」

「そうだ。しかし」

蔵人はその任務も理性も失った表情で、

「もはや、何物を犠牲にしても、そやつら離せぬ！」

と、さけんだ。但馬はくびをふった。

「いきさつは知らず、殿の仰せは至当じゃ。いかにも算法は殺せぬ」

「殿の仰せはいかにあろうと、おれはそれを無視する。おれが責任を持つ。刀印、やれ！　みなかかれ！」

「うぬら、すざりおれ！」

但馬は山岳のあらくれ金掘師たちを慴伏《しょうふく》させる声でさけんで、

「六文銭、算法を離せ。その代り、おれが人質になる。おまえがいいというところまで、おれをつれてゆけ」

と、いった。

六文銭は眼をぱちくりさせて味方但馬を見、また算法をのぞいたが、

「よし、そのとりひきに乗り変えよう」

と、うなずいた。

「ゆきゃがれ」

どんと毛利算法を蹴飛《けと》ばすとともに、朱鷺の手をひいて、スルスルと味方但馬のそばに寄る。そののどに刀をひきつけて、

「おい、これア約定破りじゃねえぜ。その水母《くらげ》野郎はたしかに返した！」

と、京蔵人に呼びかけたが、すぐに小声で、

「ひょっとこ大将、ありがとうよ。おいら、これからどうしようかって思ってたんだ」

にやっと笑った。

「じゃ、そこまで御一緒に」

朱鷺を先頭に、六文銭と但馬はスタスタと坂を下り出した。のみならず、六文銭はくるりと刀身をまわして鞘《さや》におさめてしまった。

「豪傑につきつけてちゃ恰好《かっこう》が悪いやね。おめえさん、逃げそうにねえから刀はひっこめるが、しかしおれをだましちゃいやだぜ」

肩をならべ、うしろから見ると友達同士のようだ。

刀をおさめたと見て、どっと武士たちが動こうとするのを、但馬がじろとふりむいた。

「今さらじたばたするな！」

と、一喝して、ついでにちょっと血塔の方をふり仰いだようだ。

あと見送って。――

「……但馬め、奇怪なまねをする」

京蔵人は険悪な顔で立ちすくんでいたが、たちまち身をひるがえして、悍馬《かんば》のごとく血塔の方へ駈け戻っていった。

「六文銭」

歩きながら、ふたたび思案顔になった但馬がいった。

「おまえ、恐ろしいやつだ」

「へっ、城へ先廻りしてたのに驚いたろう。……実は、あんまりうまくいったんで、おれも驚いてるんだ」

「それもあるが――おまえ自身より、おまえを操っている影が」

「おれを操ってるやつ？」

六文銭はちらと前の朱鷺のうしろ姿に眼を投げた。はじめて、どきっとなったまなざしで、おそるおそるいう。

「しょ、正体を知ったかね？」

「わからぬ。……いくら考えてもわからぬ。……夢魔のように胸をかすめる影があるが。……」

「……なんの影？」

「あまり恐ろしゅうて、口に上《のぼ》せぬ。だいいち、そんなはずはない。石見守さまをどうにかして、なんの益するところもないはずだからだ。それどころか……」

六文銭は変な顔をして、味方但馬の横顔を見た。声も重々しかったが、但馬の顔は、痙《けい》攣《れんてき》的にひょっとこの表情を刻むのにもかかわらず、名状しがたい深刻な恐怖があった。

「六文銭、何もいわぬ。何もきかぬ。逃げてくれ」

「どこへ？」

「佐渡の外へ」

「海を越えてかね？　そ、そんなことができるかね？」

「逃げてくれるなら、但馬、いのちにかえて舟を仕立ててやる」

「ど、どうしたんだい、ひょっとこの大将、変なことをいうじゃあねえか。何だか、うすっきみが悪いなあ」

「退散せぬと――但馬も覚悟をきめ直して、おまえを敵に回さねばならぬ」

いうと同時に、但馬はふいにどすと地ひびきたてて、異様な動きかたをした。遠く銃声が聞えたのはそのときだ。

どちらが早かったか。――

判断のいとまなく、六文銭は朱鷺の背にかぶさるように前へ飛び、どうとふしまろんだ。

「危い！」

朱鷺を抱いたまま、六文銭は坂をころがって逃げた。その背後の地面に、プス、プス、プス、と土けむりが立った。銃声は連続していた。

「一杯くわせやがったな？」

木の葉虫を包む葉っぱみたいに朱鷺を巻いて十メートルもころがっていってから、六文銭は半身起してふりむいた。

味方但馬も倒れていた。片手でおさえた左のふとものあたりに血潮が噴き出しているのが見えた。

# 螢放生《ほたるほうせい》

## 一

城門の方からどっと侍たちが坂を駈《か》け下って来ようとするのを見て、一刀ひきぬき、その前に味方但馬《みかたたじまき》を斬り伏せようと思ったらしく、躍りかかろうとする六文銭の前に、なお、プス、プス、と地に銃弾がつき刺さり、土けぶりがつづいた。

六文銭は眼をあげて、血塔の三階の窓を見た。

たちまち身をひるがえして馳《は》せ戻り、朱鷺《とき》を小脇にひっかかえると、まるで彼自身が巨大な弾丸に化したかのごとく坂を駈け下っていった。

銃弾はしかし彼のみならず、それを追おうとした侍たちをも制した。動こうとして、数瞬ひるみ、それから改めてまた殺到したが、

「待たぬか！」

という叱咤《しった》が、彼らの足にふたたびたたらを踏ませた。

坂のまんなかに、味方但馬がぬうと半身を起していたのである。

「算法を返したら、きゃつを離すとは、殿のなされた約定《やくじょう》ではないか。追うな！」

その言葉より、但馬がたしかに味方の――城からの銃撃を受けて、左のふとももから血をまきちらしながら、大手をひろげて吼《ほ》えた勢いに打たれて、みな釘《くぎ》づけになった。

但馬は立ちあがり、ふとももから血をながしつつ、がっくり、がっくり歩いて来る。

そのとき、鐘が鳴り出した。美しい、恐ろしい血塔の鐘の音であった。

――とまれ、六文銭は、狩られた鳥を抱いて、ぬけぬけと赤玉城から逃れ去ったのだ。虎穴に入って、みごと虎児を得たのだ。あまっさえ、長安の一妾を犯しそのうえ、一伊賀者さえ斃《たお》して。

「杖兵衛」

安馬谷刀印《あんばやとういん》は慟哭《どうこく》していた。この男が泣く姿など、服部半蔵でさえいちども見たことはなかったろう。

「か、か、かたきは必ず討ってやるぞ」

二

「——見えるか」

と、長安がきく。

「見えまする。——おお、何という早いやつ、もう町の中を。——」

と、遠目鏡を眼にあてたお汐《しお》がいった。

血塔の三階である。頭上ではまだ鐘が鳴っていた。京蔵人《きょうくらんど》が悪鬼のごとく綱を引いている姿が眼に見えるようだ。

長安はふりむいた。そのとき、味方但馬と毛利算法が入って来たのである。味方但馬はふとももを布でしばっていたが、布には血がにじみ、しかも算法を抱くようにしていた。かえって全然無傷の算法の方が、まだなかば喪神のていであった。

「但馬どの」

と、お船がいった。——鐘が鳴り止んだ。

「あの男を狙《ねら》ったのです」

「わかっております」

「なぜ、あの男といっしょに歩いていたのじゃ」

但馬を傷つけたのは、お船の短銃であった。しかし、わびる語気ではない。まず最初の一弾で正確に六文銭の左足を撃ちぬいたつもりであったのに——と、むしろ無念げな眼であった。

「それにまた算法どのも情けない。——」

と、お珊《さん》が、歯ぎしりの音をたてた。

「あの男につかまりながら、女ほどのあらがいも見せず——あなたのために、真砂《まさご》さまは死ぬ羽目になったのですよ！　真砂さまは、女でも、恥じて舌をかみ切って死なれたのですよ！」

「ほ？」

但馬は愕然《がくぜん》としたようであったが、算法は照れくさげなうす笑いを浮かべただけであった。ただモゴモゴと口の中でつぶやいた。

「わしは死にとうない。まだやらなければならぬことがある。……」

この問答をききつつ、長安は何もいわぬ。ただお汐の方に眼をむけて、

「きゃつらのゆくえ、見失うなよ」

と、また注意した。

そのとき、塔の上で、京蔵人の吼《ほ》える声がした。

「馬の用意をせい！　狼煙《のろし》があがったら、そこが曲者のおる場所だ。すぐに騎馬隊で駈けつけい！」

城門あたりにひしめく侍たちに命令しているのだ。

「町をチラチラ逃げる姿が見えまする。あの男が、女の手をひいて」

と、お汐がいった。

「例の遊女町の方へか？」

「いえ、ちがいまする。——どうやら町をつきぬけて、北の方へ」

そのとき、京蔵人が入口に顔をのぞかせた。塔の上から駈け下りて来たのだ。

「殿、拙者も馬の用意をいたす」

すぐにあわただしく去ろうとして、ふと部屋の中にいる人間を見ると、

「や、但馬か。……おぬしが要《い》らざるまねをするゆえに、こちらも大骨を折らねばならぬことになった！」

と、吐き出すようにいった。

「しかし、殿、大丈夫でござる。いまの鐘で、相川の北の番所、南の番所も、かねてからの合図通りに守りをかためたはず。発見すれば、狼煙をあげましょう」

「きゃつら、北へ逃げるつもりらしい。——」

と、長安がいった。

「——あっ」

と、お汐がさけんだ。

「しまった！」

「どうした？」

「あれは、六文銭ではない。——」

京蔵人が駈け込んで来て、望遠鏡をひったくった。お汐は狼狽《ろうばい》していった。

「いつのまに変ったのかしら？　きものはさっきのまま——吉江武兵衛の姿だけれど、いまこちらをむいた顔がちがう。おお、そういえば、女もちがう！」

「なに、さてはきゃつは、けさ追われたのにこりて、どこか家の蔭で、通行人とでも姿をとりかえおったな」

と、長安がうめいたとき、遠目鏡から眼を離し、歯をかんで空をにらんでいた京蔵人が肩をゆすっていった。

「しかし、きゃつらが相川から逃げ切れるわけがない。相川は山と海にはさまれた細長い町、その南北の道をかため、西の海へも逃げられぬ以上、町のどこかにひそんでおるよりほかはない」

「東へは？」

と、お珊《さん》がきいた。

「東は金山《かなやま》へゆく道。——そこはもとより、ほかの山道すべて、網の目のごとく人足を見張る番所がめぐらしてござる。そこも、見つけ次第、狼煙をあげるはず。——よしっ、それを待とう」

蔵人は但馬にむきなおった。

「きゃつ、また西田屋にかくれるつもりか。——但馬、甚内《じんない》は何といっておった？」

「甚内は、あの男を江戸のならず者とのみ知り、おどされて住まわせておっただけで、ほかのことは一切知らなんだという。——」

「それはきいた。しかし、あのおやじ、ひとすじ縄ではゆかぬくわせ者だ。ううむ、すぐこれからでも、西田屋はもとより、相川の町一帯、虱《しらみ》つぶしに探し出してくれる。——それより、但馬、おぬしもおかしい」

と、蔵人は眼をひからせた。

「但馬」

と、長安が呼びかけた。

「先刻、おまえと六文銭が坂を下ってゆくのをわしは遠目鏡で見ておった。両人、何やら話し合っておったようじゃが、何を話しておった？」

味方但馬は眼をあげて長安をながめ、沈んだ声でいった。

「は、——六文銭に、もはやこれ以上、石見守《いわみのかみ》さまをお悩ませせず、佐渡を立ち去るならば、船を仕立ててやろうとかけ合うておりました」

「なにっ？」

蔵人は歯をむいた。

「た、たわけたことを、——そんなことは相成らぬ！」

「なぜよ？　但馬」

と、長安はきいた。

「は。――御覧のごとく、きゃつ――お凪《なぎ》さま、真砂さまはもとより、伊賀者五人のうち、すでに四人まで落命いたさせました。まことに以て恐るべきやつ。ただ退散してこれ以上わずらいを致さねば、それに過ぎたることはなしと存じ。――」

「それだけか？」

「それだけでござる」

「きゃつ、いったい何者であろう？」

「それが、いまだにわかりませぬ」

「はじめはさしたるやつではないと思うておった。――が、いまとなってはいかにも恐るべきやつ。――しかし、恐るべきは、ただあの男だけではない。――」

と、長安はひとりごとのようにつぶやいた。

「あの男を動かしておるものが」

はっとしたように但馬はまた長安を見た。

「それが、わしにもわからぬ」

と、長安はくびをふった。いまふと洩《も》れた疑惑はただ本能的なものであって、べつにはっきりした根拠のあるものではなかったらしい。

「あの男、はじめて見た。わしにおぼえはない。わしもこの年になるまでまったく坊主のごとく行いすまして来たわけではない。それどころか、恨みを買うこと山のごときものがあろう。が、有象無象《うぞうむぞう》の仕返しにしては、ちと不敵すぎ、少々念が入りすぎておる。——あの女がマキビシなど使おうとしたところをみると、忍者という真砂の推定はまちがいないものと思われる。わしを狙う忍者とすれば、九度山から来たものとしか考えられぬ。従ってあの男もその一味にちがいない。——が、わしを狙う大坂方の忍者とすれば、なぜわしを討たぬのか？」

「まさか……殿を討たせてなるものですか！」

と、三人の側妾《そばめ》がさけんだ。

「いや、音にきこえた伊賀者を四人まで斃《たお》したやつだ。先刻でも、わしに手を出そうとすれば、出せたはずだぞ。おのれのいのちをこの城に捨てるつもりならば」

「女を助けようとしたのではありませぬか？」

「左様か喃《のう》」

と、長安はいった。

「いかにも、あの男がこの城に乗り込んで来たところを見ると、よほど女のいのちが大事らしい喃。きゃつがぶじに逃れ去ったのはまったく出たとこ勝負の結果で、事前には十死に一生もないと思われる離れわざじゃからの。——しかし、仲間の命をそれほど大事にするとは、どうも九度山の忍者らしゅうない。——」

長安は顔をあげた。

「但馬、やはり、きゃつは佐渡から逃がせぬ」

「むろんのことでござる！」

と、京蔵人が、何をいまさら、といった顔でうめいた。

「天下の大久保石見守さまに対し、あれほど執拗に、あれほど嘲弄的《ちょうろうてき》にちょっかいをかけ――ちょっかいどころではない、二人の御側妾までおいのちを失わせたくせものを。――」

「それもあるが、わしはあの男をとらえて、その動機をつきとめたいのじゃ。その正体を知りたいのじゃ」

と、長安はうなずいた。その顔に、年に似合わぬ例の精気がてらてらとよみがえり出していた。

「もう一つ、あの女が欲しい。あの女を、是非女精酒にしたい。いかにもあの女、つくづく見たが、女精酒のこれ以上はない恰好《かっこう》のもとじゃ。あの女を、酒に溶かして、心ゆくまでわしは飲みたい！」

「先刻、妙な責めになどかけず、はじめから甕《かめ》に入れておやりなさればよろしゅうございましたものを。――」

と、お珊がいった。

「で、そのためにも、あの男を始末せぬわけにはゆかぬ」

「狼煙があがらぬ。――」

蔵人はいらいらしたように、塔の窓から夏の蒼空《あおぞら》をのぞいた。

「いかにしおったか。――」

「あれほど俊敏なやつじゃ。容易に網にはかかるまいが」

「いや、金輪際、相川から出られるわけがございませぬ」

と、蔵人が大地に槌《つち》を打つようにいったとき、毛利算法がぼそりと口を出した。

「夜、耳のひかる女を探せばよい。——」

三

「先刻、審問室にとじこめられたとき、あの女の耳に恋螢《こいぼたる》をつけてやった。——」

にやっとした算法の顔に、長安は眼を見ひらいた。

「や、算法、あの性欲体温計が成ったか」

「いや、完全とは申せませぬが、ほぼまちがいはございますまい。——」

——駿府にいたころから、長安の命令で算法が研究していたことがある。それは一種の螢光薬ないし燐光薬であった。はじめは、金山の闇黒《あんこく》の地底でいろいろ事故をふせぎ、かつ能率をあげるために、闇中でもひかる塗料はなかろうか、というのが望みで、それを算法が、黄燐やら硫黄やら白金やらまたいろいろの硫化物などを研究しているうちに、妙な液体を作り出した。

採鉱労働には役にたたないが、皮膚につけて、それが或る程度に熱くなると、一種微妙な化学的変化を起して、それがぼうとひかる、という現象である。皮膚は冷たいほどよい。

そしてそれが熱くなるほどよい——ということがわかって、長安は愛妾との交合のとき、それを女の耳たぶに塗らせた。すると、果たせるかな、女が熱すると、その耳が二匹の螢のように美しくひかり出したのである。

性的興奮度のグラフまで作るほど性科学にも熱心な長安である。坑内労働の照明云々よりも、むしろこの発見をよろこんだ。

いま、かりに名づけて「性欲体温計」とも「恋螢」ともいう。

かりに——というのは、その薬の性能がまだ不確かなところがあったからで、長安が見て、女がたしかにその極点に達していると思われるのに、その耳がひかることもあり、ひからぬこともあり、彼は薬に対して不信の意を表明するとともに女に対して疑惑を抱かざるを得なかった。極点に達したように見えるのは、女の自分に対する技巧ではなかろうかという疑いだ。

それはまた同時に、自分には女を極点に達せしめる能力がなくなったのではないか、という疑いにもつながることだから、最初恐悦した長安も、その後いささかこの奇妙な薬に対して熱意をうすれさせていた。それを算法は使ったというのだ。——あの大坂のくノ一に。

いつ？　先刻審問室に人質としてつれ込まれたとき——と本人はいったが、よくもまあ腰も立たぬほどの恐怖の最中にそんなことをしたものだ。

「あれ以来、やや研究はすすんでござります」

と、この科学的天才は水母《くらげ》のような頭をふりふりいった。

「あの男とあの女、必ず夜になれば交合するに相違ござらぬ。女の耳が火のようになれば、二匹の螢のようにひかり出し、数刻のあいだは消えませぬ。夜、耳のひかっておる女を探せ、或いは訴人せよとの下知を出されれば、きゃつらがいずこへひそもうと、いかに身をやつそうと、とうてい隠れおわせるものではござりませぬ。螢狩りのようなものでござる」

「おお！」

「拙者も、どうあってもあの両人、もういちど捕えとうござる。そして、もういちどあの審問室に入れて、あそこのあらゆる道具にかけた姿をこんどは拙者も、歯をくいしばっても見てやらなければ気がすみませぬ」

「蔵人」

と、長安はいった。はじめて笑顔になっていた。

「もし狼煙があがらねば、そのような達しを出せ！」


狼煙はあがらなかった。

どこの番所からもそれらしき男女を発見したという知らせはなく、相川の町じゅう、石を起し板まではがしても、六文銭と女は見つからなかった。

「夜、耳のひかる女を訴人せよ」

という立札が、相川はおろか、佐渡全土に立てられた。

# 佐渡の金山この世の地獄

## 一

相川から山道を上ってゆくと、前方に忽然《こつぜん》としてまるで魔神が巨大な斧《おの》で頂上を断ち割ったような三角形の褐色の山が見える。

これが慶長六年に発見され、まず開発されたいわゆる「道遊《どうゆう》の割戸《わりど》」で、割戸とは、金鉱の露頭部が採掘された姿をいう。すなわち、最初のうちはここに金鉱が露出していたのを野天掘りしたもので、これからつまり佐渡の金山史がはじまるのである。

さすがにいまはそんな露頭部はない。いたるところに坑道が掘られている。いたるところ――現代でもこの地に立てば、山という山にはまるでむじなの穴のごとく蜂の巣のごとくあけられた無数の採掘坑、試掘坑の跡に、人は壮観というより凄惨《せいさん》の気をもよおすであろう。

この荒涼たる山と大地一帯に、役人のいる番所、坑夫のいる間歩小屋《まぶごや》、鏈《あらがね》を掘り起す切場《きりば》、その貫目を改める矩定場《くじようば》、それをせり買いするせり場、捨石をさらにえらび出すどべ小屋などが散在し、それらをつらねる道には、山師、絵図師、振矩師《ふりがねし》、敷役人《しきやくにん》、それに山刀や鶴嘴《つるはし》や玄翁《げんのう》や鑿《のみ》や斧を持った大工、鍛冶、人足などが蟻《あり》のように働いている。空から見た大地の上だけで、それは数百人或いは数千人に及ぶかも知れない。

掘りちらされて露出した山肌から砂塵が舞い、削られる岩の粉が飛び、さらに無数の坑道から内部で燃やす燈火の油煙がたちのぼり——どんなに晴れた夏の日でも、まさに天日も暗いかと思われる。

「この茶毘《だび》っ」

「位牌野郎《いはいやろう》っ」

獣のような吼《ほ》え声があがる。——これが金掘師たちの特有の罵声《ばせい》であったといわれる。阿呆、畜生の比ではない。ふんどし一つの裸が多いし、それに重い鏈《あらがね》を入れたかますを背負って運ぶ人足たちはすでに生ける亡者のようであった。

しかし地上で働く者にはまだ救いがある。壮観ないし凄惨をきわめるのは、まるで蜘蛛《くも》の巣のような地底の坑道で、江戸時代初頭から掘られた坑道の総延長は実に百五十キロに及ぶという。現代でもそのうち利用できるのは三十キロくらいで、あとは埋没し、水没し、その迷路の全貌はついにわからないといわれる。——それをただ鑿《のみ》一本を頼りに、地底で掘り抜く数万の人間こそ、まさに地獄の亡者以外の何者でもなかった。

横の坑道から梯子《はしご》をつたって、下の坑道へ下りる。それは三重にも四重にもなっている。照明は松蠟燭《まつろうそく》や魚油を用いるのだが、油煙はこもり、さらに酸素が不足して消えてしまう。だからこそ長安が、燃えない照明に腐心したわけである。その上、鑿をふるって掘るために飛ぶ石粉で、掘子《ほりこ》たちは気管支炎を起し、肺気腫にかかり、いわゆる珪肺病《けいはいびょう》患者となる。当時これを「よろけ」ないし「掘だおれ」といい、

「肉おち骨枯れて、しきりに咳出で、煤《すす》のごときものを吐きて死す。三年存命つかまつらず」

と、そのありさまを伝えている。

それでも、掘子たちは、交替で地上に出られるからまだいい方なのである。助からないのは水替人足であった。

坑道の岩肌には地下水が汗のようにふき出す。まるで滝のようにふりそそいでいるところもある。しかもこれが昼夜を分かたないのだ。一刻の休みもなく汲みあげ、排出しなければ、坑道は水没してしまうのだ。——古代奴隷さながらのこの苦役に、長安は江戸から徴集して来た浮浪者たちをあてた。

大久保長安が奉行となって、金山《かなやま》が魔術のごとく黄金を生みはじめたことには、決して魔術ではないいろいろの原因がある。それまでの竪穴《たてあな》掘りや釣《つる》し掘りから、横穴掘りすなわち坑道掘りを採用し、かつその技術上の問題を解決したこと。その精錬に従来の鉛を加えて溶解するという方法を使わず、当時メキシコで使われていた水銀利用のアマルガム法を採用したこと。人口の少ない佐渡の労働力の供給源に本土の浮浪者などを大量にあてたこと、等。

右のアマルガム法にしても、いつ、いかにしてその技術が導入されたのか、公式の文書

には一切残っていない。ただ長安の手代草間内記の駿府屋敷への報告書などに「水銀ながしは極めて有利だ」という意味の言葉があるので、同法を使っていたことがわかっているだけである。そして長安の死とともに、それはふたたび旧法の鉛を以てする方法に還《かえ》ってしまった。

実にこれら精錬法、また坑道採掘に必要な測量術など、その知識の大半は毛利算法の独創に負うているのであった。

むろんその独創力をいかんなく発揮させた長安の功はそれ以上だ。――そしてこの経営と技術の天才は、さらに坑内湧水の根本的解決として、一大疏水道の開鑿《かいさく》という大工事に乗りだしたのであった。

すなわち、今も残る南沢の大疏水坑。

二

坑内排水は、人海戦術を以て桶《おけ》で汲みあげ地上に運搬するという原始的な方法以外に、味方但馬《みかたたじま》の工夫によるスッポン樋《とい》というポンプ式器具をも使ったが、これもついに間に合わずという状態に立ち至った。

で、長安はその地下湧水を集めて、千松水坪から南沢というところの滝の下へみちびき、さらに相川湾へ落そうと計画したのだ。この南沢疏水は或る事情で中断され、のち元禄年間に再開され、五年の歳月をついやして完成し、現代でもなお佐渡金山の主要な排水路となっているが、その最初の着想は大久保長安の独創であった。

約一キロにわたり、高さ二メートル以上、幅一メートルから二メートルのトンネルを掘るのに、両端からのほかに途中二か所からも竪坑を掘り、その底からも前後に掘ってゆこうとした。つまり六か所から同時にトンネルを掘ってゆくのだが、それが地底でピッタリ合うために、毛利算法の振矩術《ふりがねじゅつ》——測量計算が絶対的にものをいったことはいうまでもない。

「おう、女じゃ！」

「女の匂いがするぞっ」

いま、その中間竪坑の一つ——北沢下ノ口一帯で、掘り出した岩塊をモッコで運んでいた人足たちが、鼻をピクつかせて騒然とした。

そこに数十人働いていたが、夕焼けを浴びているのに、その皮膚の色はみな鉛色だ。これは先日まで地底で水替人足をやらされていたが、闇黒《あんこく》と地熱と濁《にご》った空気に半死になりかかっていた連中で、死ぬよりは、とこの水貫間切《みずぬきけんぎり》——疏水工事に配転されて来たものだ。

「あの山廓《やまぐるわ》の女じゃねえか？」

「いや、山廓は但馬間歩《たじままぶ》の方だというぜ。方角がちがう」

死にかかった猿同然なのに、みな眼がぎらぎらしている。監獄の構内に女が一人でも入ると囚人たちの鼻がみなピクつくといわれるが、それほど彼らは女に飢えているのだ。

ましてやこのごろ——山の一劃に遊女屋が出来ているという話をきいたからには。

「そのお女郎が、そこらにふらふら出歩いて来たのかも知れねえ！」

一人がさけぶと——ちょうど先刻まで鞭《むち》をふるって監督していた山師の京蔵人がどこかへ姿を消していたこともあって——五人ばかり、泳ぐようにその女の匂いのする方へ駈け出した。

穴だらけの崖《がけ》に沿って山を回る。

「うわっ」

と、彼らはびっくり仰天した。

向うから数十人の武士たちが歩いて来た。まんなかに大久保長安がいるが、そこまで見とどけるよりさきに、彼らを赤玉城の侍たちだと知って、いっせいにへなへなと尻もちをついてしまった。

大久保長安のそばには三人の女がついている。——人足たちの鼻を刺戟したのは、風が送って来た彼女たちのかぐわしい匂いなのであった。

「戻れ」

武士たちの中から、だれよりも恐ろしい京蔵人が出て来た。彼は山を巡察に来た石見守を出迎えにいっていたに過ぎなかったのである。

「わたしの研究によりますと、竪坑には同心円状にしかけるがよく、横坑では中心から放射状にしかけるがよいようでござる」

長安のうしろから、何やら熱心にしゃべっているのは毛利算法であった。

「しかし、その発破《はっぱ》孔《こう》の配列が岩によって千差万別なるを要し、いまだ残念ながらしかとした法則が立てられませぬ。とくに現在の火薬の性能では、よほど軟質の岩石でありませぬとなあ」

働いていた人足たちは、近づいて来た視察団にめんくらい、それに追い戻されて来た五人の仲間の姿に恐怖した。

「そこにならんで、西の海に向って坐れ」

と、京蔵人はあごをしゃくった。

一人、逃げようとした奴が、ぴしっと背後から鞭で一撃されてそこにもんどり打って、あとの四人もいっせいにへたりこんだ。

「江戸山犬ども」

と、蔵人は人足たちに呼びかけた。

「許可なくして部署を離れたやつはこうだ。みせしめによく見ておけ！」

いうなり、鞭を捨て、抜刀し、まるで岩のまないたに並んだ痩《や》せ西瓜でも斬るように、端から端へ、ばさばさばさ！　とその五つの首を刎《は》ねてしまった。

死んだ亡者のよう――という形容は可笑《おか》しいが、立ちすくんだ人足たちの姿がまさにその通りであった。

金山《かなやま》に於て、山師は絶対的存在である。

山師という名は現代では投機師同様に印象されているが、当時に於ては——大御所みずから、「一、山師を野武士と号すべし。一、山師の儀は国々の関所、石を見せて相通すべきこと。一、人を殺し山内へ駈け込むとも、山師の筋明白に相立ち候わば相働かせ申すべきこと。一、山師、苗字帯刀、鞍馬挟箱《くらうまはさみばこ》これを許すべし。一、一山は一国たるべし、他の指揮に及ばず」等々、山師五十三か条を以てその特権を保証したほどの存在であった。

ましてやこの佐渡に於ては、京蔵人は味方但馬とならんで、竜虎ともいうべき大山師だ。

この無造作な処刑を見つつ、長安は平然としていた。——彼は金山に於ける労務管理の、寛の面を但馬に、厳の面を蔵人に代表させて自在に使っているのだ。

彼は工事の進捗状態に眼を移しつつ、例の音楽的な声でしゃべっていた。

「しかし鑿《のみ》と鶴嘴《つるはし》では何ともまだるいの。せっかくあれだけ火薬を集めたことじゃ。算法、早よう発破の法をしあげろ」

「はっ」

「では、ゆこう。山廓のようすを見に」

と、長安は促した。そしてやさしい眼を人足たちにむけて、

「うぬら、働きぶりを蔵人によう見てもらえ。そして山廓にゆかせてもらえ」

と、いった。

「蔵人、おまえも見にゆけ。……おまえ、まだ見たことはなかろう」

「は」

と、京蔵人は苦り切った。彼は彼なりに、金山は厳粛な聖地だと思っている。そこにこんど長安がなんと遊女宿など作ったので憤懣《ふんまん》にたえないのであった。

「ふ、ふ。こういうところに働くやつらに、それがどれほどの餌《えさ》になるか、山師学としておまえのためになることじゃ。参れや」

と、長安はさきに立った。

遊女宿をひらいてからもう数日になるが、しかし長安もそれを見にゆくのはきょうがはじめてなのである。金山の遊女屋、それに彼よりも三人の側妾《そばめ》が強烈な好奇心を抱いて、是非見せてくれとせがんだので、諸機構諸施設を巡察ののち、いまこちらに向って来たのだ。

山道を歩いているうちに、日は西の海に沈んで、風は蒼味《あおみ》がかって来る。つーいとその中をひかるものが流れた。

「螢!」

と、お珊《さん》が白い手をさしのばして捕えようとした。

## 三

すると、京蔵人が何やら思い出したらしく、

「殿。……あまりお気軽にお城の外に出歩かるるはお危のうござりまするぞ。せめて、例の六文銭、ひっ捕えるまでは」

と、いった。長安は苦笑した。

「城におっても危いわ」

「き、きゃつ、いったい天に飛んだか、地に潜《ひそ》んだか？　相川の町のどこかにおるに相違ござらぬに！」

蔵人は歯がみをした。

――あれからもう十余日、相川の町の外に張った監視哨《かんししょう》の網にはついにかからず、相川の町の中は根こそぎ捜索しても、いまだにあの男女は見つからないのだ。それもいきどおろしさのかぎりだが、それなのに、のどもと過ぎれば熱さを忘れるで、側妾をつれてノノコと金山へ出かけて来る主君も――その放胆寛闊《ほうたんかんかつ》さこそ比類ない特性だと知りつつ――あまり気楽にすぎると舌打ちを禁じ得ないのだ。

しかも、その売春の宿が、味方但馬と庄司甚内《じんない》の合作とあっては。――

実は庄司甚内に一枚かませたのは、蔵人自身なのである。一人前の金掘師たちは町へ通行自由だから、山に遊女宿は要らない。これは山から一歩も出られない懲役人的人足たちのための慰安設備ということで、そんな山犬たちを相手に春を売りに来るという志願者がおいそれとない。遊女たちは小六町その他で結構忙しいのである。で――蔵人は、色町のボス甚内に、彼の支配下にある遊女たちの相当数を強制供出させた。

ことであろう。が——

先日の一件についての懲罰の意味をふくめ、さらにそれ以後しっぽを出さない相手への癇癪《かんしゃく》まぎれの命令だが、それに易々として服従したのも甚内自身、そのことを承知しての

「なるほど、山に廓を。——これはいかにも石見守さまらしい天才的御名案！」

など、ひたいをたたいて恐悦の相さえ見せ、さてこの件の担当者味方但馬と甲斐甲斐しくその下相談にとりかかり、当人も山へ現われてあれこれ指図などしている姿を見ると、かえって馬鹿にされているような気がしないでもない。

甚内が留守にしているあいだ、西田屋には特別念入りに手入《がさ》をかけてみたが、むろんなんの収穫もなかった。

味方但馬が切りひらいた但馬間歩のちかくの渓流のほとりに、その遊女宿はもう建っていた。まったくの荒普請だが、幾十かの小部屋に分れ、格子まで出来ているらしい。——そして、まだ数十メートルも距離があるのに、その中からもう泣くがごとく笑うがごとく、或いはまた獣の吼《ほ》えるがごとき淫声の大合唱がとどろきわたっているのであった。

宿のまわりは、幾重もの行列にとりかこまれていた。人足たちだ。女の数にほぼひとしい行列が——それだけの大蛇のように、声もないどよめきをあげつつ——というよりほかはない異様な昂奮を見せて、これは息もつめて、重々しくのた打っているのだ。順番を待っているのである。

「見よ、蔵人」

と、長安は莞爾《かんじ》とした。

これは坑内での凄じいノルマを完遂した成績優良者ばかりのはずだが、夕暮の光線で見るせいか、さっき北沢の水貫間切《みずぬきけんぎり》で働いていた衰死の連中より、もっと木乃伊然《みいらぜん》とした群像だ。にもかかわらず。――

「色餓鬼どもにはちがいないが、何とやらん生色がみなぎっておるではないか。――どうじゃ？」

するると、ちょうど行列のしっぽにあたる人足たちが、近づいて来たお奉行さまたちにも上の空で、

「どうじゃは大蛇のでッけえの」

と、うわごとのように一人がいって、東の道遊の割戸の怪奇な山容をふり仰いだ。

「あの道遊さまに、金山の神さまが下りなすったんだ。きっと山にもこれからいいことがあるぞっておれがいったじゃあねえか。あったろ？」

彼らはまだ長安一行に気づいてはいないらしい。

「神さま？　ありゃ掘り残しの金の精気だあ」

「位牌野郎め、道遊に金が残っているかよ。螢の巣だよ」

京蔵人がただならぬ声を発した。

「な、なにい？」

色餓鬼の行列はふりかえり、腰をぬかさんばかりに驚いた。

「いま申しておったことはどういう意味じゃ」と、蔵人がきく。それに対して、ヘドモドしながら、「ここ数日、道遊の割戸のあたりに、夜な夜な、ぼうっと青くひかるものがある」と彼らは答えた。

蔵人はかえりみた。

「算法は、夜耳のひかる女を探せと申したな？　恋螢、とやら。――」

# 江戸山犬

## 一

山廓《やまぐるわ》の裏手にあたる場所で、実にばかげたまねをやっていた男がある。そちら側の窓にも太い格子がはまっていたが、その男は格子に腹をくっつけんばかりにして、じっと仁王立ちになっているのだが。――

「おい、もうよかろう」

と、小声でいう。

「早く、くれ」

ばかげたまねというのは、その男が格子のあいだからおのれの肉体の一部だけを入れて、中にいる遊女のもてあそぶがままにまかせているのだ。

奇態なことは、外にいる男より中の遊女の方が、手のみならず全身をくねらせ、肩で息をつき、はげしいあえぎにときどきむせぶような声すら混《まじ》えることだ。——それは彼女の掌につたわる微妙にして強烈な脈動のなすわざであった。

「おい、客を入れてやれといったら」

「客だなんて、あんな江戸山犬が何さ」

「江戸山犬？　へっ、こっちこそ、正真正銘の江戸山犬だ。それより、外にゃ足踏みしてああ行列してるじゃあねえか」

「だから、もう男のゲップが出そう、しかも魚油や松蠟燭《まつろうそく》の匂いのまじった。——もう、こっちがよろけになりそう」

「ぷっ、そうでもねえ、何だかまだ足りなそうだぜ。おめえたちの方ががつがつしてらあ」

「あんたは、べつよ」

「とにかく、いつまでもおめえたちの部屋だけ閉め出してちゃ、だれかに見られてばれちまわあ。早く飯を寄越せ！」

向うの入口に坐《すわ》っていた蒼白《あおじろ》い半裸の一人の遊女が、部屋の隅《すみ》に立っていった。そのときだ。

「——算法、夜耳のひかる女を探せと申したな？　恋螢とやら。——」

という大声が表の方から流れて来たのは。

身を引こうとしていた男は、ぎょっとしたように動かなくなった。――彼はだいぶ前から、二人の遊女が二人の人足を追い出すまでそこに待っていて、それから格子越しに話したり、右のごときたわけた所業をやったりしていたので、長安一行が山廓へやって来たのを知らなかったのだ。

それっきり彼はてへんをかぶった頭をかしげていた。耳を澄ませているらしい。てへんというのは紙縒《かみより》で作った円座様《えんざよう》の金山《かなやま》特有のかぶりものだ。

「おい、ばかなことをするんじゃあねえ」

ふいに男はあわてた。いま、部屋の隅から竹皮の包みを持って来た遊女の一人が、それまでそこにいた遊女をおしのけて、いつのまにか彼の肉体に吸いついていたからである。

そのとき、部屋の向う側で、声がした。

「これ、何をしておる？　入るぞ。――」

遊女たちは狼狽《ろうばい》した。男は急速に腰をひっこめ、夕闇の地べたへぴたと蜘蛛《くも》のように伏してしまった。

入って来たのは味方但馬であった。ちんばをひいている。ひょっとこ面で見まわして、

「なんじゃ、客はとっておらぬのか」

「え、手当をしていたんです」

「なんの手当」

「ほんとに山犬の牙でしゃぶられているよう。小太夫さんが血まで流して」

女買いに来た人足たちが手荒な所業をしたというのだ。見れば、こんな金山の山廓に置くにはもったいないほど美しい二人の遊女であった。

「お、おまえら、西田屋の女じゃな」

「ええ、小六町にいたら極楽なのに、悪いこともしないのにこんな地獄へ送られるなんて」

味方但馬は部屋の中を見回した。西田屋から持って来たらしい屏風《びょうぶ》や鏡台がばかにきらびやかに見えるほど荒涼たる山廓内部の造作であった。板敷の上に男の爪でかき破られたらしい夜具が一組、敷きっぱなしだ。屏風の向うにもう一組あるのだろう。二組ずつ、相部屋になっている山廓であった。

「きのどくだが、すぐに交替して町へ帰してやるゆえ、いましばらく辛抱せい。それに、どうやらお奉行さまがお見回りにおいでなされたようだ。中まで御覧はなされぬと思うが、念のため汚《よご》れたものは片づけておけ」

といって、味方但馬はせかせかと出かかったが、ふとふり返って、

「や、こんなものがあった。客が落していったものではないか」

と、折りたたんだ紙をこちらに投げ出した。いつのまにか、そんなものを拾っていたらしい。

「こんど来たら、返してやっておけ」

そして、あともふり返らず、ちんばを引き引き出ていった。

遊女のひとりは、その紙片をふしぎそうに取上げて、ひらいて、声をあげた。

「ま、これは敷絵図だわ。だれが落していったのかしら」

「どこの敷か知ら？」

敷とは坑道のことだ。――すると、格子の外で、せきこんだ声がした。

「おい、それを見せてくれ、早く。……奉行が来たとあれば、おれは逃げなくちゃならねえ」

遊女がその絵図を竹皮包みといっしょに格子の間から押し出すと、男はその絵図をちょっとひらいて見て、

「これ、もらっていっていいか？」

「え」

「では、ゆくぜ。また来る」

「ほんとにね。毎日ね、六文銭！」

声をうしろに、てへんの男は裏の格子を離れ、夕風の中をむささびみたいに山廓から駈《か》け去っていった。

山廓の中を大急ぎで点検していた味方但馬は表に出て、そこに見回りに来た大久保長安に挨拶し、この慰安設備の開設以来の状況を報告し、かつ人足たちの喧嘩騒ぎもとみに減少したようだと見解をのべた。長安は満足げであった。

「算法、その恋螢、どうしても見えぬか？」

京蔵人はちらと但馬を見ただけで、まだみれんげに毛利算法をとらえて念を押していた。そばにいる長安の妾《めかけ》たちも、参観に来た山廓よりも道遊割戸の怪しい光の話の方に関心を奪われたと見えて、その方をふり仰いでいた。

「残念ながら、そんな光ではない」

算法はくびをふった。

「ここから、あんな遠くの恋螢が見えるはずがない。それは人足どものいう通り、螢の巣か、金精であろう。中夜望気の法に、五月より八月までの間には、大地は日輪に焼かれ、土中に金あれば金精蒸発し、月のない晴夜には黄赤色の毫光《ごうこう》を発するという。――しかし、道遊にまだ金鉱があるとすれば、あれをいまいちど調べてみる必要があるのではござりませぬか、殿？」

しかし京蔵人はなお執念ぶかい眼を金山役人たちにむけて命じた。

「これ、念のため道遊割戸の穴を、一つ一つ探って見い。金ではないぞ、耳のひかる女じゃ！」

二

夕闇の山道を、道遊割戸へてへんの男は駈けていた。

てへんをかぶり、金掘師らしい山着に山刀をぶちこみ、長い足を出してはいるが、まさに六文銭である。

あの日彼は、相川の町で行商人らしい男女に金をやってきものをとりかえ、山へ行く途中の椎の大木の枝にかくれ、夜になってから金山《かなやま》へ逃げこみ、そして道遊割戸に無数にあいている古い竪坑《たてこう》内に潜伏した。

以来、彼だけ夜、金山を徘徊《はいかい》して、間歩《まぶ》小屋《ごや》やどべ小屋から食い物を盗んでそこへ運んでいた。てへんも山着も山刀も、そのときの収穫だ。

そして、はからずも先日出来た山廓なるものに西田屋の遊女が狩り出され、その中に見知り越しの女がいることを知ったのである。

見知り越し、どころではない。いま彼に毎日竹皮包みの握り飯など供給してくれるのは、いつか朱鷺《とき》や甚内の前で——とはいうものの屏風の向うだが——たわけた痴戯を見せたあの二人の遊女なのであった。

それっきり、六文銭は朱鷺との約束を守って、彼女たちに手を出すようなまねはしていない。にもかかわらず、その二人の遊女は、すでに六文銭が佐渡のお尋ね者であることは知っているだろうに、いそいそとしてその役を引受けてくれたのだ。

どうやら六文銭に、女たちを虜《とりこ》にしてしまうふしぎな強烈な魅力があるらしい。どうやら、あるらしいどころではない。彼自身それを承知していて、あの通りの奉仕をしている。

——そしていま、はからずもその山廓で一大危険事の到来を捕捉したのだ。

「いけねえ、引っ越しだ」

道遊割戸の穴へはせ帰ると、彼は朱鷺の手をつかんでまた駈け出した。

「どうしたのです」

「どうしてだか、あの蔵人たちがかぎつけやがったらしい」

石ころだらけの山道を走る二人の前後に、しきりに螢が飛び交っていた。

恋螢という言葉をきいた。夜耳のひかる女、という声もきいた。六文銭には何のことだかわからない。夜耳のひかる女がこの世にいる、などということは彼の想像を超越しているし――だいいち朱鷺の耳が夜ひかるということもないからだ。

交合し、燃えあがると女の耳から螢光を発するという毛利算法発明の「性欲温度計」――残念ながら、朱鷺は六文銭とまだそんな行為に及んだことがないのであった。

「六文銭、どこへゆくの？」

「お、そうだ、あの敷絵図」

六文銭は岩かげに立ちどまって、ふところから一枚の紙をとり出し、ひらいた。常人にはもう読めぬほどの薄明りにすかして眺め入る。

「ちょっと、読んでくんな」

朱鷺はのぞきこんだ。まるで蟻《あり》の巣みたいな地底の坑道が精密にえがかれ、その右上に但馬間歩《たじままぶ》九と書いてある。

「へへえ、間歩九？　但馬間歩のうち、九番目のやつという意味か？　絵から見ると、こっちだ！」

六文銭は朱鷺の手をひいてまた駈け出した。

金山《かなやま》の間歩――坑道は、それぞれ山師の受持ちになっている。採鉱の責任を持たせるためであり、かつ採掘高の歩合いを稼がせるためもある。だから、この相川の金山の坑道にもたいてい宗太夫間歩とか左近間歩とか、山師の名がつけられているが、味方但馬は古参でかつ長安の懐刀といわれるほどの男だけに、その間歩も幾つかあるのであろう。

「や、ここだ」

夕暮とはいえ、そこまで数百メートルも走るあいだに、一人の金山掘りにも逢わなかったのも道理、その一帯は廃坑ばかりの場所であった。そして、釜《かま》の口――坑口には格子が組まれ、立札が立ててあった。朱鷺が歩み寄ってそれを読んだ。

墨は風雨にあせてはいるが、

「但馬間歩九。

この金格子破り候者は関所破りの科《とが》に準じ、山内引回しの上、耳鼻片鬢剃《かたびんそ》ぎて永代《えいたい》山を追うの法なり」

と、ある。

金格子というのは、金山の格子という意味で、通行止めの丸太格子だが、それを結ぶ縄を切っただけでも酷刑にあうのが山法度《やまはっと》だ。その縄の結び方にさまざまの定法があって、これは廃坑を意味する「四陽中の封印」と称する結び方であった。――そんなことは知らないが、

「格子があったんじゃあ。――」

と、そばに近づいた六文銭は、ふいにさけんだ。

「や、縄が切ってあらあ」

そこの縦横《たてよこ》の丸太を動かすと、人が入れるほどの隙間《すきま》があいた。

六文銭はもぐりこみ、つづいて朱鷺を抱き入れ、格子をもとに戻した。それから二人は中へ歩き出した。

「ここなら、当分は大丈夫だ」

人一人、やっと立って歩けるほどの坑道であった。すでに廃坑になってから年を経たらしく、水滴のしたたる岩壁には苔《こけ》さえ生えているが、それでもここを掘った鑿《のみ》のあとは、黄昏《たそがれ》の光に浮かんで、美しくもまた物凄《ものすご》い。

「六文銭、どこまでつづいているのか知ら？」

「あ、これ以上いっちゃあ絵図が見えねえ。それに天井でも落ちて来ちゃいちころだ。……ま、そこへおかけなせえ」

ちょうど足もとに二つ三つの石の大塊がころがっていた。

滴々としずくのおちる音がしているが、それがいっそう奥底の静寂を感じさせた。まさにここはこの世の天地から隔絶された世界だ。

「忘れてた。お朱鷺さま、むすびを食べて下せえ」

六文銭は竹の皮包みをとり出しながら、しきりにくびをひねっていた。

「あの女郎たちの親切にまじりっけはねえが……但馬って野郎はどうも奇態なおやじだな」

彼はこの間歩の絵図が自分の手に入ったいきさつを思い出していたのだ。ほかのところといってもどこも危険だから、ともかくこれを頼りにここへ来たが、どう考えても、これは但馬がわざと自分の手に渡るようにしたとしか思われない。――では、あいつはおれが山廓に来ていることを知っていたというのか？

……そういえば、いつかあの男が敵の鉄砲に撃たれたときも、よく考えると、こっちをかばってわざと弾《たま》にあたったような気がしないでもない。

長安から手をひけ、という代償にしてもあんまりだ。――彼はつぶやいた。

「何だか、あいつ、京蔵人なんかよりもっと怖《こえ》え気がする」

「六文銭、いまおまえは、あそこの女の親切にまじりけはないといいましたね」

と、朱鷺は顔をあげていった。彼女は何か思案していたようだ。六文銭のふしぎがっているのとはちがうことを思いつめていたようである。

「おまえ、あの女たちと。……」

「え？」

「とにかく遊女だから。……」

六文銭はあわてふためいた顔をした。むろん、先刻の愚行を思い出したのだ。

「いや、何もしねえ。おれはお朱鷺さまとの約束は破りゃしねえ。破るもんか。これからもあの約束はきっと守りやすぜ！」

ばかにりきんでいった。

わたしは、この男とどんな約束をしたのだろうと朱鷺は考えた。そうだ、わたしが望みを果たすまでは、わたしを抱かしてやらないという約束、わたしを抱くまではほかの女を抱かないという約束。ただ長安の妾をのぞいては。

長安の妾を、この男は抱く。傍若無人に犯す。それはゆきがかり上承知してしまったけれど、なぜこの男はわたしに見せつけるように、長安の妾とのあんな姿を見せるのだろう。そして、あれほどけもののようなふるまいを見せる男が、どうしてわたしとの約束だけは強情に守るのだろう。——まるで、その名の通り鉄みたいに。

「六文銭。……」

朱鷺はあえぐような声を出した。

しかし、それっきり黙りこんだ。何をいおうとしたのか、自分でもわからない。遠くに浮かんでいた釜の口の格子はもう闇に沈んでしまった。

水滴とともに、さすがに冷気が肌を包んで来る。——いや、彼女はそれを感じない。この闇黒の穴の中が熱い滴にぬれて、甘美な靄《もや》に満たされてくるような思いだ。

六文銭のからだから、獲物にとびかかる寸前のけもののような匂いが発散した。事実、彼は動こうとした。——が、その瞬間、彼は動かなくなり——奇声を発した。

「あれ？　螢かな？」

闇にもきょとんと眼を見張って、

「いやちがう。お朱鷺さまの耳が、ぼうとひかっているようだ。薄く、青く。――眼のせいか、気のせいか、はてな？」

三

六文銭が、自分たちがかぎつかれたことをかぎつけたのも偶然といってよかろうが、京蔵人がかぎつけたのも偶然であった。

たとえ女が恋螢になったとしても、そこはここからは見えぬはずだと発明者の毛利算法自身がいったのが事実としたならば、人足たちが見たというのは、まったくほんものの螢の巣か、いわゆる金精というものであったかも知れない。金鉱の上には燐酸塩が多いので、それに水ないし有機物が化合して燐化水素ガスを発生することもないではないからだ。

ましてや、朱鷺たちはその夜のうちに逃げた。が、翌朝、京蔵人の命令によって道遊割戸一帯の穴や坑道を虱《しらみ》つぶしに捜索した金山役人たちは、その一つに妙なものが落ちているのを見つけ出した。一本の笄《こうがい》である。

「なに、笄！」

受けとって、蔵人はじいっと宙をにらんだ。まさに執念空しからず。

金山に女の笄が落ちているはずはない。最近山廓に女は入れたが、その遊女があの道遊割戸へなど出かけていったはずがない。

それにこの羚の二本の足の凄じい閃光《せんこう》。——八幡《はちまん》、くノ一の武器だ。

「きゃつらだ！」

京蔵人はさけんで躍りあがった。

「あの二人、この金山におるぞ！」

# 宮本武蔵を破った忍者

## 一

京蔵人はたちまち大捜索にかかった。

金山《かなやま》にはもともと人足の逃亡や鉱石の持出しを防ぐために、網の目のように番所が設けてある。たとえ方向は逆にしろ、そもそもお尋ね者の潜入を許したことがおかしいようなものだ。しかも山廓《やまくるわ》が出来て以来は、女が町へ逃げるというおそれもあるので、とくに出入にはきびしい眼をひからせているという。——

弁解する役人たちを叱咤《しった》しながら、蔵人は指揮する。叱咤された役人たちは、数百人の金掘師たちを怒号する。金掘師たちは猟犬のように、無数の穴や坑道を嗅《か》ぎまわる。——

しかし、彼らにとってはおのれの庭のような金山のどこにも探している人間は見つからなかった。——では、また外へ逃げたか？　と、蔵人がようやく焦燥の色を浮かべ出したとき、

「蔵人さま、妙なことが。——」

と、金掘師の一人が首をかしげながら走って来た。

「なに、おったか！」

「いえ、第九番の但馬間歩《まぶ》の金格子の縄が、変な結び方がしてあるんで」

「なんだと？」

蔵人は、第九番の但馬間歩に駈《か》けつけた。廃坑を意味する「四陽中の封印」を施された金格子の縄の一部がたしかにおかしい。——

それをしげしげと見入り、いじっていた京蔵人は、

「ううむ、いかにもこれは昨日ごろ切って、また新しく結び直したあとだ。しかも、金格子の定法《じょうほう》を知らぬやつの仕事だ」

と、うなずいた。眼が格子の奥へじいっとそそがれて、

「……きゃつら、ここへ逃げこんだな。たしかに。——よしっ」

腰の刀を抜きはなったのは、その格子の縄すべてを切り離そうとしたらしかった。すると、同行していた山師のひとりが、

「蔵人どの、それはならん」

と、とめた。

「但馬どのの許しを受けねばなるまい」

蔵人より格は低いが、金山《かなやま》の掟はたしかにこの山師のいう通りだ。

「それに但馬どのにきかねば、間歩のようすもわからぬし、砒霜《ひそう》の気があるおそれもある」

「だれぞ、但馬を呼んで来い！」

と、蔵人は短気にいった。役人の一人が答えた。

「但馬どのは、昨夕、石見守さまともどもお城へ帰られてござる。——呼んで参りましょうか？」

蔵人はしばし思案していたが、すぐに、

「いや、わしが呼んで来よう。それまで、うぬら、この間歩をしっかと見張っておれ」

と、いい捨てて、駈け去っていった。あとには役人、山師、金掘師たちが数十人詰めかけ、さらに雲のごとく続々と馳《は》せつけて来る。

番所から馬を借り、京蔵人は赤玉城へ急行した。

ついに六文銭たちの潜伏場所を発見した。ときいて躍りあがったのは安馬谷刀印だ。むろん彼はあれ以来相川界隈を血まなこで東奔西走していたのである。

「き、きゃつら、どこに？」

それは第九番の但馬間歩だ、と告げられて、

「ほほう」

と、味方但馬は驚いた顔をしたが、さらにその発見の端緒が金格子の結び方の異常さからだときいて、但馬はひょっとこ面をきゅっとまげた。苦笑したのである。

「六文銭、あくまでおぬしに縁があるの」

と、蔵人は何やら皮肉めいた眼で但馬を見て、

「金格子を破るがよいか」

「よい。それはよいが――待てよ、あそこの間歩はどうなっておるか？　わしの九番間歩、あれはもう十七、八年もまえに閉じて、それきりわしも入ったことがないが」

「砒霜の気はあるまいな？」

「ある。それで閉じたのじゃ」

鉱毒のことだ。

「ふうむ。しかし――二日や三日では死ぬまい」

「死なせてはならぬ。つかまえてくれ」

と、毛利算法がいった。蔵人はせきこんだ。

「とにかく敷絵図《しきえず》を見せてくれ。実はそれを見せてもらいに帰って来たのじゃ」

「残念だ！　それがない」

「なに？」

「なくしてしまってからもうだいぶになる。もはや不要のものと思うて気にもせなんだが。

――」

「但馬、あれはおまえの十三番の間歩に通じてはおらなんだかの」

と、長安が口をさしはさんだ。

「いえ、それはふさいだはずでござりまする。十三間歩はもとより、上敷《うわしき》、竪穴《たてあな》、風回《かざまわ》し口、すべてふさいだはず、と記憶しておりまするが」

「では、ゆきどまりの一本道じゃな？」

と、蔵人がいう。

「と、記憶する」

「わたしがゆこう」

と、お汐《しお》がいい出した。刀印が顔をひんまげた。

「ばかな！」

「いえ、あの両人殺してはならぬのじゃ。ただ殺してはもの足りぬのじゃ。あとで男はなぶり殺しにし、女は酒漬けにしてやらねばならぬのじゃ。そのためには、わたしが役に立つことがあるかも知れぬ」

長安、算法とともに、お珊《さん》、お船もうなずいた。

「そう、いけどりにしてやらねば。――わたしたちも行って見よう」

二

安馬谷刀印。

背こそ高いが、ひょろりとして、全身の骨がいたるところ浮いて見えるほど痩せている。

——これが、大変な男だ。

これが大変な男だ、ということを、実は四人の朋輩はもとより、首領の服部半蔵も身にしみてよく認識していなかったかも知れない。真にこの安馬谷刀印のわざの容易ならぬものであるということを知っていた者は、天下にただ一人かも知れない。

もっとも、若いころからこの刀印の特技がただならぬものだということは、伊賀組のだれでもが或る程度認めていた。伊賀組でただならぬ特技を持たぬ者はないが、この刀印を相手にしたとすれば、ほかのだれよりもうすきみが悪いような気がする。強いとは思わない。恐ろしいとも思わない。むしろどこかばかにしながら、そのくせこちらがばかにされているような気もする。むず痒《がゆ》いような、いらいらするような特技なのだ。

つまり、刀印は、二つのわざを合わせて使うのだが、その一つ一つのわざは格段にすぐれているとは思わない。彼は刀を使う、手裏剣を使う、縄を使う、鞭《むち》を使う、十手《じって》を使う、鎖を使う。これは伊賀組にそれぞれ名手がいて、それだけならば刀印におくれをとる者はないのだが、左右の手で二つが使用されると、なんとも扱いかねるものになるのだ。

左利きかというと、そうでもない。白痴及び動物は、先天的に右利き左利きの区別はないというが、彼もそうなのだ。ただ白痴や動物とちがって、彼は後天的にこの特性をますます訓練した。

茶碗と箸とを適宜左右に持ち変えて使う。刀を右腰にさして歩いたりする。はては女房の右側に寝てみたり、左側に寝てみたりする。――

どういうわけか、刀印は若いころ、女房を三人死なせている。みんな発狂状態になって死んだのだが、それがいずれも歓喜の極致といった死顔をしていたのだ。伊賀者たちは、彼の武術よりもこのことをきみわるがった。

「どうしたのじゃ？」

と、きくと、

「合奏刀がききすぎたか」

と、彼はくびをひねっている。くびはひねったが、平然とした顔でもあった。彼はおのれのわざを合奏刀と名づけていた。平然としてはいたが、しかしさすがに彼は、それ以来独身で通した。

ともあれ、彼は左右の手で文字を書くことが出来るのはおろか、同時にちがう文章をすら書くことが可能の域に達し、これを長安に披露して、さしもの長安を瞠若《どうじゃく》たらしめたのは、この物語の最初に紹介した通りである。

つまり、合奏刀のぶきみさはそれなのだ。左右に二つの武器を持つ武芸というものはある。鎖鎌がそれであり、二刀流がそれである。しかしその二つの武器はその刹那《せつな》刹那に於てはいずれか一方がその主力となっていることはまちがいない。一つの意志によってその主力が迅速巧妙に移動転換するに過ぎない。ところが、刀印の合奏刀は、二つの武器が完全に別々なのだ。どちらもが意志を以て、どちらもが主力となって敵を襲《おそ》うのだ。敵にとって、まことに厄介以上の相手といわざるを得ない。

しかし、それにしてもこの刀印が宮本武蔵まで破った履歴の持主だとは。――伊賀組のほとんどがこのことを知らない。知っても、或いはそれほど大したことだとは――ひょっとしたら、刀印自身も思わなかったかも知れない。

新免武蔵。彼が豊前船島に於て佐々木小次郎を破ったのは、実にこのとしの四月のことだ。ちょうど駿府では大御所が大久保長安発明の戦車を見物していたころである。それからすぐに佐渡へ向ってたった刀印は、そんな西国の試合の噂《うわさ》はまだ耳にしていない。――しかし彼は曾《かつ》てこの武蔵を破ったことがあるのである。

二年ばかり前の話だ。武蔵は江戸に来ていた。彼はすでに京の名流吉岡一門を斃《たお》し、自負心強烈で、野心もまたたくましかった。彼の出府の目的は、軍学で名高い北条安房守《ほうじょうあわのかみ》を頼り、将軍家の剣法師範の地位をつかむためであった。

一夜、服部半蔵は本多佐渡守に呼ばれた。

佐渡守は、武蔵なる剣士のことを告げ、北条安房守の推挙運動がはげしく、将軍家が――それほどまでの男なら、いちど柳生と立ち合わせよといい出したことを打ちあけた。そして、いった。

「その武蔵なる男、得べくんば、そのようなことにならぬうちに遠ざけたいのじゃ」

「なぜでござりまする」

「いろいろ調べるに、武蔵はとうてい将軍家師範の器《うつわ》ではない。その風貌も奇怪なら衣服ものにかまわず、性狷介《けんかい》にしてかつあまりにも殺気があり過ぎる。――そしておそらく柳生但馬と立ち合わせれば、但馬必ずしも勝つとは保証はできぬ剣客のようじゃ。上様にお目にかけとうない」

「……闇中に始末すればよいのでござりまするか」

「いや、話がここまで来た上は、闇討ち暗殺のたぐいはまずい。かえって柳生が痛くもない腹を探られよう。佐渡はそこまで低うない。そこでおまえを呼んだのじゃ。伊賀の手で何とかならぬか？」

　半蔵は退座して来たが、極めて困惑した。その話を安馬谷刀印がきいて、おれが見て来ましょうず、といった。

「刀印、工夫があるのか」

「いや、まず、その男を見てから。……で、武蔵は北条家におるのでござるか」

「それが、事が思うようにすすまぬのに焦《じ》れてか、このごろは北条家を出て、柳町の傾城《けいせい》屋《や》におるそうな」

　むろん庄司甚内が大々的に吉原に廓をひらく前の話である。ものの本に、「慶長のころまで、江戸に定まりたる遊女町なし。傾城屋所々ありしも、軒をならべ集まりいたる場所、三、四か所あり。そのうち柳町に二十余軒、柳町というは道三河岸のあたりなり。天正年中よりことに賑わいし町なり」とある。

その柳町へ出かけて、刀印は、武蔵の泊っている傾城屋に上った。そして武蔵があいかたとしているのは、この柳町第一の傾城であることをきいた。

後年「れんぼの思いに寄るこころなし」とみずからしるし、かつ生涯妻帯しなかった武蔵も、江戸にいたころ盛んに娼家に出入したことは知られている。

その武蔵のところへ、傾城がやって来て告げた。隣りに来た客がちょうどそばを食べているが、その男は左右の手に箸《はし》を持って、飛んで来た蝿を二匹ずつ、同時につまんで捨てているという。――

武蔵は好奇心に眼をひからせ、その男を呼んだ。そして彼にしては珍しく、きわめて鄭《てい》重《ちょう》な態度で、相手の兵法の素性《すじょう》をきいた。

「さしたる者ではござらぬ。柳生の門人帳の末座につらなる者でござる」

安馬谷刀印、という名をきいたが、なるほど柳生の高弟の中にその記憶はない。

武芸談にはろくにとり合わず、妙に人をくったその男は、そのうち極めて嘲弄的《ちょうろうてき》な眼で武蔵のあいかたの傾城を見あげ見下ろし――かかる商売をして男をまだ知らぬとはふびんなやつ――と、いった。

武蔵と傾城は顔見合わせた。

その傾城は柳町随一の美女ではあったが、そういう例によくあるように、実は不感症の女であったのだ。それがこの野性にみちた――というより野獣のごとき剣客によって、はじめて法悦の至境に達したのである。孔雀のように誇り高い彼女が、むさくるしい一剣客を流連《いつづけ》させて、彼女の方から離さなかったのはそのためであった。

その彼女が、まだ男を知らぬとは？

武蔵はあやしんで、その意味を刀印にきいた。刀印は、事実を以てそれを御覧に入れるよりほかはない、といい、武蔵の許可を得て、というより命令のもとに、眼前でその傾城と交わって見せた。

刀印のものそのものは、武蔵の容積の半ばにも達しなかった。むしろ、そのからだのごとくひょろひょろしていた。一目見て、武蔵は失笑したほどであった。

にもかかわらず。――

傾城はもだえ、狂乱し、あきらかに快美のために悶絶したのである。覚醒すると、傾城の方からしがみつき、三度目にたまりかねて武蔵が制止しなかったら、彼女はほんとうに絶命したのではないかと思われるほどであった。

「攻めるのは、一つところではない」

と、刀印は解説した。

「御覧のごとく、口で攻める、手で攻める、足で攻める。――」

「そんなことは、わかっておるわ」

と、武蔵は赤いまばらな髯《ひげ》の生えたあごをつき出した。

「いかにも、男ならだれでもやるわざでござる。しかしながら、かく三国、また四国を攻めるとき、口なら口、手なら手と、気はその一つところによるのがふつう、甚《はなは》だしきは三国攻めておるつもりで、いつのまにやら二国はがらあきというていたらくじゃ。それを、いずれの国にも全力をあげ、自在に攻めるに徹すれば、女人は法悦蕩揺《とうよう》し、快美散乱し、かくのごとくへべれけのさまになり果てる」

刀印はややそり返って、白い泥のような女をあごでさした。

「これぞ、柳生流、合奏刀の極意。——」

——武蔵は傾城屋を出、北条家にも寄らず、江戸を去った。

安馬谷刀印の合奏刀の真髄を知る者は天下にただ一人といったゆえんである。

三

その安馬谷刀印を先頭に。——

長安、三人の側妾《そばめ》、蔵人、但馬、算法をはじめ、城侍たちは金山へとって返し、第九番の但馬間歩へ押し寄せた。

すでに現場には、千人近い役人や金掘師や岡人足《おかにんそく》がひしめいて、おまけにちょうど例の山廓がここから近いので、遊女たちまでが見物に集まっている。もし京蔵人の推定が正しく、かつ但馬のいうがごとく、その坑道が一本道のゆきどまりならば、この中に潜んだ人間は千に一つも外へ逃れるべくも思われぬ。

いや、蔵人の推定が正しいとするならば、どころか。——釜《かま》の口、すなわち坑道の入口の外に詰めた人間の波は、長安たちの来着を迎えても、波さえ立てず、ぶきみに静まり返って何かを聞いていたのである。

唄声が聞える。——

「今夜はどこの鳥追いじゃ
長安どのの鳥追いじゃ
わあほい、わあほい
頭を折って塩つけて
塩の俵へへし入れて
大佐渡小佐渡に関《せき》なくば
海へ乗り越せ、わあほい、わあほい」

それは坑道の奥から聞えて来る。——六文銭の唄声であった。

京蔵人は怒りに眼を血ばしらせて歩み寄った。

「金格子をとりはずせ！」

# 坑道戦

一

金格子はとりのぞかれた。
釜《かま》の口は洞然《どうぜん》とひらいた。――が、一息、二息、みな凝然《ぎょうぜん》として動く者もない。
間歩《まぶ》にいるのは、たった二人、と思う。その中の一人が容易ならぬやつだ、ということを知っている者は少数だ。それにしても、まさか鬼神ではあるまい。いや、鬼神どころか、そこにいるまさに雲霞《うんか》のごとき人間たちを金縛りにしているのは、袋の鼠としか思われぬ男の、あまりにものんきな胴間声の唄であった。
「今度はどこの鳥追いじゃ
長安どのの鳥追いじゃ
わあほい、わあほい。……」
佐渡に古くから伝わる鳥追いの唄である。もっとも本来は「長安どの」ではない。「鎌倉どの」だ。その昔執権北条高時入道のころ、あまりのきびしい貢賦《こうふ》に、佐渡の民が鳥追いに託して、その歎きをうたった唄だという説もあるが、いま聞えて来るのは、岩壁の反響もあって、まるで笑い鳥みたいなひびきを伝えた。

そしてまた、その反響のため、どこらあたりで唄っているのかよくわからない。――蔵人がふりかえった。

「但馬、間歩の深さはどれほどじゃ！」

「さあて」

味方但馬はくびをひねった。

「相当に深いことはたしかじゃが――正確なところは忘れたわい」

「よし！」

安馬谷《あんばや》刀印《とういん》が決然としてすすみ出た。左手に槍、右手に手裏剣をつかんでいる。彼はそれをどう使うつもりか。

つかつかと釜の口に入ろうとするのを、

「待って！」

と、お船が追った。これは七連発のスナップハウンス拳銃をにぎっている。もつれ合うように二人は坑道に入った。

その影が、敷《しき》の奥から見えたのであろう、唄声がふうっと遠ざかった。

「大佐渡小佐渡に関《せき》なくば
海へ乗り越せ、
わあほい、わあほい。……」

それにしても、たった一つの釜の口の外には千人内外の侍や人足がひしめいていることをあきらかに知りながらこの絶体絶命の穴の奥で、なおばかげた唄声をきかせるとは何たるやつか。

「おれに討たせて下され」

刀印は歯をかみ鳴らした。

「おれの手で討たねば、死んだ四人が浮かばれぬ」

「あそこにいる。――」

と、お船はささやいた。

「女が」

刀印は眼を凝らした。遠い闇に、いかにもぼうっと青い光が浮遊している。闇黒の中なので、距離は見当もつかないが、三十メートルも彼方であろうか。

「男はおまえにまかす。女ならよかろうが」

と、お船はいって、拳銃をいちどまっすぐにのばし、つぎに左膝《ひだりひざ》をついた。

「女をまず動けぬようにしてやろう」

轟然と拳銃は火を噴《ふ》いた。四方岩壁の中なので、耳を聾《ろう》するひびきであった。

闇の中で耳たぶのひかる女、ということから、お船はその下の――足のあたりを狙《ねら》ったのである。女を動けぬようにすれば、六文銭といえどもそれを捨てて逃げられまい、という考えからであった。はたせるかな、その光はすっと下へ沈んだ。同時に。――

「ううむ！」

といううめき声が――たしかに男の声が聞えたのはどうしたことか？

「き、きゃつじゃ！」

と、刀印はさけんだ。

「きゃつ、女のそばにうずくまっておったと見える！」

六文銭を撃ちとめて安堵《あんど》した、というより、おのれの獲物を仕留められたという無念さに刀印は逆上し、猛然と駈《か》け出した。

と、闇の底に沈んだその青い光が、ふいにぱあっと五つ六つに分れてまた空中に散ったのである。はっとして立ちどまった刀印は、その刹那《せつな》、

「…………！」

人間どころか、動物のものでもない苦鳴を発して仁王立ちのまま硬直していた。

何が起ったのか、彼は知らない。熱鉄のようなものが肩から胸廓をつらぬき腹腔まで通ったことを、彼が意識したかどうかわからない。その瞬間に彼は即死している。

なんたること。――彼は目標へ馳《は》せ寄るその中途にして、頭上から襲《おそ》いかかった何者かの一刀で、芋田楽《いもでんがく》のごとく垂直につらぬかれたのであった。――実に、この曾《かつ》て宮本武蔵でさえもおじ気をふるって遁走《とんそう》させたほどの男が。

合奏刀も、鎖も槍もあったものではない。

槍と鎖を擁し、刀印としては何らかの成算があったのであろうが、それをただの一度も

ふるういとまあらず、一撃のもとに彼はここに屠《ほふ》り去られた。

考えてみれば。

例の恋螢とやらは、女人の発情が最高潮に達したときに発するという。いかに何でもこの場合に、相手の女がそんな状態にあるわけがない。また六文銭の唄声の所在がはっきりせず、その唄声が事実以上に遠ざかったように聞えたのは、坑道をつつむ岩壁の複雑な凹凸から来る反響の悪戯であったろう。そもそも、いかに闇の中とはいえ、天井に蜘蛛《くも》のごとく吸いついていた男を見逃すとは、忍者にもあるまじき大不覚だ。——要するに、安馬谷刀印は、ついにめざす六文銭を袋の鼠とした、という思いと、しかもなおかつひとを小馬鹿にしたような唄声への怒りのために、彼らしくもなく平常心を失ったのが、この大不覚の最大の理由であったろう。

不覚。——文字通り、彼にとってはとりかえしのつかない大不覚。

彼が「生前」に見た青い光は、いま五、六匹の螢となって、明滅しつつ穴の中をながれた。

それにかっと眼をむけてはいるものの、むろん刀印の網膜はもう何物も映《うつ》してはいない。にもかかわらず、彼はなお仁王立ちになっている。それは岩天井から舞い下りた影が、刀印の肩に鍔《つば》ちかくまで刺さった刀の柄《つか》を、寄り添《そ》ったままなおしっかとつかんで離さないからであった。

ぼうとひかる青い光が、この奇怪な立像を照らして消えた。——

それが、見えたか、どうか。——

また銃声が二つ、三つ鳴って、死せる安馬谷刀印のからだが、その音の数だけ鞭打《むちう》たれたように痙攣《けいれん》した。それでもなおこの肉の盾《たて》は倒れない。

銃声は止んだ。向うではじいっとこちらをうかがっているらしい。——

「刀印！」

きぬを裂くような声が聞えた。それから、彼女はさけんだ。

「大変！　みんな来ておくれ！」

二

お船はもとより安馬谷刀印の異変を感じとった。何が起ったかわからないが、思いがけぬ近くで、とにかく彼の身に予想外のことが起ったことだけはわかった。彼女が二、三発拳銃のひきがねを引いたのは、その動顚《どうてん》のためにほかならない。

たまぎるような声に、釜の口の外の京蔵人は駈け込もうとしたが、

「おう、松明《たいまつ》をつけろ」

と、ふり返った。

「ないか、なければ急いで松明を持って来い！」

数人の侍がそれを取りに駈け去るのを、それも待てぬといった風に、蔵人は凄《すさま》じい眼色

であごをしゃくった。

「うぬら入れ」

抜刀した。

「入らぬか！」

ためらっていれば、その刀がこちらに振り下ろされそうな形相《ぎょうそう》に、三、四人、釜の口に飛び込むと、あとの連中も、どっと中へ雪崩《なだ》れ込んだ。上は手をのばせばとどく程度、横は三人もならんで歩けばいっぱいになる程度の坑道だ。

「いって見や、あそこにだれか立っているが。――」

と、数メートル奥に、岩壁にぴったり背をつけたお船がいった。

「呼んでも、刀印は返事せぬ！」

がちゃっという鎖の音がした。先頭の侍がぎょっとして立ちどまろうとしたが、うしろから押されて悲鳴をあげながらなお進む。――

鎖をひきずりながら、遠ざかってゆく音が反響した。

「うわっ」

一人が何かにつまずいて倒れると、四、五人、将棋倒しになった。混乱の渦が巻いたのち、

「おう、安馬谷じゃ。――刀印らしい！」

手さぐりにだれか探りあてたらしく、恐怖のさけびがながれた。

「こりゃ何だ？　山刀《やまがたな》の柄《つか》じゃ。柄が肩に――刀印は肩に刀を刺されておる。あっ、つ、鍔もとまで。――」

しばしの沈黙ののち、

「ゆきゃ！」

うしろで、お船のさけび声がした。

「それならば、相手にもはや刀はない。ゆきゃ」

彼女はほぼ事態を察した。安馬谷刀印は螢につられてつっ走り、途中、天井の凹《くぼ》みにひそんだ敵の待ち伏せに逢ったのだ。螢につられて？　つられて、そこに刀印をやったのは自分であった！

自責の念が彼女を逆上させた。

「ゆかぬと、わたしがおまえたちを撃ち殺してやるぞえ！」

また銃声が起り、天井をかすめた弾が、侍や人足の頭上に岩のかけらをふり落した。彼らは仰天して、もつれ合いつつ駈け出した。

――と、その先頭の男が、

「ま、待て」

と、死物狂いに踏みとどまった。

「だれか、おる。――」

「え？」

「白いものが、それ、フワフワと。——」

依然、闇の中だが、それなりにやや眼が馴《な》れて来た。ぎょっとして一同がたたらを踏んで前方を見ると、いかにも白いものが宙にゆれうごいている。

「天女の羽衣に見えねえか？」

と、ずっと奥で笑い声がこだました。

「おれのふんどしだ。おれのぬくみが残って螢が酔い心地になっていたものを、不粋な鉄砲の弾でひきちぎりゃがった」

——どうやら、螢を包んだ白い布を、天井の岩角に結びつけて垂らしてあったらしい。先刻、お船が撃ったのはそれであったのだ。

と、そこまで理解出来たか、どうか。——とにかく、声が遠くに聞えたので、なお幾らかの警戒をその白いものに残して眼をそそぎつつ、みなどっと殺到した。

たちまち、そこに恐ろしい絶叫が渦巻いた。彼らの歩いている岩の路がふいに消滅したのだ。それはぽっかり口をあけていたのだ。

悲鳴は下に消え、しかも勢いのはずみとうしろから押されるのとで、七、八人も穴の底に転がり落ちる。そのゆくえも知らず。——この坑道には、竪穴《たてあな》もあったのだ。それがさらに下の坑道に通じているかどうかは知らず、七、八人も呑みこんで、はるか地底で叫喚が聞えるところを見ると、相当なものらしい。——ここ七、八年も金格子で閉じられていた但馬間歩、その内部構造を知る者がないとはいえ、こういう竪穴や鼠穴や風回し口などどこの敷《しき》にもあるものなので、全然素人《しろうと》が入ったのとはちがうはずだが、その上にゆれる白い影に眼を吸われて、われ知らずおのれの足もとを忘れたらしい。

いや、もう、名状しがたい大混乱だ。

「あ、は、ははは」

奥で六文銭は快笑する。

しかし、彼はいったいどういう心理か。これからどうしようというのか。たとえどれほど坑道が深かろうと、一里も二里もあるわけはない。ましてゆきづまりとなっているとすれば、しょせんは袋の鼠であることにまちがいはない。しかも、敷の往来には馴れた金山の役人や人足を無数に迎えて、どこまで逃げ切れると思っているのか、その快笑は、まさに怪笑、いやまったく馬鹿の笑いとしか思えない。

げんに。――

「灯が来た」

と、釜の口の方でさけぶ声がした。

「松明が来たぞ！」

三

坑道の遠い奥の混乱した反響に耳をすませていて、その状態をどこまで察したか、怒りと焦燥に眼をぎらぎらさせていた京蔵人は、十数本の松明が来たのを受けとると、それに火をつけさせ、それだけの人数に持たせた。

「殿。……どうやら安馬谷刀印めもやられたようでござる」

ふり返っていった。

岩に大久保長安は腰かけていたが、返答の声もない。

さすが悠揚闊達な長安も、思い決した凄じい眼光をすえている。両側にお汐、お珊の愛妾、また味方但馬、毛利算法がひかえていたが、これまた身動きもしなかった。

彼らの胸をいっせいにかすめたのは、駿府からつれて来た五人の伊賀者服部半蔵の推挙した精鋭が、ここで悉《ことごと》く討ち果たされてしまったという信じられないような想念であり、身の毛もよだつ事実であったろう。

「うぬら、入って、まっさきにゆけ」

と、京蔵人は、松明を持たせられた連中にいった。

「敷の端から、虱《しらみ》つぶしに探ってゆけ。こうなっては、ここにおる人数の半ばを失っても、きゃつ叩き出して、なぶり殺しにしてくれる。ゆけ！」

千人内外の人数の半ばを失っても――とは、大袈裟《おおげさ》だ。が、蔵人はほんとうにそう思っていたし、その気魄に押されて、松明を持った面々は決死の顔で、釜の口から入り込んだ。

「但馬、案内してくれ」

と、蔵人はまたかえりみた。もはや許さぬ面貌である。

「おぬしの間歩じゃ。おぬしに案内してもらわねばならぬ」

「待て待て」

と、但馬はやや狼狽《ろうばい》したようにいった。

「この九番間歩は——」

といいかけて、ふと何やら思い出したようにくびをかたむけた。

「いや。——たしかにふさいだはず。知らぬ者が気づくわけはない。——」

「何を？」

「よし、いって見よう」

蔵人のそれ以上の反問を打切るように但馬は立ちあがった。

松明組につづいて、蔵人と但馬も敷に入った。

やがて、坑道の奥で、大混乱の渦に逢う。

「どけどけ」

と、蔵人は呼ばわった。

「灯が来たぞ。松明を先に立てて、あとに詰めろ。——横穴、竪穴、天井の凹みまで、残りなく探ってゆけ」

「もし怪しい者が見えたら、わたしに拳銃がある」

と、そこにいたお船もいった。

「松明組、すすめ！」

まさに火眼を持つ地底の巨竜のごとく、数十人の追跡隊は行進しはじめた。それだけの山刀《やまがたな》や斧《おの》や鉈《なた》が、松明を受けて真っ赤にかがやく。むろん、先刻の竪穴は注意深く越え、もはや二度とあの手にはかからぬと、眼を見張り、息を凝らして進む。

「あ。……ゆきどまりじゃ！」

と、だれかがさけんだ。まだ奥があるが、松明の遠あかりにそれらしい眺めを見てとったのであろう。

「いたっ」

という絶叫とともに、何やらうなりをたてて飛んで来た。松明が二、三本宙に躍り、火の粉の中に血しぶきが噴いた。

三人の人足を、一本の槍が串刺しにしていた。——それが、安馬谷刀印の持っていた槍だとわかったのはあとのことだ。しかし。——

「もはや、逃さぬ」

京蔵人は、ちらりと前方に躍った獣《けもの》のような影を見て、歯をかみ鳴らして前へ出た。実にむちゃくちゃな敵ではあるが、しかしこうなっては、しょせん鼠のはかなき悪あがきにひとしい。

「わたしに撃たせて」

お船がスナップハウンス銃をにぎって、蔵人をおしのけてこれまた前へ出た。

# 嫐《なぶる》

一

「あ。——？」

お船の口から異様な声がつっ走った。

京蔵人もキョトキョトした。

「いない！」

いまや、たしかにつきあたりの岩壁が見える。まさに、ゆきどまりだ。しかし、いまそこに獣のように躍った影はない。もう一人、女がいるはずだが、その姿もどこにも見えぬ。

京蔵人は駈《か》け寄って、

「何たることだ！」

と、さけんだ。

「横穴がここにある！」

こちらからすると、横の壁にややつき出した部分があったので見えなかったのだ。その部分の向う側に、また一つ穴があった。——それが、直径一メートルもない小さな穴なのだ。

お船がその穴に腕を入れて、拳銃を発射した。名状しがたい音響が、ずっと遠くで聞えた。

「深い。――」

と、蔵人がさけんだ。

「しかも、穴は曲がっている。――」

と、お船もいった。反響で、弾がただ岩の角を削《けず》ったことを聞き分けたらしい。それにしても、相手はいまこの穴に飛び込んだにちがいないのだから手応《てごた》えがあるはずなのだが、ともかくふつうの相手ではない。それとも、この穴の中にまた横穴があるのであろうか。

蔵人とお船は顔見合わせた。

――いまでも相川の金山へいって当時の坑道を見ればよくわかるが、直径一メートルはおろか、人間が這《は》って歩くよりほかはないほどの坑道が無数にある。また鼠穴《ねずみあな》といって、ただ人一人がうずくまる凹み程度のものも無数にある。

「但馬め。……こういうものがあるとは言わなんだ！」

蔵人は切歯した。

――と、思いがけぬ近くで、がちゃっとまた鎖の音がした。お船が短銃をまた穴にさし入れた。

「お待ちなされ」

蔵人がその腕をとらえた。

「弾はあと幾つござる？」

お船ははっと気づいたように銃をのぞきこんで、

「あと、一発」

と、いった。いかにも彼女は七連発の銃弾のうち、いつのまにかもう六発も撃っていたのである。

「きゃつの罠《わな》だ。弾を無駄撃ちさせようという手に乗ってはならぬ」

その蔵人の声が、ふつうの谷間なら聞えるはずのない遠いところから、いかにも六文銭の馬鹿笑いがこだまして来た。

馬鹿笑い。──彼がこの第九番の但馬間歩にあって、最初から不敵な笑い声をひびかせていたのは、やはりこんな抜け穴があることを承知していればこそであったのだ。そして、いまなおあの笑い声をあげているところを見ると、この細い横穴のゆくえは？

「但馬を呼んで来い！」

蔵人が血走った眼を金掘師たちに投げたとき、その中から、味方但馬があわてた顔をのぞかせた。

「思い出した！」

みなをかきわけながら、但馬はさけんだ。

「いや、いま思い出したわけではない。先刻から気にはしておったが、この穴はたしかにふさいであったはず。それをいかにしてきゃつ気がつきおったか。――」

なるほど、横穴のすぐ下には、ほんの数時間前に掘り崩《くず》したらしい岩のかけらや粘土が
うずたかく積もっていた。蔵人はかみつくようにいった。

「そんなことをいまいってても遅い。きゃつはこの穴の中へ逃げた。――穴の先はどうなっておる?」

「三十間《けん》ばかりで、第十三番につづく。――」

「但馬間歩第十三番。あれもたしか廃坑じゃな」

「うむ。いかにも金格子には封印がしてある。しかし、十三番には、それ、例の。――」

みなまできかず、京蔵人は躍りあがった。

「それは、一大事じゃ! な、なぜそのようなこと、早う言わぬ」

「あの下には、すぐ番所があるが。――」

「いや、それにしても、こうしてはおられぬ。おいっ、そこのだれか、一人、早くこの間歩から出て、外の面々に第十三番但馬間歩に詰めろと言え。曲者《くせもの》がそちらに向ったおそれがあるのだ! いや、もはやそちらから逃げたかも知れぬ。急げ、急げ!」

発狂したように手を振り、一人が転がるように駈け出してゆくのを見送ると、すぐにまた穴をのぞきこんだ。

「しかし、少なくともきゃつはまだこの穴の奥におるはず。――十三番間歩までゆかせてはならぬ」

と、うなずいて、

「但馬っ、この穴にまた横穴があるということはあるまいな？」

「ない！　あれば鼠穴ぐらいのものじゃ」

蔵人は金掘師たちにあごをしゃくった。

「追え。うぬら、入れ」

金掘師たちはむろん恐怖のどよめきをあげたが、拒否も逡巡《しゆんじゆん》も許さない京蔵人の顔色であった。それにまた、もともといのち知らずの剽悍《ひようかん》さを持つ男たちでもある。

「敷《しき》の中こそうぬらの独壇場ではないか。この狭い穴じゃ。向うも自在にあばれられるわけがない。足にかみついても、きゃつを捕えろ。あとから詰めかけたやつが助勢する。きゃつを殺すか捕えるかしたやつには、間歩の二つや三つ、必ず与えるぞ！」

煽《あお》られて、争うように三人ばかりが、松明《たいまつ》や山刀を片手にしてその穴に這《は》い込んだ。

「蔵人」

女が一人、近づいた。

「わたしも入る」

「え。——」

お珊《さん》であった。彼女は細い金属筒を握っていた。棒の先に革鞠《かわまり》がつき、筒の尾端にT字形の柄がある。その柄をひくと同時に、先の鞠をとった。彼女はささやいた。

「ゆくてに声が聞えたら、これで火達磨《ひだるま》にしてやろう。——敵味方を問わず」

お珊の武器、火炎筒である。いま彼女はその金属筒に油をいっぱいに吸い込ませた。これを噴出すると、間髪を入れず灼熱した針が飛ぶ。油の飛び散ったところ、その部分だけは火の渦となる。――それにしても、敵味方を問わず、とはひどい話だが、あの六文銭という男を考えると、それ以外に必殺の法はないかも知れない。

「やって御覧なされ。いや、お頼み申す」

お珊が穴に這い込んでゆくのを見ながら、蔵人はあわてて声をかけた。

「ただし、三十間《けん》の向う近くになったら、その火炎筒はおやめなされよ。これ、うぬらもつづけ。こやつらにおまかせなされい」

また二人の金掘師が追い込まれたあと、お船も拳銃を握ったまま、穴のふちに手をかけた。

「わたしもゆく」

## 二

真っ先に進んでいた松明が、ふと消えた。何者かに消されたわけでも、風のせいでもない。空気の流通の絶えたせいだということはわかったが、先頭に這う男の行動はとまった。が、うしろから這って来る仲間の山刀のさきがわらじにふれると、

「痛たっ、気をつけろ！」

と、さけんだだけで、彼もまた山刀を抜き、じりっじりっとふたたび這い出した。

穴の中は闇黒になった。人一人這ってゆけるだけの闇黒の筒の空間。その中を、男・男・男・女・男・男・女・男・男の行列がつづく。まるで巨大な百足《むかで》のように。

「……おるか？」

「……おらぬ！」

声だけが、前後に波のごとく伝わる。

片手にそれぞれ武器を持ち、片手で岩壁を撫《な》でまわしながら、しかも這ってゆくので、まさに一寸刻みの速度だ。その武器が前の人間に触れて、一、二度悲鳴をあげた者もあったので、行列の間隔はとぎれ、闇黒の中に、彼らはそれぞれ自分一人だけが這っているような気がして来た。気がつくと、おたがいの連呼もやみ、しかも声をあげると、どこから六文銭の刃が飛んで来そうな恐怖に襲われた。

お珊は、いささか悔いた。石見守さまの親衛隊という自負と、おのれの持った火炎筒の自信から、みずから飛び込んで来た穴の中ではあったけれど。——

六文銭が恐ろしくて悔いたのではない。穴の中にこもり出した異様な臭気に顔をしかめたのだ。狭いトンネルの前後に何人男がつながっているのか。それがいずれも獣めいた汗と体臭を発散しているらしく、むっと息がつまりそうな気がする。しかも一方で、妙に心臓を鼓動させる異臭でもある。——

第十三番の但馬間歩まで三十間あるはずだときいたが、いったいいままでどれほど這って来たのか。——這うという行動はあまりしたことがない上に、坑道は上下左右、でたらめに屈曲しているので、その距離間隔がよくわからない。時間さえも何分過ぎたのか、何十分過ぎたのかあいまいになった。

「いや」

と、彼女は鋭くいった。

「離れや」

足にだれか触れた者があるのだ。山刀ではない。たしかに男の手らしかった。手はあわてたように引っこんだ。

が。——

数間、ゆくと、また足に先刻の手がさわった。こんどはわざと、しかも深甚なる興味を以てさわったようであった。

「無礼者」

とお珊は首をねじむけて叱った。

「退《さが》らぬと、おまえも火炎筒で火達磨にするぞえ」

手は驚いたようにまた離れた。

さらに数間、這って——ふいにお珊は動かなくなった。ぼっと向うに蒼白《あおじろ》い光がさしているのが見えて来たのだ。それは十三番間歩の方からさしているものとしか思われなかった。

三十間の半ばを過ぎたら火炎筒を使うな、と京蔵人にいわれたけれど、うしろから来る金掘師に追われて、知らず知らずそこまで近づいたらしい。――それにしても、先にいった三人の金掘師はどうしたのか。あの十三番間歩に入ってしまったのか。声一つ聞えないが、六文銭はどうしたのか？

また、何か、尻に触れた。

「カエントウって、何ですね？」

お珊は、ぎょっとした。尻にさわったものが、たしかに刀のきっさきだと感覚したばかりではない。うしろからささやく声が、いつか――血塔の中でもきいたあの声だと気がついたからだ。それは六文銭の笑うような声であった！

お珊は、本能的に逃げた。四つン這いに。――

明るい太陽の下であったら、人には見せられぬ姿態であったろう。屈辱をも忘れさせたのは、驚愕《きょうがく》もさることながら、この近さでは自分の火炎筒が使えないというとっさの判断であった。

驚愕はもとよりのことだ。自分の前をたしか三人の金掘師が進んでいたはずだが、彼らはどうしたのか。その先にいたはずの六文銭がいつ自分のうしろに回ったのか。

「たしか火達磨にすると聞えたが、カエントウって何でやす？」

しかし、六文銭の声は依然としてすぐ自分の尻のあたりにつづいた。のみならず、次にはその手が自分のふくらはぎさえ、やんわりとつかんだ。

「長安さまの御愛妾は、みんな変な御道具を持っていなさるからおっかねえや」

まず油を発射し、次に火針を以てそのあたり一帯を火の塊としてしまうお珊の火炎筒も、相手が自分とぴたり密着していては手の下しようもなかった。

そのとき、うしろでひそやかな呼び声がした。

「お珊さま。――」

お船だ。

「そこにいるのは、お珊さまではありませんか?」

気配で察したのか。いや、前方の蒼白い光は、もう四、五メートルも先にぼうっと見える。その光に浮いて何か見えたのか。――疑惑と恐怖に満ちた声であった。それは、そうだろう。お珊とお船のあいだには、たしか二人の金掘師が存在していたはずだから。

「お船さまっ。――」

撃って! とさけぶより早く、片腕がうしろからのびて、お珊の胴に巻きついた。

「来たのは例の鉄砲妾《てつぽうめかけ》か。撃って見ろ、こっちのカエントウ妾の尻にあたるぞ」

重さに、お珊はひしゃげた。狭い坑道に二人は折り重なった。

と、見るや、六文銭はお珊を小脇に抱いたまま、一本の腕と二つのひざで、子持ちの猿のごとく前方の光の方へ急速に這った。

ちょっと曲がると、お珊の頭は――頭だけ、やや広い空間に出た。

向うに金格子が見える。その手前の洞窟になった部分に、そこの空間も埋めるばかりに、千両箱ほどの木箱が積まれ、その蔭に一人の女が――たしかにあの大坂から来たくノ一が、ひっそりと坐っていた。

すなわちこれは第十三番但馬間歩。

三

――それより前、第九番間歩の金格子を調べに来た金山役人たちが、異様な声をあげて駈け去ったのを見て、六文銭は自分たちの所在が発見されたのを知った。

ここへ逃げこんだのは、味方但馬から出た敷絵図のためだ。はじめ六文銭は、自分たちを袋の鼠とする味方但馬の計略にかかったか、と思ったくらいである。が、改めてその敷絵図を眺め、それが第十三番間歩につながることを見、さらにその第十三番間歩がいかなる場所であるかを知るに及んで、いちがいに但馬の計略とも思われなくなった。

とにかく、自分たちがかぎつけられたのは、朱鷺《とき》が笄《こうがい》を落し、自分がどうやら金格子の結び直しにへまをやったことにも原因があるらしいから、決してひとは責められない。

いや、実際、ひとを責めているひまなどありはしない。

第十三番間歩に出て、すぐその下に番所があることを彼は知った。そこの格子を破って外に出ても、その音に役人たちは気づくだろう。

全山《ぜんざん》、鐘を鳴らし、狼煙《のろし》をあげて網を張るだろう。――

朱鷺をそこに残し、六文銭はとって返した。六文銭は千番に一番の兵法を闇黒の地底に展開しはじめたのである。ほんとうは千番に一番もないむちゃくちゃの戦いだが。——ともあれ、彼は第九番から第十三番への坑道の中へ、長安の妾二人をひきずり込んだ。いかにおのれの武器に自信を持つ女とはいえ、これは六文銭にも望外のことで、彼としては京蔵人か、または例の毛利算法でも予定していたのだ。

意外ではあったが、あてはずれではない。彼の兵法にはますます以て可なりだ。彼は闇中に手を打った。

それ以外の金掘師たちはどうしたか。

彼はそれを各個撃破したのである。一人ずつ、天井や壁に吸いついて待ち、腕をのばして声もたてさせず絞め落し、屍体は横の鼠穴に詰めこんでおいたのである。追跡隊一人一人の間隔が離れていたのが倖《さいわ》いとはいえ、実に凄じいばかりの手際《てぎわ》であった。凄じい手際というより、まず三人を片づけ、あれほど警戒しているお珊をやり過ごしてそのうしろに回ったのは、人間わざとは思われない。

そして、さらに二人を片づけたとき、彼は先にいったお珊がもう十三番間歩に近づいたのを知った。彼はふたたび反転し、彼女をとらえたのである。

「カエントウとは相手を火達磨にするものかね?」

彼は笑いながらささやいた。

「それなら、使って見な。火達磨どころか、そこにある箱は、みんな焔硝《えんしょう》だ。——やい、声をたてるな、使えるなら、黙って使え」

いわれるまでもなく、お珊は眼をかっと見張ったまま、声も出なかった。自分の下半身に巻きついている男のからだもしばし意識の外にあった。

もっとも、この十三番間歩に何があるかは、いまはじめて知ったことではない。まさにこれは火薬の大貯蔵庫だ。いつか長安と算法との会話で、山の廃坑の一つが焔硝蔵になっているということをきいたことがあるが、それがここであったらしい。

「さすがは長安、えらいところにえらいものをかくしてやがる」

声は笑っていたが、六文銭のひたいは、闇の中ながらあぶら汗にぬれていた。

「お珊どの。――」

うしろから、拳銃を擬したまま、お船が近づいて来た。

さっき、ぽっと蒼白い光が見えたが、いまはそれも闇黒だ。それは六文銭がお珊と自分のからだで、ぴったりとその穴をふさいでしまったからであった。

ふいにお船は、拳銃を握った自分の手くびがぐいとつかまれるのをおぼえた。

「撃ってみな、柘榴《ざくろ》になるのはカエントウの妾だ」

六文銭の声がすぐ顔の先で聞えた。

嫐《なぶ》るという字があるが、この場合のそれは、死物狂いとでも読むべきであろう。

# 火薬の上

## 一

この第十三番間歩《まぶ》は、坑道というべきほどのものでなく、ただ縦横四、五メートル四方ほどの洞穴《ほらあな》であった。ただ、第九番間歩からの細い坑道だけが、その奥に口をあけている。

その口はいまふさがれていた。お珊の上半身だけが乗り出しているのだ。それでいっぱいになるほどの穴であったが、しかし、むろん、ぬけ出そうと思えばぬけ出せるはずだ。げんに六文銭が往来したくらいだから。

ところが、お珊はそれ以上、出ようとはしなかった。何かに下半身を捕えられているらしい。——

お珊の美しい顔は怒りと驚きと殺気にねじれた。その右腕には奇怪な金属製の水鉄砲のようなものが握られていた。何であるか朱鷺にはわからなかったが、それが武器であることは明らかであった。

それよりも、朱鷺はこの長安の妾の顔と上半身の変化に眼を吸われた。実に、それから十数分にわたるその女の変化こそ不可思議なる観物《みもの》であった。

最初、お珊はその武器をあげて、朱鷺を撃とうとした。そのとき、穴の向うで、六文銭の声がした。何をいったかわからない。

お珊は衝撃を受けたらしく、手はおろか上半身を硬直させ、眼をかっと見ひらいて、その洞窟も狭しとばかり積みあげられた箱を眺めた。

たちまち彼女の顔はゆがみ、上半身がくねり出した。

「あ、何を。……」

と、うめき、

「く、く、く。……」

と、歯をくいしばる。

何が起ったのか、朱鷺にはわからず、しかも常識的には苦悶としか見えぬ表情を、はじめ美しいとさえ眺めていたのである。

尤《もっと》も、いうまでもなくお珊は美しかった。特に、なめらかで赤い唇が美しく、この暗い洞穴の奥でも蒼白な顔に花の燃えるように見えたのが、ふいにその顔がさくら色に染まり、逆に唇は血の気を失って大きくひらいた。眼をとじ、身ぶるいし、それから肩で息をした。

眼をあけた。一瞬、ここはいったいどこだろう、というような表情になったが、それを茫然と眺めている朱鷺に気がつくと、突如われに返ったようにまた例の金属筒をあげようとした。

「ま、待った！」

どこかで、ひっ裂けるようなかん高い声がした。

「火炎筒、使ってはならぬ。——お珊さまっ」

金格子の外だ。

いつのまにかそこに七、八人の金掘師が駆《か》け集まっていた。その中に、毛利算法の姿が見えた。

曲者が第九番間歩から第十三番間歩へ抜けたおそれがある——ということをきくや、金掘師たちにまじって、いや、その先頭に立ってつんのめるように走り出した毛利算法であった。その抜け穴は這《は》って通るのに時間はかかるけれど、それほどの距離ではなかったが、一方、外から回ると、いちど山の下へ下りてまた上らなければならないので、いまやっと駆けつけて来たものだ。それにしても、ふだんあまり身体を動かさぬ、虚弱体質とも見える算法が、こんな恐ろしい馬力ですっ飛んで来るとはただごとでない。

「使えば、そこの焔硝が爆発する！　何もかも、木ッ端《ぱ》みじんになる！」

声に、ひいっというような喘鳴《ぜんめい》がまじった。たんなる疾走の息ぎれではない。満面蒼白になり、恐怖そのものの相貌《そうぼう》であった。

「そこまで殿もおいでじゃ、お珊さま、よして下され！」

お珊の指が動かなくなった。

いわれるまでもなく、彼女は最初そこの木箱の堆積を見たときから、それが何であるかを知った。だから、はっとして全身をかたくしたのだが——われを忘れ、それを使おうとして、いま算法の制止の声をきいたのである。それがこの長安の妾の最後の理性であったようだ。

火炎筒は片手に握ってはいたが、お珊はもう硬直してはいなかった。彼女はふたたびくねり出し、あえぎ出していた。それが、最初のうちは他動的にそうさせられているといった気配であったが、次第に自動的に――しかも、その動作をしていることをみずから意識していない忘我の姿になった。

「あれは何をしておる？」

格子の外で、しゃがれた声が聞えた。

大久保長安である。彼はまた但馬九番坑の方からこちらへ回って来たのだ。むろん、その両側に愛妾お汐、京蔵人、味方但馬も見える。あと続々と、金山役人や人足たちが、怒濤のごとく集まって来つつあった。

「お珊は何をしておるのじゃ？」

蔵人も但馬も黙っていた。

答えられない、というより、彼ら自身が恐怖に打たれていた。お珊の恍惚《こうこつ》の顔に。

お珊は上半身のみうねらせている。痙攣《けいれん》させている。下半身は見えない。しかし、その上半身の表情から、そのうねりや痙攣が、下半身から送られて来ることがわかる。それよりも彼らに恐怖をおぼえさせたのは、いま金格子のこちらに長安をはじめ数十数百の眼があることを見つつ、なお忘我の境にあるらしいお珊の眼であった。

「……あれは犯《おか》されておるな？」

長安の顔は暗灰色に変っていた。

「お船はどうしたか？」

だれも答えられない。長安は絶叫した。

「お珊、火炎筒を使え。なぜ使わぬ？」

「あいや」

と、算法がしぼり出すようにいった。

「火炎筒を使えば、この一帯、山形も改まるばかりの大爆発を起しまする」

「なに？」

と、長安は息をひいたが、むろん彼とて焔硝の箱は見ている。——「さすがは長安、えらいところにえらいものをかくしてやがる」と六文銭はいったが、べつに長安は大謀叛《だいむほん》を企《たくら》んでここに焔硝を貯蔵したのではない。これは例の南沢疏水の坑道を作るための発破《はっぱ》用の火薬で、これを製造したのも、貯蔵庫にこの廃坑をえらんだのも、実はその毛利算法なのである。さしもの算法も、後年の雷汞《らいこう》や無煙火薬は知らず、これは在来の黒色火薬だが、黒色火薬の三大原料たる硫黄と木炭はともかく、硝石が当時動物の糞から析出しなければならなかったので、これだけおびただしい焔硝を製造するには実に長年の努力を要する。——むろん外にはこれを警護するための番所は設けてあったのだが、内側からそこに入りこむ道があったとは？

いちど長安は息をひいたが、しかしまたお珊の姿を眺め、声ふるわせてさけんだ。

「かまわぬ、お珊、死ね。——あと、三十を数えて火炎筒を飛ばせろ」

といって、背を見せようとした。ともかくも避退の構えに移ったのである。

「殿！」

その袴《はかま》に算法はとりすがった。

「この下は千松水坪でござる！」

まさに血を吐くような声であった。

「この焔硝すべて爆発すれば、その震動によりあの水貫間切《みずぬきけんぎり》すべて崩壊し、あとあとまで、あの疏水の計画すべて御破算と相成りましょう」

千松水坪は、例の大疏水工事の発起点だ。長安は立ちすくんだ。

南沢疏水。——それはたんに地下湧水の解決による採鉱の利ということばかりではない。そのこと自体が両人による土木科学の夢の実現である。さればこそ、毛利算法がうなされるような声を出したわけだ。

「し、しかし」

長安の眼は血走った。

何たるやつか、六文銭というやつは。——このときに至って、なおこの長安の妾を犯すとは？

いったいどういう姿勢でそんなことをしているのか見当もつかない。しかし、お珊の表情はあきらかにそれ以外の何物でもない。そしてそれ以上に奇怪なのは、あのお珊がいまや声もたてず、六文銭のなすがままになっているということであった。

そして、お珊はともあれ。

「きゃつ、わしを。——」

長安は、自分が犯されているような感じがした。これだけの人間の眼前で、これはまさに長安自身が辱しめられているのと同様であった。

そのとき、お珊の唇からはじめて声がもれた。

長安は三十数えろといった。その数を数える声かと思った。しかし、もれて来たのは、たえかねた女の泣くがごとく歌うがごときむせび声であった。

「六文銭！」

また女の声がした。

お珊の声ではない。きっとしてさけんだのは、それまで生けるものとも見えなかった女——そこに凝然と坐っていたあの大坂のくノ一の声であった。

「おやめ！」

二

朱鷺は、あっけにとられていた最初の数分をのぞき、長安の姿がどういう状態にあるか、彼女も感づいた。血が逆流した。

——また？

——六文銭、また？

唇をついてほとばしろうとしたのは、怒りにみちたこのさけびであった。しかし、彼女は耐えた。眼を見張り、歯をくいしばって、すぐ眼の前の恍惚にあえぐ女の顔を見つめた。

どういうつもりで六文銭がそんなことをはじめたのか、その心事を諒としたわけではない。いわんやこの事態を納得したわけではない。

ただ、彼女は死を決していた。

六文銭は、どんなことがあっても動かず、声をあげず、ここに待っているようにといった。彼にどんな成算があるにせよ、前後のなりゆき、周囲の形勢から、この窮地を逃れることは絶対できぬと彼女は覚悟している。ましてや、格子の外へ、雲霞のごとく追手が集まって来たいまに於てをやだ。

彼女はすでに自分を運命の神に——死神にゆだねている。だから、長安の愛妾がどのような動きを見せようと、長安自身が外に現われようと、石のごとくそこに坐っていた。

そのつもりであったのが。——

いま、ついにたまりかね、われを忘れ、「おやめ、六文銭！」とさけび出してしまったのだ。

——と、お珊の痙攣がやんだ。その代り、大きく、二つ、三つ、肩で息をした。それから、からだがくねりつつ伸びて来た。下半身が押し出されて来たのだ。

朱鷺は思わず眼を覆《おお》った。格子の外では、形容しがたいどよめきがあった。長安の妾の蜂のようにふくらんだ真っ白な下半身はむき出しであった。

つづいて、六文銭の顔がにゅっと現われた。満面、汗にぬれてひかっている。彼は穴から出た。——

ところが、まだあとにつづく者があったのだ。六文銭は片手を穴にさし入れて、もう一人の女をずるずるとひきずり出した。お船であった。

それが——このお船もまた酔眼朦朧《すいがんもうろう》といった眼つきになって、酔いしびれたような姿態なのだ。外に詰めかけたむれは見えるはずなのに、彼女はこの洞窟の中へひき出されても、自分から六文銭の片手をとらえて離さないようなのであった。

このときまで、お珊は火炎筒を、お船は拳銃をなお握っていたが、六文銭はゆっくりとそれをとりあげて、はじめて長安たちの方をふりむいて、にやっと笑った。

「どうだね?」

と、いった。みな、声もない。——

いったい彼はこの女たちをどうしたのか。また何のためにかかる姿にしたのか。

彼は第十三番の但馬間歩の格子を破って外へ出ても、結局この金山から逃れられないであろうことを推定した。で、ここの洞窟が焔硝庫であることを知ると、たまたま自分を追って来た長安の妾二人を人質に、いちかばちかの大ばくちを試み出したのだ。

いちかばちかの大ばくち——とはいえ、その大ばくち以前に、二人の女を人質にするということが一つのばくちであった。それを彼は、彼が最も自信を抱く性技を以て成功させ

ようとした。穴の中で、二人の女を相手にして、

嬲。

いったい直径一メートルに足りぬ穴の中で、彼がどういうことをしたのか、三人がいかなるラーゲをとったのか、理解を絶する。ただこの男は、曾《かつ》て屏風《びょうぶ》のかげで終始一貫仰向けになったまま二人の遊女を悶絶させた先例もあるし、梵鐘の中で傀儡《くぐつ》の娘を涅槃《ねはん》に入らせた実績もある。

ただこの場合、前の女は火炎筒を持ち、後の女は拳銃を握っている。しかもそれは自分に対して使用しようという目的を持った武器なのだ。それを。――

いや、六文銭は後の女の拳銃を奪いとりもしなかった。前の女はわざと上半身を火薬庫に入れさせて、その火炎筒を自由意志にまかせた。彼女たちがそれを使えばそれまで、という身の毛もよだつばくちに、あとにつづく大ばくちを賭けたかに思われる。

そして彼はその第一段階にはうまく成功したかに見える。――しかし、彼の顔にひかる汗は、ただこれに要した肉体的苦闘のゆえばかりではなかったろう。

いま、その拳銃と火炎筒を持ってぬっと立ちあがった六文銭を、茫然と見ていた外のむれの中から、

「逃げろっ」

という金切声が聞えた。毛利算法であった。

もういけない、と彼は判断したのであろう。お珊ならば知らず、この二つの武器がこの

男の手に渡ったなら万事休す。一発撃たれれば、天地《てんち》晦冥《かいめい》、ここに積まれた火薬の量の恐ろしさはだれよりも彼が知っている。——

轟然と凄《すさま》じい音響がひびいた。

たたきつけられたように算法は尻もちをついた。撃たれたのではない。腰がぬけたのだが、それは彼ばかりでなく、金山役人や人足の中にも四、五人あった。

「動くな！」

と、六文銭はさけんだ。彼は拳銃を岩窟の天井めがけて撃ったのである。

「長安」

にやりとしていう。

「おれは半分ずつ使ったのだが、それでも御覧の通りのありさまだ。おめえさんなら一人、ぜんぶを使っても、おめえさんの方がこうなるだろう」

と、あごでさす。二人の愛妾のことであった。二人の女は両膝《りょうひざ》をついたまま、まだ肩で息をしていた。

「おめえさんの方は自業自得だが、女のひとの方が可哀そうだよ。ふだんの鍛えが足りねえから、たちまちああいうことになる。——」

焔硝箱の一つに腰を下ろしていう。

「だいたい、おめえさんという人は、やることが自分勝手だよ。金を掘るためには何百人、何千人の男を殺しても、虫けらでも踏みつぶしたような気でいやがる。てめえが愉《たの》しみてえために、爺《じじ》いのくせに手当り次第美しい女をおもちゃにして、生殺しの目に合わせる。しかも、それを世の中の人間に見せつけて、しゃあしゃあとしていやがる。世道人心のためにならねえ。――」

　この江戸の無頼と自称する男が、説教をはじめた。突然、へっ、と妙な声を出して笑ったのは、それに気がついて、自分でも可笑《おか》しくなったのだろう。

「いや、あまっさえ、女をおもちゃにするために――どうやら、女を酒漬けにして、その酒を飲むらしいが、まるで化物だ。鬼畜の所業だ！」

　笑ってはいるが、一方でその眼に、ほんとうに怒っている光もたしかにある。

「おれはおめえの妾、四人をなぶってやった。ちいっと痛みを感じたら、おめえのために踏み潰《つぶ》された何十人、何百人かの男や女の涙を思え」

「だまれっ」

　やっと京蔵人がすすみ出た。

「だ、黙っておればいいたい放題のことをほざきおる。……お珊さまお船さま、かく相成っては大義親《たいぎしん》を滅す、死んで下されい！　おいっ、みんな格子をたたき破ってこやつを捕えろ！　いや、槍を突き込め！」

「けっ、何が大義親を滅すだ。うぬも人間のうちには入らねえやつだぞ、野郎！」

　六文銭は拳銃をひいたが、カチリという音がしただけであった。さっき撃ったのは、最後の一発であったらしい。

「おっとっとっとっと！　弾はもうねえか。しかし、まだこいつがあらあ」

六文銭は拳銃を放り出し、火炎筒をとり直した。

「おい、みな動くなよ。ところで、これア何だ？　カエントウ、とかいったね。これをどうとかすると、火達磨《ひだるま》になるとかいったね。へへえ、こいつをこう引くのか。そして、これを。——」

引くと、筒の先についている皮袋がひしゃげた。油を吸いこんだのである。

それを押すと、油が飛び、自動的に、摩擦された火の針が飛ぶことになる。——

「……あっ、あっ、あっ」

腰のぬけたはずの毛利算法が、死物狂いの恐怖の悲鳴をあげた。京蔵人さえも格子からはじかれたように飛びのいた。

「面白えな。このおもちゃは。そうら。——」

## 淫霧《みだらぎり》の中

一

「ま、待て、六文銭！」

さしもの味方但馬もひきつるような声を出して馳《は》せ寄った。

「うぬは何を望む？　うぬの条件は何じゃ？」

「あ。——ひょっとこの大将か。おまえさんは話せるよ」

六文銭は笑った。

「そうだなあ」

「早く言え！」

「二人、佐渡を逃がしてくれといってもきくめえ。きくといってもあてにゃならねえ。この焔硝蔵を離れりゃ、こっちは百年目だからな。——で、このひとだけを逃がしてくれ」

と、朱鷺《とき》をあごでさした。

「どうだ？」

「い、いけません」

それまで運命を天にまかせた顔で寂然《じゃくねん》と坐っていた朱鷺がさけび出した。

「おまえを残してわたしだけが逃げるなんて、そんな——わたしは逃げません！」

「ま、いろいろと心残りだろうが、天下の大久保長安をここまで悩ましたら、まあ本望だと思っておくんなさいよ。——人間、そう思うようにはゆかねえもんだ」

ひとりごとみたいなつぶやきであった。

「おれも。——」

にやっと笑った。それが妙に哀愁をおびている。

「とうとう、おまえさんを抱けなかったなあ。……」

何にしても、この場、この時にあたって醸《かも》し出すべき雰囲気ではない。じりじりしていた京蔵人が、但馬を押しのけて、前へ出た。

「……よし、その女だけは逃がしてやる。とにかく二人、そこから出て来い。これ、みな、そこの金格子をはずしてやれ！」

「おっと待った」

六文銭は顔をこちらに向けた。

「そうやすやすとここは出られねえ。まずこのひとだけは出てもらうがね。おれはここに残ってるよ」

「なんだと？」

「この前赤玉城をおさらばしたろ？　あの手をもういっぺん使わしてもらう。ただし、あのときも約束を破って、うしろから鉄砲で撃ちゃがったぜ。だから、ここのかけひきが難しい」

「どうしようというのじゃ」

と、但馬がいった。

「おいっ、甚内。……小太夫、小柿《こがき》」

ふいに六文銭は呼びかけた。みんな、ふりむいた。

はじめて気がついたのだが、釜《かま》の口に詰めかけている群衆の中に、数人の遊女や、そして庄司甚内の恐ろしげにのぞいている顔が見えたのである。甚内は町から駈《か》けつけて来たのか、それともきょうは山廓《やまぐるわ》に来ていたのか、いずれにせよ、けさから金山《かなやま》じゅうゆるがさんばかりの騒動に、弥次馬になって見物に来ていたらしい。

「ここへ来な」

甚内と二人の遊女はおずおずと近づいて来た。小太夫、小柿というのは、山廓で六文銭にしゃぶりついていたあの遊女であった。

「甚内旦那、また厄介をかける。厄介ついでに、乗りかかった船だ。もう一番、頼みてえことがある」

「な、なんだ？」

「ほんとに船に乗ってくれ。あのお朱鷺さまをつれて」

「へっ、わしが？」

「ただし、そこの小太夫もいっしょにだ。そして――小木《おぎ》までゆくことはねえ、この相川からすぐ越後の出雲崎《いずもざき》かそのあたりへ送ってくれ。そしてお朱鷺さまを岸にあげたら、おめえさんと小太夫はすぐにひっ返してくるんだ。ちょうど、風もねえ。海は凪《なぎ》だ。あしたじゅうにゃ帰って来れるだろうな」

「な、なんのために小太夫を？」

「見張り役よ。ほんとにぶじにお朱鷺さまを越後へ送ったか、あと追手につかまりはしなかったか——そいつをこの小太夫に注進してもらうんだ。甚内旦那の報告だけじゃ、危なくってしようがねえ」

六文銭はにやにやした。

「小太夫の方なら、信用できる。やってくれるかね？」

「やるよ、六文銭！」

小太夫はうなずいた。可憐で、必死の顔であった。小柿がいった。

「わたしは？」

「おめえは、三人が送り狼《おおかみ》に送られずぶじに舟で出たか、相川の浜まで見送って、あとは——すまねえが、山廓からここへ飯を運んでくれ」

「え？」

「あしたの朝になるか、夜になるか——甚内旦那と小太夫が帰って来るまで、おれとここにいる長安さまのお妾《めかけ》が、何も食わずに待っちゃあいられねえ。おっと、外に長安さま、もう一人、お妾もいなさるな。それから少なくとも京蔵人、味方但馬、毛利算法というおじさんたち、これだけはそこに待っていてもらおう、その分の飯も運んでくれや」

京蔵人が吼《ほ》えた。

「ば、ばかっ」

「いやか。いやなら相談することはねえ。そらっ——」

と、また火炎筒を火薬に向けた。

「あっ、ま、待ってくれ！」

と、毛利算法が両腕で空をつかむような手つきをした。そして長安の足にすがりついた。

「殿。……やむを得ませぬ、殿のお命には代えられませぬ。いや、それよりもあの疏水工《そすいこう》事《じ》のために！」

「算法」

凄《すさま》じい顔色で、長安はいった。

「ともあれわしは、あしたまでここに案山子《かかし》のごとく立っておるわけにはゆかぬ」

それはそうだろう。日本の山将軍といわれる人間の体面というものがある。それに長安の個性として、大御所すら人くさしとも思わぬ強烈な自尊心というものがある。——

ちらっと、六文銭はそれを見た。それから笑った。

「むずかしいところだな。ま、しばらく考えて見な。……ところで、おれは退屈だ。そこでと」

ふり返って、そこにぐったりとなっているお珊、お船の二人を見て。——

「このお方たちゃ、へべれけだ。……おい、外のお方、女の身でいつまでも立ちん坊はきのどくだ。同じ待つなら、こっちへ入って来ねえかね？」

と、お汐になれなれしい笑顔をむけた。

するとお汐がうなずいた。

「入って見よう。そこの格子をあけや」

「ばかに簡単に承知しやがったな。やい、めったに格子を破ると、木ッ端みじんだぞ」

入れといったくせに、六文銭はあわてた。

「いえ、わたし、一人入れるだけあけて」

「お汐」

と、長安がきっとしていった。

「たわけたまねはよせ」

「いえ、捨てておくと、気が変って何をするかわからぬ男でございます。どうせ、お船さまお珊さまもいます。わたしも入って、あの男をあやしておりましょう」

ふりむいていう眼に、特別のひかりがあった。黙って、わたしのいうことをきいてくれるようにと。

——むろん、たんなる犠牲の表情ではない。慰撫役の顔ではない。何やら思いつき、決意した長安親衛隊の一人としての眼であった。

但馬がそばの金掘師にいった。

「二本だけ切れ」

鉈《なた》で格子の二本の棒が切り離された。従容《しょうよう》として入って来た長安の最後の愛妾を迎えつつ、六文銭はあっけにとられた顔であった。ふっと自分が言い出したことだが、むろんただでこの女が入って来るはずがない、と気づいたらしい。

「やい、何か妙なことをしやがったら、カエントウを使うぞ」

「手をうしろにまわして、おまえの前に坐っていようかえ?」

お汐は笑った。薄い上唇がややまくれあがった雪白の顔が、薄暗い洞窟の中に花のように妖艶《ようえん》にひらいた。

薄暗い。――朝からの騒ぎにどよめきつづけた金山も、いつしか斜陽に照らされている。やや、風が出た。この季節、この時刻になると必ず西に回る風であった。

その通り、手をうしろにしてよりかかられて、六文銭は「へっ」と笑った。単純に恐悦した奇声であった。

「そうか、わかった。おめえさん、さっきのそのお妾の顔を見て、羨《うらや》ましくなったんだろ?」

と、お珊にあごをしゃくった。穴から上半身のぞかせたままもだえていたお珊のことをいっているのだ。

「可愛がってやるぜ。同じ顔にさせてやるぜ。それにしても、外でそう何百人か何千人かに見られてちゃ少し具合が悪いな。みな、どこかへいってくれないかな」

いいたい放題のことをいう。しかし、いまや縛っているのは格子の中の六文銭であり、縛られているのは格子の外のむれであった。

ふっと、そのとき、六文銭が鼻うごめかした。

二

「男一匹、こう狭い穴ぐらで、女四人にかこまれてると。——」

と、六文銭はつぶやいた。

「何だか、眼の先が黄色くなったようだなあ。……おい、早く決めてくれ。おれのいうことをきくか。何もかも木ッ端みじんとゆくか。日が暮れるよ。——」

声はしかし、どこかとろんとしていた。

眼の先が黄色くなったようだ、と彼はいった。しかし彼は気がつかない。向うむきのお汐のからだの下から、しずかに煙が這い出しているのを。

薄い、薄い淡褐色——いや、それともまだ見え分かたぬほどのうすげむりだ。まだ外の大群衆がどよめくたびに砂塵が巻き、西風が真正面からそれを格子の中へ吹き送るので、いっそうそれにまぎれた。

ただ彼は自分の息のはずんで来たのを感じている。おかしな血のざわめきを意識している。

「待ちくたびれる。……えい、こっちを向きな」

彼は、お汐の顔をねじむけて、そのまくれあがった唇を吸った。

美しくぶきみな人形みたいに背に首をねじむけて、お汐はなすがままだ。その裾の下から出る煙が徐々に濃くなった。

ふっと六文銭の頬がふくらみ、紅潮した。女が舌をさし入れて来たのだが、ただの媚態《びたい》ではない。たしかにうごき出した春心の炎が感じられたからだ。いや、せわしく起伏する胸のうごめきや、胴の律動にも。——

自分の腰に巻きつくものをおぼえ、彼は女から顔を離した。お船とお珊であった。ほんのさっきまで、そこにしどけなく横たわったままであった二人の妾が、いつのまにか這《は》い寄ってからだを投げかけようとしている。

自分を肉の罠《わな》でからめるためではない。——首をめぐらせば、やや離れた朱鷺もじっとこちらを見ているが、その眼もふつうではない。頬は紅を刷《は》いているし、肩で息をしているし。——

「はてな?」

やっとけげんそうな声を出し、はじめてまわりに淡褐色の煙がたちこめているのを知った。

「や、やったな。——」

という舌がもつれている。そういって彼が愕然《がくぜん》となり、火炎筒の柄を押したかというと——押さない。尤《もっと》も、押せば自分もろとも何もかも空中に飛散することになるけれど。

お汐の流し出した煙、淫霧《みだらぎり》。

煙幕だ。しかし、その煙にいかなる媚薬《びやく》がしこまれているか、曾《かつ》てこれにつつまれた伊賀者の集団がたちまち酔っぱらったようになり、しかも眼だけは充血し、凶暴のひかりをはなち、女の方へ吸い寄せられていったことがある。――べつに運動機能が麻痺するわけではない。しかし、その意志がとろけてしまうのだ。殺気、闘志、敵愾心《てきがいしん》、そんなものが雲散霧消し、ただ女への肉欲のみが脳中に充満する。――そして、これは女の場合、男に対しても同様であった。

「やったか！」

と、京蔵人がさけび、開いた格子の隙間《すきま》に駈け寄ろうとしたが、

「来ると、これだぞ！」

と、六文銭に火炎筒を打ち振られて、あわててまた飛びずさった。しかし六文銭の腕の動きは緩慢であった。――と見るや、彼は突然、みなをぎょっとさせるような大声を張りあげた。

「お朱鷺さま、外へ出ろ」

「いや、いやです」

「ゆかねえか！」

朱鷺が自分に対してはじめてきいた凶暴なまでの叱咤《しった》であった。鞭打《むちう》たれたように彼女は格子の口に立って、からくもふりむいた。

「六文銭」

「ゆきなせえ、危ねえ」

「危ない？　わたしを出して、おまえはあとで何をしようというのです？」

「ゆくんだ！」

もういちど、はげしい声で六文銭はさけんだ。

朱鷺はふらりと格子の外に出た。先刻六文銭の提案した条件を、長安の方がのんだのかどうかは不明である。しかし、彼女を捕えようとする者はなかった。いまの六文銭の叱咤に、みな恐怖の突風に吹かれたように半円を拡げていたからだ。

と、ただ二人の遊女だけがすすみ出た。

「ゆきましょう」

小太夫が朱鷺の手をとって歩き出し、小柿も甚内をうながした。

「おやじさま、早く」

庄司甚内はキョトキョトまわりの顔色をうかがったが、みな呪縛《じゅばく》されたように立ったまま口をきかないので、面妖《めんよう》あいまいな顔つきのまま、歩き出した。

京蔵人は何かさけび出そうとする声を、必死に抑えた表情で長安を見ていた。長安は六文銭を見ていた。六文銭には三人の自分の妾がからみついている。淫霧にあえいでいるのは、自分の愛妾たちの方であった。そして――そんなことはあり得ないのだが、六文銭だけは眼を据えて、その眼が哀感にうすびかってじいっと遠ざかってゆく朱鷺の方を見送っているのであった。

「殿、あれを見逃がすのでござるか」

「しばらく待て」

と、長安はいった。

三四の白い蛇に巻きつかれたような六文銭は、高だかと火炎筒をふりかざしている。いかにもこの分では手が出ない。――

と、甚内たちの姿が山の蔭に消えたころ、その六文銭のからだがぐらりと崩れた。彼は獣のように吼《ほ》えた。はっとしたが、彼は片手でぐいとお汐を抱きしめたのである。

淫霧はいまや岩窟にたちこめている。淡褐色の、しかし濃《こ》いその煙に何かちらちら陰顕しはじめた。外にいる彼らはそれを見た。霧に見えつかくれつする光景を見た。――さしもの京蔵人までが、日の光が水色に変るまで、それにも気づかず眼を見張っていた。

六文銭はお汐を犯したのである。それから、またお珊とお船を犯したのである。

一人が終れば一人と、くり返しくり返し、時には唇と四本の手足で、二人同時に、或いは三人同時に歓喜させたのである。その間にも火炎筒を離さず、両手を使うときはそれを口にくわえたまま。

そしてまた、三人の女が狂乱した。いったいそうなることまでお汐が予測し、覚悟していたのか、淫霧をはなったお汐自身まで女獣のように六文銭にからみつき、もつれ合って狂態をさらしたのである。

こんな凄じい性の饗宴を見るのははじめてだ。淫霧のせいにはちがいないが、その一人の男と三人の女との肉の格闘は人間ばなれしていた。それは地獄のような光景であった。

ただし、天上にも見られないほど美しい地獄の。

それでも、六文銭という男の怪奇なばかりの気力に万一のことをおもんぱかって――というより、ただこの美しい悪夢に魂しびれはてて、一同は眼を洞穴《ほらあな》のようにして見とれていたのだが、

「六文銭！」

きぬを裂くような声に、やっとわれに返った。

「いったよ。――朱鷺さまとおやじどのと小太夫が」

小柿が息せき切って走り帰って来た。疾走のためか、蒼《あお》い顔をして、

「おやじさまに言われて、わたしは相川までゆかず、山の途中で見ていたのだけれど――まちがいなく、三人、海へ」

「おう」

と、六文銭はかすれた声で吼えた。そして、三人の女をはらいのけ、格子までやって来て、まだ持っていた火炎筒を、柄はそのままに、ぽんと全裸のお汐の方へ投げた。

「小太夫の報告がくるまで待つつもりだったが」

ふらりと外へ出た。むろん、刀などはない、これも裸にちかい姿で、手ぶらだ。疲労困《ひろうこん》憊《ぱい》しきった顔で、にやっと笑った。

「そんなもの待ってちゃ、こっちの命がもたねえ。さあ、どうなとしてくれ」

「捕えろ」

蔵人の声に、どっと地ひびきの環《わ》が小さくなって、無数の手が六文銭を捕えた。

一語も発せず、背を返す長安に、蔵人が呼びかけた。

「殿。……御側妾《おそばめ》さまたちは？」

「あとで山廓にでもくれてやれ」

と、長安はいった。

## この破局

### 一

……夜が明けた。血のように雲の赤い朝であった。赤玉城の城門に、京蔵人が出て来た。

「まだ報告はないか」

と、きく。

きかれた門番たちは、答えるよりも、蔵人の相貌に、鬼気に打たれてしばし声をのんだ。むしろ沈痛な調子だが、それでいて名状しがたい凄愴《せいそう》の気がある。いうなれば、殺人者の顔だ。いや、事実、彼のくびすじのあたりには、霧のような血しぶきのあとがあり、しかも、それは彼自身の血ではない。——

まだ、何もない、という返事をきくと、蔵人はまた血塔の方へひき返していった。二階に上り、例の「異端審問室」に入った。

「まだ帰って来ぬそうでござる」

と、彼はいった。

「たかが女郎屋の亭主の漕ぐ舟、追いつけぬはずはないと思うが、夜の海のせいでござろうか」

逃亡者と追跡隊の話である。

きのうの夕刻、例の大坂のくノ一は、庄司甚内の舟に乗せられて相川から海へ逃げた。それから数時間おいて、六文銭の捕縛により、ようやく大々的に追跡の舟を幾艘《いくそう》か出してそのあとを追わせたのだが、彼らを捕えて帰ったという報告がまだないというのだ。京蔵人のいう通り、それは海に落ちた夜のとばりのゆえであろう。

「女郎屋の亭主とはいえ、あれももとは人に知られた牢人じゃからの」

と、味方但馬がつぶやいた。蔵人は猛然とそちらに向いた。

「それがおかしい」

「何がおかしい」

「それほどの男が、なぜおめおめと女をつれて乗逃げをしたか。——」

「それは、あの場合、やむを得なんだのではないか。あれも、こちらの顔色を伺い伺い、こちらが黙っておるので、いたしかたなく従ったように見えたが」

「おぬしは甚内と親密なのでそんなことをいってかばう。だいたい、おぬしも妙だぞ」

「何が？」

「六文銭が但馬間歩にかくれたということも、不審といえば不審じゃ」

「ば、ばかめ！」

味方但馬が憤然として何やらいい返そうとしたとき、

「内輪《うちわ》喧嘩《げんか》はおやめおやめ」

と、毛利算法が声をかけた。

「すでに五人の御側妾なく、五人の伊賀者なく――その上、わしたちまでが仲間割れして何とする？」

「……わかった」

と、蔵人はいって、ちらっともう一方を見た。

椅子《いす》に坐《すわ》って、大久保長安はギヤマンの杯を傾けていた。もの静かで、むしろ孤独の翳《かげ》すらある。むしろ――ではない、いま算法がいった通り、いままでどんな場合にでも身辺を彩《いろど》っていた花のような女たちの影が傍にない。にもかかわらず、曾《かつ》て彼らが見たうちで最も恐ろしい魔王のような蒼《あお》い炎《ほのお》が、その姿をふちどっている長安であった。

――なにゆえに自分がかかる羽目に陥ったか？

という疑惑と、

——たかが山犬のごとき一人の男のために！

という怒りが、体内に入った酒に炎を点じて、めらめらと燃えあがっているかに見える。

——壺《つぼ》をかたむけて、琥珀色《こはくいろ》のしずくが二、三滴おちただけなのを知ると、

「算法」

と、しゃがれた声でいった。

「酒を」

「殿。……先刻申しあげた通り、女精酒、もはや尽き果ててござりまする」

長安は黙った。いま、同僚を制したくせに算法は嗟嘆《さたん》した。

「ああ、それにつけても、やはりあの女、捕えたかったの。あれこそは女精酒の無上の素材であった！」

「万一、甚内め、あの女をぶじ越後に送って、ぬけぬけと帰島して見よ、ただではおかぬ」

蔵人は凄《すさま》じい形相でいって、磔台《はりつけだい》に歩み寄った。

「いわんや、こやつに於てをやだ。算法！　鉄の処女に入れよ！」

磔台には六文銭が四肢を縛りつけられていた。

……髪は乱れてねばりつき、いたるところ鮮血と黒血がいりまじってながれ、手足はねじれ——いや、それよりもただ惨澹《さんたん》の一語につきる六文銭の姿であった。

いつぞや朱鷺を苦悶させた磔台だが、この手足をひきのばす拷問具だけにかけられたのではない。きのうの夕方、金山からこの城に運ばれて以来、けさに至るまで——彼はそこ

にある大半の道具のいけにえとなった。

キャタナイン・テイルズ、すなわち九尾の猫鞭《ねこむち》という瘤《こぶ》つきの鞭で打たれた。ストラパド、すなわち三貫の鉄丸を足につけて滑車で落す吊し刑にもかけられた。ダッキング・ストゥール、すなわち水責め椅子にも縛りつけられた。暖炉のとろ火でとろとろと内臓をあぶられる火刑の責め苦にも逢った。そしていま彼はラック、磔台の上に、たたきつけられ、ひきのばされた肉塊のごとく乗せられている。

「なんのために、あのように石見守さまに挑戦したか？」

「うぬの素性は何か？」

この審問に、六文銭はいう。

「あの女の仕返しに助太刀しただけだ」

「素性は江戸の風来坊だ」

これに対して、

「そんなはずはない！」

というのが、京蔵人や毛利算法の怒号であった。

「うぬの執念深さ、うぬの手際からして、ただの助勢や無頼であるはずがない！」

実際、彼らはそう思っていた。にもかかわらず、では正体は何かというと、それがよくわからないのだ。一言に、あの女と一味の大坂方の男とはいい切れないものがあったので。——

「勝手にしやがれ」

と、六文銭はいったきり、ふんぞり返って、あとはただ拷問具に身をまかせるのみであった。しかも——それもただものではない証拠だが——凄惨なうめき声はたてるけれど、言葉としてはもはや一語をも発しなかった。

「白状せぬなら、それでもよい。——」

算法はうすら笑いして、拷問具の鎖をひっぱったり、台を動かしたりした。血を見ることのきらいな彼が、歯をかちかち鳴らしながらも進んでこの労役に従ったのはよくよくのことだが、それだけにこれまでの怒りと憎しみがいかに深刻であったかを思わせる。

「待て待て。——アイアン・ヴァージンはまだ早い。まだある、責め道具はまだあるぞ。——」

算法はくびをふり、

「よし、こんどはスコットランドの深靴をはかせてやろう」

と、木製の長靴をとりあげた。外側に鉄環をはめ、くさびを打ちこむと、脛骨《けいこつ》の髄《ずい》まではみ出すという恐るべき靴だ。

そのとき、扉《とびら》を外からはげしく打つ音がした。蔵人がはっとしてふりむき、駈《か》け出していった。扉をあけて、ひっ裂けるようにさけんだ。

「やっ。……捕えて来たか！」

そこに十人あまりの城侍が息はずませて立っていた。舟で追った連中である。その中に、濡《ぬ》れねずみになった庄司甚内と小太夫という遊女が蒼《あお》ざめて縛られていた。

しかし、朱鷺の姿はなかった。

二

「小木《おぎ》の沖合、五、六里のところでござりましたろうか。――」

と、一人の武士がいいかけるのに、

「女はどうしたか？」

かみつくように京蔵人はさけんだ。

「女は入水いたしたそうでござる」

「なんだと？」

「追手の舟が近づきましたで、もはや逃れるべくもなし、と観念したのでござりましょうか」

と、甚内が暗然としていった。

「いきなり、海へ飛び込んだのでござりまする」

「そ、そりゃまことか。それを、その方ら見たのか」

と、ふりむかれて、追手の武士が答えた。

「拙者ども、夜のことでそれは見ませぬが、捕えた舟の中には、たしかにこの甚内と遊女だけでござった。やむなく、この両人だけをつかまえて漕ぎ戻りましたが。――」

「……しまった」

実に何ともいいようのない声をもらしたのは、蔵人ではない。向うの磔台に横たわっていた六文銭である。

天井に彼は眼をむけていた。悲痛と絶望と――いや、いま彼は息絶えたかと見えるほど空《むな》しい眼を茫然と見ひらいていた。

小木から五、六里の沖で海へ飛び込んだといえば――いかに泳ぎが達者であろうと越後へ渡るはおろか、佐渡へ戻れる者が世にあろうとは思われぬ。捕えた舟に、この両人しか乗っていなかったとすれば、あの大坂のくノ一は、ついに進退窮《しんたいきわ》まって、みずから大海へ身を没したと考えるよりほかはない。――

「ううぬ」

蔵人も無念げにうめいた。

庄司甚内と遊女は、身の毛をよだててその部屋の内部を――ズラリと並んだ怪奇な道具と、その下に血まみれになって横たわった六文銭の姿を眺めていた。

突然、小太夫がさけんだ。

「――六文銭！」

「よし、こやつらをあれにかけい」

ふいに蔵人はあごをしゃくった。

「甚内をあの吊し刑に。——女はあの水責め椅子にかけい！」

「な、な、なぜでござる。わしたちを、なぜ。——」

と、甚内は仰天して、悲鳴をあげた。

「女を連れ出しましたは、あの六文銭におどされたからのこと、あの際、そのいうところに従わねば、石見守さまはじめみなの衆も、火薬で木ッ端みじんとなるほかない——と思い、甚内、歯ぎしりして」

「それのみではない。うぬは最初からいかがわしいところがある。——」

「但馬どの、助けてくれ、これ、何とかいってくれ、但馬っ」

「黙りおれ」

ふいに甚内の金切声がやんだ。叱咤したのが蔵人ではなく、大久保長安であったからだ。

「また下で騒ぎおる。静かにせい」

たしかに、血塔の下でどよめきがあがった。

それから、しーんとした。

下の騒ぎがおさまっただけではない。この血塔の中にもふしぎな沈黙がおちた。——なぜそのとき、みなが黙りこんだのか彼ら自身がわからない。下へ駈け出そうとした京蔵人も、われ知らず足が金縛りになったほどである。それは説明の出来ない一つの予感のせいであったといおうか。

まもなく、数人の跫音《あしおと》が石の階段を上って来た。

扉の外に七、八人の侍が立った。

「この女、みずから出頭いたしてござる」

侍たちのあいだには朱鷺が立っていた。

三

だれも、何の言葉をも発しない。

——死んだ者が生き返って来たのか。それとも彼女はここから陸路で九里、さらにそこから五里の沖合から泳ぎ帰って来たのであろうか。——みんな理窟《りくつ》より、ただ現われるべからざる人間が現われたという衝撃に、みな息をするのも忘れて、まじまじと眼を見張っているばかりであった。

「……なぜ、来なすった？」

かすかな声がした。六文銭が首をこちらにむけていた。眼は先刻と同様、茫然と見ひらかれたままであった。

「おまえを救いに」

と、朱鷺はいって微笑した。

「わたしがここに捕えられているとき、おまえはいのちがけでわたしを救いに来てくれました。いま捕えられたおまえを見捨てて、わたしが逃げられるでしょうか」

「──海から来なすったか」

「いいえ、はじめからわたしは逃げませんでした。海へ出たのは甚内さまと小太夫さまだけです。わたしがそう頼んだのです。わたしは西田屋にとどまっていました。そしておまえがここへ運ばれたと知って、思案の末にやって来たのです」

薄暗い異端審問室に、まるで光の精のような姿であった。遊女屋で、遊女から借りたものか。──彼女は化粧さえしていた。それが死化粧にひとしいものであることはあきらかであった。

朱鷺はしずかに大久保長安の方にむき直った。

「石見守どの、わたしに免じてこの男をゆるしてやって下さい」

「うぬら、やはり一味か？」

と、長安は低い声でいった。朱鷺はくびをふった。

「一味であったら、わたしは逃げます。そうではなくて、まったく他人で、ただわたしを助けてくれた男だから、わたしは見捨てて逃げられないのです」

また数瞬の沈黙がおちた。六文銭が長嘆した。

「──ああ、ばかなことをしたものだ！」

「その通りだ」

京蔵人が近づいてきて、鋼鉄のような強い冷たい手で、朱鷺の手くびをつかんだ。

「飛んで火に入る夏の虫とはこのことだ。うぬとひきかえにこやつを許す──そんなことが出来ると考えるとは、さても愚かなやつ、女、気でも狂ったか！」

「六文銭といっしょに死ねるなら、わたしは本望です」

「いっしょには殺さぬ」

と、毛利算法が水母頭《くらげあたま》をゆすった。

「うぬは酒漬けにしてくれる。酒に溶かして、うぬの美しいからだをことごとく石見守さまに飲んでいただくのじゃ」

けくっ、と恐怖にのどがひきつる音がした。それがいままで、かっと眼をむいたきりの庄司甚内ののどから発したものだと知ると、京蔵人は凄じい冷笑を浮かべてふりむいた。

「甚内、うぬはあくまでわたしたちを一杯ひっかけようとしたな？」

庄司甚内はまたけくっとのどを鳴らして、

「お、お許し下されその女に頼まれ、また二人の遊女に死物狂いに頼まれて。──」

「黙れ、かえすがえすも人をくった痴《し》れ者め、それくらいのことでかかる大それたことをやるうぬか。うぬはもっと欲が深い。──何か、仔細《しさい》があるな。それを言え！」

「そ、それは。──」

「まだそらとぼけようとするか。どうせ、首がつながって、ここから出られるとは思っていまい。ええい、面倒だ、それ、この狸親爺《たぬきじじい》と遊女を、まずあの鉄の処女に入れい！」

小太夫がすがりついた。

「おやじさま、いさぎよく死にましょう。死んで下さい！」

「ば、ばかなことを。——」

庄司甚内は身をもがいた。が、縛った縄が解けないのを知ると、

「た、但馬っ、言ってよかろうか？」

と、かん高いあえぎ声を一方にむけた。

「何を？」

と、味方但馬はいったが、その魁偉《かいい》なからだに一瞬戦慄《せんりつ》が走ったようだ。

「あれを」

「あれを？　わしは何も知らぬ。——」

「では、では。——かかる羽目となっては、もはや白状するよりほかはない。——蔵人さま、甚内がいままでこの六文銭を怖れたわけは。——」

「お、何だ？」

ただならぬ甚内の様子、ただならぬその言葉に、京蔵人も顔色を改めた。

庄司甚内は眼をつむった。

「もはや数年前のことでござる。江戸に廓《くるわ》をひらきたいという請願のために、わたし本多佐渡守さまにお目にかかったことがござりまする。その件についてはしばし待てとの佐渡守さまの仰せでござりましたが——そのとき、佐渡守さまのお側に侍《はべ》っていたただ一人の侍が。——」

「な、なに？」

「実に、世にも稀《まれ》なる面だましい、と見て記憶に残ったのでござりまするが、たしかにその六文銭という男。——」

# 不倶戴天《ふぐたいてん》

## 一

……さなきだに、夏でも陰暗たる異端審問室が氷獄と化したかの感があった。

「——そりゃ、まことか?」

長安がそういうまでに二、三分の時しかかからなかったろうが、京蔵人《きょうくらんど》にも毛利算法にもまったく無感覚の時間がながれたような気がした。

「それにまちがいはないか。……本人がたしかに佐渡の手のものじゃと申したか?」

「いえ、本人からはききませぬ。きくのが恐ろしゅうて、きいたこともありませぬ。……」

「——なぜ、きくのがこわい。……」

「本人がこわいのではありませぬ。本多佐渡守さまがこわいのでござりまする」

この問答をききながら、磔台《はりつけだい》の上の六文銭は無表情でいる。決して表情のない男ではないだけに、この無表情はかえって恐ろしかった。

「……では、うぬは」

六文銭を眺め、息をひいていた京蔵人が、軋《きし》り出すようにうめいた。彼ほどの人間が、六文銭にきかず、甚内に、

「本多佐渡守さまこわさに、石見守さまにお手向いいたしたというのか？」

「お手向いなんて、滅相な」

庄司甚内の恐怖の相には実感があった。ただし、眼前の大久保長安や、いわんや京蔵人を恐れている顔ではない。

「ただ、わたくしの見るところでは、佐渡守さまは……大御所さまの御分身……」

この一語でも、この庄司甚内という男がただの女郎屋の亭主ではないことがわかる。恐ろしげな顔に、煮ても焼いても食えぬ狡猾《こうかつ》な計算の色があぶらのようににじみ出していた。

しかし、大御所の分身といえば、この大久保石見守長安も同様ではなかったか。佐渡守が陰《いん》の分身ならば、石見守は陽の分身、いずれも徳川という巨大な車を構成する両輪、いや、むしろ世間一般の眼からすれば、この長安の方が天下の「総代官」と目せられていたのではなかったか？

京蔵人はそのことをさけび出そうとした。

しかし、そのとき、長安がいった。

「佐渡が……大御所さまが……なぜこの長安を？」

「アア」

背後で長嘆する声が聞えた。味方但馬ははたと甚内をにらみつけ、両腕をもみねじっていった。

「甚内、やはりおまえはそのことを口にしてはならなんだ！」

「但馬。――おぬしは知っておったな？」

京蔵人が蒼白《そうはく》な顔でふりむいた。

「ふふむ、今こそ思いあたる。……おぬしの六文銭への態度、何ともいぶかしいと見ておったが、さてはきゃつと気脈を通じ、殿から本多へ鞍替《くらが》えしようとしたな、但馬！」

味方但馬はその罵《ののし》りにとり合おうとはしない。ただ黙って長安を見上げている眼に、無限の同情と痛恨の色があった。

長安はそれを見返した。

「但馬、なぜわしにそのことを告げてはくれなんだ？」

「拙者もまた、それをたしかめることが恐ろしかったのでございます。いくどかその疑いが胸をかすめましたなれど、そのたびにみずから打消した次第で」

「たとえ、その疑いなりとも」

「殿に申しあげれば、のっぴきならぬ大破局が殿のおん身にふりかかりましょう。拙者としては、咆《ほ》えつく犬には相手にならず、きゃつを根負けさせ、拍子ぬけさせて帰すのが何より殿のおためと存じたのでござる」

「しかし、きゃつが本多の犬とは……まことであるか？」

長安は卒然としてわれに返った。——長安ほどの人物が、いままでその疑惑を抱かなかったのは、いかにこのことが長安にとって大意外事であったかを思わせる。いや、彼としてはいちどか二度はふっと但馬に似た疑いの雲が胸をかすめたこともあったようだが、結局、強烈な或る信念のもとに一笑して捨てたようだ。——痛ましいことに、われに返って、長安はなおその疑惑を疑った。

「蔵人、しかときゃつに白状させい！」

「あいや、これほどの男、たとえ八つ裂きになっても、白状すまいと覚悟したら白状しますまい」

と、但馬はいった。

大の字になったまま六文銭は、このときはじめてにっと薄く笑ったようだ。

「わからぬ。……わしには、わからぬ。……」

長安はくびをふった。いかなる災害にも危難にも自若として、激怒の中にも一種のゆとりを持っているかに見えた長安が——その顔に、暗灰色と充血の色が、波のように交互にわたり過ぎた。

「但馬、おまえにわかるか。佐渡が何ゆえにかくもわしに祟《たた》ろうとするのか。きゃつ、わしを政敵と見て、わしを葬り去ろうとしてか？　ばかを言え、佐渡はもう少し人物が深い。——」

「殿。ただいま甚内が申したごとく、佐渡守さまは大御所さまと一心同体のお方でござりまする」

二

「大御所さまが。――」

長安はぜいぜいとのどを鳴らした。

「大御所さまなれば、いっそう、何ゆえであるか。長安なくして、今日の徳川家があるか。今日の徳川家を築きあげたには、佐渡の力よりもわしの力の方が大きい。いや、大久保長安、一人を以て八万騎の旗本どもにまさると思うておる。これは長安のゆえなきうぬぼれではないぞ」

「御意。――しかしながら殿、殿のお役目はもう終りました。あとは、恐れながら、大御所さま佐渡守さまのお持ちなさる御意図に、殿はさわりになるばかり、とお考えなされたのではありませぬか？」

「大坂との手切れのことに、わしが反対をとなえるためと申すか！」

長安は思いあたった顔をした。しかし、すぐにくびをふった。

「大坂のこと、いかにもわしは反対した。しかし、それは徳川家のためを思えばこそだ。いまの力で、何ら手を下さずとも、徳川の天下は来る。その長安の考えを、大御所さまが諒とせられぬはずはない！」

「もはや何をあくせくせずとも、徳川の天下となる——すなわち、それが殿を御無用と思《おぼし》召《め》された理由ではござりますまいか？」

「なに？」

「大坂を滅ぼしてのち、徳川家第一の功臣を傷つけては、いかにも狡兎《こうと》死して走狗煮《そうく》らるの譬《たとえ》が世に歴然といたす。またそれ以後では、いよいよ以て片づけにくくなりまする。人の目にはいまだ功成らざるうち、実質はもはや用済みの存在を、いま消しておくにしくはない。——」

「ば、ばかな！」

暗灰色の長安の顔が朱色に染まった。

「わしはまだ用済みの人間ではない！　わしのやること、やらねばならぬことは、あの星の数ほどある！」

「それは殿のお考え。あちらさまにとってはもはや御用済み。——」

「大御所さまは、それほど御小器ではない。小器どころか、もし大御所さまが左様な御意向ならば、それは狂気の沙汰じゃ」

「しかと正気でござる。殿。……大御所さまも佐渡守さまもまったく御冷静でござりまする。あちらから見れば、殿の天衣無縫、知力と欲望の極限を追い求められる石見守さまというお人のありようが、あの御両人の策定なされるこれからの世のありようと正反対なのでございましょう。目ざわりになるのでございましょう。害あって益なしと思われるのでございましょう。――」

期待されざる人間像、という意味である。但馬は沈痛につづける。――

「あちらがいかに御冷静であるかは、御覧なされ、この六文銭という男、すでに数年前から佐渡守さまのお手を離れ、江戸の巷《ちまた》の無頼として身をやつし、佐渡にまぎれこむ機会をじっと待ち受けていたことからでも思い知られるではございませぬか？」

「やあ」

と、じりじりしていた京蔵人が、たまりかねたように身をのり出した。

「但馬の見たように申すせりふ、それが図にあたっておるか否かは知らず、もはやそのような世迷い言ききとうはない。いずれにせよ、佐渡帝国にこれほど不敵な挑戦をいたしたやつ、殿、もはや息の根をとめてやってようございましょうな？」

「待て」

と、長安はいった。朱色に染まっていた顔が、また暗灰色に変っている。ただ、眼だけにぶきみな赤さが残っていた。

「但馬、それでもわしにはわからぬ。こやつが佐渡の手の者として、では何のためにこの島に渡って来たのか。わしを刺そうとしてか。――しかし」

長安にしては珍しく、悲鳴にちかいうめきであった。彼は、但馬の指摘する事実にいちいち思いあたるところがありながら、強いてそれを否定することに脳漿《のうしょう》をしぼっているかに見えた。

「こやつ、必ずしもそうとは見えなんだぞ。いくたびか、わしを殺す機会を持ちながらそれをせなんだのは、なにゆえじゃ？」

「さ、その点につき、但馬にも不可解なふしがござりまするが。――」

味方但馬は六文銭を見やり、首をかしげ、考え考えいった。

「もとよりこやつは佐渡守さまの刺客として殿を暗殺したとすれば、他の徳川家の功臣の不安動揺禁じ難く、たまたま大坂方のくノ一と接触したのを機にこれを以て奇貨おくべしとなし、それに乗じて殿をつけ狙《ねら》ってはみたものの。――」

「ふむ」

「近づいて、殿のお人柄を知り、かつまた殿のさまざまの御工夫を、知れば知るほど迷いを生じ、密命とのあいだに板ばさみとなり、ただ無意味なるあばれようをしたものではござりますまいか？」

六文銭は、ふたたびにやっと薄く笑ってひとりごとをいった。

「勝手なことをいってやがる。うふ」

「何っ」

京蔵人が吼《ほ》えた。但馬の解説に対する感想は同様だが、この期《ご》に及んでなお人をくった風のある六文銭には、いよいよ血も煮え返る思いだ。

「勝手な推量か、真実か、うぬの口ひき裂いても白状させてくれる」

「但馬、で、どうしたらよいと申す、この男を。――」

と、長安はいった。この期に及んで――といえば、長安までがいままたそんな問いを発したことに、蔵人は息もつまった。

「殿」

味方但馬は必死の顔をあげた。

「六文銭は放《はな》しておやりなされ。いままでのなりゆきでは、こやつの目的すなわち本多佐渡守さまのおん目的はついに成らなんだと見てようござる。つまり殿があちらの罠《わな》にかかられなかったのでござる。いま放《はな》してやれば殿を抹殺する機会もなければ手がかりもなしと報告するよりほかはありますまい。いま殿の採られるべき最大の勝利の道はこれでござる。その証拠に、やがてそ知らぬ顔して駿府へお帰りなされ。佐渡守さまはもとより大御所さまも、頭《こうべ》をあげて殿を御覧にはなれますまい。――」

「左様か」

長安はしずかにうなずいた。微笑さえもしていた。蔵人はさけび出そうとしたが、長安の微笑に身の毛もよだつ恐ろしさをおぼえて、一瞬声をのんだ。

「で、大坂のくノ一は？」

「これは、ふびんながら成敗のほかはありますまい」

はじめて、磔台の上からうめき声が聞えた。六文銭はひたと朱鷺をながめていた。

三

——六文銭が本多佐渡守からの刺客乃至密偵であるときいて、およそこの座にあるものすべて一大衝撃に打たれなかった者はないが、中でも——朱鷺ほど自失の姿をあらわにした者はなかったと思われる。そのときからいままで、彼女は一語をも発せず、まるで象牙《ぞうげ》彫《ぼ》りの人形みたいにそこに立ちすくんでいた。いかなる叙述を以てしても、このときの彼女の思考の相を描くことは出来まい。

「六文銭」

と、朱鷺はさけんだ。

いま長安と但馬との問答の中に自分の運命が俎上《そじょう》にのせられて、はじめて彼女はわれに返ったのではない。凍りついていた脳裡にふいに亀裂が走ったようにこの声がほとばしり出たのである。

「六文銭、おまえが本多佐渡守の家来ということはほんとうですか？」

六文銭は黙って朱鷺の顔を眺めていた。

「ほんとうのことをいって！　わたしにだけいって！」

六文銭は答えなかった。

「答えられぬのは一つの告白。きのどくじゃが、大坂のくノ一、おまえはあの男にしてやられた」

と、但馬はいった。

「あれが本多佐渡守さまの手の者ならば、おまえにとってはこの大久保石見守さまに勝るとも劣らぬ不倶戴天《ふぐたいてん》の敵の立場にあることは承知しておるであろうな。石見守さまは大坂にとって鳩じゃが、佐渡守さまは鷹じゃからの。――しょせん、おまえは逃れられぬ運命と思え」

「但馬、そうすまい」

と長安がいった。

「え？」

「その女、逃がしてやろう」

但馬はもとより、京蔵人も毛利算法も、口もきけなくなってしまった。長安はふりむいた。

「算法。――鉱山の開発、火薬、精錬法、暦術、光学、医術、造船、航海術に関するわしとおまえの研究書類、すべてここへ持って来い」

「――な、何をなさるので？」

「この女につかわすのじゃ」

「この女に？」

「真田へ持たせて帰らせよう」

「あっ」

「持って参れと申すに！」

叱咤《しった》とも喘鳴《ぜんめい》ともつかぬ声であった。算法は理性も及ばぬ恐怖の突風に吹かれたように飛んでいった。

大久保長安は椅子《いす》に深ぶかと腰を沈めた。両手で顔を覆っていた。彼は何を思いついたのか？それをきく言葉を、但馬も蔵人も失った。何よりも、主君の変貌《へんぼう》に恐怖したのだ。それは文字通りの変貌であった。六十を半ば越えているはずだが、異様に人間ばなれした精気に満ちていた長安は、いまやみるみるその精気はおろか――眼はくぼみ、手足は骨ばり皮膚は皺《しわ》としみを浮かびあがらせて――七十過ぎの人間、いやいや人間というよりこの世のものならぬ妖鬼の姿に変ったようであった。

「アア」

と、指のあいだから長嘆がもれた。

「わしは、批判はするが、大御所さまをもう少し買っておった。あのお方の大きな天の下で、思う存分わしの夢を描けることと信じておった。……天が違う、大御所さまの天とわしの天は同じでないことを、いまはじめて知った！」

きく者の魂を凍りつかせずにはおかない声であった。

毛利算法が帰って来た。手に総梨子地《そうなしじ》総蒔絵《そうまきえ》の文筺《ふばこ》を持っている。――これこそ、長安と算法という老若二大天才の積年の心血の精髄であった。

「それを、その女にやれ」

算法の足は硬直し、手はわなないた。

「やれ。……女、左衛門佐《さえもんのすけ》に渡せ。それこそは長安の首よりも、左衛門佐の歓喜するものであろう」

朱鷺は受けとった。

「ゆくがよい。……馬があるな？」

長安は、朱鷺をつれて来た武士にいった。武士は声もなくうなずいた。

朱鷺は長安を見、六文銭を見た。混乱した表情であった。しかし彼女は文筐を抱くと、身をひるがえして部屋を走り出ていった。

京蔵人は、本能的に二、三歩そのあとを追おうとしたが、また立ちどまった。

「殿、その男は？」

「生かすなり、殺すなり勝手にせい」

と、長安は虚無的な声でいって、部屋を出ようとしてふり返り、

「いや、そやつもやはり放《はな》して駿府に帰らせたがよい。——」

「殿は？」

と、但馬が不安げに声をかけた。

「わしか」

長安は笑った。歯までなくなったようで、それは洞穴《ほらあな》みたいに見えた。

「わしは、空じゃ」

血塔の下で蹄《ひづめ》の音があがり、みるみる城門の方へ遠ざかっていった。――その音がまったく消えてから、ぽつんと六文銭がいった。

「ついに、つかんだなあ」

何の意味か、とっさには、だれにもわからなかった。扉のところで長安がいった。

「何を？」

「大久保石見守長安、ついに叛す、という証拠を」

六文銭は但馬の方に顔をむけていった。

「ひょっとこの大将、解いてくれ、この縄を」

「何とする？」

六文銭はたたきつけるようにさけんだ。

「あれを大坂に渡しちゃあならねえ。……あいつを追うんだ！　徳川家のために！」

## 恋の螢

一

徳川家のために！

この男が、そういった。江戸の巷《ちまた》の無頼の男が。――

むろん、たんなるならず者の口から出るべき言葉ではない。

それはいま甚内や但馬の推量したことの自認にひとしい。

――ついに、この男は告白した！　本来なら、みなどよめき立つところだが、ふしぎにしーんとしていた。

「長安が徳川家の敵に、徳川家にとってかけがえのねえ大事なものを渡したんだ。長安の家来にゃ、それを取返しにゆくことは出来めえ。あれを取返しにゆくのは、おれしかねえ」

六文銭はまたいった。

「ひょっとこ、縄を解け！」

味方但馬はふらふらと近寄り、立ちどまった。

「おまえ、いま、妙なことをいったな？」

「何を？」

「大久保長安、ついに叛す、とか、何とか。……大度《たいど》の殿をして、ついにあのような御所業に出でしめたもの、それは本多佐渡守さまから送られたおまえではないか。いや、おまえごとき密偵を送られた本多佐渡守さまではないか！」

「徳川の侍たるものは、たとえ徳川家から妻子《さいし》眷属《けんぞく》火あぶりの刑を受けようとも叛《そむ》いちゃならねえんだ！」

と、六文銭はいった。

「そいつはだれよりも、大御所さまのお代官たるお人が知っているはずだ。但馬、縄を解け!」

まるで秋の霜に吹かれたように、みな蒼白《そうはく》になっていた。但馬は山刀を抜いて、六文銭の縄を切った。それを見つつ、だれもとめる者もなかった。

六文銭はむくと磔台《はりつけだい》から身を起した。

「その刀を貸してもらおうか」

但馬ほどの人間が、意志を失ったように山刀を渡したが、それを杖《つえ》に磔台から下りようとして、六文銭はなおヨロリとした。

むりもない。実に凄《すさま》じい姿だ。乱髪は黒血と見え分かたぬほどにねばりつき、からだじゅう血の滝を浴びたようであった。

むろん本人の血で、手にも足にも、そして肩や胸あたりの傷からも、いま動いたことによってまた鮮血があふれ出した。どこか、骨もはずれているようだ。

「とはいえ、そちら、いいたいこともあるだろうが、あとできく」

その姿で、にやっと笑った。歯だけはきれいに白かった。

「では、ゆくぜ」

亡霊のような幾つかの影の前を、この半分壊《こわ》れたような血まみれの人間は、異様な生命力をふりまきつつ、ガックリガックリ通り過ぎてゆく。

その影が異端審問室を出て——廊下の向うの階段の方へ消えかかったとき、

「やるなっ」

突然、発狂したような声をあげて、京蔵人が刀をひっさげ、駈《か》け出した。

止めるつもりもなく、それを追おうとした味方但馬の前に、ふいにぐらりと大久保長安がよろめいた。倒れようとして、危く扉の把手《とって》をつかんで、

「椅子《いす》を」

と、いった。声がもつれている。

「殿！」

但馬は抱きかかえた。手応えにただならぬものが感じられた。

侍たちが狼狽《ろうばい》して運んで来た椅子に長安は沈みこんだが、からだは小刻みに痙攣《けいれん》し、あおのいた顔は眼をとじて、呼吸は喘鳴《ぜんめい》に近かった。何か言おうとしたが、呂律《ろれつ》がまわらず、と見るや、だらだらとよだれを流し出した。立ちすくんでいた毛利算法が駈け寄り、その脈を見、閉じられた瞼《まぶた》をあけ、

「水を布にひたして持って来い！」

と、金切声でさけんだ。

味方但馬はおろおろした。

「算法、殿は、ど、どうなされたのじゃ？」

「卒中じゃ」

と、算法は歯をカチカチ鳴らしながらいった。

「脳中の血管が破れたのじゃ。……しかし、あの男を逃すな。殿をかかる目にあわせたは、まちがいなくあの男であるぞ！」

そのとき、階段の方で、「クワーッ」という怪鳥のような絶叫が走った。

……ちょうど、六文銭は石の階段を五、六段下りかかっていた。――「やるなっ」さけんで異端審問室を駈け出した京蔵人は、途中で豹《ひょう》のように跫足《あしおと》すら消してその階段の上に立った。六文銭は右腕はだらんと山刀を下げ、左手で手すりにつかまりながら、下りてゆく。どうやら右腕の骨は砕かれているらしく、その上、足も常態ではないようだ。左手を離せば、そのままごろごろと階段を落ちてゆきそうな危うさがある。――

このからだで、しかもこの構えで、人間なみに刀も抜けるわけがない――と看破しつつ、京蔵人が、おのれもともに階段からころがり落ちるのを覚悟で襲《おそ》いかかったのは、このとき、この男を相手にそうしてやらねば腹が癒《い》えぬ狂憤にかられたからだ。階段を一足おりて、右の石壁にぴったり身をつけたのも、一瞬、彼は猛獣のごとく六文銭の背に襲いかかった。

ななめ下へ、空を飛んだ京蔵人の眼に、六文銭が手すりから左手を離し、背をまろくしてヒョイとしゃがむのが見えた。まるで、背中に眼があるようだ。はっとしたとたん、彼の刀は六文銭の頭上を流れている。その下から、刀身が逆《さか》ながれに舞いあがって来た。

いかにして、その構えから、六文銭が抜刀したか、京蔵人にはわからない。事実は、六文銭は左手で刀の柄《つか》を逆手につかみ、鞘《さや》をなぐり落しつつ下から回転してはねあげたのだが、蔵人にそれを見るいとまはない。

頭上を飛ぶ京蔵人の胸から顔へかけてその一刀が裂き、

「クワーッ」

という怪叫一声、この剽悍無比《ひょうかんむひ》の大山師は血の虹をひいて、六文銭より一足お先に石の階段を落ちていった。

しかも、六文銭はころがり落ちない。眼に見えぬ糸でとめられているように、ふらふらしながら立ちあがり、そのまま危っかしい足どりで階段を下りてゆく。

先に落ちて即死している京蔵人のからだをヒョイとまたいで、ふりむいて、仰のいた。階段の上に、いまの悲鳴をきいた武士たちが殺到して来たからだ。

しかし、このとき大地が鳴動した。

血塔の外で何百人かの恐怖のうなりがどよもした。

階段の上の侍たちは雪崩《なだれ》のように駈け下りて外へ出て、そこに警戒の武士たちが――おそらく先刻から相ついで捕われて来た庄司甚内や大坂のくノ一を警戒して集まっているのであろうが――いっせいに首を北東の空に向けているのを見た。

金山の空に巨大な火柱が立ちのぼっていた。

「あ。――あれは何だ？」

そこまで走り出ていた味方但馬は、水母《くらげ》みたいにふるえている毛利算法にきいた。

「焰硝蔵が爆発したのだ。――おおっ、南沢大疏水坑はもうだめだ！」

算法は両手で顔を覆い、それから、

「殿！　殿！」

と悲痛な声を張りあげながら、また血塔の中へ駈け込んでいった。

味方但馬はあたりを見まわした。侍たちの名状しがたい混乱の渦の中に、六文銭の姿はどこにも見えなかった。


朝から東の金山の空はぶきみに焼けていたが、このころにはその朝焼けは消えて、いまにも一雨来そうな暗い雲が垂れ下がっていた。その雲をつらぬいて立った火柱は、これまたもう消えていたが、しかし火照《ほて》りのようなものは、まだ暗天にのたうっていた。

城から相川へ、相川から金山へ――侍や町の人々はみな恐怖の顔を空へむけて走っていた。馬で駈けている者もある。

「……殿さまのお側妾《そばめ》三人が焔硝蔵に火をつけられたそうじゃ」

「山廓へ移されようとして、おこって。――」

「いや、その中の一人が気が狂ったというぞ」

もうそんな情報が、波にさからう風のようにながれていた。

その人間と馬の洪水の中を、裸にちかい乱髪血まみれの男が、これまた馬に乗ってゆくのだが、凄惨《せいさん》な空の形相《ぎょうそう》に眼を奪われて、この異形《いぎょう》の姿さえ、だれもかえりみる者はない。

六文銭であった。

六文銭はいちど相川の町へ入りかけたが、しかしその手前で、金山へ走る人々とはそれて、南へ馬を駆った。

馬に乗っても動作が不自由なのであろう、いっとき馬は疾風のごとく駆けたかと思うと、その馬の足まではずれたかのように遅くなった。

鞘のない山刀の白刃をひっさげたまま、六文銭は何やら考えこんでいる顔つきであった。いったい六文銭は、だれかを追っているのか。いないのか。

二

いったい朱鷺《とき》は、だれかから逃げようとしているのか。いないのか。

彼女を乗せた馬は、真野湾に沿って南へ駈けていることは事実だが、疾風のごとく走っているかと思うと、またその足に糸でもつけたように遅くなった。蒔絵《まきえ》の文筺《ふばこ》を抱いたまま、朱鷺は何やら考えこんでいる顔つきであった。

この不可思議な逃走と追跡の決着がついたのは、相川から四里離れた国府浦《こうのうら》であった。真野湾に流れ入る国府川《こくぶがわ》から来た名だが、その昔この佐渡に流された順徳天皇が隠岐院《おきのいん》を恋いしのばれた故事から、またの名を恋ヶ浦ともいう。――

「おおーい、おおーい」

背後から呼ばれて、ふりかえり、それが六文銭であることを知ると、朱鷺はにこっとした。

自分の笑いを奇怪なものと知ったのは数秒ののちである。その一瞬、彼女は六文銭のぶじな顔を見て、ほとんど反射的に笑ったのであった。――ぶじな顔ではない。黒血にまみれたその姿を見て、朱鷺はわれに返った。

彼女は馬から下りた。笑いは消え、きっとして、蒼白《あおじろ》くなって彼女は立った。

六文銭も馬から下りた。これは笑いながら、近づいて来た。

「おとまり！」

左手に文筺を抱き、どこから拾ったか、右手に一刀の刀身さえひからせている朱鷺を見て、六文銭は立ちどまった。

朱鷺がひくい声でいった。

「お名乗り、六文銭、ほんとうの素性を。――」

「詳しいことはあとで申しやす。まず、その筺《はこ》を渡して下せえ」

血まみれの顔だが、いつもの通りのなれなれしい白い歯が見えた。朱鷺は一、二歩退がった。

「六文銭、おまえはこうなってもわたしをだますのですか？　おまえは、わたしをだまし、わたしを利用して、自分の目的をとげようとした。そして、いまになっても、まだわたしを子供扱いにしようとするのですか？　それはあんまりです。それは、むごい。――」

凧にちぎれる悲痛な声であった。

「わたしは真田《さなだ》左衛門佐《さえもんのすけ》の手の者、朱鷺という忍者です。おまえも堂々と名乗って！」

六文銭はじいっと朱鷺を見つめた。糸の切れた破れ凧《だこ》みたいにまとまりのないからだの線が、やがて粛然とした。

「拙者は」

と、彼はいった。

「本多佐渡守家来、雲母鉄平《きららてっぺい》と申す。いささか甲賀流をたしなむ。ただし、そうと知られてはならぬゆえ、わざと甲賀流のわざは一切縛ったつもりじゃが」

六文銭とは別人のようにきびしい感情のない声であった。

「拙者の受けた密命は、大久保石見守長安どのの不羈破倫《ふきはりん》の所業のうちに、徳川家にとって有害なる証跡を探索せよ、捕捉せよ、いや作りあげよ。……ただし、隠密裡に、ということでござった。この徳川家にとっての大秘事は、味方にすら知られてはならぬ。いわんや大坂方に於てをや。――このこと、左衛門佐どのが知らるれば、何にもましておよろこびであろう。――」

といって、また六文銭独特の不敵な、快活な笑顔に戻った。

「そいつを、おまえさんにいったんだ。さあ、その筐を返しておくんなせえ。その中のものより、いまおれのいったことの方が、はるかに大坂へのいい土産になりますぜ」

「……では、その目的のためにわたしを隠れ蓑《みの》に使ったのですね？」

朱鷺は笑わなかった。

「恐ろしい男！」

それは、その目的を果たすために、思い起せば鉄石の方針をつらぬき通したこの男の意志に対する以上に、その心情への戦慄《せんりつ》の喘《あえ》ぎであった。

「利用しようと思ったんだが、いろいろと勘定外のことが起ったなあ。同じ徳川の伊賀者と知って、甲賀として一番やり合ってみてえ気持を抑え切れなんだこと——女好きの性分がやまなんだこと、そいつはおまえさまをからかって見てえ気持からだが——にもかかわらず、おまえさまに惚《ほ》れちまったこと。——」

六文銭は苦笑したようだ。

「味方但馬が、おれが長安の人物に感服したから、やることが狂ったといったっけが、そうじゃあねえ、おまえさまに惚れたことがいちばん大きい、とにかく最後にゃ、おれは死んじまってもいいと思ったんだからな。——」

「……六文銭」

と、朱鷺は、ふと哀切な声をもらした。

「なぜ、とうとうおまえはわたしを抱かなかったのです？」

「それは。——」

六文銭はうなるようにいった。

「……途中までは、たしかにからかっているつもりもあったが——おまえさまに、ほんとうに惚れていたからでさ！」

それから数分、二人は黙りこんで、向い合って立っていた。

風が朱鷺の髪をうしろから吹きなびかせている。それが次第にはげしくなって来るようだ。肌《はだ》を濡《ぬ》らすのは、雨か潮けぶりかわからない。雲はいよいよ暗澹として、まるで冥府《みようふ》のような光が満ちていた。

……六文銭が動き出した。

「さ、それを渡しておくんなさい」

「いや」

「なぜ？」

「おまえが、甲賀者ときいた以上。――わたしも、忍者」

凄然と朱鷺が笑ったように見えた。同時に文筐が六文銭めがけて放《ほう》られた。

はっとして六文銭の手から刀が離れ、それを受けとめようと手を出したとたん、朱鷺の一刀がひらめいた。

戞《かっ》！　切り割られたのはその文筐であった。

真っ二つに割られた文筐から、これまた両断された幾十枚の紙片が風に舞い散り、吹き流れた。六文銭の頭上を、背後の海へ。

「――あっ」

それが、蒼黒《あおぐろ》い海原の面《おもて》へ、無数の白い花弁のように飛び去ってゆくのに、さしもの六文銭も仰天して両腕さしのばし、二、三歩追う。――そのあけっぱなしの背に、ただならぬ剣気をおぼえ、彼は独楽《こま》みたいに回転した。

その彼の眼に映ったのは、仁王立ちになったまま、刀を袖で逆手《さかて》に握り、おのれの左乳の下につき刺している朱鷺の姿であった。

その姿で、彼女は六文銭を見て、にいっと笑った。甲州韮崎《にらさき》の林の中で彼を誘惑したときのあの朱鷺の妖艶《ようえん》な顔がよみがえったような――いや、凱歌と哀しみがまじり、燃えあがり、名状しがたい凄愴《せいそう》な炎にふちどられている女の姿であった。

その笑顔を眼華《がんか》として風の中に残し、朱鷺はどうと打ち伏している。それを見つめたまま、六文銭は阿呆の銅像のように、いつまでもそこに立ちすくんでいるだけであった。

やがて、うなされるようにつぶやいた。

「――正体を知られれば、討ち果たさねばならぬ宿縁、討ち果たさずにはおけぬ女と交わるわけにはゆかぬ。そう思わせたほど――わしの恋したただ一人の女であったが、ああ、天命！」

三

どれほどの時がたったか――。

北の方からまた蹄《ひづめ》の音が近づいて来た。まるで戦場で馳駆《ちく》するような勢いで馬を飛ばして来た味方但馬は、あわててそこに馬をとめた。

路傍の、海沿いの草の中に、寂然と首うなだれて坐っている六文銭の姿を見たからだ。

「やっ？」

驚きの声をあげて馬から飛び下り、草の中にうち伏している女に気づいて、

「やはり、仕止めたのか？」

と、さけんだ。

「そして、あれをとり戻してくれたか？」

六文銭は但馬を見あげた。――何か思いにふけっているような茫漠《ぼうばく》たる顔であった。

ゆっくりとくびをふり、薄い膜《まく》のかかっているような眼をむけた。

「みんな、海へ飛んでいっちまった」

「なに？」

但馬は海ぎわに落ち散らばっている紙の残片に眼をやり、愕然《がくぜん》としてひょっとこ面をひきゆがめ、躍りあがってさけび出した。

「六文銭！　いやさ本多の密偵！　きけ、大久保石見守さまは廃人とおなりなされた。金山の水貫間切《みずぬきけんぎり》は崩れた。研究書類は失せた。――毛利算法は死んだぞ。石見守さまはすでに死びとも御同様、わしは殉死すると申して、あの大臆病者の算法が、毒を仰いで死におったぞ。おまえの主命はいかんなく果たしたであろう。しかし――おまえはとんでもないことをしてのけた。勝ったと思うな。おまえは、日本の未来にかかる大銀河を斬《き》った。おまえのために、日本国は百年、いや三百年は遅れたぞ！」

「勝ったのか、負けたのか、いくら考えてもわからねえ。……」

と、六文銭はひとりごとのようにいった。

「朱鷺が勝ったのかおれが負けたのか。おれが勝ったのか、朱鷺が負けたのか。――」

膜のかかったような眼が、次第に奇妙なかがやきを帯びて来た。

「しかし、死ぬ気になったところをみると、おれが負けたんだろうなあ」

まったく味方但馬を無視したように、ふらふらと立ちあがった。立ちあがるとその手もとから山刀が落ち、新しい血潮が草にながれおちた。但馬はのどの奥でさけんだ。

「は、腹を切ったな、六文銭！」

六文銭は歩いていって、坐《すわ》って女を抱きあげた。

「負けついでに、真田のくノ一どの、本多佐渡麾下《きか》の忍者雲母鉄平、そなたに身命を捧げまつる」

そして、夢魔でも見るように立ちすくんでいる味方但馬の前で――腹を切った男は、すでにこときれた女と――なんと交合しはじめたのである。

地上の知覚を以してしては測ることとの出来ない時間が流れた。

そして、味方但馬は、やがて次第に動きをやめ、眠るがごとく、六文銭が女の上に伏したのを見るとともに、なんらの判断力をも失い、ただ、ああ美しい、とだけ感覚して眺めいっていた。

その女のかばねの耳が、宵闇のような風の中に、ぼうと二匹の螢とも見まがう妖《あや》しい光を発しているのを。

# 解説

中島河太郎

柳田国男氏の「佐渡一巡記」や「北小浦民俗誌」に惹《ひ》かれて、佐渡島をぐるりと一周した。金山の最盛期には世界屈指の殷賑《いんしん》を誇ったという相川の町も、つわものどもが夢のあと同然でわびしかった。三百年の歳月を経ただけなのに、こうも変わるものかと思うほど、鉱山の盛衰ははげしいものがある。

この佐渡を舞台にして展開される「銀河忍法帖」は、「天の川を斬る」（昭和四十三年、文藝春秋刊）を改題した、稀代《きだい》の怪物大久保石見守長安にまつわる物語である。

徳川家康にとっては、本多佐渡守正信が政治、兵略面での柱石であった。経済、財政面ではこの長安の存在が重きを占め、いわば車の両輪のようであった。長安は甲州の猿楽師の子といわれ、武田氏滅亡後、駿河に至り、大久保相模守忠隣《ただちか》の寵愛《ちょうあい》を受け、大久保の名字を与えられ、その推挙によって家康に仕えた。そして徳川家の蔵相、通産相、建設相、軍需相を担当した辣腕家《らつわんか》だから、著者が触手を伸ばしたくなるような快人物に相違なかった。

本篇ははじめ、昭和四十二年十月三十日号から、翌年七月二十二日号まで、「週刊文春」に連載された。

慶長十七年四月、長安の発明した戦車の威力を、家康が展観する場面から幕が揚《あ》がるが、この時は大坂の陣を控えて二年ほど遡《さかのぼ》っている。戦国末期から近世初頭にかけては、異国人の渡来が海外への知見を拡げつつあった時代である。狭小な島国に跼蹐《きょくせき》していた日本人に警鐘を響かせたはずだが、その余りに壮大な音色に耳を塞《ふさ》いでしまったのがほとんどであった。若干《じゃっかん》でも耳を傾けようとしたのが織田信長あたりであろうが、著者はその異質の知識の吸収に貪婪《どんらん》であった筆頭に、この大久保長安を擬しているのだ。

しかも長安の女婿《じょせい》が忍者の頭領服部半蔵だということを知った著者は、この両人の対照の妙を見事に活《い》かしている。服部が伊賀組五人衆の忍者を立てたのに対し、長安は女性親衛隊の五名の美女を配した。

伊賀組の象潟《きさがた》杖兵衛が連枷《れんか》、牛牧僧五郎が手投弾、狐坂銀河弥が縛り首、魚ノ目一針が針地獄、安馬谷刀印が合奏刀といった名人芸を披露すれば、女性群は螺旋鋼《らせんこう》、連発銃、硫酸、火炎筒、煙幕などの科学兵器を用いている。はがね麻羅《まら》とか、淫霧《みだらぎり》とか、忍法めかした名称をつけてはいるけれども、実態はヨーロッパ文明の産物に長安独自の工夫を凝らしたものである。

その長安が服部を婿にしながら、忍法に対して痛烈な批判を加えているのは愉快である。彼はまず服部一党を「古怪なる忍びの一族」と一喝《いっかつ》する。

「いかにも伊賀者のわざは名人芸であろう。伊賀組のみならず、古来日本人は名人芸を得意とし、むしろそれに溺《おぼ》れすぎる。が、当人の素質と刻苦の修練によるその名人芸というやつは、あまりに不毛で不連続的すぎる。その当人が死ねば、その芸もまた滅ぶ、というのは、あまりに効率が悪うて、愚かしくさえある」

伊賀者を俎上《そじょう》に載せたと見せながら、実は日本人の名人芸を崇拝したがる傾向に水をかけている。そして「系統的組織的な知識」すなわちサイエンスが、名人芸にまさるゆえんを説いているのだが、むろん当時の固陋《ころう》な頭脳に受け容《い》れられるはずがなかった。

忍者対女子親衛隊の技競《わざくら》べのあとで、またもや長安は、骨を刻み肉を削《けず》る修練の果ての名人芸と、ほとんどたいした修業のいらぬサイエンスの功とを比較している。そして著者は太平洋戦争中のゼロ戦の名人芸に触れて感慨を洩《も》らしている。

この物語はまず大久保長安の人物紹介から始まっている。若い女性を生きながらアルコールにつけ、数年間かけて醱酵《はっこう》させた酒をふくみながら、不老長寿を保っている長安の奇怪な風貌《ふうぼう》が描かれる。彼の一言一行、なにかといえば天下と未来につながらざるはない壮大な器量、あるいは当時の日本人としては桁《けた》はずれのスケールの大きさを写してはばからない。

江戸の無宿人を狩り集めて、金山の排水作業に使役したのも、佐渡の労働力の確保と、江戸の治安をかねてのことだが、さらに日本人中の劣等種絶滅政策の意味をも含ませていたのが、長安の発想だとするのは、その放胆さを捉《とら》えている。

たしかに人を人と思わず、民衆の膏血《こうけつ》を絞《しぼ》り、生命を鴻毛《こうもう》のように軽んじている。だが、その抱負経綸《ほうふけいりん》は我田引水臭《がでんいんすいしゅう》が強いにもかかわらず、奇妙な説得力を具《そな》えている。といってこのストーリーの展開は、単に古怪忍法対新鋭科学の競合に終始してはいない。冒頭の新兵器展観の場に潜入していた大坂方の忍者が、長安に看破《かんぱ》されて命を失ったが、その男を恋人とする女性が復讐とともに、長安の秘密を探ろうと心肝を砕く。彼女に惹かれたのが江戸で名うての乱暴者の六文銭の鉄である。彼はその女性の身体を目当てに献身的に彼女を擁護《ようご》するのだが、彼の求愛と奉仕が太い縦糸になって貫かれているのだ。

この両人は長安を狙《ねら》うがために、女性親衛隊の科学兵器と、伊賀組の忍法とを当面の敵にしなければならないわけだが、実は使命に生きる者同士の厳《きび》しい掟に縛られた恋情が縹渺《ひょうびょう》として漂っている。それが灼熱《しゃくねつ》して火を噴《ふ》くのは、それぞれの使命が明らかになり、壮図《そうと》が砕け散ったときであって、そのあわれさがまた著者の忍法小説の身上《しんしょう》でもあった。

長安の第一の股肱《ここう》の家来味方但馬と、女郎屋の開祖庄司甚内の交《か》わす人間論も警抜《けいばつ》である。本多佐渡守のことばとして、「人間、一流たるを得ずんば、三流たれ。決して二流となるべからず」、また「人間世界、三流で過ごすのが無事のもと」と引用されているが、その当人が二流であって、長安こそ異国にも通用する一流の人と、甚内は評している。

それと符節を合わせるように、六文銭の使命を知った長安に、「大御所さまをもう少し買っておった」が、「天が違う、大御所さまの天とわしの天は同じでないことを、いまはじめて知った！」と嗟歎《さたん》させているのである。

茫洋《ぼうよう》として捉《とら》えどころのなかった六文銭が、いよいよ最後に素性を明かすことになって、策謀のからくりを知る興味があるが、死命を制された長安を形容して、但馬が六文銭に向かって、「おまえは、日本の未来にかかる大銀河を斬った」ことになる。お蔭で日本国は百年ないし三百年は遅れたと痛憤するのが、この物語の原題の由来となっている。

それまで忍法技くらべの凄絶《せいぜつ》な死闘の繰り返しを、主題にしたものが多かったが、本篇では六文銭の天衣無縫《てんいむほう》の言動がのびのびと描かれて、一読惹《ひ》きつけられてしまう。かえって彼があがめ奉っている朱鷺《とき》の見せ場がないほど、縦横無碍《むげ》の活躍が意表をついて、読者は翻弄《ほんろう》されるばかりである。

稀代の怪人大久保長安の面目もさることながら、それに拮抗《きっこう》し得る快人物六文銭を活写したことが、本篇を成功させたゆえんであった。

著者は本篇に引き続いて筆を執《と》った「忍法封印」において、その後の長安を描いている。この桁はずれの人物に着目し、それを精彩あらしめた著者の文業に対すれば、地下の長安も知己《ちき》を得たことに莞爾《かんじ》とするにちがいない。

本書は、昭和五十二年七月十日初版の角川文庫『銀河忍法帖』(「天の川を斬る」改題)を改版したものです。

本文中には、きちがい、ちんば、ジプシー、白痴《はくち》、気が狂うといった、今日の人権意識・医療知識に照らして使うべきでない語句並びに、顔面神経麻痺や隻眼、盲目についての不適切と思われる表現がありますが、作品舞台の時代背景や発表当時の社会状況、著者が故人であることなどを考え合わせ、原文のままとしました。(編集部)

# 銀河忍法帖《ぎんがにんぽうちよう》

山田風太郎《やまだふうたろう》

昭和52年 7月10日　初版発行
令和3年 11月25日　改版初版発行

発行者●堀内大示

発行●株式会社KADOKAWA
〒102-8177　東京都千代田区富士見2-13-3
電話　0570-002-301（ナビダイヤル）

角川文庫 22909

印刷所●株式会社暁印刷
製本所●本間製本株式会社

表紙画●和田三造





●お問い合わせ
https://www.kadokawa.co.jp/（「お問い合わせ」へお進みください）
※内容によっては、お答えできない場合があります。
※サポートは日本国内のみとさせていただきます。
※Japanese text only




ISBN 978-4-04-111790-3　C0193

◇◇◇

# 角川文庫発刊に際して

角川源義

第二次世界大戦の敗北は、軍事力の敗北であった以上に、私たちの若い文化力の敗退であった。私たちの文化が戦争に対して如何に無力であり、単なるあだ花に過ぎなかったかを、私たちは身を以て体験し痛感した。西洋近代文化の摂取にとって、明治以後八十年の歳月は決して短かすぎたとは言えない。にもかかわらず、近代文化の伝統を確立し、自由な批判と柔軟な良識に富む文化層として自らを形成することに私たちは失敗して来た。そしてこれは、各層への文化の普及滲透を任務とする出版人の責任でもあった。

一九四五年以来、私たちは再び振出しに戻り、第一歩から踏み出すことを余儀なくされた。これは大きな不幸ではあるが、反面、これまでの混沌・未熟・歪曲の中にあった我が国の文化に秩序と確たる基礎を齎らすためには絶好の機会でもある。角川書店は、このような祖国の文化的危機にあたり、微力をも顧みず再建の礎石たるべき抱負と決意とをもって出発したが、ここに創立以来の念願を果すべく角川文庫を発刊する。これまで刊行されたあらゆる全集叢書文庫類の長所と短所とを検討し、古今東西の不朽の典籍を、良心的編集のもとに、廉価に、そして書架にふさわしい美本として、多くのひとびとに提供しようとする。しかし私たちは徒らに百科全書的な知識のジレッタントを作ることを目的とせず、あくまで祖国の文化に秩序と再建への道を示し、この文庫を角川書店の栄ある事業として、今後永久に継続発展せしめ、学芸と教養との殿堂として大成せんことを期したい。多くの読書子の愛情ある忠言と支持とによって、この希望と抱負とを完遂せしめられんことを願う。

一九四九年五月三日